DE GRIJZE JAGER

De Grijze Jager-serie

John Flanagan

DE GRIJZE JAGER

DE KONING
VAN CLONMEL

Gottmer · Haarlem

Kijk voor meer informatie over de kinder- en jeugdboeken van de
Gottmer Uitgevers Groep op **www.gottmer.nl**

Meer informatie over De Grijze Jager-serie vind je op
www.degrijzejager.nl

© 2008 John Flanagan
De oorspronkelijke uitgave van dit boek verscheen onder de titel
Ranger's Apprentice, The Kings of Clonmel, Book eight bij Random House Australia

Voor het Nederlandse taalgebied:
© 2010 Uitgeverij J.H. Gottmer / H.J.W. Becht BV, Postbus 317,
2000 AH Haarlem (e-mail: post@gottmer.nl)
Uitgeverij J.H. Gottmer / H.J.W. Becht BV is onderdeel van
de Gottmer Uitgevers Groep BV
Vertaling: Laurent Corneille
Omslagillustratie: www.blacksheep-uk.com; foto: SUPERSTOCK Photo Library
Omslag en binnenwerk: Rian Visser Grafisch Ontwerp
Druk en afwerking: Hooiberg | Haasbeek, Meppel

ISBN 978 90 257 4691 9 / NUR 283

Voor Catherine en Tyler: dank voor alles.

Het eiland Hibernia

IN HET JAAR 643 VAN DE GEMENE JAARTELLING

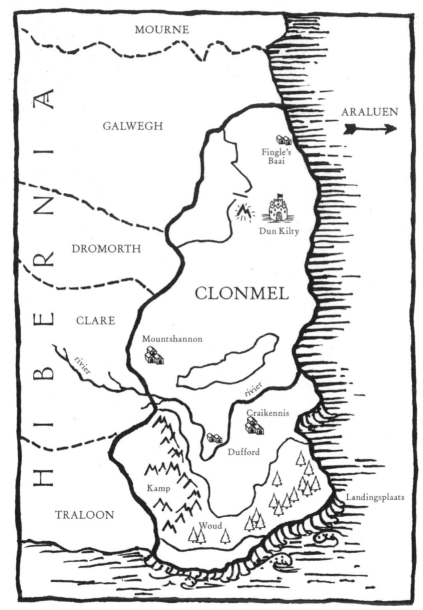

MOURNE

ARALUEN

GALWEGH

Fingle's
Baai

Dun Kilty

DROMORTH

CLONMEL

CLARE

Mountshannon

rivier

rivier

Craikennis

Dufford

H I B E R N I A

Kamp

Woud

Landingsplaats

TRALOON

CLONMEL EN HAAR BUURLANDEN

Hoofdstuk I

Natuurlijk was het Trek die als eerste merkte dat er een ander paard, met ruiter, in de buurt was.

Hij stak zijn oren recht omhoog en Will voelde, meer nog dan hij het kon horen, hoe er een zacht en diep gerommel door het tonronde ponylijf onder zijn zadel trok.

Het was geen alarmsignaal, dus wist Will dat zijn paardje wie het ook was die eraan kwam, in elk geval kende. Hij boog zich voorover en klopte hem op de lange manen.

'Braaf,' zei hij zachtjes. 'Wie zou het zijn?'

Maar eigenlijk wist hij het al wel. En zijn vermoedens werden bevestigd toen hij een paar honderd meter verderop, bij een kruispunt, een vos met zijn berijder tussen de bomen vandaan zag komen. Trek hinnikte en gooide zijn hoofd achterover.

'Ja, ja. Ik zie ze heus wel, hoor.'

Hij drukte zijn hielen in Treks flanken en het paardje reageerde onmiddellijk. Snel draafde het op het andere dier af. De vos hinnikte een groet, waar Trek weer vrolijk op leek te antwoorden.

'Gilan!' riep Will even opgewekt, zodra ze binnen gehoorsafstand gekomen waren. De lange Grijze Jager stak zijn hand op en grijnsde breed, terwijl Will en Trek naast hem tot stilstand kwamen.

De twee Jagers bogen zich in het zadel voorover en grepen hartelijk elkaars hand.

'Blij je te zien!' zei Gilan.

'Ik ook! Ik dacht al dat jij het was. Trek zei al een paar minuten geleden dat het om goed volk ging.'

'Dat harige beestje van jou ontgaat ook niets, hè?' antwoordde Gilan lachend. 'Het is vast en zeker aan hem te danken, dat jij de afgelopen jaren steeds net op tijd aan het gevaar wist te ontsnappen.'

'Beestje?!' riep Will verontwaardigd. 'Die Bles van jou is nou ook niet direct een gigantisch strijdros, hoor!' Bles had overigens wel degelijk langere benen dan het gemiddelde Jagerspaard, en hij was ook wat minder fors gebouwd. Hij was iets eleganter, maar nog steeds aanzienlijk kleiner dan de massieve strijdrossen waarop de ridders van het rijk rondreden.

Terwijl de twee jonge Jagers zo hun grapjes stonden uit te wisselen, leken de paarden een heel eigen gesprek te voeren. Er werd heel wat afgehinnikt, gebriest en geblazen, en de paardenhoofden gingen enthousiast omhoog en omlaag. Het was net alsof ze zo de paardenplagerijtjes kracht bijzetten, ongetwijfeld in hun eigen taal. Het leek echt net alsof de paarden met elkaar konden praten, en Gilan zat er niet voor het eerst nieuwsgierig naar te kijken.

'Ik vraag me iedere keer af wat ze elkaar toch allemaal te vertellen hebben,' dacht hij hardop.

'Nou, ik denk dat Trek net zei hoe vervelend het voor Bles moet zijn, met zo'n lang end op zijn rug,' lachte Will. Gilan deed zijn mond al open om iets stekeligs terug te zeggen, maar net op dat moment knikte Trek een paar keer heftig met zijn hoofd, en beide paarden wendden hun hoofd in Gilans richting, als om hem nog eens goed te bestuderen. Het kon alleen maar toeval zijn, probeerde de grotere Jager zichzelf wijs te maken. Maar het was wel heel erg vreemd, hoe ze net dat moment uitkozen om te knikken en hem samen aan te staren. 'Weet je,' zei hij ten slotte, 'ik krijg ineens het rare gevoel dat je misschien wel eens gelijk kon hebben.'

Will keek achterom, het pad af dat hij zojuist nog gevolgd had. Daarna keek hij de zijweg in waar Gilan uit gekomen was.

'Heb jij al iets van Halt gezien of gehoord?'

Gilan schudde van nee. 'Ik sta hier al een uur of twee en ik heb niets gezien. Gek eigenlijk – hij hoeft niet eens van ver te komen, hij woont het dichtste bij van ons allemaal!'

Het was weer de tijd van de jaarlijkse bijeenkomst van de Grijze Jagers, en intussen was het traditie geworden dat de drie vrienden afspraken op dit kruispunt, een paar kilometer van het Bijeenkomstveld. Samen reden ze dan de laatste kilometers. De traditie stamde nog uit de tijd dat Will bij Halt in de leer was. Tijdens Wills allereerste Bijeenkomst had Gilan geprobeerd zijn oude leraar in een hinderlaag te lokken, en Will had daar toen een stokje voor gestoken.

Nadat hij zijn eigen post in het leen Zeeklif had gekregen, en Gilan benoemd was in Noordam, hadden ze steeds hier afgesproken, als het even kon.

'Wachten we nog langer op hem?' vroeg Will.

Gilan haalde licht zijn schouders op. 'Als hij er nu nog niet is, dan is er vast wat tussengekomen. We kunnen net zo goed doorrijden en onze tent vast opzetten.'

En hij gaf met een lichte druk van zijn hielen Bles de sporen. Will volgde dat voorbeeld, en naast elkaar reden ze het pad af.

Korte tijd later kwamen de beide jongemannen aan op het Bijeenkomstveld. Dat was een tamelijk open plek, midden in het woud, waar alle struiken en een groot deel van de bomen verwijderd waren. Alleen de grootste bomen hadden de Grijze Jagers laten staan, zodat er nog genoeg schaduwrijke plekken waren waar zij hun kleine eenpersoonstenten konden opzetten.

Will en Gilan reden meteen naar hun vaste plekje, onderweg links en rechts oude kennissen begroetend. Het korps Grijze

Jagers was een hechte gemeenschap en bijna alle Jagers kenden elkaar.

Op hun kampeerplaats aangekomen, stegen de twee af. Ze zadelden allereerst hun paarden af en wreven ze goed droog. Will pakte twee opvouwbare leren emmers en ging water halen uit de kleine bosbeek die over het terrein kronkelde. Gilan gaf Bles en Trek intussen wat haver. De volgende paar dagen konden de pony's naar hartenlust in het lange gras onder de bomen grazen – maar voor de lange reis hierheen verdienden ze wel wat lekkers. Een Grijze Jager misgunde zijn paardje nooit een extraatje.

Daarna zetten ze hun tenten op en verzamelden dorre bladeren en sprokkelhout. De stenen cirkel waarin ze altijd hun kampvuur lieten branden lag helemaal door elkaar, waarschijnlijk had een wild zwijn naar lekkere hapjes gezocht. Will maakte alles snel weer in orde.

'Ik vraag me toch af waar Halt nu uithangt,' zei Gilan, terwijl hij naar de westelijke hemel tuurde, waar de ondergaande zon zijn stralen door de bomen liet filteren. 'Hij is nou wel erg laat!'

'Misschien komt hij wel helemaal niet,' opperde Will.

Gilan beet op zijn onderlip. 'Halt, die een Bijeenkomst mist?' zei hij ongelovig. 'Hij vind het prachtig om er elk jaar weer bij te zijn. En hij zal zeker de kans niet laten lopen om zijn favoriete leerling weer eens te zien.'

Net als Will was Gilan ooit begonnen als leerling van Halt. Maar als geen ander wist hij ook hoe speciaal de band tussen de oude Jager en zijn jongere vriend was – een band die veel verder ging dan die van leerling en leraar, zoals hij die zelf met Halt had. Voor Halt was Will zoiets als een zoon, wist hij.

'Nee,' ging hij verder. 'Ik kan niets bedenken wat hem hier vandaan zou kunnen houden.'

'Nou, blijkbaar is er toch iets,' zei opeens een bekende stem achter hen.

Als door een wesp gestoken draaiden Will en Gilan zich om. Daar stond Crowley. De commandant van de Grijze Jagers was er een meester in om iemand onhoorbaar te besluipen.

'Crowley!' riep Gilan quasi geërgerd uit. 'Waar kom jij ineens vandaan? Hoe is het toch in 's herennaam mogelijk, dat ik je nooit aan hoor komen?'

Crowley grijnsde breed. Hij was trots dat hij zijn kunstjes nog niet verleerd had.

'Ah, heren, heren, op kasteel Araluen heeft het zo zijn voordelen, als je in staat bent ongemerkt anderen te benaderen,' zei hij. 'Zoals de mensen daar altijd geheimpjes staan uit te wisselen – je zou versteld staan hoeveel waardevolle stukjes informatie ik weet op te vangen voor ze zelfs maar doorhebben dat ik in de buurt ben!'

De twee jonge Jagers stonden op en schudden hun commandant hartelijk de hand. Terwijl Gilan koffiezette, kreeg Will de kans om Crowley te ondervragen.

'Wat bedoelde je eigenlijk? Dat Halt niet komt?' vroeg hij. 'Weet je het zeker?'

Crowley trok gelaten zijn schouders op. 'Ik heb eergisteren bericht van hem gehad. Hij zit ergens aan de westkust, om te achterhalen wat er klopt van de geruchten dat de een of andere rare sekte weer de kop heeft opgestoken daar. Hij liet weten dat hij nooit op tijd hier kon zijn.'

'Een sekte?' vroeg Will verbaasd. 'Wat voor sekte dan?'

Crowley trok zijn neus op en zijn mondhoeken zakten diep naar beneden, alsof hij iets smerigs rook. 'Ach, het bekende gedonder, vrees ik.' Zijn ogen zochten steun bij Gilan. 'Jij weet wel wat ik bedoel, niet, Gil?'

Gilan knikte. 'O ja, maar al te goed!'

En hij deed schertsend na: 'O lieve mensen, komt toch allen bij onze club! Onze God is de enige echte, en hij is ook de enige die je kan beschermen tegen alle ellende die op de wereld afkomt. Alleen bij ons ben je veilig en zul je gered worden. O, en nu we het er toch over hebben, geef ons ook al je geld en kostbaarheden, als dank voor het feit dat wij je redden. Dat soort gedoe bedoel je, neem ik aan?' vroeg hij Crowley.

Die slaakte een diepe zucht. 'Dat is het wel zo ongeveer, ja. Ze waarschuwen mensen dat hun een ramp te wachten staat, en intussen zijn zij het natuurlijk zelf, die dat onheil aan het plannen zijn.'

Gilan schonk drie mokken koffie in.

Crowley keek hoofdschuddend toe hoe de twee jongemannen grote lepels honing in hun dampende mokken lieten glijden. 'Ik snap niet dat jullie dat lusten, die zoete koffie. Daar hadden Halt en ik al woorden over toen we nog groentjes waren.'

Will moest lachen. 'Als je bij Halt in de leer gaat heb je weinig keus. Je leert met pijl en boog schieten, messen werpen, onhoorbaar iemand besluipen en... honing in je koffie doen!'

'En hij is een héél strenge leraar,' bevestigde Gilan, terwijl hij genietend een paar kleine slokjes nam. 'Heeft Halt nog iets gezegd over hoe die nieuwe sekte zich noemt? Meestal verzinnen ze wel een gewichtig klinkende naam,' voegde hij er richting Will aan toe.

'Nee, daar zei hij niets over,' antwoordde Crowley. Hij leek even te aarzelen voordat hij zijn volgende woorden uitsprak. 'Hij lijkt bang te zijn dat het gaat om een nieuwe uitbarsting van die Buitenstaander-ellende.'

De term 'Buitenstaanders' zei Will helemaal niets, maar hij zag dat Gilan geschrokken opkeek.

'Buitenstaanders?' herhaalde hij. 'Die herinner ik me nog maar al te goed. Ik geloof dat het in het tweede jaar van mijn opleiding was. Heb jij toen niet, samen met Halt, die lui het land weer uit gewerkt?'

Crowley knikte. 'Geholpen door Berrigan en nog een paar andere Grijze Jagers, dat wel. Anders was het me niet gelukt.'

'Nou, dat moet dan een heel bijzondere sekte geweest zijn,' zei Will verbaasd. Er was immers een oud gezegde in Araluen, dat je per onraad maar één Grijze Jager nodig had. Daarmee wilde men maar zeggen dat het hoogst zelden voorkwam dat een probleem zo ingewikkeld was dat er meer dan één Jager aan te pas moest komen om het op te lossen.

'Dat was het zeker,' bevestigde Crowley. 'En het waren bijzonder onaangename lieden, die hun giftige ideeën diep in de plattelandsbevolking hadden weten te laten zinken. Het kostte ons bloed, zweet en tranen, voor we ze eronder kregen. Daarom juist is Halt er ook zo op gebrand om zo veel mogelijk te weten te komen over deze nieuwe groep. Als ze inderdaad de wederopstanding van de Buitenstaanders aankondigen, dan moeten we snel tegenmaatregelen nemen.'

Hij gooide het restje koffiedrab in het vuur en zette de mok daarna naast zich op de grond.

'Maar laten we ons nu nog niet al te druk maken over iets waarvan we nog niet precies de reikwijdte weten. Eerst moeten we nu een Bijeenkomst vlekkeloos laten verlopen. Gil, ik vroeg me af of jij misschien bereid zou zijn om de twee eindexamenkandidaten van dit jaar een paar extra lessen in onzichtbaarheid te geven?'

'Natuurlijk, geen probleem,' antwoordde Gilan. Crowley was misschien de erkende expert als het ging om geluidloos sluipen, Gilan was de kampioen onzichtbaar door het terrein trekken. Voor een niet gering deel was die vaardigheid gebaseerd op instinct, maar er waren altijd wel een paar praktische tips waar een beginneling baat bij kon hebben.

'En jij, beste Will,' ging Crowley verder, 'er zijn dit jaar drie eerstejaars. Zou jij die jongens eens willen testen? Kijken hoever ze gevorderd zijn?'

Hij merkte dat Will er met zijn gedachten niet helemaal bij was. Hij voelde dat de jongen nog steeds de teleurstelling moest verwerken dat zijn vroegere leermeester dit jaar niet zou komen. Nou, dan is het alleen maar goed dat we hem wat afleiding bezorgen, dacht de oudere Jager.

'O, neem me niet kwalijk, Crowley! Wat zei je?' vroeg Will verschrikt.

'Wil jij ons ook een handje helpen en de vorderingen van de eerstejaars beoordelen?' herhaalde de commandant.

Will knikte snel. 'Natuurlijk wil ik dat! Sorry. Ik zat net aan Halt te denken. Ik had me er zo op verheugd hem weer te zien...'

'Ja, dat wilden we allemaal,' zei Crowley. 'Zijn grimmige tronie is altijd het zonnetje dat over deze bijeenkomsten schijnt. Maar wat in het vat zit...' Even aarzelde hij. 'Trouwens... nee, laat maar. Dat komt later wel.'

'Wat komt later wel?' vroeg Will, ineens nieuwsgierig geworden.

Crowley moest in zichzelf lachen. Nieuwsgierigheid hoorde nou eenmaal bij een Grijze Jager, net als discipline en gehoorzaamheid.

'Nee, nee, het is niets. Dat vertel ik je later nog wel eens. Hou jij je voorlopig maar bezig met het begeleiden van de junioren, met boogschieten en zo. En ik zou het ook waarderen als je een keer een tactische oefening met hen zou willen doen.'

'Komt voor de bakker,' zei Will. Hij dacht even na en voegde eraan toe: 'Moet ik die oefening ook zelf verzinnen en opzetten?'

Maar Crowley schudde al van nee. 'Dat hebben we allemaal al geregeld. Je hoeft de jongens alleen maar te begeleiden, terwijl ze zich erdoorheen proberen te slaan. Het zal je wel amuseren, denk ik,' voegde hij er enigszins cryptisch aan toe. Daarna stond hij op en klopte het droge zand van zijn broek.

'Bedankt voor de koffie,' zei hij. 'Tot straks bij het feest dan maar!'

Hoofdstuk 2

'Goed,' zei Will tegen de drie jongens, 'laat maar eens zien hoe goed jullie al kunnen schieten. Elk tien pijlen op die doelen daar.'

Hij wees op drie grote strooien rozen, die vijfenzeventig meter verderop op de schietbaan stonden opgesteld. De drie jongens liepen naar voren en stelden zich op.

Een flink eind achter hen stonden twee oudere Jagers ook te oefenen. Zij schoten op doelen die niet groter waren dan een flink etensbord, maar dan van een afstand van honderdvijftig meter! De drie eerstejaars bleven even vol ontzag staan kijken, terwijl de twee scherpschutters met de ene pijl na de andere hun bijna onzichtbare doelwit wisten te raken.

'Ja hoor, we hebben alle tijd – als jullie maar vóór zonsondergang klaar zijn,' zei Will vals. Hij merkte niet eens hoe hij al helemaal de pesterige toon van Halt nadeed, zoals de oude Jager destijds tegen hem als beginnend leerling had gesproken.

'Ja, mijnheer. Sorry, mijnheer,' zei de dichtstbijzijnde van de drie jongens. Ze keken hem allemaal met grote ogen aan.

Will zuchtte diep. 'Stuart?' zei hij tegen de jongen die zojuist iets gezegd had.

'Ja, mijnheer?'

'Je noemt mij geen mijnheer. We zijn tenslotte allebei Grijze Jagers.'

'Maar...' begon een van de andere jongens. Het was een stevige knaap, met een bos knalrood haar dat slordig over zijn voorhoofd viel. Will moest even nadenken voor hij de naam van de jongen weer wist: Liam, dat was het.

'Ja, Liam?'

De jongen stond wat ongemakkelijk heen en weer te schuifelen. 'Maar wij zijn toch maar leerlingen, en u bent...' Hij kwam niet verder. Hij wist niet goed wat hij wilde zeggen. Waarschijnlijk iets belachelijks als: 'Maar wij zijn leerlingen en u bent u.' Want al had Will daar zelf geen idee van, deze jongens keken enorm tegen hem op. Hij was immers niemand minder dan de legendarische Will Verdrag, de Grijze Jager die de dochter van de koning had gered uit de klauwen van Morgaraths Wargalleger. En die haar daarna had weten te beschermen, toen ze gekidnapt waren door Skandische zeerovers. En daarna had hij nog een hele compagnie boogschutters opgeleid en aangevoerd, in de oorlog tegen de Temujai, toch? Hij was met de kroonprinses dwars door de woestijn getrokken. En nog geen jaar geleden had hij eigenhandig een heuse invasie van de Scoti tegen weten te houden, aan de noordgrens van het rijk.

Natuurlijk keken deze drie jongens hoog op tegen elke Grijze Jager. Maar Will Verdrag... die was nog maar een paar jaar ouder dan zijzelf, en dus was hij bij uitstek een held, een held die de jongens als geen ander vereerden. Ze waren dan ook verrast geweest, en zelfs een beetje teleurgesteld, toen ze hem eindelijk voor de eerste keer ontmoetten. Ze hadden iets indrukwekkends verwacht – een echte, grote held. In plaats daarvan werden ze voorgesteld aan een jongeman met appelwangen en een brede gulle lach, een jongen nog maar, een beetje verlegen zelfs, die ook nog eens aan de kleine en magere kant was. Als Will het geweten had, dan had hij erom gelachen, en zich misschien zelfs een beetje ongemakkelijk gevoeld. Want het was precies dezelfde reactie als hij kende van mensen die voor de eerste keer kennis maakten met Halt. En – dat wist hij natuurlijk ook niet – zijn eigen reputatie was intussen bijna even indrukwekkend als die van zijn vroegere leermeester. Will zou niets begrepen hebben van de aanbidding en het ontzag dat die jongens voor hem voelden. Maar hij begreep des te beter wat een diepe kloof er voor de jongens lag tussen een heuse Grijze Jager en een leerling. Die afgrond had hij zelf ook steeds gevoeld, herinnerde hij zich.

'Luister, jullie zijn nu alle drie leerling-Jagers,' zei hij. 'En het belangrijkste woord daarvan is: Jagers.' Hij tikte met zijn vinger op het zilveren eikenblad dat aan een kettinkje om zijn nek hing. 'Als drager van het zilveren eikenblad mag ik gehoorzaamheid verwachten, een beetje respect. Maar dat betekent niet dat ik verwacht dat jullie me de hele tijd mijnheer noemen. Ik heet Will, en zo noemen jullie me ook. Je noemt mijn vriend hier Gilan, en mijn vroegere leermeester zou je, als hij hier was, gewoon Halt noemen. Zo doen we dat bij de Grijze Jagers.'

Het was iets onbenulligs, wist hij, maar het was wel belangrijk. Grijze Jagers vormden een exclusief gezelschap, en soms waren ze gedwongen de baas te spelen over mensen die qua rang en stand ver boven hen stonden. Het was belangrijk dat deze jongens beseften dat ook zij op een dag zouden moeten kunnen bouwen op hun gezag en op het blinde vertrouwen dat de koning had in al zijn Grijze Jagers. Dat gold zowel voor beginnelingen als voor afgestudeerden en veteranen. En het zelfvertrouwen dat hen daarbij zou helpen, werd er van het begin af aan ingestampt, ook door de gelijkheid en broederschap die zij deelden met hun collega's in het korps Grijze Jagers.

De drie leerlingen wisselden onderling blikken uit, terwijl zij luisterden naar Wills woorden. Hij zag dat ze hun rug iets rechtten, dat hun kinnen iets omhoog kwamen.

'Goed... Will!' zei Liam ten slotte. Hij knikte in zichzelf, alsof hij de woorden proefde en besloten had dat ze hem wel smaakten. De anderen knikten ernstig dat ze het ook begrepen hadden. Will liet ze een paar tellen genieten van dit nieuw gevonden zelfvertrouwen en keek toen veelbetekenend naar de zon.

'Er blijft steeds minder tijd over voor het donker wordt.' zei hij en probeerde een grijns te onderdrukken terwijl drie pijlen haastig uit hun kokers getrokken werden. Een paar tellen later lieten de pezen hun karakteristieke geluid horen – twang! – en waren de pijlen op weg naar hun doel.

'Tien keer schieten,' zei Will. 'Dan zullen we zien hoe jullie het eraf hebben gebracht.' En hij liep op zijn gemak naar een boom vlakbij en ging er met zijn rug tegenaan zitten. Hij trok zijn kap wat naar voren, zodat zijn gezicht helemaal in de schaduw lag. Het leek of hij even wegdoezelde.

Maar intussen bleven zijn ogen elke pijl van elke jongen scherp volgen. Niets ontging hem, terwijl de jongens hun techniek en mikkunsten lieten zien.

De twee dagen daarna bleef Will hun vaardigheden met pijl en boog testen. Af en toe gaf hij kleine aanwijzingen, hoe de jongens zich zouden kunnen verbeteren. Liam, bijvoorbeeld, had zich de gewoonte aangeleerd om de pijl zo ver terug te trekken, dat zijn rechterduim zijn mondhoek raakte.

'Denk eraan dat je je mond alleen raakt met je wijsvinger, nooit met je duim,' zei Will tegen hem. 'Als je je duim gebruikt, dan draai je automatisch je hand een beetje naar rechts, en dan gaat je pijl ook scheef.'

Liam knikte dat hij het begrepen had en draaide zijn hand ietsje naar links. En dat werkte meteen: zijn pijlen raakten veel vaker de roos, vooral bij langeafstandschoten waarbij ook de kleinste afwijking grote gevolgen kon hebben.

Nico, de stilste van de drie, hield zijn boog te strak vast. Hij wilde het graag allemaal zo goed doen, en was daardoor nogal gespannen. En daarom kneep hij ook zijn boog zowat fijn, begreep Will. Terwijl hij die juist ontspannen in de hand moest houden. Als je hem zo vastkneep, trok hij algauw naar opzij wanneer je de pees losliet, en dan vloog de pijl geheid langs het doel. Ook bij hem deed Will geduldig voor hoe het wel moest en hij gaf de jongen extra oefeningen op.

Stuarts techniek was goed, voor het moment zonder duidelijke fouten. Maar dat betekende niet dat hij niet net als de anderen nog héél veel zou moeten oefenen, wilde hij ooit de standaard van de Grijze Jagers bereiken.

'Denk eraan, oefenen, oefenen en nog eens oefenen,' drukte Will hen op het hart. 'Vergeet nooit die oude wijsheid: "Een doorsnee boogschutter oefent tot hij het doel raakt. Een Grijze Jager oefent totdat...?"' En hij wachtte tot een van de jongens de zin af zou maken.

'... tot hij nooit meer misschiet!' zeiden ze in koor.

'En dat mag je nooit vergeten,' besloot Will.

Pas de derde dag van de Bijeenkomst mochten ze ophouden met trainen. De avond ervoor hadden de jongens een brief gekregen, met daarin de opdracht voor de tactische oefening die de leiding voor hen verzonnen had. De tijd die hen na het avondeten restte, voordat het donker was, hadden ze besteed aan het bespreken van de opdracht en het verzinnen van hun eerste ideeën over de te kiezen aanpak.

Will had zelf de details van de opdracht ook pas de avond ervoor gekregen. Hoofdschuddend las hij de tekst.

'Tjonge, wat een eigenaardig gevoel voor humor heeft die Crowley toch,' mopperde hij, terwijl hij het papier weer opvouwde. Gilan keek op van zijn herstelwerk – hij repareerde een scheur in zijn mantel. Bij zijn demonstratie van hoe je ongezien iemand moest besluipen had hij die middag een route door een bramenbosje gekozen.

'Wat heeft hij dit keer verzonnen?' vroeg hij belangstellend.

Will sloeg met het papier op zijn linkerhand. 'Deze oefening... Je herinnert je misschien dat hij zei dat ik die wel lollig zou vinden? Nou, de jongens moeten een manier verzinnen om een kasteel te heroveren dat door een invasiemacht bezet is. In een leen in het noorden. Ze moeten genoeg manschappen bij elkaar zien te schrapen om het kasteel aan te vallen en weer terug te veroveren. Waar hebben we dat eerder gehoord?'

Gilan knikte bedachtzaam. 'Ja, nu je het zegt, ik geloof dat ik wel eens gehoord heb van iemand die een soortgelijk probleem kreeg op te lossen,' gaf hij toe. En inderdaad, het was bijna precies de situatie waarin Will de winter daarvoor terechtgekomen was, bij kasteel Macindaw.

'Je zou haast denken dat ze van mijn leven een heus oorlogsspel gemaakt hebben,' mopperde Will.

En daarmee schoot hij zuiverder in de roos dan hij kon vermoeden. Crowley had aan alle Jagers een gedetailleerd verslag over de hele missie toegestuurd. Wills collega's hadden de door hem gevolgde strategie en tactiek goed moeten bestuderen, en ze waren allemaal hevig onder de indruk geweest. De Grijze Jagers die zelf een leerling hadden, besloten dat de hele geschiedenis een mooi voorbeeld was van hoe je met creativiteit en fantasie een probleem dat onoverkomelijk leek, toch te lijf kon gaan. Een probleem dat je, althans volgens de traditionele krijgskunde, alleen met veel méér manschappen zou kunnen oplossen.

Natuurlijk wist Gilan ook dat iedereen het rapport had gekregen, maar hij besloot dat hij dat maar voor zich zou houden, nu Will blijkbaar als enige van niets wist. Met recht dacht hij dat zijn vriend zich maar ongemakkelijk zou voelen, als hij wist hoe beroemd en berucht hij intussen aan het worden was. Typisch Crowley en Halt, om Will zelf niets te laten merken van hun waardering!

'Wat hebben ze om mee te werken? Hoeveel manschappen?' vroeg hij.

Will keek zorgelijk, terwijl hij het papier weer openvouwde. Hij las de lijst met beschikbare middelen en manschappen nog eens door. 'Een reizende potsenmaker,' las hij op. Dat was zijn eigen vermomming geweest in Macindaw. 'Ha, ha! Daar zullen ze veel aan hebben. Een ridder met een strijdros – dat is natuurlijk Arnaut. Het oude garnizoen van het kasteel, veertig man, maar die zitten door het hele leen verspreid natuurlijk, nadat ze gevlucht of weggejaagd zijn. Dan nog een groep circusartiesten, clowns, acrobaten, van alles en nog wat... Die kunnen van pas komen. En dan de mensen van het dorp.'

'Maar geen gestrande groep Skandiers dus? Geen boze tovenaars die achteraf mee blijken te vallen?'

Will snoof minachtend. 'Nee. Dat hebben ze me bespaard, gelukkig.'

Hij stond op en liep weg, terwijl hij op een nagel knauwde en diep nadacht. Acrobaten, die kon je gebruiken om op en over de muur te komen. Die was maar tussen de drie en vier meter hoog, stond er. Daar klom je als gewoon mens niet zomaar tegenop, maar een acrobaat...

Hij vouwde het papier weer dicht. Hij hoefde het niet op te lossen, dit keer. Dat moesten de drie jongens doen. Hij hoefde alleen maar te beoordelen of wat ze verzonnen ook echt haalbaar was.

'Nou, het klinkt inderdaad eigenlijk wel lollig,' zei Gilan.

Will schudde zijn hoofd. 'Ik ben heel benieuwd waar ze mee aankomen!'

HOOFDSTUK 3

Halt lag roerloos, plat op zijn buik, in de bosjes boven het dorp Selsey. Zijn camouflagekleding zorgde dat niemand hem kon zien. Alleen zijn ogen bewogen, terwijl hij keek naar wat zich ver beneden hem afspeelde.

Hij hield het dorp nu al een paar dagen in de gaten, zonder dat de inwoners er iets van gemerkt hadden. Evenmin als de nieuwkomers in het plaatsje, die hun tenten op het strand hadden opgeslagen.

Selsey was maar een klein dorp, dat op het eerste gezicht niet veel voorstelde. Tien, vijftien huisjes, aan de noordkant van de baai, aan de voet van een steile heuvel. Het strand was er nauwelijks honderd meter breed. Die baai was een kleine inham, een driehoekige hap uit de rotsachtige kustlijn.

Aan drie kanten daalde het terrein steil af naar het water en het smalle stukje strand. De kliffen waren er hoog genoeg om dorp en baai te beschermen tegen de wind of de stormen die deze kust geregeld teisterden. De vierde zijde werd gevormd door de open zee – maar zelfs daar, zag Halt aan de golfslag, was een soort rif dat de inham afsloot. Er lag blijkbaar een dam van rotsen vlak onder het wateroppervlak, die de golven brak voordat ze zich door de nauwe ingang de baai in konden persen.

Alleen aan de zuidkant van de ingang tot de baai zag Halt een stukje kalm water – daar was het dieper en konden de vissersboten dus zonder gevaar naar binnen varen. Nu lagen die boten, een handvol, hoog en droog op het strand getrokken.

Maar Halt zag ook dat de huizen stuk voor stuk goed onderhouden waren. Ze waren niet groot, maar ook zeker niet armoedig. Ze waren stevig, allemaal nog maar kort geleden geschilderd, en zagen er best gerieflijk en goed onderhouden uit.

Net als de boten, trouwens. De masten en de ra's waren onlangs nog gevernist, zo te zien, om ze te beschermen tegen de invloed van het zoute water en de zoute winden. De zeilen waren netjes gereefd en vastgebonden. De lijnen stonden allemaal even strak, en ook de rompen waren geteerd en in topconditie. Alles was even goed onderhouden.

Op het eerste gezicht zou je misschien denken dat het hier om een onbetekenend gehucht ging, maar als je goed keek las je dus een ander verhaal. Het ging hier duidelijk om een ordelijke en welvarende gemeenschap. En dat aan een woeste kust, waar maar een paar beschutte plekken te vinden waren! De vissers van Selsey zouden geen enkele moeite hebben hun vangsten in de dorpen in het achterland aan de man te brengen. En dus was de welvaart die je zag vast en zeker niet iets van de laatste jaren.

Dat verklaarde natuurlijk ook de aanwezigheid van de Buitenstaanders. Halts ogen vernauwden zich tot grimmige spleetjes terwijl hij aan hen dacht. Hij had niet voor niets de jaarlijkse Bijeenkomst aan zich voorbij laten gaan, dit jaar. Het was maar goed dat hij besloten had de vage geruchten te gaan checken die hem bereikt hadden uit deze verre westkust van Araluen.

Het waren maar geruchten, want het ging hier om een van de weinige streken in het rijk die niet onder een van de vijftig lenen vielen, met elk hun eigen Grijze Jager. Deze uithoek was men, jaren geleden, toen de grenzen van de lenen definitief getrokken werden, glad vergeten. Later was er wel wat gedoe geweest over van wie het land eigenlijk was. Er was een groep mensen geweest, uit Hibernia verjaagd, die het in bezit wilden nemen. De koning die toen over Araluen regeerde had een snelle inspectietocht gemaakt door de onherbergzame kuststreek en besloten dat de Hiberniërs daar wat hem betreft welkom waren. Hij had wel wat anders aan zijn hoofd. Hij had het veel te druk met zijn pogingen om vijftig ruziënde baronnen samen te smeden tot één fatsoenlijk functionerende overheid voor de rest van het land.

En zo kwam het dat dit stuk kust, van een kilometer of twintig, eigenlijk altijd aan zijn lot was overgelaten. Als de koning had geweten dat hij daarmee ook het gezag over een van de beste havens in de wijde omgeving had weggegeven, dan was hij misschien tot een ander besluit gekomen. Maar niemand had hem of zijn ambtenaren verteld over deze kleine fijne inham, dat was een goed bewaard geheim gebleven. En zo had het kleine vissersplaatsje al jaren in stilte kunnen bloeien, zonder aan iemand belasting af te dragen of zich te schikken onder welke overheid dan ook.

En toch lag het niet eens zo ver van de westelijke grenzen van het leen Redmont. Dat was dan ook de reden waarom Halt er de afgelopen jaren met enige regelmaat poolshoogte was gaan nemen. Zonder dat de inwoners daar iets van gemerkt hadden, overigens. De laatste maanden had hij steeds vaker verhalen gehoord over een nieuwe godsdienst of sekte die er de kop op had gestoken. En over die verhalen maakte hij zich grote zorgen. De mensen vertelden dat er in een gehucht of dorp ineens vreemden opdoken, die op het eerste gezicht alleen maar vriendelijk leken. Ze deelden speelgoed uit aan de kinderen, en gaven presentjes aan de leiders van de plaatselijke gemeenschap.

En in ruil daarvoor vroegen ze alleen maar een plekje om hun barmhartige en welwillende godheid te mogen eren en aanbidden. Ze noemden die god de 'Gouden God Alquezel'. Ze deden geen enkele moeite om mensen te bekeren – Alquezel was zogenaamd een heel tolerante god, die andere goden alle ruimte gunde om eigen gelovigen aan te trekken en te houden.

En zo leefden de Buitenstaanders, zoals de volgelingen van

Alquezel zichzelf noemden, in harmonie met de plaatselijke bevolking. De eerste paar weken na hun komst, tenminste.

Want dan begonnen er allerlei dingen mis te gaan. Koeien of paarden vielen zomaar dood neer in de wei. Schapen, geiten en andere huisdieren werden gevonden met onverklaarbare verwondingen. Akkers vol bijna rijp graan, en soms zelfs een hele schuur of boerderij, gingen in vlammen op. Het water uit putten en beken was ineens niet meer te drinken. Bandieten en struikrovers meldden zich in de streek en overvielen reizigers of afgelegen boerderijen.

Na verloop van tijd werden die aanvallen dan steevast brutaler en gewelddadiger. De streek werd geterroriseerd, en de dorpelingen begonnen voor hun leven te vrezen. Hun dorpen veranderden langzaam maar zeker in zenuwachtige, slordig beveiligde vestingen. En niemand wist waar en wanneer de volgende aanval verwacht kon worden.

En dan, o wonder, schoten de Buitenstaanders te hulp. Zij vertelden dat de bandieten die het dorp omsingeld hielden, allemaal volgelingen waren van de boze god Nonsennis – een duistere god die Alquezel en alles waar hij voor stond hartgrondig haatte. De Buitenstaanders hadden dit al eerder meegemaakt, beweerden ze. Nonsennis was zo kwaadaardig en jaloers, dat hij ellende bracht over elke plek waar Alquezel en zijn volgelingen een vreedzaam welkom gevonden hadden. Maar Alquezel was gelukkig de sterkste van de twee goden, zeiden zij, en hij kon helpen. Alquezel kon ervoor zorgen dat de volgelingen van zijn boze collega verdwenen, en dat het dorp weer even veilig werd als vroeger.

Natuurlijk moesten de dorpelingen dan wel wat terugdoen. Er moest flink aanbeden en gebeden worden, natuurlijk. En, belangrijker, er moest een speciaal altaar gebouwd worden voor de uitbanningsceremonieën. En dat altaar moest van de fraaiste en puurste materialen gemaakt worden: wit marmer, eerste kwaliteit cederhout, zonder knoesten, en... veel goud. Heel veel goud.

Alquezel heette niet voor niets de Gouden God Alquezel. Aan dat edele metaal ontleende hij zijn krachten. Alleen goud gaf hem de macht om de strijd tegen Nonsennis te winnen.

Vroeger of later gaven de meeste dorpen toe. Geconfronteerd met steeds wredere aanvallen en grotere rampen haalden zij al hun kostbaarheden te voorschijn, en overhandigden die samen met hun spaargeld aan de Buitenstaanders, om er goud voor te kopen. Hoe langer ze daarmee wachtten, hoe feller de aanvallen werden die ze te verduren kregen. Werden eerst alleen dieren afgemaakt, al snel vielen er ook menselijke slachtoffers te betreuren. Belangrijke mensen werden met doorgesneden keel in hun bed aangetroffen.

Dan kwamen de burgers wel over de brug. Het altaar werd besteld en gebouwd. De Buitenstaanders begonnen te bidden, ze zongen liederen en vastten. En de aanvallen werden snel minder. Er gebeurden geen 'ongelukjes' meer. De bandieten lieten zich steeds minder zien. Het leven werd langzaam weer normaal.

Totdat op een dag, als het dorp leeggeplukt was en er niets meer te halen was, de Buitenstaanders ineens verdwenen waren. De dorpelingen werden 's ochtends wakker, en de gelovigen waren tot de laatste man vertrokken. Mét alle goud en kostbaarheden die de dorpelingen aan hen hadden toevertrouwd.

De Buitenstaanders waren verder getrokken naar een ander dorp, in een andere streek. En daar begon alles weer van voren af aan.

Halt was bij Selsey aangekomen toen de laatste fase van de cyclus in volle gang was. Hij zag hoe de Buitenstaanders luidkeels aan het bidden en vasten waren om het dorp te beschermen tegen een aanval van Nonsennis. Al snel merkte hij dat de Buitenstaanders even buiten het dorp een geheime voedselvoorraad verstopt hadden, zodat het weinig moeite kostte net te doen alsof zij niets aten en alleen water dronken. Hun vasten is al net zo vals als de rest van hun godsdienst, dacht hij grimmig.

Toen hij op verkenningstocht ging, in de streek rondom het dorp, ontdekte hij ook al snel de basis waar de meer gewelddadige medeplichtigen van de Alquezel-volgelingen hun kamp hadden opgeslagen. Daar zaten de leden die het vuile werk opknapten: het in brand steken van schuren, het mishandelen van dieren, en het ontvoeren en zelfs vermoorden van plaatselijke notabelen. De kerk van Alquezel kon niet zonder deze dienaren, maar ze lieten zich wijselijk niet aan de dorpelingen zien.

Het was duidelijk een goed geoliede organisatie, zoals hij een paar jaar eerder ook al had gemerkt. En nu waren ze dus weer terug in Araluen.

Halt trok een diepe rimpel in zijn voorhoofd. Er was zojuist iemand naar buiten komen lopen uit de grote tent die de Buitenstaanders gebruikten als hun hoofdkwartier. Die tent stond aan de rand van het strand, vlak bij de plek waar de vissersboten op het strand waren getrokken. De man was groot en fors, met lang grijs haar en in het midden een scheiding, zodat het aan beide kanten van zijn gezicht steil naar beneden hing. Van deze afstand kon Halt dat gezicht niet goed onderscheiden, maar hij wist van eerdere ontmoetingen dat de wangen van de man bijzonder pokdalig waren. Blijkbaar had de Gouden Alquezel hem niet tegen jeugdpuistjes willen of kunnen beschermen, dacht Halt met een bittere grijns.

De man droeg een lange staf, als teken dat hij de leider van de kerk was. Het was een lange kale tak, met bast en al en bovenop een platte steen waarin het symbool van de Buitenstaanders gegraveerd was: een cirkel van runentekens, met in het midden een halve bol en een dunne streep die deze verbond

met een tweede halve bol buiten de runencirkel. Terwijl Halt gespannen toekeek, liep de man doelgericht naar het grootste huis van het dorp.

'Nog wat extra goud afpersen zeker?' mompelde Halt. 'Eens kijken of we daar een stokje voor kunnen steken.'

De leider van de Buitenstaanders had blijkbaar een afspraak met een delegatie van de dorpelingen. Het waren allemaal ouderen. Er begon een druk gesprek daar beneden. Halt had het allemaal al eerder meegemaakt. Met grote spijt en aarzeling moest de leider van de sekte helaas aan de dorpelingen mededelen dat Alquezel méér kostbaarheden nodig had. Want hij had, om de Boze te weerstaan, toch meer kracht nodig dan eerder verwacht, en die kracht kon hij alleen krijgen als er meer goud en edelstenen geofferd werden.

Wat waren die lui toch doortrapt, dacht Halt. Ze deden net alsof ze met grote tegenzin om meer vroegen. Ze eisten niets, en drongen niet aan als het dorp weigerde. Daardoor konden de dorpelingen hun moeilijk de schuld geven, of beweren dat de Buitenstaanders het goud alleen voor zichzelf vroegen.

Halt zag hoe de kerkleider theatraal zijn schouders ophaalde, blijkbaar legde hij zich er zuchtend bij neer dat de dorpelingen niets meer te vergeven hadden. Hij spreidde zijn armen, in een gebaar van vriendschap en begrip voor hun moeilijke situatie, en keerde de dorpelingen vervolgens met afhangende schouders de rug toe. De Buitenstaanders kennende, had hij gezegd dat het jammer was, maar dat de dorpelingen ervan verzekerd konden zijn dat hij en de andere gelovigen zouden blijven bidden en hun uiterste best zouden blijven doen. Ze zouden blijven vasten, onbaatzuchtig als altijd, om de zegen en bescherming van Alquezel af te roepen over het dorp en zijn bewoners.

'En dan gaat vanavond,' mompelde Halt, 'vast en zeker een van die huizen in de hens.'

HOOFDSTUK 4

Op een rustige open plek in het bos zaten de drie leerlingen, met hun opdrachtformulieren en notitieblokjes op de knieën, vol verwachting naar Will te kijken.

'Goed,' begon hij, een beetje beduusd van die drie paar ogen die hem zonder knipperen aanstaarden. Hij besefte dat de jongelui er waarschijnlijk van uitgingen dat hij allang de perfecte oplossing voor het voorliggende probleem had verzonnen. Maar dat was natuurlijk niet de bedoeling.

'Dus jullie hebben allemaal de opdracht gelezen?'

Drie hoofden knikten.

'En begrepen, ook?'

Weer knikten de drie hoofden.

'Prima! Wie van jullie doet een eerste poging?'

Even was er een algemene aarzeling. Toen stak Nick zijn hand omhoog.

Will knikte. Dat had hij al wel gedacht, dat Nick de eerste zou zijn. 'Goed, Nick, laat maar eens horen dan.' Hij gebaarde de jongen dat hij van wal kon steken.

Nick schraapte een paar keer zijn keel, bladerde wat door zijn aantekeningen en begon toen met gebogen hoofd en in een ongelooflijk tempo binnensmonds op te lezen wat hij geschreven had.

'Goedhetprobleemdatwemoetenoplossenisdusdatweniet-genoegmanschappenhebbenomeenklassiekeaanvalsstrate-gieuittevoerendusmoetenwe...'

'Ho! Ho! Ho!!' onderbrak Will hem en Nick keek zenuwachtig op. Hij wist dat hij nu al iets fout had gedaan.

'Rustig,' zei Will. 'Probeer eerst eens gewoon te draven in plaats van volle galop, ja?!'

Hij zag de jongen beteuterd kijken. Die Nick was vast bang dat hij een eerste minpuntje gescoord had. Hij probeerde echt uit te blinken, dacht Will bij zichzelf. Dat overhaaste gebrabbel kwam uit dezelfde bron als de gespannen greep waarmee hij eerder zijn boog had vastgehouden.

'Ontspan je nou eens een beetje,' zei hij met een bemoedigend lachje. 'Denk je eens in dat je zo'n plan als dit uit moet leggen aan koning Duncan...' Hij wachtte even en zag hoe de ogen van de jongen zich opensperden, alleen al bij het idee. Daarna ging hij vriendelijk verder: 'Want dat zou je zomaar kunnen overkomen, hoor. Dat is nou precies wat wij Grijze Jagers moeten doen, op gezette tijden. En dan wil je toch niet op topsnelheid het kasteel binnenrennen, de troonzaal in en dan buiten adem tegen de koning roepen: 'HallodaarkoningDuncanmagikueenpaarideetjesvoorleggenenwiltudanmisschienzovriendelijkzijnmeteenterageren?'' Hij vond dat hij een redelijke imitatie gaf van Nicks ratelende manier van spreken, en de twee andere jongens schoten in de lach. Gelukkig kon Nick er na een paar tellen ook om lachen.

'Nee, dat zou je niet willen natuurlijk,' gaf Will zelf antwoord op zijn vraag. 'Als je een plan of voorstel wilt uitleggen aan je gehoor, dan praat je langzaam en duidelijk, zodat je zeker weet dat de mensen die je wilt overtuigen alles goed horen en begrijpen. Eerst moet je je eigen gedachten ordenen, en dan moet je ze in logische volgorde te berde brengen. Dus haal eens diep adem...'

Dat deed Nick braaf.

'En begin overnieuw. En langzaam dit keer!'

'Goed,' zei Nick. 'De moeilijkheid van de opdracht die we gekregen hebben is gelegen in het feit dat we te weinig manschappen hebben om een standaard belegeringstactiek te volgen. Wat we dus moeten doen is: a. extra troepen zien te rekruteren, en b. ervoor zorgen dat we daarmee een antwoord hebben op de overmacht van het garnizoen.'

Vol verwachting keek hij op.

Will knikte. 'Goed, tot hier. En aan wat voor oplossing dacht je?'

'Ik stel voor om een scheepsbemanning van vijfendertig Skandische zeewolven te charteren, als aanvalsmacht, met als aanvoerder de ridder die we al hebben. De gevechtskracht van de Skandiërs is meer dan genoeg om...'

Weer stak Will zijn hand op en brak de woordenstroom af.

'Ho! Ho! Ho! Wacht eens even! Skandiërs? Waar haal je zo gauw die Skandiërs vandaan?'

Nick keek hem aan alsof hij het in Teutoland hoorde donderen.

'Nou... ik neem aan uit Skandia?' Will zag dat de twee andere jongens ijverig knikten en niet begrepen waarom Will zo nodig Nicks verhaal moest onderbreken.

'Nee, nee, nee...' begon hij, maar ineens bedacht hij iets en hij keek de twee andere jongens fronsend aan.

'Hadden jullie dat soms alle drie verzonnen, een groepje Skandiërs erbij halen?' vroeg hij en Liam en Stuart knikten.

'En hoe kwamen jullie op het idee dat jullie dat zou lukken?' vroeg hij.

De jongens keken elkaar aan, en Liam zei: 'Maar dat heb jij zelf toch ook gedaan?'

Hij zei het op een toon van 'Wat zit je nou moeilijk te doen?'.

Will maakte een hulpeloos gebaar.

'Je vergeet één ding: ik kende die Skandiërs al,' zei hij. 'Dat waren vrienden van me.'

Liam haalde zijn schouders op. 'Ja, dat is zo. Maar waarom zou ik ze niet ook hebben leren kennen? Ze zeggen altijd dat ik heel sociaal ben, ik weet zeker dat ik vriendschap met hen zou kunnen sluiten.'

Stuart en Nick knikten heftig dat ze het daar helemaal mee eens waren. Maar Will was onverbiddelijk en wees op de lijst beschikbare hulpmiddelen.

'Ik zie daar helemaal geen Skandiërs staan. Die zijn er dus helemaal niet. Waarom denken jullie dat je die zomaar uit het niets te voorschijn kunt toveren?'

Weer keken de jongens elkaar aan. Dit keer was het Stuart die antwoord gaf.

'Maar in de opdracht staat dat we onze fantasie moeten gebruiken, en eigen initiatief...'

Will gebaarde dat hij door moest gaan.

'Dus we zijn zo initiatiefrijk dat we verzinnen dat er wel degelijk Skandiërs in de buurt zijn.'

'En dat we die al kennen,' voegde Liam eraan toe.

Will stond plotseling op. Ineens, voor het eerst, begon hij te begrijpen wat Halt had moeten doorstaan, die eerste maanden toen Will bij hem begon als leerling. Het leek allemaal een eitje voor die jochies.

'Maar dat kan niet en dat mag niet!' riep hij. Toen hij hun bange gezichten zag kalmeerde hij een beetje en dwong zich alles nog eens duidelijk uit te leggen. 'De lijst vertelt je precies wat je wel en wat je niet beschikbaar hebt, en dus kunt gebruiken. Begrijpen jullie dat? Je kunt niet zomaar hulptroepen verzinnen! Kom nou, dat geloven jullie toch zelf niet?'

Hij keek de beteuterde kring rond.

'Ik bedoel, als dat kon, waarom zou je dan niet meteen tien reusachtige trollen fantaseren, die precies doen wat jullie willen en met een paar reuzenvuisten de kasteelmuur voor je neerhalen?'

Nick, Liam en Stuart knikten braaf en even dacht Will dat ze hem serieus namen. 'Dat was natuurlijk een grapje!' zei hij, en weer knikten ze braaf. Will slaakte een diepe zucht en ging weer zitten. Ze beseften nu wel dat ze weer helemaal opnieuw zouden moeten beginnen met het verzinnen van een oplossing. De teleurstelling straalde uit hun ogen. Will was niet van plan hen alles voor te kauwen, maar hij besloot dat het geen kwaad kon als hij een aanwijzing gaf.

'Kijk nou eerst nog eens goed wat jullie wél ter beschikking hebben volgens de lijst. Loop dat nog eens even voor me door, wil je?'

'We hebben een groepje circusklanten – acrobaten en zo,' merkte Liam op.

Will keek hem snel aan. 'En kun je iets verzinnen, waarvoor je die zou kunnen gebruiken?'

Liam spitste zijn lippen.

'Nou, ze zouden een voorstelling kunnen geven voor de troepen. Dat is goed voor het moreel,' zei Nick.

'Als we die hadden,' reageerde Stuart onmiddellijk.

'Zodra we die hebben,' beet Liam hem toe, geërgerd door het pedante toontje van Stuart.

Will besloot dat hij maar beter tussenbeide kon komen, voordat het een echte ruzie werd. Hij gaf weer een aanwijzing.

'Waarom kunnen jullie het kasteel niet in? Wat is de belangrijkste verdedigingslinie van een slot of een kasteel?' De jongens dachten even na en toen zei Stuart, alsof dat nogal voor de hand lag: 'De muren natuurlijk.'

'Precies. Flinke dikke muren. Van vier meter hoog.' Will wachtte en keek de jongens een voor een aan. 'Zien jullie misschien enig verband, tussen hoge muren en acrobaten?'

Ineens hadden ze het door, als eerste Nick.

'Waarschijnlijk kunnen die wel tegen die muren omhoog klimmen!'

Will stak zijn duim naar hem omhoog. 'Precies. Maar dan heb je nog altijd meer soldaten nodig. Waar is het oorspronkelijke garnizoen gebleven, met soldaten die trouw aan de koning waren?'

'Die zitten overal verspreid over het leen. Ze zijn teruggegaan naar hun huizen en boerderijen.' Dat was Liam. Hij fronste zijn wenkbrauwen en formuleerde zelf de volgende stap. 'We moeten iemand de streek af laten gaan, om ze weer op te roepen...'

'Maar je moet wel zorgen dat de vijand niets in de gaten krijgt,' voegde Will daar snel aan toe. Hij hoopte dat een van de jongens het op zou pikken.

'De potsenmaker!' riep Stuart triomfantelijk. 'Dat valt niemand op, als die door de streek trekt, van dorp naar dorp.'

Will liet zich achterover zakken en glimlachte. 'Kijk, nu beginnen jullie zelf na te denken, gelukkig,' zei hij. 'Als jullie deze aanpak nou fijn samen verder uitwerken, dan mogen jullie in de namiddag met een goed plan bij me aankomen.'

De drie jongens wisselden opgewekte grijnzen uit. Ze hadden weer zin om het plan verder uit te werken. Ze stonden al op om weg te gaan, toen Will ineens nog iets bedacht en hen tegenhield.

'Nog één ding. Hoeveel mensen wonen er in dat dorp?'

Nick gaf onmiddellijk het antwoord, zonder dat hij daarvoor in de papieren hoefde te kijken. 'Tweehonderd mensen,' zei hij. Hij vroeg zich af waar Will heen wilde. 'Maar daar zijn maar een paar mannen bij die met wapens kunnen omgaan. De rest zijn boeren en boerenknechten.'

'Dat weet ik,' zei Will. 'Maar denk eens aan wat de wet zegt over dorpen met meer dan honderd inwoners.'

De wet waar Will op doelde zei dat elk dorp met meer dan honderd inwoners verplicht was de jonge mannen te trainen als boogschutters. Op die manier kon Araluen een grote groep getrainde boogschutters semiparaat houden, die altijd klaarstonden om opgeroepen te worden als dat nodig was. Will zag dat de jongens dat verband nog niet gelegd hadden. Maar hij besloot dat hij hen genoeg geholpen had voor die eerste dag.

'Denk daar nog maar eens over na,' zei hij en gebaarde dat ze weg moesten gaan. Hij luisterde naar hun opgewonden gesprek terwijl ze uit het zicht verdwenen en liet zich tegen een boomstam zakken. Hij besefte ineens dat hij doodop was.

'Niet slecht gedaan,' zei Crowley, van twee meter achter hem. Will schrok zich dood.

'Wil je dat alsjeblieft laten, Crowley!' riep hij. 'Ik kreeg zowat een hartaanval!'

De commandant grinnikte terwijl hij de open plek op kwam lopen en op een boomstam naast Will ging zitten.

'Dat heb je niet slecht gedaan, Will. Lesgeven is niet zo simpel, dat heb je nu wel gemerkt. Je moet heel goed in de gaten houden hoever je hen de goede kant in kunt of mag duwen, en wanneer je het aan henzelf moet overlaten. Ik denk dat jij, als je ooit een eigen leerling krijgt, best een aardige leraar zult zijn.'

Will keek hem aan, geschrokken bij het idee alleen al. Wat een verantwoordelijkheid zou dat zijn! Om nog maar niet te spreken over de last van de hele dag een jongen op je hielen te weten, een jongen die domme vragen stelt, en die als een dolle hond ergens op af stuift zonder eerst goed nagedacht te hebben...

Ineens besefte hij dat die beschrijving ook op hemzelf van toepassing was geweest, toen hij de leerling van Halt werd. Voor de zoveelste keer voelde hij medelijden met de oude Jager.

'Laat die leerling nog maar even wachten, alsjeblieft,' zei hij en Crowley lachte.

'Ja, dat komt later wel eens. Ik heb nu andere plannen met je.'

Toen Will bij hem aandrong om die uitspraak te verduidelijken glimlachte de commandant alleen maar. 'Rustig maar, dat komt allemaal nog wel. Alles op zijn tijd.'

En meer kreeg Will er niet uit, die dag.

HOOFDSTUK 5

Het was ver na middernacht. Selsey lag doodstil in duister gehuld en alle inwoners waren in diepe slaap. Wachters waren er niet. Het dorp lag zo ver van alles en iedereen vandaan dat het idee zelfs nooit bij de mensen was opgekomen.

Maar vannacht zou dat veranderen, zoals Halt al vermoed had.

Hij zat gehurkt achter een van de vissersboten op het strand, een stukje boven de vloedlijn. Eerst had hij gedacht dat de Buitenstaanders een van de huizen zouden uitkiezen. Maar toen was ineens tot hem doorgedrongen dat er een veel beter doelwit was: de boten op het strand! Daar kwam de welvaart van de dorpelingen immers vandaan. Als ze een huis in brand staken konden de bewoners een tijdje in een tent gaan wonen, terwijl zij hun huis weer opbouwden. Het zou lastig zijn, maar meer ook niet. Het leven ging gewoon verder.

Maar als de boten kapot waren, kon er niet gevist worden. En dan verdienden ze ook niets, totdat er nieuwe boten gebouwd waren.

Halt besloot dat het net iets voor de Buitenstaanders was om de boten aan te vallen, zo genadeloos gingen ze wel te werk. En zijn vermoedens bleken uit te komen. Een stuk of vijf, zes donkere gestalten kwamen het bos uit geslopen, dat aan het strand grensde, en bewogen zich schichtig richting de vissersboten. Hij verbaasde zich erover dat de mannen steeds in elkaar doken als ze een stukje hadden afgelegd. Ze werden er niet minder zichtbaar door – ze wekten alleen maar meer verdenking. Maar ja, dacht Halt, het zat blijkbaar in de mens, om zo stiekem te doen.

Vier mannen bleven staan bij een stapel netten en andere gereedschappen, een meter of tien van Halt vandaan. De twee anderen liepen door, recht op de boot af naast die waarachter Halt zich verscholen had. Hij keek voorzichtig om de achtersteven heen naar de mannen die een paar meter verderop in het zand knielden – zo dichtbij dat hij hun gefluister kon verstaan.

'Hoeveel doen we er?' vroeg de een.

'Farrell zegt dat twee voorlopig genoeg moet zijn. Dat zal ze leren!' Farrell was de grijze man die Halt eerder die dag had gezien, de aanvoerder van de kleine groep sekteleden. 'Ik neem deze wel. Doe jij die daar!' De spreker knikte met zijn hoofd in de richting van de boot waarachter Halt zich nog steeds verborgen hield. De tweede man knikte en begon op handen en voeten richting boeg te kruipen. Blijkbaar was hij nog steeds bang dat iemand hem zou zien.

Halt kroop zelf achteruit, weg van de achtersteven naar de volgende boot, zodat hij achter de saboteur zou zijn als die met zijn werk zou beginnen. Het strand lag vol grote plakken zeewier en drijfhout, dat wind, getij en stroming op de kust hadden geworpen. Toen hij de man van achter de boot te voorschijn hoorde komen liet Halt zich op de grond zakken en bleef onder zijn mantel bewegingloos liggen. Als de man hem al opgemerkt had, zou hij denken dat er gewoon een hoop afval lag. Zoals de Grijze Jagers altijd zeiden: Als iemand je niet verwacht te zien, zullen ze je waarschijnlijk ook niet opmerken.

Halt hoorde vuursteen op vuurslag krassen en keek even omhoog. De man zat met zijn rug naar Halt achter de boot gehurkt. Terwijl hij naar hem keek hoorde hij weer dat geluid en zag hij een flauwe lichtflits achter de man.

Op ellebogen en knieën tijgerde Halt naar voren, zo stil als een grote dikke slang, en kwam wat omhoog toen hij vlak achter de man was.

De man merkte pas dat hij niet alleen was, toen een stalen arm om zijn keel geslagen werd, terwijl een even sterke hand zijn hoofd van achteren naar voren boog, zodat hij geen adem meer kreeg. Eén klein verrast kreetje wist hij nog uit te brengen.

'Wat is er?' werd er luid gefluisterd aan de andere kant van het schip. Halt bleef de man zijn keel dichtknijpen en antwoordde eveneens op fluistertoon: 'Niets. Ik liet mijn vuursteen vallen.'

Hij zag aan de andere kant een kort blauw schijnsel terwijl ook daar vuur geslagen werd. Hij kreeg een geërgerd antwoord.

'Maak geen lawaai en schiet alsjeblieft wat op!'

De dichtgeknepen keel had zijn werk gedaan, de man zakte bewusteloos weg. Halt liet hem op het zand zakken. Hij had aan de andere kant geen vuursteengeluiden meer gehoord – waarschijnlijk was het de andere man dus al gelukt vuur te maken. Hij had geen seconde meer te verliezen. De door de zon uitgedroogde planken van het schip, met al dat teer en een laag vernis, en de eveneens geteerde kabels en touwen zouden branden als een tierelier. De snelste route naar de man aan de andere kant was over de boot heen. Halt klauterde over de reling, gleed naar de andere kant en liet zich daar op het strand vallen.

Hij krabbelde overeind en zag iets gloeien in de tondel die de andere man vasthield. De saboteur blies zachtjes in het vlammetje. Hij hoorde Halt en keek op, half verblind door het staren naar de gloed. Hij zag alleen maar een silhouet, twee meter van hem vandaan. Natuurlijk dacht hij dat het zijn compagnon was.

'Wat moet jij hier? Ben je al klaar?'

Halt besloot dat het tijd was om duidelijkheid te scheppen. Hij antwoordde, hardop: 'Bijna!'

Te laat drong het tot de man door dat daar iemand stond die hij niet kende. Hij probeerde op te staan, maar Halt schopte snel de brandende tondel uit zijn hand. Meteen daarop haalde hij uit met zijn linkerarm en sloeg de man zo hard als hij kon met vlakke hand tegen zijn kin.

Met een kreet van pijn en schrik sloeg de man met zijn hoofd achterover tegen de harde planken van de boot. Half bewusteloos zakte hij in elkaar. Halt begon zo hard als hij kon te schreeuwen. 'Brand! Brand! De boten staan in brand!'

Hij hoorde de vier andere overvallers geschrokken roepen. Wat kon er gebeurd zijn? Het was natuurlijk niet de bedoeling dat hun twee collega's alarm zouden slaan, zodra de boten eenmaal brandden. Maar er was toch verder niemand?

'Brand!' riep Halt weer. 'Kom naar de boten! Er is brand!'

Zijn stem klonk verrassend luid door de stille nacht, en in het dorp gingen de eerste lichtjes aan. De vier indringers bij de netten beseften dat er iets grondig mis was en liepen zo snel ze konden naar de boten. Halt ging er als een haas vandoor en holde schuin over het strand de andere kant op. Instinctief renden de mannen hem achterna, en dat was precies wat hij wilde dat ze zouden doen. In elk geval mochten ze niet proberen het vuile werk van hun collega's af te maken.

'Pak hem!' hoorde hij ergens achter zich. Het gedempte geluid van over zand rennende voeten haalde hem snel in.

Maar nu klonken er in de verte ook andere stemmen. De dorpelingen waren wakker geschrokken en sloegen alarm. Halt hoorde dat zijn achtervolgers aarzelden.

'Laat hem gaan! We moeten Morris en Jaap ophalen en maken dat we weg komen!'

Morris en Jaap, dat moesten wel de twee mannen zijn die geprobeerd hadden de boten in brand te steken. De saboteurs wilden natuurlijk niet dat de dorpelingen hen zouden vinden en ondervragen.

Halt hoorde zijn achtervolgers stoppen en terugrennen. Hij keek even achterom en zag hoe de vier mannen weer terug naar de boten holden. Een paar honderd meter verderop dansten lantaarns over het strand. De eerste dorpelingen waren op weg naar de boten, maar maakten geen erge haast nu zij geen teken van vuur zagen.

De saboteurs hadden tijd genoeg om te ontsnappen, dacht Halt. Maar daar kon hij nu ook niet veel meer aan doen. In de grote tent waarin de Buitenstaanders logeerden leek men ook wakker geworden te zijn. Of waarschijnlijk hadden die helemaal niet geslapen; ze hadden natuurlijk zitten wachten tot hun boevenmaten volgens plan de boten in brand gestoken hadden. Maar nu konden ze niet net doen alsof ze niets gehoord hadden.

Halt minderde snelheid, zodra hij bij het bos aan de rand van het duin gekomen was. Hij bleef in de schaduw van de bomen staan en haalde een paar keer diep adem. Als alle Grijze Jagers was hij in topconditie, maar het kon nooit kwaad om even rust te nemen als dat kon. Hij voelde de adrenaline door zijn aderen jagen.

'Rustig aan nu,' zei hij tegen zijn snel kloppend hart en zwoegende longen. Meteen voelde hij zijn polsslag afnemen tot een normale frequentie.

Al met al een geslaagde avond, dacht hij. Het was nog beter geweest als de dorpelingen een of twee man te pakken hadden gekregen om te ondervragen. Maar in elk geval hadden ze de boten niet in brand kunnen steken.

En hij had ervoor gezorgd dat de Buitenstaanders er niet gerust meer op waren dat ze hun plannen ongestoord konden uitvoeren. Ze moesten zich nu wel afvragen wat er vannacht misgegaan was, en wie hun plannetje had gedwarsboomd.

Halt glimlachte grimmig in zichzelf. Het was een prettige gedachte, dat die Buitenstaanders nu ook iets hadden om zich zorgen over te maken.

Misschien was het dat kleine klopje op de eigen schouder, dat ervoor zorgde dat Halt eventjes minder goed oplette. Toen hij zich omdraaide om terug te lopen naar waar hij Abelard had achtergelaten, botste hij tegen een man op die ineens van achter een dikke boom tevoorschijn stapte.

'En wie mag jij dan wel wezen?!' vroeg de man op onaangename toon. In zijn rechterhand droeg hij een grote knots met akelige spijkers in de kop geslagen. En dat wapen kwam snel omhoog, met de bedoeling om het hoofd van de onbekende in te slaan.

Door de vanzelfsprekendheid waarmee de man voor geweld koos, wist Halt dat hij tegenover een Buitenstaander stond. Snel herstelde hij zich van de eerste schrik en trapte de man hard tegen zijn linkerknie. De man knikte door zijn knieën en krijsend van pijn zakte hij in elkaar. Hij greep met beide handen zijn gekwetste lichaamsdeel vast.

'Help! Help! Hierheen! Ik word aangevallen!'

Halt hoorde her en der mensen roepen. Van alle kanten kwamen ze tussen de bomen en struiken aanrennen. Zo geruisloos als een geestverschijning holde Halt weg van de kermende man. Hij moest bij Abelard komen, voordat de anderen hem inhaalden.

Hoofdstuk 6

De Bijeenkomst liep ten einde.

De twee leerling-Jagers die dat jaar afstudeerden, werden volgens de oude gebruiken als volwaardige Grijze Jagers opgenomen in het korps. Will stond er melancholiek naar te kijken, tot hij een elleboogstoot in zijn zij voelde, die van Gilan bleek te komen. Wat leek het nog maar kort geleden dat hijzelf daar gestaan had en zich geen houding had weten te geven, terwijl Crowley maar bleef mompelen en met blaadjes papier goochelde, alsof het geen plechtige gelegenheid was.

Hij zag dat de twee nieuwe Grijze Jagers net als hij destijds volledig de kluts kwijt leken te zijn. Na vijf jaar hard trainen en studeren, na vijf jaar keihard je best doen, verwachtte je natuurlijk wel dat je officiële afstuderen met enig ceremonieel gepaard zou gaan. Iets feestelijks, op wat toch een van de belangrijkste dagen van je leven zou moeten zijn.

Maar natuurlijk kon je op het korps Grijze Jagers vertrouwen, uniek als het was, om ten koste van alles elk uiterlijk vertoon te voorkomen. Want, besefte Will inmiddels maar al te goed, afstuderen als Grijze Jager was geen eindpunt, van wat dan ook. Veeleer was het het begin van een andere, veel belangrijkere en veel belangwekkendere levensfase.

Op het oog waren alleen Crowley, de twee leerlingen en hun leermeesters aanwezig. Natuurlijk stond intussen een grote groep toeschouwers heel stil om het kleine gezelschap heen, verscholen tussen de bomen. Klaar om ineens, tot grote schrik

van de afgestudeerden, onder luid gejuich en gelukwensen tevoorschijn te springen. Zoals ze bij elk afstuderen deden.

De ouders van de rekruten waren bij hoge uitzondering
samen met wat andere familieleden toegelaten tot het Bijeenkomstterrein om de plechtigheid, of althans het feestje erna,
bij te wonen. Wel hadden ze de laatste tien kilometer met een
blinddoek voor moeten reizen, want waar het Bijeenkomstterrein precies gelegen was moest natuurlijk geheim blijven. Vol
verwachting stonden ook zij nu tussen de bomen te glunderen.

Alleen de jonge rekruten waren er niet bij. Een van de strenge regels luidde dat niemand de leerling-Jagers ooit mocht vertellen wat hun te wachten stond bij hun afstuderen. Daarom
hadden drie oudere Jagers de eerste- en derdejaars (tweedejaars
waren er momenteel niet) meegenomen naar een plek, veilig ver
weg van het Bijeenkomstterrein, voor een laatste reeks colleges
over belangwekkende onderwerpen. Ze zouden op tijd terug
zijn voor het feest dat na de plechtigheden zou beginnen.

Crowley was aan het eind gekomen van zijn zoals gewoonlijk
meesterlijke voorstelling.

'Goed dan,' zei hij, en hij begon met neergeslagen ogen de
rest van de officiële benoemingsspeech zo snel mogelijk af te
raffelen. 'Voor mij zijn verschenen de jonge Clark uit het leen
Karwei, en Viller uit... waar je ook vandaan moge komen, dat
ben ik even kwijt. O ja, ik heb het weer, geloof ik... uit Maar-
tenszijde, het leen dan natuurlijk. Jullie hebben met goed gevolg alles afgelegd wat er af te leggen valt en zijn dus klaar om
opgenomen te worden in de gelederen van de Grijze Jagers, als
volwaardige leden van dit onvolprezen korps.

Dus mag ik jullie hierbij benoemen tot volwaardige ledema-
ten van het korps Grijze Jagers. Bij gratie van het gezag, mij ver-
leend door blablablabla als commandant van genoemd korps en
blablabla enzovoorts en zo verder, nodig ik jelui uit om handen
te schudden en daarmee is dan de kous wel af, dunkt me.' Dat

gezegd hebbende stond hij snel op, verzamelde zijn papieren en schudde zijn twee geschokte nieuwe collega's kort de hand.

'Net of je trouwt, wat?'

De twee jongens keken elkaar nu totaal verbijsterd aan en staarden daarna naar hun commandant. Die leek nu pas op te merken dat zij niet wisten hoe ze het hadden. Even aarzelde hij en keek hen aan alsof hij op zijn beurt niet begreep wat hun dwars kon zitten.

'Is er nog iets soms? Ben ik iets of iemand vergeten?' Crowley krabde achter op zijn hoofd en liep even al mummelend met een vinger het lijstje op zijn bovenste document na. Will kon zijn lachen bijna niet houden, toen hij zag hoe het leek alsof de commandant nu pas iets te binnen schoot.

'Ach natuurlijk, dat is het! Jullie staan nog te wachten op die zilveren dingetjes natuurlijk.'

Crowley wenkte de twee leermeesters van de jongens dichterbij. Zij hadden elk zo'n glanzend kleinood in de hand, waaraan de Grijze Jagers zo'n belang hechtten. 'Nou, mannen, geef ze die dan maar ook!'

En toen, terwijl de twee oudere Jagers de insignes aan hun zilveren kettingen bij hun leerlingen om de hals hingen, kwamen ineens alle feestvierders tevoorschijn uit hun schuilplaatsen. Ze gooiden hun mantels naar achteren, waarachter ze zich verborgen gehouden hadden, en drongen dicht samen rond het kleine groepje in het midden.

'Hoera! Hoera! Hoera! Gefeliciteerd!'

De gelukwensen galmden door het bos; overal vlogen vogels op van hun tak of nest en zorgden krijsend van schrik voor een vreemde echo. De Jagers feliciteerden hun verse collega's hartelijk, met veel schouderklopjes, gelach en handen schudden. Will zag hoe de gezichten van de twee jongemannen, net nog zo zorgelijk, opklaarden, nu zij begrepen dat ze weer eens vreselijk voor de gek gehouden waren. Will zag ook dat ze vochtige ogen kregen, zodra ze beseften dat zij nu echte Grijze Jagers geworden waren, en volwaardig lid van dit elitekorps. Hij voelde zelf ook iets warms achter zijn ogen, terwijl hij naar de mannen liep om hen te feliciteren.

'Jongens, fantastisch hoor! Dat waren vijf lange, lange jaren, of niet?'

Viller werd op dat moment net innig omhelsd door zijn hevig ontroerde moeder, een nogal massief gebouwde dame die haar slanke donkere zoon zowat vermorzelde.

'Ik ben zo trots op je! Zo ongelooflijk trots! Als je vader dit had kunnen meemaken,' snikte zij.

Viller gebruikte Wills uitgestoken hand als reddingsboei om zich aan haar wurggreep te ontworstelen. 'Rustig maar, mam,' zei hij. 'Het is al goed!' En tegen Will: 'Ik moet eerlijk toegeven dat ik soms dacht dat ik het niet zou halen.'

Will knikte. 'Vooral de laatste maanden?' vroeg hij en Viller keek hem met verbaasde grote ogen aan. 'Hoe weet je dat?'

'Dat hebben we allemaal gehad, vooral zo tegen het einde,' vertelde Will openhartig. 'Dan besef je pas wat voor gigantische taak op je ligt te wachten.'

'Bedoel je... dat zelfs jij dat gevoel had?' vroeg Viller ongelovig. Hij kon zich blijkbaar niet voorstellen dat een wandelende legende als Will Verdrag ooit aan zichzelf getwijfeld had.

Will lachte. 'Zal ik je eens wat vertellen? Ik deed het zowat in mijn broek! Je moet maar vertrouwen op je training. Als je eenmaal een eigen standplaats hebt gekregen, merk je gauw genoeg dat je heel wat meer weet en kent en kunt dan je nu denkt.'

Hij liet Viller achter onder een nieuwe uitbarsting van moedertrots en liep naar Clark, die omringd werd door een kleine groep mensen – zijn ouders, zijn broer en zijn leermeester.

Na hem gelukgewenst te hebben vroeg Will: 'En, weet je al waar je gestationeerd gaat worden?'

Clark schudde van nee. Will zag hem ineens onzeker worden, toen hij besefte dat hij niet langer meer kon rekenen op de bescherming van zijn leermeester en straks helemaal alleen verantwoordelijk zou zijn voor zijn eigen leen.

'Het is vast ergens waar het rustig en veilig is, wees maar niet bang,' zei Andros, zijn leraar. 'Jonge Jagers gooien we slechts zelden meteen in het diepe!'

'Je kunt het vast en zeker aan,' bevestigde Will.

Clark grijnsde. 'Het scheelt al heel wat dat ik Andros niet meer hoef te horen snurken! Eindelijk rust!'

Andros fronste zijn wenkbrauwen en keek de jongen schuins aan. 'O, is dat zo? Nou, dan zou ik maar hopen dat je niet in het leen naast dat van mij terechtkomt, want dan hoor je me nog steeds!'

Will en de anderen moesten daar hartelijk om lachen. Toen vroeg Clarks jongere broer, die vol bewondering naar hem opkeek: 'Kom je nog een paar dagen mee naar huis, voor je weggaat?'

Clark keek naar Andros, die knikte. 'Nieuwe Grijze Jagers krijgen altijd een weekje vakantie, voordat ze hun nieuwe post betrekken.'

Will voelde weemoed, terwijl hij de kring rondkeek. Toen hij afstudeerde stond er geen blije en bewonderende familie, dacht hij. Maar hij schudde dat gevoel snel van zich af. Halt was er geweest, dacht hij. En Halt was genoeg familie.

Daar kwam Crowley aan, en hij sloeg zijn arm om de twee nieuwe Grijze Jagers.

'Waar wachten we op?' riep hij uitgelaten. 'Aan tafel!'

De maaltijd was eenvoudig, maar voedzaam en beslist niet on-smakelijk. Een groot stuk wildbraad had al een paar uur op een laag vuurtje aan het spit gehangen. Af en toe vielen er vlees-sappen in het vuur, wat voor het nodige gespetter zorgde. Soms ook druppels vet, waardoor de vlammen kort oplaaiden. Het hele terrein rook naar heerlijk gebraden vlees. Twee ervaren oudere Grijze Jagers namen op zich er dikke plakken van te snijden, die vervolgens op een bord met een frisse salade gelegd werden. Op de lange tafels lagen op geregelde afstanden bergen vers fruit als dessert.

Na de maaltijd leunden de Grijze Jagers tevreden achterover, terwijl er grote mokken dampende koffie geserveerd werden. Will grijnsde naar Gilan tegenover hem, toen deze zich gulzig bediende uit een van de potten honing.

'Laat je nog wat over?' waarschuwde hij. Een paar oudere Jagers in de buurt speelden het spel onmiddellijk mee en keken Gilan hoofdschuddend aan. 'Ik zie dat Halt nog steeds zijn slechte gewoonten doorgeeft,' mopperde een van hen.

Toen kondigde Crowley aan dat het amusement ging beginnen. Berrigan, een oudere Grijze Jager die lang geleden in de strijd een been was kwijtgeraakt, en nu als minstreel (en als geheim agent) door het land trok, kwam naar voren met zijn gitaar. Hij gaf drie liederen ten beste, onder steeds maar groeiend applaus. Daarna wenkte hij Will.

'Kom me eens helpen, Will Verdrag!' riep hij. 'Laat de mensen eens zien of je iets onthouden hebt van wat ik je allemaal heb geleerd.' Hij was het geweest die Will, voordat hij als speelman vermomd naar het leen Noordam was gezonden, de fijne kneepjes van het vak had bijgebracht.

Will kreeg een kleur van opwinding terwijl hij opstond onder een koor van luide vriendschappelijke aanmoedigingen. Hij liep naar het hoofd van de tafel, waar Berrigan was gaan staan. Een van de rekruten was er onmiddellijk opuit gestuurd om Wills mandola uit zijn tent te gaan halen. Zoals bijna altijd had hij die natuurlijk niet thuisgelaten. Hij gaf Will het instrument aan en Will probeerde een eerste akkoord.

'Ik had hem al voor je gestemd,' zei Berrigan, en Will antwoordde: 'O! Vandaar!', terwijl hij deed alsof hij de snaren stuk voor stuk en uitgebreid opnieuw stemde. Het publiek begon al gewillig te lachen. Ook Berrigan kon de grap gelukkig wel waarderen.

'Waarmee zullen we beginnen?' vroeg hij. Maar Will had al besloten. Dat was een van de eerste dingen die Berrigan hem destijds geleerd had: een beroepsmuzikant heeft altijd een lied bij de hand, zonder na te hoeven denken. Als je niet kunt kiezen merkt iedereen dat je een amateur bent.

'Janny uit de bergen,' zei hij zonder aarzelen.

Berrigan moest erom lachen. 'Ik merk dat je in elk geval één les onthouden hebt.'

Samen zongen zij drie liederen. Will had een prettige stem, en Berrigan zong zonder enige moeite de tweede stem wanneer Will de hoofdmelodie voor zijn rekening nam. Will vond eigenlijk dat ze best goed klonken samen. Maar na het derde lied liet hij zijn mandola zakken.

'Een ander ding dat ik van je geleerd heb is dat je altijd op het hoogtepunt moet ophouden.' zei hij en liep onder donderend applaus terug naar zijn plek. Hij was vastbesloten om de rest van de avond te genieten van de meester zelf.

Maar aan het eind zongen ze samen nog één laatste lied. Dat was het onofficiële clublied van de Grijze Jagers; een wat weemoedige ballade met als titel *Een huisje in het bos*. Alle aanwezigen zongen het zachtjes mee.

In het huisje in het bos
Bij het beekje door het mos,
Daar woonde mijn lief, toen ik moest gaan
Zou zij daar nog op de uitkijk staan?

Dat simpele liedje, vol heimwee naar gemiste kansen, verbeeldde de keerzijde van het avontuurlijke leven van de gemiddelde Grijze Jager. Misschien was het daardoor juist zo geliefd, dacht

Will. Toen hij en Berrigan de laatste noten speelden en zacht lieten wegsterven, hoorde je een diepe zucht van alle aanwezigen. Daarna bleef het even stil. Will keek in de rondte en zag dat de gezichten van zijn collega's, meestal zo ferm en vastberaden, nu zacht in de verte staarden, terwijl ze allemaal dachten aan oude vriendschappen uit vroeger tijden.

'Beste mensen, mag ik jullie aandacht?' Crowley had hun even tijd gegund om na te denken, maar nu riep de werkelijkheid van alle dag hen weer tot de orde. 'We hebben nog één laatste officieel programmaonderdeel te gaan voor deze Bijeenkomst. De benoemingen en overplaatsingen voor dit jaar.'

Crowley nam de plaats van Berrigan en Will in, en Will voelde een vreemd gevoel in zijn maag terwijl hij naar zijn eigen stoel terugliep. Ergens vond hij dat hij lang genoeg gediend had op Zeeklif, daar in die stille uithoek van het rijk. Misschien was de tijd gekomen voor iets met wat meer uitdaging?

'Zoals de meesten van jullie wel zullen weten,' begon Crowley, 'heeft Alun aangegeven dat hij met pensioen wil gaan.'

Alun was de Grijze Jager van het leen Wetborg. Als gepensioneerd man zou hij verhuizen naar kasteel Araluen, zoals alle oudere jagers. Daar zou hij eerst nog wat administratieve klusjes op zich nemen, als assistent van Crowley.

Alun was alom geliefd bij zijn collega's en dus klonk er een welgemeend applaus toen hij naar voren liep om zijn Gouden Eikenblad in ontvangst te nemen. Dat was het insigne van Grijze Jagers die niet meer in actieve dienst waren.

Er was natuurlijk ook een oorkonde van koning Duncan, waarin deze Alun dankte voor jaren trouwe dienst aan de Kroon.

'Ik zal nog vaak aan jullie denken,' zei Alun in zijn dankwoord, terwijl hij de kring van o zo bekende gezichten rondkeek. 'Ik zal aan jullie denken, als ik in mijn warme zachte veren bed lig, in het kasteel, terwijl jullie stuk voor stuk liggen te rillen in een modderige sloot of tochtig schuurtje.'

Er klonk daarop een koor van vriendelijke beledigingen en verwensingen. Zijn grijns werd alleen maar breder. Toch merkte Will achter die grijns ook al een zeker heimwee op. Alun zou het nog missen, het vrije leven in de bossen en heuvels, en de spanning van elke dag weer iets onverwachts tegenkomen.

Natuurlijk betekende Aluns pensionering dat er ook een plek vrijkwam voor een van de juist afgestudeerden. Niet Wetborg zelf natuurlijk – dat was een van de grotere en belangrijkere lenen van het koninkrijk. Het lag bijna precies in het midden ook, waar alle grote wegen en handelsroutes samenkwamen.

Even hoopte Will dat hij het zou zijn, die deze belangrijke post zou krijgen. Hij had zichzelf best bewezen, de afgelopen twee jaar, vond hij. En hij wist dat Crowley waardering had voor zijn prestaties.

'Daardoor is de post in Wetborg vrijgekomen,' ging Crowley intussen verder. 'En ik mag u aankondigen dat de nieuwe Grijze Jager van Wetborg geworden is...'

Crowley kon het natuurlijk niet laten. Hij wachtte even, als een volleerd toneelspeler, totdat hij zeker wist dat iedereen naar hem luisterde.

'Gilan!'

Will voelde een steek van teleurstelling door zich heen gaan, meteen gevolgd door een warm gevoel van blijdschap en trots voor zijn vriend. Gilan stond al blozend van plezier op van zijn stoel tegenover Will, om uit handen van zijn commandant het bijbehorend document in ontvangst te nemen. Gilan verdiende deze bevordering net zo goed, wist Will. Hij voelde zich een beetje schuldig dat hij eerst jaloers geweest was. Eventjes maar, maar toch.

Crowley feliciteerde Gilan. 'Goed gedaan, jongeman. Je verdient het!'

Er klonk instemmend gemompel uit het publiek. Natuurlijk

was Gilan een vakman, uiterst deskundig, slim en betrouwbaar. Algemeen erkende men hem als een van de sterren onder de jongere Jagers. Hij had bovendien nog iets extra, dat hem goed van pas zou komen op deze post: zijn vader was de opperbevelhebber van het leger van het koninkrijk.

Toen Gilan weer ging zitten stond Will op en schudde over de tafel heen zijn vriend de hand.

'Gefeliciteerd, Gilan! Ze hadden geen betere kunnen uitkiezen,' zei hij. Het deed hem goed dat hij voelde dat hij het meende ook. Natuurlijk was het niet realistisch om te denken dat hij die post zou krijgen. Daar was hij nog veel te jong voor. Gilan lachte blij, nog een beetje onder de indruk van deze onverwachte promotie.

'Nou, in elk geval zitten we nu ook dichter bij elkaar, dat is het goede nieuws,' zei hij.

Meteen begon er weer iets in Will te knagen. Wetborg en Zeeklif lagen vlak bij elkaar, met maar één leen ertussen. Maar als Gilan wegging uit Noordam, dan was die post natuurlijk ook vrij. En iemand zou hem moeten vervangen. Dat zag Will niet zo zitten. Anderzijds kende hij de streek en de mensen daar al sinds Macindaw, en dus was hij een logische keus.

Hij wilde ook best een grotere uitdaging aannemen, maar het idee naar Noordam te moeten verhuizen stond hem helemaal niet aan. Vanuit Zeeklif was het maar een paar dagen rijden naar Redmont – en naar Alyss. De laatste maanden had hij zijn lange mooie meisje al een paar keer kunnen bezoeken. En zij had al een paar keer kans gezien om persoonlijk boodschappen naar Zeeklif te brengen – waar vast en zeker haar chef achtergezeten had. Vrouwe Pauline was namelijk een enthousiast supporter van de groeiende genegenheid tussen haar beschermelinge en de jonge Jager.

Maar Noordam! Noordam was wel een paar weken reizen van Redmont. En de wegen waren moeilijk begaanbaar en niet zonder ander gevaar ook. Om Alyss één dag te kunnen zien zou hij wel een maand verlof moeten nemen! Noordam was bovendien niet het soort leen dat je gemakkelijk een paar weken aan zichzelf kon overlaten. Misschien één keer per jaar, maar vaker niet.

Zijn hart klopte dus in zijn keel toen Crowley het volgende document van tafel pakte.

'Heren, Noordam zal de nieuwe post worden van een van onze meest gerespecteerde Grijze Jagers...' Weer wachtte hij, om de spanning erin te houden. Will had hem graag geworgd nu. Schiet op, wilde hij schreeuwen. Maar hij dwong zichzelf diep adem te halen en kalm te blijven.

'Harrison,' verklaarde Crowley plechtig, en Will voelde een golf van opluchting door zich heen gaan.

Harrison was eind dertig. Hij was eerder betrouwbaar dan briljant, en was een paar jaar daarvoor ernstig gewond geraakt tijdens een gevecht met Iberische piraten. Daarna had hij het kleine rustige leen Kolendal gekregen, terwijl hij langzaam revalideerde. Nu was hij weer helemaal de oude, en inderdaad een uitstekende keus voor Noordam.

'Het wordt tijd dat we je weer aan het werk krijgen, Harrison,' zei Crowley.

'Dank voor het vertrouwen, Crowley,' antwoordde de gedrongen en gespierde Jager. 'Ik zal je niet teleurstellen.'

Will knikte. Een rustige betrouwbare Grijze Jager was precies wat Noordam nodig had. Harrison kon de plaatselijke baron en zijn krijgsmeester wel aan – al bliezen die soms wat hoog van de toren.

De laatste benoeming betrof dus de vervanging van Harrison in Kolendal, en die post ging naar een van de nieuw afgestudeerden, Viller. Vol trots ontving hij zijn geloofsbrieven uit handen van de commandant. Daarna wendde Crowley zich tot de andere nieuwe Grijze Jager, Clark.

'Beste jongen, het spijt me, maar op dit moment zijn er verder geen vacatures. Het was moeilijk kiezen tussen jou en Viller, maar zijn punten waren net ietsje beter. En ik weet zeker dat een van die oude knarren hier...' Hij keek in de rondte en er klonk luid gelach. 'Ik weet zeker dat er binnen een half jaar of zo wel weer iemand zal opstappen... zeker als ze de mooie verhalen van Alun over zijn donzen dekbedje horen en geloven. Dan krijg jij ook een heuse post. Tot die tijd ga jij mee naar kasteel Araluen als mijn persoonlijk assistent. Wat zeg je daarvan?'

Clark knikte dankbaar. Soms verhinderden Crowleys verplichtingen als commandant van het korps hem om zijn werk als Grijze Jager van het leen Araluen zelf naar behoren op te pakken. Clark zou hem daarbij kunnen helpen of vervangen. Zo kreeg de jongen toch praktijkervaring, en kon Crowley wat zaken delegeren.

De commandant pakte de papieren op en klopte ze tot een nette stapel.

'Daarmee zijn we dan aan het eind gekomen. Er zijn verder geen bijzondere opdrachten. Het was weer een fantastische Bijeenkomst, en ik dank jullie allemaal voor jullie goede werk. Laten we dus nu nog één laatste glaasje drinken, en dan... naar bed! Morgen is het weer vroeg dag!'

De Grijze Jagers stonden op en liepen in groepjes naar hun tenten. Will was even blijven zitten. Hij was blij dat hij niet naar Noordam hoefde. Maar ergens was hij toch wel een beetje teleurgesteld dat men blijkbaar niet aan hem gedacht had. Hij wist heus wel dat Crowley nooit mensen verplaatste om het verplaatsen zelf – een Grijze Jager moest een speciale band ontwikkelen met het leen dat hij diende. En dat kostte tijd. Maar toch... Zeeklif was tegenwoordig wel erg saai aan het worden.

Ach wat. Hij moest niet zeuren. Eerst was hij bang dat ze hem naar Noordam zouden sturen, en als dat dan niet gebeurde was hij beledigd! Hij was eerlijk genoeg om toe te geven dat hij

zich aanstelde. Hij voelde een hand op zijn arm en draaide zich
om. Het was Crowley.

'Heb je een minuutje, Will?' vroeg de commandant. 'Wij
moeten iets bespreken.'

HOOFDSTUK 7

H alt zat in de val. Hij vervloekte zichzelf dat hij de vijand
zo onderschat had.

Toen hij weer bij Abelard was aangekomen, leek het eerst
alsof hij zijn achtervolgers zonder probleem had afgeschud. In
de verte hoorde hij hun geschreeuw steeds zwakker worden. Hij
dacht dus dat hij van hen af was, en hield zijn paard in een rustige draf. Wat hij niet wist, was dat een tweede groep achtervolgers te paard een eindje verderop dezelfde kant op galoppeerde,
met de bedoeling hem in te halen en de pas af te snijden voor hij
de grote weg naar Redmont zou bereiken.

En erger, die tweede groep had ook honden bij zich. Abelard
had hen al lang vóór Halt in de gaten. De Jager merkte dat het
paard zijn oren heen en weer bewoog en waarschuwend zacht
hinnikte. Bovendien trok er een nerveuze rilling door het paar-
denlijf. Halt wist toen meteen dat er iets grondig mis was. Hij
liet Abelard weer in korte galop gaan. Intussen was de zon opgekomen.

Halt hoorde de honden blaffen en besefte ineens dat zijn
achtervolgers ergens tussen hem en de grote weg op hem stonden te wachten. Hij besloot rechtsomkeert te maken; hij dacht
en hoopte dat hij zo misschien hun hinderlaag zou kunnen om-
zeilen en op een andere plek door kon steken naar de weg.

Maar toen vloog de eerste hond uit de struiken, recht op
hem en zijn paard af. En het was geen speurhond, dat beest.
Dit monster rende geluidloos en verspilde geen energie aan en-

thousiast maar zinloos geblaf, zoals de andere honden die Halt hoorde. Dit was een vechthond. Een oorlogsmachine, getraind om stil zijn prooi achterna te jagen en dan meedogenloos en zonder waarschuwing vooraf aan te vallen.

Het beest was enorm, een korthaar, grijs en zwart gevlekt. Zijn rode ogen straalden een en al haat en fanatisme uit. Het had zijn prooi in het vizier. De grote muil met ontelbare scherpe tanden wijd opengesperd sprong het de arme Abelard zonder aarzelen naar de keel.

Een gewoon paard zou waarschijnlijk verlamd van schrik zijn blijven staan, of hoogstens geprobeerd hebben ervandoor te gaan. Maar Abelard was natuurlijk een echt Jagerspaard, goed getraind, met een scherp inzicht en niet voor een kleintje vervaard. Abelard steigerde op zijn achterbenen, draaide weg van de aanvaller en sprong licht opzij. Daardoor wist hij met minimale inspanning de doldrieste aanval van het monster op zijn zachte hals te ontwijken. Hij raakte niet in paniek; instinctmatig en door jaren van training wist hij dat zijn beste verdediger op zijn eigen rug zat. Als die door onverwachte bewegingen uit het zadel geworpen zou worden, zag het er voor het paard ook slecht uit.

Dus beet de dolle hond alleen in lucht en miste hij de hals van Abelard met twee decimeter. Met vier poten tegelijk kwam het beest weer terug op de aarde, draaide zich om en zette zich meteen schrap voor een volgende aanval. Voor de eerste keer maakte het nu geluid... een diep en donker gegrom steeg op uit de brede borstkas.

Dat gegrom kwam tot een abrupt einde toen Halts eerste pijl hem trof.

De Grijze Jager had rustig gewacht tot de hond aanviel en diens vervaarlijke kop omhoogging om uitdagend te grommen. Abelard bleef stil staan, zodat Halt rustig kon aanleggen. Hij mikte op de keel, en de inslag van de zware pijl van de maximaal gespannen boog was zo hard, dat het beest achterover en opzij viel.

De tweede pijl kwam nauwelijks twee seconden later en doorboorde het hart. De hond was meteen morsdood.

Halt klopte Abelard op de nek. Hij wist maar al te goed hoeveel wilskracht er nodig geweest was voor het paard om stil te blijven staan, zodat zijn berijder rustig kon aanleggen. Dat een dier zo veel vertrouwen kon hebben in een mens – hij was blij dat hij hem niet teleurgesteld had.

'Braaf beest,' zei hij zacht. 'Maar nu moeten we maken dat we hier wegkomen!'

Ze maakten weer rechtsomkeert en galoppeerden schuin weg van waar ze gekomen waren. Halt kende het terrein niet, en eerst en vooral wilde hij van die honden af, zeker van eventueel andere vechthonden, die misschien op datzelfde moment wel geluidloos op hen af kwamen gerend, dwars door het bos.

Het geblaf klonk nog gevaarlijk dichtbij toen hij het bos uitkwam en tegen een helling op reed. Die helling was begroeid met kniehoge heide en ander struikgewas, met hier en daar een rotspartij of een paar bomen. Pas toen hij bovengekomen was zag Halt, te laat, dat hij een fatale vergissing had begaan. Hij dacht dat hij gewoon een heuvel opreed – maar het bleek de rand van hoge kliffen te zijn, met diep daaronder een brede rivier.

Hij draaide Abelard weer de andere kant op en racete de helling af. Maar halverwege zag hij al ruiters tussen de bomen beneden hem. Het was te laat om van richting te veranderen. Ze zaten in de val, halverwege de helling. En toen zag hij weer zo'n groot grijs en zwart monster het heideveld oprennen. Met de buik laag kwam het op hen af, de grote hoektanden ontbloot als in een gemene grijns.

Abelard grauwde diep in zijn keel.

'Ik zie hem, hoor,' zei Halt zacht en het paard ontspande zich. Zijn vertrouwen in Halt was werkelijk grenzeloos.

Normaal was Halt dol op honden. Maar een gevaarlijk beest zou hij altijd zonder aarzelen neerschieten. Dit dier was eigenlijk geen hond. Het was een meedogenloze moordmachine, verpest door wrede trainingen. Het enige wat het wilde en kon was vechten en doden.

De hond was tot op vijftig meter genaderd toen Halt zich uit het zadel liet glijden, tegelijkertijd een pijl op zijn boog leggend. Hij liet het dolle dier dichterbij komen. Dertig meter... Vijfentwintig meter...

Abelard hinnikte ongerust. Wat doe je nu baas? Schiet dan!

'Kalm maar,' zei Halt en liet de pees gaan.

Het beest was meteen dood. Het zakte midden in een sprong in elkaar, alle spieren ontspanden zich zodat het lijk enkele keren over de kop sloeg.

Abelard hinnikte weer. Halt meende nu een toon van tevredenheid te horen, in plaats van bezorgdheid of waarschuwingen.

'Ik zei toch dat ik wist waar ik mee bezig was,' zei hij. Maar hij maakte zich wel zorgen. Want wat nu? Hij zag mannen het bos uit komen lopen, beneden hen. Ze wezen omhoog zodra ze hem en zijn paard zagen. Een paar hadden ook pijl en boog bij zich, en een van hen legde zelfs al aan.

De arme man was nog maar nauwelijks begonnen zijn boog te spannen toen een zwarte pijl naar beneden gesuisd kwam en hem weer tussen de bomen deed belanden. Zijn metgezellen wierpen één blik op zijn levenloze lichaam en keken toen omhoog naar het silhouet van de man boven hen. Ze zagen dat hij alweer een volgende pijl op zijn boog gelegd had.

Als één man renden ze het bos weer in. Ze schopten de honden die hen in de weg liepen doodsbang opzij. De tweede pijl kwam trillend tot stilstand, diep in een boomstam, op borsthoogte. De boodschap van de vreemdeling was helder. Blijf achter die bomen, als je gezond en heel wilt blijven!

In de algehele verwarring zag niemand hoe de gestalte in de bruingrijze mantel zijn paard meetrok achter een uitstekende rots. Toen ze weer langs de helling omhoog durfden kijken was er geen spoor van de man meer te bekennen. Noch van zijn paard.

De zon klom hoger langs de hemel, tot het hoogste punt bereikt was en de terugtocht naar het westen weer begon. Nog steeds zagen de Buitenstaanders geen teken van leven op de helling boven hen. Ze wisten dat hij daar ergens nog moest zijn. Maar waar precies...? Ze hadden geen idee. Er waren minstens tien of vijftien rotspartijen, groot genoeg om de onbekende en zijn paard aan het zicht te onttrekken. En nog steeds durfden ze niet aan te vallen – dat zouden ze immers met hun leven bekopen?

In de namiddag stuurden ze nog een keer een vechthond het heideveld op. Misschien kon die de man uit zijn schuilplaats verjagen. De hond liep sniffend heen en weer, op zoek naar een spoor van de man en het paard dat bij hem moest zijn. Na een paar minuten had hij een spoor te pakken en begon het beest te rennen – plat op de buik, laag op de poten, vastbesloten zijn prooi dit keer niet mis te lopen.

Alle ogen bleven gericht op het beest, dat blijkbaar een doel had uitgekozen. En dat was een vergissing – niemand zag waar precies de pijl vandaan kwam, die ook deze hond trof en weer de helling af deed rollen, de ogen glazig en de tong krachteloos uit de bek.

Hoog op de helling keek Halt van achter een stapel grote rotsblokken naar waar Abelard was gaan liggen. Hij had zijn benen onder zich gevouwen, zodat hij zelfs nauwelijks boven de struiken uitkwam.

'In Gallica,' merkte Halt op, 'zouden ze dit een impasse noemen. Maar dat wist jij ook, want jij spreekt natuurlijk vloeiend Gallisch!'

Hij verwachtte geen antwoord van zijn paard. Maar Abelard

hield zijn hoofd wat schuin en keek hem aan. Hij hield wel van het geluid van de stem van zijn baas.

'De vraag is: wat doen we nu?'

Weer had Abelard geen antwoord. Halt evenmin trouwens, en dat kwam maar zelden voor. Hij wist dat hij, als het eenmaal donker was, wel in zijn eentje naar beneden zou kunnen sluipen en dwars door zijn bewakers heen kon glippen. Zelfs de honden zouden nauwelijks een probleem vormen. De wind was gedraaid, en waaide nu van hen naar hem toe. Ze zouden hem pas ruiken als hij hen al voorbij was.

Maar Abelard was een probleem. Het was niet realistisch te denken dat hij het paard gewoon mee zou kunnen nemen, zonder dat ze hem in de gaten kregen. Zelfs al zouden de mensen hem niet opmerken, de honden zouden elk geluid dat de hoeven maakten op de grond kunnen horen. Jagerpaarden waren er wel in getraind hun benen voorzichtig neer te zetten – maar zelfs dan konden ze het geluidloze sluipen van hun grijze berijders niet evenaren.

Natuurlijk dacht Halt er niet over Abelard gewoon achter te laten. Dat was ondenkbaar. Misschien waren er nog wel meer van die vechthonden bij de groep daar beneden. Zo ja, dan had Abelard in zijn eentje geen kans.

Even overwoog hij om weer omhoog te gaan, naar de kliffen. Hij had gezien hoe tien of twaalf meter lager de rivier stroomde. Als het water diep genoeg was, zouden ze kunnen proberen te springen. Maar zelfs hij zou Abelard daar niet toe kunnen overhalen. Abelard was natuurlijk veel zwaarder dan Halt zelf. Ze zouden met dezelfde snelheid naar beneden vallen, maar het grote zware lichaam van het paard zou met veel meer kracht op het water slaan dan Halts magere lijf. En in tegenstelling tot zijn baasje kon Abelard zijn lichaam ook niet stroomlijnen, zodat de klap minder hard aan zou komen. Hij zou gewoon plat op zijn buik terechtkomen.

'Dus we kunnen niet omhoog, en we kunnen niet omlaag!' vatte Halt samen.

Abelard brieste. *Jij verzint vast wel een oplossing!*

Halt trok één wenkbrauw op. 'Daar zou ik maar niet zo zeker van zijn,' zei hij. 'Als jij een suggestie hebt, dan hoor ik die graag!'

De zon was weggezakt achter de bomen. Op de helling begon het te schemeren. Halt tuurde door een smalle spleet tussen de rotsen. Beneden zich zag hij geen enkele beweging.

'Nu nog niet,' mompelde hij in zichzelf. 'Eerst maar eens afwachten tot het echt donker is.'

Soms, besloot hij, zat er niets anders op dan gewoon af te wachten. En vandaag overkwam hem dat weer eens.

Toen de duisternis viel maakte Halt een opvouwbare emmer los van zijn zadel en liet daar wat water uit een van zijn veldflessen voor Abelard in lopen. Hij had zelf ook wel dorst, maar hij besloot dat hij nog wel even kon wachten.

Hij luisterde gespannen naar de nachtgeluiden die om hem heen de stilte begonnen te doorbreken. Er waren kikkers, en ergens bij hem in de buurt zat een volhardende krekel. Af en toe hoorde je een uil, die naar muizen op jacht was. En dan weer hier, dan weer daar hoorde je hoe kleine diertjes zich door de heidestruiken haastten. Steeds als hij die beweging hoorde keek Halt naar Abelard – maar die leek niet geïnteresseerd, en Halt wist dat hij zich dan geen zorgen hoefde te maken.

Natuurlijk verwachtte hij dat de Buitenstaanders iets zouden proberen. Dat was de belangrijkste reden waarom hij zo scherp luisterde naar de geluiden van beesten en vogels om hem heen. Hij wende zichzelf aan het normale nachtconcert, zodat hij het meteen zou horen als er een valse noot klonk, of als iets de maat niet kon houden.

En er was nog een reden. Hij wilde uitdokteren welk geluid je daar nooit hoorde, zodat hij dat kon gebruiken om Abelard te waarschuwen. Na een paar minuten kwam hij tot een besluit.

'Een ijsvogel, die zit hier niet,' zei hij zachtjes. Eigenlijk waren dat natuurlijk ook geen nachtvogels. Maar soms maakten ook zij wel degelijk gebruik van het gegeven dat muisjes en andere kleine diertjes in het donker minder op hun hoede waren. Als de vijand het geluid van een ijsvogel hoorde, zouden ze dat misschien een beetje raar vinden, maar ze konden nooit zeker weten dat het geen echte was.

Halt kroop naar Abelard en gebaarde met zijn hand, handpalm naar boven. De houding van het dier, met zijn benen onder zich gevouwen, was niet de gemakkelijkste, en dus stond het dankbaar op. In het donker zou niemand hem boven de rotsen uit zien steken.

Abelard bleef stilstaan terwijl Halt naar hem toe kwam. De Jager stak zijn hand uit en aaide drie keer over de zachte neus van zijn vriend. Daarna nam hij de snuit van het beest tussen beide handen en keek hem diep in de ogen. Hij drukte twee keer achter elkaar op de wangen, en zag dat de oren van het beest omhoogkwamen. Dit was een oude en vertrouwde trainingsroutine, een van de vele die Jagers met hun paarden deelden. Abelard wist nu dat Halt hem iets ging leren. Een bepaald geluid. En de volgende keer dat Abelard dat geluid hoorde, zou hij erop moeten reageren.

Zachtjes maakte Halt het geluid van een ijsvogel: 'Tsiekie, tsiekie.' Het was niet perfect, maar ook geen gekke imitatie, al zei hij het zelf. Abelard mocht natuurlijk niet in de war raken als er onverhoopt toch een echte ijsvogel zou opduiken. Nu zou hij het verschil nog wel horen. Een mens waarschijnlijk niet.

Abelards oren gingen snel een paar keer naar voren en naar achteren. Dat betekende dat hij het begrepen had. Halt aaide weer over de neus.

'Braaf,' zei hij. 'Ontspan je nu maar weer.'

Hij kroop terug naar zijn uitkijkpost tussen de rotsen. Hij

kon daar door een spleet kijken, zittend tussen twee grote rotsblokken en met zijn kap diep over zijn hoofd getrokken. Zo kon
hij bijna de hele donkere helling overzien. De maan zou pas over
een uur of vier opkomen. Hij nam dus maar aan dat zijn vijanden, als ze al wat van plan waren, dat zouden proberen vóór het
hele heideveld in maanlicht zou baden.

Af en toe kon hij het gedempte janken en grommen horen
van honden die elkaar te lijf gingen, en het geschreeuw van hun
begeleiders als ze hen tot kalmte maanden. Dat waren de speurhonden, die hij hoorde; de enorme vechthonden waren muisstil.
Zo waren ze opgevoed.

Het was natuurlijk denkbaar dat ze in het nachtelijk duister nog een vechthond op hem af zouden sturen, maar waarschijnlijk was dat niet, dacht hij. Zijn pijlen hadden er al drie
neergelegd, en het ging hier om kostbare beesten. Het duurde
jaren voor je hen zo getraind had. Nee, als er al een aanval zou
komen, dan kwam die van mensen, niet van honden. En voor ze
hem konden aanvallen moesten ze eerst uit zien te vinden waar
hij precies zat.

Tenminste, dat hoopte Halt. Hij begon een uitweg te zien uit
zijn benarde positie – althans een eerste ruwe schets daarvan.
Voorzichtig liet hij zijn boog en pijlenkoker naast de rotsen op
de grond zakken. Die had hij nu niet nodig. Als er al iemand
op hem af kwam zou hij het pas merken als hij vlakbij was. Hij
greep naar zijn zadeltassen en haalde twee zwaargewichten tevoorschijn.

Zwaargewichten waren wapens die alleen de Grijze Jagers
gebruikten. Het waren bronzen staven, zo lang als een hand
breed was, met aan beide zijden een loden verzwaring. Als je
ze in je vuist vastgeklemd hield werd die vuist een vervaarlijk
wapen; door het extra gewicht gaf je elke klap extra overtui-
gingskracht mee. Je kon ze ook aan elkaar klikken, en dan had
je een soort werpknuppel of ploertendoder, met dezelfde goede

balans als de werpmessen die de Jagers ook bij zich droegen.

Hij liet de twee zware stukken metaal in de zijzakken van zijn vest glijden.

'Blijf hier,' fluisterde hij naar Abelard, al was dat tamelijk overbodig. Daarna liet hij zich zakken en kroop op ellebogen en knieën van achter de rotsen vandaan, de helling af. Dertig meter lager bleef hij liggen tussen de struikjes. Zijn gevlekte mantel vormde een perfecte camouflage. Hij was onzichtbaar zodra hij ophield te bewegen.

Nu hoefde hij alleen nog te wachten. Even kwam de bizarre gedachte bij hem op, dat hij een groot deel van zijn leven in dit soort situaties had doorgebracht, wachtend op wat komen ging.

Nou, dan zou je er intussen ook aan gewend moeten zijn, vermaande hij zichzelf.

Hoofdstuk 8

Will en Crowley glipten weg uit het feestgedruis. De korpscommandant met zijn peper- en zoutkleurig haar liep voor Will uit het bos door, tot ze bij een rustige open plek kwamen. Pas toen hij zeker wist dat niemand hen meer kon horen, ging hij op een oude boomstronk zitten, en keek Will een beetje pesterig aan.

'En, was je erg teleurgesteld dat ik je niet uit Zeeklif heb weggehaald?' vroeg hij.

'Nee! Nee! Helemaal niet,' haastte Will zich te zeggen. Maar toen Crowley hem bleef aankijken, lachte hij een beetje besmuikt. 'Nou, als ik heel eerlijk ben, Crowley, toch wel een beetje. Er gebeurt daar wel bitter weinig, weet je!'

'Er zijn anders genoeg mensen die dat wel zouden waarderen,' antwoordde de commandant. 'Wij zijn er toch juist om rust en vrede te handhaven, of niet soms?'

Will schuifelde wat ongemakkelijk heen en weer. 'Jawel, dat weet ik ook wel. Alleen...'

Hij aarzelde en Crowley knikte dat hij het begreep. Will was nog maar jong, maar hij had in zijn korte leven al heel wat spanning en sensatie meegemaakt. Het begon met de strijd tegen de Kalkara. Toen had hij de geheime brug van Morgarath gesaboteerd, daarna was hij als gijzelaar en slaaf door zeerovers meegenomen naar Skandia. Toen hij daar eenmaal ontsnapt was, had hij een sleutelrol gespeeld in de oorlog met de Temujai, om in triomf naar huis terug te keren. En later had hij nog geholpen de Skandische oberjarl te redden uit de klauwen van woestijnbandieten; om nog maar niet te spreken over het verhinderen van een invasie in het leen Noordam.

Als je zo jong al zo veel meegemaakt had, was het werkelijk geen wonder dat je de smaak van avontuur te pakken had – en dat het saaie leventje op Zeeklif daarna een beetje benauwend kon zijn.

'Och, ik heb alle begrip voor je ergernis, hoor. Dat hoef je mij niet uit te leggen. Maar... ik ben niet helemaal eerlijk tegen je geweest, dat moet ik toegeven.'

'Hoe bedoel je? Eerlijk?'

Crowley maakte een verontschuldigend gebaar. 'Nou, ik wilde eigenlijk al langer iets met je bespreken... Ik denk dat het belangrijk is en een reuze kans voor jou. Maar misschien vind jij dat helemaal niet. Eigenlijk...' en hij pauzeerde even, 'eigenlijk betreft het deels de reden waarom Halt er dit jaar niet bij kon zijn.'

Will fronste zijn wenkbrauwen. Dat was nieuw voor hem.

'Maar ik dacht dat hij...'

'O nee, dat hij ergens geruchten over Buitenstaanders natrekt, dat is helemaal waar. Maar dat was nou niet direct de meest urgente klus. En hij gebruikt dat ook als excuus – hij wil jouw beslissing in elk geval niet beïnvloeden, positief of negatief.'

'Mijn beslissing? Crowley, ik heb werkelijk geen idee waar je het over hebt. Welk besluit? Waarin wil Halt me niet beïnvloeden?'

Crowley gebaarde Will om naast hem te gaan zitten en wachtte tot de jongeman hem vragend zat aan te kijken.

'Er is een plannetje waar ik al een tijdje mee loop, weet je,' zei hij toen. 'Eigenlijk al sinds jullie allemaal zo op stel en sprong naar Arrida moesten. Weet je, onze wereld, of liever de reikwijdte van onze invloed en belangen in die wereld, wordt met de dag groter, Will. Die gaat verder dan de grenzen van ons leen, verder dan de grenzen van ons land zelfs.

Dat gedoe met Skandia was een goed voorbeeld. En ook de klus die jij in Noordam hebt geklaard. Het was maar goed, en gelukkig, dat we daarvoor iemand als jij hadden, met zo veel kennis en ervaring – en een relatief rustige baan op Zeeklif natuurlijk.'

Will kreeg een kleur bij zo veel lof van zijn commandant maar zei niets. Crowley ging verder.

'Normaal zou ik niet snel een Grijze Jager uit zijn eigen leen weghalen om hem een paar weken naar elders te sturen. Maar de noodzaak daartoe treedt steeds vaker op. Zo zal er binnenkort iemand naar Skandia moeten gaan om te zien hoe het daar gaat met ons verdrag – en met ons eskader boogschutters daar. Wie kan ik daarheen sturen? Jou? Halt? Jullie zijn natuurlijk de meest logische keus, want de Skandiërs kennen jullie en vertrouwen jullie. Maar wat gebeurt er dan intussen met jullie lenen?'

Will begreep zijn dilemma. Maar hij had nog steeds geen idee waar Crowley het nu eigenlijk over wilde hebben.

'En daarom,' ging de commandant verder, 'wil ik eigenlijk een speciale dienst oprichten binnen het korps Grijze Jagers. En ik stel voor dat jij en Halt dat samen gaan doen.'

Will boog voorover terwijl hij nadacht over Crowleys voorstel. Het leek hem bijzonder interessant, maar hij wilde er eerst meer van weten.

'Een speciale dienst,' herhaalde hij, alsof hij de woorden wilde proeven. 'En wat doen we dan zoal?'

Crowley haalde zijn schouders op. 'Nou, van alles, zowel binnen de grenzen van Araluen als in het buitenland, klussen die duidelijk buiten de routine vallen. Je moet beseffen dat wij, nu we geen last meer hebben van Morgarath en de grens in het noorden ook weer veilig en rustig is, in de regio een steeds belangrijkere internationale speler worden. We hebben verdragen gesloten met wel vijf of zes andere landen – onder andere Arrida en Skandia, dankzij jouw eigen bemoeienissen.

En daarom – en de koning is het met me eens – zou ik graag een klein uitgelezen groepje mensen achter de hand hebben, dat in geval van nood of bijzondere ontwikkelingen ingezet kan worden. Ik zie trouwens Arnaut ook als lid van dat team. Het is niet voor niets dat jullie in het recente verleden samen zo'n opzienbare successen hebben weten te boeken. Arnaut kan gewoon op Araluen gestationeerd blijven, natuurlijk – tot het moment dat we hem nodig hebben. Dan kan hij naar ons korps gedetacheerd worden om met jullie de klus te klaren. En als je meer mensen nodig hebt, of bijzondere vaardigheden, dan zou je die gewoon in kunnen huren natuurlijk.'

'En van waaruit precies zou ik dan moeten werken?' vroeg Will. Crowley keek enigszins bezorgd. Hij aarzelde even alvorens te antwoorden.

'Daar ligt inderdaad een probleempje. Een ridder van de koninklijke garde bij ons detacheren, dat is niet zo'n probleem. Maar wat we niet kunnen maken, natuurlijk, is dat er twee lenen, dat van jou en dat van Halt, langere tijd onbemand blijven. Ik vrees dus dat je Zeeklif zult moeten opgeven.'

'O jee,' zei Will. Zeeklif was misschien een saai klein leen, waar niets gebeurde, maar het was wel *zijn* leen. Hij was daar de officiële vertegenwoordiger van de koning zelf, en hoewel hij eerder die dag stiekem op verandering had zitten hopen, was het idee om het zomaar op te geven toch wel even wat anders.

'Precies,' zei Crowley, alsof hij zijn gedachten kon lezen. 'Daarom wilde Halt er ook niet bij zijn als ik je dit voorlegde. Hij weet dat zijn eigen leen voor een Grijze Jager iets heel bijzonders is. Het betekent dat je een vrije en zelfstandige functie hebt, dat je gezag hebt ook, en hij wilde niet dat zijn aanwezigheid een bepaalde druk op je zou uitoefenen als ik je dit voorstel zou doen. Hij zei dat hij het heel prettig zou vinden als jij weer naar Redmont zou komen, maar dat dat helemaal jouw eigen beslissing zou moeten zijn...'

'Redmont?' riep Will verrast uit. 'Zou ik weer naar Redmont gaan? Dat had je nog helemaal niet gezegd!'

Crowley keek even onzeker en knikte toen. 'Nee. Ik geloof inderdaad dat ik dat nog niet gezegd had. Maar dat was dus wel het plan. Jij zou Halts oude huis krijgen – hij en Pauline wonen heel prettig in het kasteel zelf, tegenwoordig. En jullie zouden samen Redmont als leen houden, Halt de ene helft, jij de andere. Daar is het groot genoeg voor. Daardoor hoeven jullie je nog niet te vervelen.'

Het idee alleen al toverde een brede grijns op Wills gezicht. Terug naar Redmont, waar hij opgegroeid was. Bij Halt en baron Arald en heer Roderick.

En Alyss natuurlijk. Zijn grijns, al breed, dreigde zijn hoofd in tweeën te knippen. Crowley zag het. Het kon hem ook moeilijk ontgaan.

'Ik neem aan dat je, gezien die belachelijk blije uitdrukking op je gezicht, niet negatief staat tegenover mijn plan?'

'Eh... Nee, zeker niet. Ik bedoel, ja, ik vind het een uitstekend idee. Maar...' Ineens dacht hij aan iets, en Crowley gebaarde hem van zijn hart geen moordkuil te maken.

'Toch nog een beer op de weg?'

'Redmont is een van de belangrijkste lenen,' begon Will. 'Het lijkt me niet verstandig om dat helemaal zonder Grijze Jager achter te laten, als Halt en ik ergens heen moeten.'

Crowley keek hem stralend aan. 'Ik hoopte al dat je dat op zou merken. Nu gun je me de kans om te laten zien wat een genie ik ben, als het gaat om besturen en organiseren. Je weet toch dat Gilans nieuwe leen precies ten noorden van Redmont ligt? Kasteel Wetborg ligt nauwelijks tien kilometer van de grens.' Hij stak zijn hand op om de vraag die Will op de lippen brandde vóór te zijn. 'Ja ja, ik weet ook wel dat Wetborg ook een belangrijk leen is. En daarom heb ik besloten dat Alun in plaats van in Araluen in Wetborg gestationeerd zal worden. Daar kan hij nog steeds wel wat administratie voor me doen, en hij is ook beschikbaar als jij en Halt ergens heen moeten. Dan kan Gilan gewoon naar Redmont komen...'

'Dat kent hij tenslotte ook al,' zei Will.

'Precies. Hij is daar leerling geweest, net als jij. En Alun kan dan invallen als Jager van Wetborg. O, en de jonge Clark, die neemt jouw post op Zeeklif natuurlijk over. Heb ik dat niet fantastisch geregeld allemaal?'

Hij spreidde gemaakt bescheiden zijn armen uit.

Will knikte bevestigend. 'Daar kan zelfs ik geen speld meer tussen krijgen.'

Crowley werd weer serieus. 'We hebben geluk dat we dezer dagen zo veel talent in de groep hebben. Het past allemaal precies. Maar je moet me nog zeggen of je de opdracht accepteert.'

'Natuurlijk doe ik het,' zei Will. 'Ik vind het een topidee!'

Grijnzend schudden ze elkaar de hand. En Crowley zei: 'Nu hoeven we het alleen nog aan Halt te vertellen, als die terugkomt van zijn uitstapje naar het strand.'

HOOFDSTUK 9

Halt had in het nachtelijk duister al meer dan een uur liggen wachten, toen hij hoorde hoe iemand voorzichtig door de struiken vlak bij hem sloop.

Ieder ander had zijn hoofd naar het geluid gedraaid om erachter te komen waar de nieuwkomer zich precies bevond. Maar Halt wist dat ook de kleinste beweging hem zou verraden, dus bleef hij doodstil liggen, even stil als de rots die hij nadeed. In plaats daarvan liet hij zijn oren het werk doen, oren die door jaren van training en ervaring in staat waren elke beweging en richting daarvan op te merken. Zij vertelden hem dat het om één man ging, die een eindje rechts van waar Halt lag zijn best deed om ongemerkt de heuvel op te kruipen.

Hij was er goed in ook. Hij maakte nauwelijks geluid terwijl hij omhoog gleed. Maar ook het kleinste krakje was genoeg om een Grijze Jager te alarmeren. Halt bleef liggen luisteren terwijl de man op gelijke hoogte met hem kwam en hem daarna passeerde.

De man bleef stil liggen nu. Halt wist dat hij voorzichtig de situatie opnam. Binnen dertig meter van de man waren vier rotspartijen. Achter elk van hen konden Halt en Abelard schuilgaan.

Een paar minuten later kroop de man weer verder. Hij had blijkbaar gekozen voor de meest rechtse rotspartij. Als hij ze een voor een wilde onderzoeken, kon hij het beste één lijn proberen te volgen.

Toen Halt hem bijna niet meer kon horen, durfde hij zijn hoofd op te tillen, héél langzaam, millimeter voor millimeter.

Hij maakte ook het geluid dat hij met Abelard had afgesproken. Meteen hoorde hij dat de man doodstil bleef liggen. Hij probeerde natuurlijk te bepalen of het hier om een echte vogel ging of niet. Het duurde wel dertig seconden – lang genoeg om het niet te laten lijken op een antwoord op de vogelroep – en toen klonk het zachte gebries van een paard van achter de rotsen precies boven Halt. Bovendien schudde Abelard zijn manen.

Braaf, dacht Halt. Met zijn kin op zijn hand rustend zag hij hoe een donkere gestalte boven hem over de helling gleed, recht op de rotsen af, waarachter Abelard lag of stond. Hij wilde er bovenlangs gaan, zag Halt. Tijd om zijn plannen te dwarsbomen. Onhoorbaar zette de Grijze Jager de achtervolging in.

Hij bewoog zich met verbazingwekkende snelheid, zonder geluid gleed hij als een slang tussen de heidestruiken door. Hij kon de andere man nu zien ook – een donkere vorm tegen de avondhemel – en hoorde de minieme geluidjes die hij maakte. Halt haalde hem snel in, al moest hij op zijn buik over de grond omhoog tijgeren.

Even bleef de andere man bewegingloos liggen. Hij keek voorzichtig om zich heen. Het was duidelijk geen beginneling. Maar dat waren Grijze Jagers ook niet. Sterker nog, zij waren onovertroffen als het ging om onopgemerkt bewegen. Zodra de man boven hem stopte, bevroor ook Halt. Hij keek precies in de richting van de Buitenstaander, maar zijn gezicht werd gelukkig door de schaduw van zijn capuchon verduisterd. Halt besefte maar al te goed dat, als hij ineens zijn hoofd zou laten zakken, die beweging de man nauwelijks kon ontgaan.

Verlaat je op je mantel. Hoe vaak had hij die boodschap niet in Wills hersenen gedrild? Nu moest hij er zelf in geloven. En inderdaad, de blikken van de man passeerden hem zonder de minste aarzeling of onderbreking. Daarna keek hij weer omhoog en begon weer verder te kruipen. Na een paar seconden gewacht te hebben of de man geen schijnbeweging had gemaakt en ineens weer achterom zou kijken, besloot Halt hem weer achterna te gaan.

Hij was nog maar een paar meter van zijn prooi verwijderd. Ineens kon hij de ademhaling van de man boven hem horen. Hij is gespannen, dacht Halt. Met zijn aderen vol adrenaline begon de Buitenstaander steeds sneller te ademen. Waarschijnlijk had hij dat zelf niet eens in de gaten.

Misschien maakte Halt op dat moment een minuscuul geluidje. Misschien voelde de man gewoon dat er iemand vlak achter hem zat. In elk geval sprong hij op en wilde hard wegrennen. Maar hij was een paar tellen te laat. Halt haalde uit en liet zijn vuist met daarin zijn bronzen zwaargewicht hard op de schedel van de man neerkomen, vlak achter het linkeroor. Hij voelde een schok door zijn arm gaan terwijl de man zachtjes kreunde en als een vaatdoek in elkaar zakte.

Zonder overeind te komen greep Halt hem onder zijn oksels en trok hem snel mee achter de rotsen. Abelard keek hem nieuwsgierig aan, maar maakte geen enkel geluid.

'Braaf,' zei Halt weer. Het paard antwoordde door een keer met zijn hoofd te knikken.

'Eens zien wat voor vlees we in de kuip hebben hier,' mompelde Halt, terwijl hij de bewusteloze man op zijn rug rolde. De besluiper had een heel arsenaal aan wapens bij zich. Op zijn rug droeg hij een kort zwaard, en in een schede aan zijn riem een steekwapen, een lange dolk. Aan zijn linkeronderarm was een schede met een kleiner mes vastgegespt, een derde mes stak in zijn laars. Halt bestudeerde de wapens – goedkoop spul, maar wel goed onderhouden en scherp geslepen. Hij gooide ze opzij. Over zijn linkerschouder droeg de man een stuk touw, van ongeveer een meter lang, met aan beide uiteinden een met lood verzwaarde houten bal. Een bolo, wist Halt, een jachtwapen dat je boven je hoofd rondslingerde en dan om de benen van je prooi probeerde te gooien. Raakte het touw ergens je benen of de poten van een dier, dan vlogen de ballen verder en draaiden zich vanzelf strak om het obstakel vast. Daardoor struikelde het slachtoffer en viel met vastgebonden onderdanen op de grond. Met zijn eigen mes sneed Halt de ballen los en gooide ze een eind verderop tussen de heide.

Op zijn hoofd droeg de man een slappe hoed met smalle omhooggevouwen rand. Verder een halflang jasje van ruwe wol, om zijn middel vastgebonden met een riem. Halt bond de duimen van de man aan elkaar met een paar duimboeien, gemaakt van hout en stug leer. Daarna trok hij hem zijn versleten en vaak verstelde laarzen uit en maakte ook zijn grote tenen aan elkaar vast. Hij draaide zijn hoofd af vanwege de vreselijke dampen die van de ongewassen voeten opstegen. Zodra de gevangene op die manier onschadelijk gemaakt was, trok Halt de man weer bij zijn oksels naar een groot rotsblok en zette hem er schuin tegenaan. Daarna ging hij rustig zitten wachten tot de man weer bij zou komen. Na een paar minuten besloot hij aan de andere, bovenwindse kant van zijn gevangene te gaan zitten. Foei, wat stonk die man!

'Het lijkt wel of er een vies beest in je laarzen is gekropen en daar het loodje heeft gelegd – heel lang geleden,' zei hij zachtjes. De man gaf geen antwoord.

Ongeveer een kwartier later slaakte hij een haperende zucht en sloeg zijn ogen op. Daarna schudde hij met zijn hoofd, dat ongetwijfeld bonkte en klopte.

Hij probeerde iets uit zijn ooghoeken te wrijven, maar merkte dat zijn handen achter zijn rug vastgebonden waren. Even probeerde hij zich los te rukken, maar schreeuwde het toen uit van pijn, terwijl de duimboeien meedogenloos in de zachte huid onder aan zijn duimen sneden.

'Als je braaf stil blijft zitten doet het minder pijn,' zei Halt kalm.

Geschrokken keek de man op. Pas nu zag hij Halt naast zich zitten, bewegingloos, een meter of wat van hem vandaan. De Buitenstaander keek verwilderd om zich heen en had duidelijk moeite zich te herinneren wat er gebeurd was. Aan zijn ongeschoren gezicht te zien had hij werkelijk geen idee. Maar de verwarring maakte snel plaats voor verontwaardiging.

'Wie ben jij?' vroeg hij onbeleefd. Uit zijn agressieve toon kon je opmaken dat hij gewend was bevelen te geven en anderen bestraffend toe te spreken.

Er verscheen een vreugdeloze lach op Halts gezicht. Als de gevangene iets meer geweten had van de grijs gebaarde man tegenover hem, had dat lachje alle alarmbellen af laten gaan. Halt glimlachte slechts zelden – en bijna nooit omdat hij zich vrolijk maakte.

'Ik ben bang dat ik die vraag mag stellen,' zei hij rustig. 'Wie ben jij? Hoe heet je?'

'En waarom zou ik dat jou aan je neus hangen?' vroeg de Buitenstaander. Hij klonk nog steeds stoer en bazig.

Halt krabde zich even achter zijn oor en antwoordde toen: 'Laat me even de situatie schetsen, vriend, voor jouw goede begrip. Jij zit tegenover mij, ingesnoerd als een feestrollade. Je kunt je nauwelijks bewegen. Waarschijnlijk heb je een fikse hoofdpijn. En voor zo lang het duurt heb je nog twee oren.'

Voor het eerst leek er iets van angst in de ogen van de man te verschijnen. Niet zozeer om de bevestiging dat hij vastgebonden was, als vanwege de opmerking over zijn oren.

'Mijn oren?' vroeg hij. 'Wat hebben mijn oren ermee te maken?'

'Alleen maar dit,' antwoordde Halt. 'Als je nu niet meteen ophoudt met doen alsof jij hier de touwtjes in handen hebt, zal ik er een voor je verwijderen.'

En er klonk het onheilspellend geluid van staal langs leer, terwijl Halt zijn Saksische mes tevoorschijn trok. Het razend scherpe lemmet glansde in het licht van de sterren, terwijl hij het aan de man liet zien.

'Dus,' ging hij onverstoorbaar verder, 'hoe was je naam ook alweer?'

Er was geen spoor meer van de glimlach van zo-even en iets in de stem van Halt overtuigde de gevangene dat er niet meer gediscussieerd hoefde te worden. Hij keek weg van Halts boze ogen en de verontwaardiging leek uit hem weg te zakken.

'Colly,' zei hij. 'Colly Deekers. Een eerzame molenaarsknecht uit Rosdaal.'

Rosdaal was een flinke stad, een kilometer of vijftien verderop. Halt schudde langzaam zijn hoofd. Hij liet zijn mes weer in de schede glijden, maar op de een of andere manier verbeterde dat niet echt de stemming van deze Colly.

'Ach, Colly,' zei Halt. 'Weet je, ik wed dat we veel beter met elkaar zullen kunnen opschieten als je ophoudt met liegen. Misschien, heel misschien kom je wel uit Rosdaal, maar ik weet zeker dat je geen molenaar bent. Wat ik wel zeker weet is dat je een leugenaar bent. Laten we dus ons gesprek niet onnodig bemoeilijken door allerlei domme details bij elkaar te liegen, goed?'

Colly zei niets. Hij voelde zich hoe langer hoe minder op zijn gemak. Hij had de man gevonden die hij had moeten vinden – en doodmaken, als het even had gekund. En hij twijfelde geen seconde of de man dat zelf doorhad. Ineens kreeg hij een droge mond en hij moest een paar keer slikken.

'Mijn vrienden zullen je goed betalen als je me laat gaan,' probeerde hij nog.

Halt keek hem weifelend aan, zijn hoofd een beetje schuin. 'Nee, dat zullen ze helemaal niet,' antwoordde hij toen minachtend. 'Ze zullen mij proberen te vermoorden. Doe niet zo raar

– en denk vooral niet dat je mij voor de gek kunt houden. Dat ergert me namelijk bijzonder, en dat zou ik in jouw positie niet proberen. Misschien verzin ik dan wel iets anders voor je.'

De mond van Colly was nog nooit zo droog geweest.

'Wat ga je met me doen?' Zijn stem kraakte. 'Wat ben je van plan?'

'Morgenvroeg,' zei Halt, 'morgenvroeg, zodra het licht is, ga ik je vrijlaten.'

Hij klonk heel serieus. Er was geen spoor van sarcasme in zijn stem. Ineens kreeg Colly weer hoop.

'Je laat me gaan?'

Halt spitste zijn lippen. 'Ja. Maar op één voorwaarde.'

Het sprankje hoop doofde even snel als het opgegloeid was. Colly keek de Jager vol wantrouwen aan. 'Een voorwaarde?' herhaalde hij.

Halt haalde hem snel uit de droom. 'Ja. Je had toch niet verwacht dat ik je gewoon weer zou laten gaan en zou zeggen: "Even goede vrienden?". Of wel soms? Als ik je de kans gegeven had, dan had jij mij vermoord. Ik daarentegen wil je de kans gunnen te ontsnappen. Heuvel op, dat wel.'

'Heuvel op? Maar daarboven is helemaal niets!' Colly begreep niet waar de man tegenover hem heen wilde.

'Jawel, er is zeker wel iets. Er is een klif van een meter of tien hoog. En daaronder stroomt een rivier. Het water is diep genoeg om naar beneden te springen. Geloof ik.'

Halt had weinig tijd gehad om de rivier te inspecteren, maar hij had wel gezien dat die daaronder aan de kliffen een scherpe bocht maakte. En dat betekende dat de grond daar al heel lang werd weggeschuurd. Ineens dacht hij aan iets. 'Je kunt toch wel zwemmen, hoop ik?'

'Ja. Zwemmen kan ik wel,' zei Colly. 'Maar ik ga niet zomaar van een rots afspringen omdat jij zegt dat ik dat moet doen!'

'Nee. Nee, natuurlijk niet. Dat was ook te veel gevraagd. Nee, je springt, omdat ik je, als je niet springt, een pijl door je bast ga jagen. Met overigens hetzelfde gevolg. Want als ik een pijl door je lijf schiet val je ook achterover naar beneden natuurlijk. Maar ik dacht: weet je wat? Ik geef die kerel een kansje om te overleven.' Halt wachtte even en voegde er toen aan toe: 'O, en mocht je denken dat je dan ook wel hard naar beneden zou kunnen lopen – dan schiet ik ook natuurlijk. Omhoog en over de rand, dat is je enige kans.'

'Dat kun je niet menen!' riep Colly. 'Denk je echt...'

Maar verder kwam hij niet. Halt leunde voorover en stak zijn hand op om de woordenstroom te stoppen. Hij keek Colly strak aan en zijn stem klonk bijzonder ernstig.

'Colly, vriend, kijk me eens diep in de ogen, en vertel me dan: zie je ergens iets, een spoortje, dat ik het niet serieus meen?'

Halts ogen waren donkerbruin, bijna zwart. Ze knipperden niet, ze keken niet weg, en het enige dat Colly daar zag was vastbeslotenheid. Na een paar tellen keek hij zelf de andere kant op. Halt knikte tevreden.

'Zo. Dat is dan afgesproken. Probeer nu maar wat te rusten. Dat zul je morgen nodig hebben.'

Hoofdstuk 10

Toen ze over de laatste heuvel afdaalden en voor zich uit de zo bekende vlakte zagen, hield Will Trek in.

'Hier blijven we even staan, beestje,' zei hij zachtjes. Hij genoot er altijd van, als hij Redmont zo voor zich zag liggen. De brede vallei strekte zich tot in de verre verte uit, doorsneden door de rivier de Tarbus, het dorp Redmont aan zijn oever. Aan de overkant rees steil de massieve, rode rotspartij op met daarbovenop kasteel Redmont zelf. Onaantastbaar gloeide het op in de avondzon.

Hij dacht aan eerdere keren dat hij daar zo gestaan had, met ingehouden adem. De eerste keer toen hij na een wilde rit op het punt stond de baron en heer Roderick te waarschuwen voor de Kalkara. En kort geleden nog, toen hij blij en gelukkig Alyss' brief had gekregen en de hele nacht door had gereden om haar op te zoeken. Zijn gezicht werd zacht en hij glimlachte toen hij aan haar dacht. Ergens daar beneden was zij ook! Hij kneep zijn ogen tot spleetjes en tuurde in de verte, of hij soms ergens op de kantelen van het grote rode kasteel een slanke lange gestalte zag, in het wit gekleed. Of anders misschien in het dorp? Of ergens voor de poort van het kasteel? Zoals te verwachten was zag hij niemand. Hij haalde zijn schouders op en moest lachen om zijn eigen wilde dromen.

Opzij, aan de rand van het bos achter het kasteel, ving hij een glimp op van het kleine huis waar hij jaren gewoond had, als leerling van Halt. Zijn grijns werd nog breder.

'We zijn thuis, mannetje,' zei hij tegen zijn paard en het kleine beest gooide ongeduldig zijn hoofd in de nek.

Niet zolang we hier nog stom staan te niksen, leek Trek te zeggen, en Will sloeg zacht met de teugels op de nek van zijn vriend.

'Goed dan. Laten we naar beneden gaan!'

Plotseling leken ze allebei de stal te ruiken en Trek vloog ervandoor, van stilstand meteen in volle galop, zoals alleen hij dat kon. Jagerpaarden stonden erom bekend dat ze enorm snel konden optrekken, maar geen enkel paard in het korps kon Trek bijhouden.

Er werkten nog boeren op hun velden en akkers en zij keken traag op onder het zaaien en ploegen, toen ze het geroffel van paardenhoeven hoorden. Enkelen zwaaiden, omdat ze de magere jongeman op het galopperende paardje herkenden, diep over Treks nek gebogen, zijn gevlekte mantel achter hem aan wapperend. Sommigen vroegen zich even af of de Grijze Jager belangrijk nieuws kwam brengen, omdat hij zo snel reed. Maar al snel trok hun werk weer alle aandacht. Of het nou goed nieuws was of slecht, gelukkig waren er andere mensen die er verstand van hadden om erop te reageren. Het boerenwerk wachtte niet. En een boer had altijd werk genoeg.

Even ratelden de hoeven van Trek op de schipbrug over de Tarbus, om daarna de laatste klim naar het kasteel te beginnen. De wachtposten bij de poort waren al gewaarschuwd door het geluid en versperden de ingang. Maar zodra zij een Jager herkenden, trokken zij hun speren weer omhoog – al bleven ze belangstellend kijken terwijl hij naar boven kwam rijden.

Will hield Trek in en reed eerst in draf en daarna de laatste meters stapvoets. Hij salueerde terug naar de bewakers en reed over de ophaalbrug onder het valhek door. Een van de soldaten, die zijn hele leven al op Redmont had doorgebracht, begroette hem opgewekt, al was dat tegen alle regels in.

'Welkom thuis, Will!'

Will grijnsde terug en zwaaide naar hem. 'Hallo, Jonathan! Blij dat ik er weer eens ben!'

En zo reden ze de voorhof op; het geluid van Treks hoeven klonk na de houten brug weer heel anders op de kasseien. Hier waren meer mensen in de weer en nieuwsgierig keken ze op van hun werk. Wat bracht Will Verdrag terug naar Redmont?

Maar Will had geen oog voor hun belangstellende blikken. Hij zag alleen dat uit de onderste deur van de grote donjon een lang knap meisje naar buiten kwam, gekleed in het elegante witte uniform van een koerier van de koning. Onwillekeurig begon zijn hele gezicht dom te grijnzen en te stralen.

Alyss!

Hij sprong uit het zadel en zij kwam op hem af gerend. Even vergat ze haar normale air van deftige ernst en sprong in zijn armen. Zo bleven ze staan, terwijl ze met volle teugen van elkaars nabijheid genoten. Voorbijgangers bleven even lachend staan kijken naar het jonge stel, dat de hele wereld om zich heen vergeten leek te zijn.

'Je bent er weer,' zuchtte zij ten slotte met omfloerste stem, omdat haar gezicht strak tegen de ruwe stof van zijn mantel geperst werd.

'Ja, ik ben weer thuis,' beaamde hij, bedwelmd door het lichte parfum dat zij altijd droeg. Hij voelde haar lange blonde zijdezachte haar tegen zijn wang. Na een hele tijd werden ze ruw onderbroken door een forse duw. Ze moesten elkaar loslaten om niet om te vallen. Trek stond hen lichtelijk gegeneerd aan te kijken.

Houd daar nu eens mee op. Iedereen staat te kijken!

En daarna duwde hij zijn hoofd zachtjes tegen Alyss' schouder, smekend om aandacht en een aai over zijn zachte neus: *Ik ben er ook weer hoor!*

Ze moest lachen terwijl ze aan zijn dringend verzoek voldeed en over zijn neus aaide.

'Dag lieve Trek! Ik ben ook blij dat jij er weer bent, hoor!'

Terwijl zij het dier verwende, greep Will haar hand en bleef met een onnozele grijns op zijn gezicht naar haar kijken. Eindelijk merkten ze toen, dat er zich inmiddels een groepje mensen om hen heen verzameld had. Will draaide zich met een verontschuldigend schouderophalen om; hij moest ervan blozen.

'We hadden elkaar lang niet gezien!' zei hij. De kring van lachende gezichten om hem heen zweeg veelbetekenend, en hij wees op Alyss.

'Al heel lang,' verklaarde hij zich nader. Enkele mensen knikten dat ze het heus wel begrepen. Een man van middelbare leeftijd tikte met zijn wijsvinger tegen zijn neus. Toen het publiek geen aanstalten maakte om zich weer te verspreiden, besloot Will dat het hoog tijd werd een eind te maken aan de voorstelling. Net als de meeste andere Grijze Jagers hield hij er niet van in het middelpunt van de belangstelling te staan. Hij fluisterde tegen Alyss: 'Laten we maken dat we hier wegkomen.'

Haar glimlach werd nog breder dan hij al was. 'Kom, we gaan Trek afzadelen en borstelen. En dan moet je rapport uitbrengen aan de baron.'

Hij knikte en ze draaiden zich allebei tegelijk om. Daarna liepen ze hand in hand met Trek naar de stallen. Alyss wist dat Will eerst voor zijn paard wilde zorgen. Zo waren Grijze Jagers nu eenmaal. Achter hen gingen de toeschouwers ieder huns weegs. Sommigen keken nog eens glimlachend het paartje na. Alyss was populair bij de kasteelbevolking, en iedereen was natuurlijk trots op Will. Hij was op Redmont opgegroeid immers! En dat de twee jongelui zo dol op elkaar bleken te zijn vonden ze helemaal prima.

'Hebben jullie al iets van Halt gehoord?' vroeg Will.

De glimlach van Alyss verstrakte enigszins. 'Nee. Ik geloof dat vrouwe Pauline zich al zorgen begint te maken. Ze probeert het te verbergen, maar ik merk dat ze niet op haar gemak is.'

Daar moest Will even over nadenken. Het was lang geleden, dacht hij, dat Halt iemand had die zich zorgen over hem maakte.

'Ja, natuurlijk,' zei hij. 'Maar Halt loopt heus niet in zeven sloten tegelijk.'

Halt was immers Halt, en Will kon zich niet voorstellen dat Halt niet tegen een situatie opgewassen zou zijn. Alyss knikte. Zij maakte zich vooral zorgen omdat Pauline, haar mentor, bezorgd was. Maar Will wist als geen ander waartoe Halt in staat was. Als hij zich geen zorgen maakte, vond zij dat niemand anders dat hoefde te doen.

'Je hebt natuurlijk gelijk, denk ik,' zei ze. En van onderwerp veranderend: 'Dus jij hebt echt ja gezegd, tegen die speciale dienst van Crowley?'

'Inderdaad,' antwoordde Will. 'Ik neem aan dat je het daarmee eens kunt zijn?'

Zij keek hem van opzij aan. 'Laat ik het zo zeggen. Als je nee gezegd had, dan was ik je achterna gegaan en had ik je aan je enkels hierheen gesleept tot je bij zinnen was gekomen!'

'O, jammer dat ik dat gemist heb,' fluisterde hij in haar oor en zij gaf gemaakt verontwaardigd een ruk aan zijn arm. Maar ze bleef zijn hand vasthouden, merkte hij op. Bij de stallen kwam een jonge knecht enthousiast naar buiten geheld.

'Goedemiddag, Jager Will,' zei hij en spreidde beide armen uit alsof hij Will wilde uitnodigen zijn stallen tot in alle hoeken en gaten te inspecteren. 'Mag ik dit beroemde paard Trek van u overnemen?'

Een seconde aarzelde Will. Hij was getraind om Trek zelf te verzorgen en ging er nooit van uit dat iemand anders dat graag zou willen doen. Hij voelde iets tegen zijn schouder duwen. Trek natuurlijk.

Hoor je dat? De beroemde *Trek!?*

Tegelijkertijd kneep Alyss in zijn hand. Ze wist dat de stalknecht diep teleurgesteld zou zijn als zijn aanbod afgeslagen werd. Voor een jongen als hij was Will een beroemdheid, iemand om tegen op te zien, iemand van wie je trots kon zeggen dat je hem kende. Will Verdrag, die al een hele reeks heldendaden had verricht, een reeks zo lang als je arm. Wat een eer, om het paard van zo iemand te mogen borstelen en droogwrijven en voeren! Wat was Will toch een schat, dacht ze, die heeft dat allemaal niet eens door!

'Het zou me een grote eer zijn, Jager,' drong de jongen aan.

'Laat hem toch,' fluisterde Alyss. Will haalde zijn schouders op en gaf hem de leidsels.

'Goed dan...' Hij aarzelde even. Hij wist niet hoe de jongen heette.

'Ben heet ik, Jager, Ben Doolaard.'

'Goed dan, Ben Doolaard. Ik twijfel er niet aan of je zult prima zorgen voor dat *beroemde* beest Trek.' En daarna keek hij het paard streng aan: 'En jij gedraagt je, afgesproken?'

Trek trok bijna echt een van zijn wenkbrauwen op. Hij keek naar Alyss en Will, die daar nog steeds hand in hand stonden.

En dat zeg jij???

Will besefte niet voor het eerst dat zijn paard altijd het laatste woord zou hebben. Hij schudde mismoedig zijn hoofd.

'Laten we maar naar de baron gaan dan,' zei hij tegen Alyss.

Het was allemaal zo vreselijk bekend. Bij alles wat hij zag kwamen de herinneringen over elkaar heen buitelen. Ze klommen de trappen op naar het kantoor van de baron en weer voelde Will hoe Alyss aan zijn arm trok.

'Weet je nog, die ene dag?' vroeg ze. En ze hoefde niet uit te leggen welke dag ze bedoelde. De dag dat zij en Will en Arnaut en Jenny en George samen hier deze trap opgelopen waren, op weg naar de uitverkiezing door hun toekomstige leermeesters.

Eigenlijk was het allemaal nog maar een paar jaar geleden, maar het leek alsof er intussen eeuwen voorbij waren gegaan.

'Hoe kan ik die dag nou ooit vergeten?' zei Will. 'Wat doet George tegenwoordig eigenlijk?'

'O, die is een van de bekendste strafpleiters van het leen,' antwoordde Alyss. 'Hij is heel erg in trek als advocaat.'

Will zei hoofdschuddend: 'Daar had hij altijd al veel talent voor. En Jenny? Werkt die nog altijd voor Meester Buick?'

Ze moest lachen. 'Nee, zeer tot zijn verdriet overigens. Hij ziet haar nog steeds als zijn mooiste creatie, en hij zou haar maar wat graag hier aan het werk zetten. Maar een tijdje geleden zei ze tegen hem: "Meester Buick, in één keuken is geen plaats voor twee sterren als wij. Ik moet mijn eigen plek gaan zoeken."'

'En? Heeft ze die intussen gevonden?'

'Jazeker! Ze heeft zich ingekocht in de herberg hier in Redmont, en speelt nu de baas over een van de beste restaurants van de hele streek. Zelfs Buick gaat er vaak eten!'

'Echt waar?'

'Echt waar. Ik heb zelfs gehoord dat hij op een avond heel beleefd en voorzichtig een suggestie deed – dat het misschien allemaal nog lekkerder zou zijn als ze iets meer van de een of andere kruiderij zou gebruiken. Waarop ze gezegd zou hebben: "Minder is meer, Meester Buick, minder is meer!" En toen sloeg ze hem met haar pollepel op zijn kale hoofd!'

Will kon het niet geloven. Dat er iemand het lef zou hebben om Meester Buick op zijn kop te geven...

'En daarna was het echt hommeles, neem ik aan?' Maar Alyss schudde van nee.

'Integendeel. Hij maakte bescheiden zijn verontschuldigingen. Ik denk dat hij het stiekem allemaal wel prachtig vond. Hij is erg trots op haar.'

'Zo, we zijn er,' voegde ze eraan toe toen ze bij de hal voor de werkvertrekken van de baron waren aangekomen. Met tegenzin liet ze zijn hand los. 'Ga jij maar rapporteren. Maar kom straks meteen naar me toe!'

Ze boog zich voorover en gaf hem een klein kusje op zijn mond. Daarna ging ze ervandoor, wuivend met haar hand achter haar hoofd. Ze danste de trappen af. Wat een bijzondere dag, dacht ze.

Will keek haar na. Daarna draaide hij zich om, probeerde weer met beide benen op de aarde te komen en klopte op de deur van de baron.

Hoofdstuk II

Het eerste prille daglicht verbleekte de hemel boven de klif achter Halt. Onder hem raakte het al de boomtoppen van het bos aan de voet van de heuvel. Halt zat toevallig net onder het hoogste punt op de helling, waar de schaduw het langst was. Zodra de zon eindelijk helemaal over de rand kwam zou hij ook recht in de ogen van de Buitenstaanders daar beneden schijnen. Dat maakte het alleen maar lastiger voor hen.

Colly lag in een ongemakkelijke houding wat te doezelen. Halt maakte zijn duim- en teenboeien los. Hij hield zijn adem in toen hij zich over de voeten van de man moest buigen. Daarna deed hij een stap naar achteren en porde hem met zijn laars in de zij, met zijn hand aan het Saksische mes in de schede aan zijn riem.

De man werd wakker en meteen had hij door dat zijn handen en voeten niet langer vastgebonden waren. Snel probeerde hij overeind te komen, maar zijn verkrampte spieren verhinderden dat. Hij kreunde van pijn en rolde hulpeloos op zijn zij. Voorzichtig probeerde hij zijn spieren te rekken.

'Dat zal wel even duren, voor je weer de oude bent,' zei Halt. 'Dus zou ik maar niets onbezonnens proberen. En trek je jas uit.'

Colly, nog steeds op zijn zij, keek hem niet-begrijpend aan. 'Mijn jas?'

Halt trok ongeduldig zijn linkerwenkbrauw omhoog. 'Je hebt toch geen kramp in je oren? Doe je jas uit!'

Langzaam ging Colly zitten en knoopte zijn halflange jas los.

Daarna legde hij die op de grond en keek Halt vragend aan. De Grijze Jager knikte.

'Goed zo. Nu doe je die mantel om, die naast je ligt.'

Pas nu zag Colly Halts camouflagemantel liggen. Onwennig sloeg hij die om zijn schouders en maakte de sluiting onder zijn keel vast. Blijkbaar was hij tot de conclusie gekomen dat het geen zin had domme vragen te stellen. Hij begon bovendien door te krijgen wat Halt van plan was.

'Zo, nu opstaan jij,' zei Halt. Hij greep Colly bij zijn onderarm en trok hem ruw omhoog. Een paar seconden lang bleef Colly stilstaan. Even benen en armen testen, dacht hij. En daarna probeerde hij, zoals te verwachten was geweest, Halt een klap te geven. Maar Halt dook moeiteloos weg, om meteen daarop een stap naar voren te doen en Colly met de vlakke hand onder zijn kin te slaan. De man viel weer op de grond.

'Dat zou ik niet nog eens proberen,' waarschuwde Halt. In zijn stem klonk geen boosheid. Alleen de kalme zekerheid dat hij Colly de baas was, wat de man ook zou proberen. Terwijl de Buitenstaander nog natrillend weer probeerde op te staan, trok Halt de dikke wollen jas aan die de man zonet had uitgetrokken. Hij haalde zijn neus op voor de gemengde geur van zweet, huidvet en vuil die naar hem opsteeg.

'Die jas is bijna net zo smerig als je sokken,' mopperde hij.

Daarna boog hij zich voorover, pakte het hoedje van Colly en zette dat op zijn hoofd.

'Loop een beetje heen en weer,' beval hij de man. 'Beweeg je armen en benen, zodat je bloedsomloop zich weer herstelt. Ik wil dat je in topconditie bent, als je zo meteen de heuvel op rent.'

Colly stak zijn kaak nors naar voren. Hij gaf zich niet zomaar gewonnen.

'Als je maar niet denkt dat ik daar omhoog ga lopen, dadelijk.'

Halt haalde zijn schouders op. 'Nou, dan ga je toch gewoon hier al dood? Meer keus heb je niet.'

Weer keek Colly in die donkere ogen, zonder daarin ook maar het geringste greintje mededogen te kunnen ontdekken. En voor de tweede keer sloeg hij zijn ogen neer. Hij begon zijn armen en benen heen en weer te schudden. Zijn gezicht vertrok van de pijn in zijn verkrampte spieren. Intussen pakte Halt zijn boog en pijlenkoker en gooide die laatste in een soepele beweging over zijn schouder.

Na een paar minuten vond hij dat de bewegingen van de man soepel genoeg leken. Halt gebaarde hem op te houden met zijn oefeningen. Hij wees waar de man moest gaan staan, achter de rotspartij die hen voor de mensen beneden verborgen hield.

'Luister, als je denkt slim te zijn schiet ik zo een pijl door je been. Niet erg genoeg om je het lopen helemaal onmogelijk te maken, maar genoeg om vreselijk pijn te doen. Heb je dat begrepen?'

Colly knikte. Zijn opstandigheid was alweer weggesmolten.

'Goed. Straks ga ik hier staan zwaaien en schreeuwen. Als je hoort dat ik je achternakom, ga je nóg harder lopen, begrepen?'

'Maar dan denken ze dat jij mij bent,' zei Colly, en wees naar de bosrand beneden hen, waar zijn medeplichtigen op de loer lagen.

'Ja, en ze denken ook dat ik jij ben. Dat is ook precies de bedoeling!'

'En dan jagen ze me de heuvel op,' zei Colly.

Maar nu schudde Halt van nee. 'Niet als jij over de rand springt, de rivier in. Dan lopen ze onderlangs om deze heuvel heen naar de rivier, om je daar te zoeken. En dan kan ik me uit de voeten maken.'

'Maar als ik niet spring dan?'

'O, wees maar niet bang, jij gaat heus wel springen! Want je zult merken dat je je daarboven nergens achter kunt verschuilen.'

Colly keek nog eens goed. Deze vreemde man had natuurlijk groot gelijk. Boven aan de helling stonden geen bomen, er lagen geen grote rotsen waar hij achter kon duiken. Alleen maar lang gras – maar dat was bij lange na niet lang genoeg. Hij slikte zenuwachtig.

'En als jij daar boven aan de rand blijft staan, in plaats van te springen, dan jaag ik eerst een pijl vijf centimeter boven je hoofd langs. Als waarschuwing.'

Colly fronste zijn wenkbrauwen. Dat begreep hij niet. Halt ging verder.

'En vijf seconden later jaag ik een pijl vijf centimeter onder je hoofd, dwars door je heen. Begrepen?'

Colly keek nerveus naar omlaag. Die pijl zou dwars door zijn hals gaan. Hij begreep het nu wel. 'Juist...' mompelde hij. Zijn keel was droog en hij klonk nogal schor. Hij zag hoe Halt een pijl uit de goedgevulde koker trok en die in één soepele beweging op de pees van zijn enorme boog legde.

'Dus maak je nou maar klaar. Ik heb altijd begrepen dat een stukje hardlopen 's morgens vroeg heel gezond is.' Hij wachtte even en voegde er toen met meedogenloze stem aan toe: 'En een eindje zwemmen is nog gezonder.'

Colly's ogen flitsten heen en weer tussen Halt, de open helling boven hen en de bosrand beneden.

'En om je te bewijzen dat ik het meen,' ging Halt verder. 'Zie je die vermolmde boomstronk daarginds, een meter of veertig hierboven?'

Colly tuurde met samengeknepen ogen naar de plek waar Halt naar wees. Daar stond inderdaad een bijna zwart verkleurde boomstronk, die nog ongeveer een meter omhoogstak. Waarschijnlijk de laatste resten van een boom die jaren geleden door de bliksem getroffen was. De overblijfselen van de takken lagen eronder langzaam weg te rotten. Hij knikte.

'Ja, die zie ik. Wat dan nog?'

'Zodra je op die hoogte gekomen bent zal ik er een pijl in schieten. Zie je die plek waar vroeger een tak naar rechts moet hebben uitgestoken?'

Colly knikte nog eens. Van deze afstand kon je de knoest maar net onderscheiden.

'Dat plekje ga ik raken met die pijl. Als ik mis zou schieten, dan zou jij kunnen bedenken dat je misschien wel snel naar beneden zou kunnen rennen...'

Colly wilde zijn mond openen om iets te zeggen, maar Halt was hem voor.

'Maar ik zal niet misschieten. En vergeet niet dat jij een heel wat groter doelwit vormt dan die knoest daar!'

Weer moest Colly even slikken. Zijn keel was nu wel erg droog geworden. 'Mag ik wat drinken?' vroeg hij. Dat zou weer wat uitstel betekenen. Halt had wel gezegd wat het plan was, maar hoe wist hij nou zeker dat de man hem niet alsnog gewoon zou neerschieten zodra hij wegliep van hier? Want dan zouden zijn metgezellen allemaal enthousiast omhoog komen lopen – en dan kon die vreemde gast zelf ook eenvoudig naar beneden lopen, toch?

Halt schonk hem weer een van zijn kille glimlachjes. 'Natuurlijk mag je wat drinken. Zo veel als je wilt. Zo gauw als je in de rivier ligt! En nu weg!'

Maar Colly aarzelde nog. Halt spande de boog een paar keer aan. Het enige doel was Colly's aandacht te trekken naar de donkere pijl met de scherpe punt die op de pees klaar lag. Halts wenkbrauwen trokken zich samen. De zon stond nu ruim boven de rand van de helling boven hen. Hij scheen recht in de ogen van de mannen beneden.

'NU!' riep hij ineens, en haalde tegelijk even onverhoeds uit naar de arme man.

Door dat geschreeuw en de onverwachte bedreiging zette Colly het op een lopen. Hij kwam van achter de rots tevoorschijn en rende de helling op. De gevlekte mantel wapperde breed achter hem aan. Halt gaf hem een voorsprong van twintig meter en liep toen zelf achter de rotsen vandaan, zwaaiend en schreeuwend naar de onzichtbare mannen die beneden naar hem keken.

'Hij gaat ervandoor!' schreeuwde hij. 'Hij ontsnapt! Achter hem aan!'

Halt hoorde geschreeuw tussen de bomen en ook geblaf van honden die ineens door hun begeleiders ruw werden meegetrokken. Er kwamen wat mannen uit de schaduwen van de bosrand gestapt. Onzeker keken ze naar de man hoog boven hen, die naar de top van de heuvel leek te rennen. Er kwamen nog meer mannen het bos uit.

'Kijk dan, hij ontsnapt! Zet de achtervolging in!' riep Halt weer. Hij draaide zich om en keek naar boven. Colly was bijna ter hoogte van de boomstronk aangekomen. Halt ging weer achter de rotspartij staan en spande nonchalant zijn boog. Even mikte hij en liet de zwarte pijl toen gaan. Hij wist precies hoeveel de pijl, omhooggeschoten, nog zou dalen tijdens de vlucht.

Colly hoorde de pijl vlak langs zich heen gaan en daarna met een natte klap diep in het rotte hout van de stronk slaan. Wat er nog over was van de zijtak spatte in splinters uit elkaar. Zelfs al had Halt hem van tevoren gewaarschuwd, toch kon Colly zich eigenlijk niet voorstellen dat er echt iemand was die zo goed kon schieten. In een reflex – veel te laat natuurlijk – liep hij schuin weg van de boom, en begon nog harder te rennen.

De Buitenstaanders kwamen nu in groten getale het bos uit lopen. Een paar renden zelfs al de heuvel op, Colly achterna. Maar geen van allen leken ze zich erg druk te maken. Ze wisten blijkbaar ook dat de man nergens heen kon. De speurhonden blaften aan een stuk door, op hun achterpoten hangend aan hun riemen. Halt telde een man of tien, twaalf. Gelukkig, dacht hij opgelucht, hadden ze nog geen vechthonden losgelaten.

Hij keek omhoog naar waar Colly zwoegend en steunend de laatste steile meters op rende. Hij wist zeker dat de man op de rand even zou aarzelen. Het was haast onvoorstelbaar dat hij dat niet zou doen. Daarom legde Halt een nieuwe pijl op zijn boog en met half dichtgeknepen ogen schatte hij de schiethoek en hoe ver hij de pees zou moeten aantrekken. Toen Colly nog maar twee passen van de top verwijderd was liet Halt zijn pijl los.

In een vlakke boog schoot de pijl omhoog.

Colly struikelde inmiddels zwaar hijgend de laatste stappen naar de afgrond. Diep onder hem glansde het donkere water van de rivier, nog in diepe schaduw. Je kon niet zien of het diep genoeg was om te springen, en zoals Halt al voorspeld had bleef hij even op de rand staan. Hij draaide zich om en keek vertwijfeld naar de man daaronder voor die grote rotspartij.

Een seconde nadat hij zich omgedraaid had hoorde hij een sissend geluid en voelde de wind van een pijl die vlak over zijn hoofd kwam gevlogen. Precies zoals Halt aangekondigd had.

Colly voelde steken in zijn zij, zo hard was hij naar boven gerend. Zijn adem kwam in horten en stoten. Toen zag hij de rechterarm van de Grijze Jager omhoogkomen om een nieuwe pijl uit de koker op zijn rug te trekken. Langzaam legde de Jager die pijl nu op zijn boog. Daarna tilde hij de boog omhoog en trok de pees op zijn gemak naar achteren.

Colly voelde een plekje in zijn hals gloeiend heet worden. Daar, had Halt beloofd, zou de volgende pijl hem doorboren. Hij herinnerde zich het ziekmakende geluid van de pijl die eerder in de rotte boomstam was gedrongen. Hij voelde weer de schok van de tweede pijl die hem bijna had geraakt. In een fractie van een seconde trok dat alles aan zijn geestesoog voorbij, terwijl hij de man beneden de boog zag spannen. Hij wist dat springen de enige kans op overleven bood.

En dus sprong hij. Hij krijste het uit van angst tijdens de lange val, tot hij met een enorme plons en veel gespetter het water raakte. Hij zonk diep naar beneden, maar voelde nergens een bodem. De rivier moest hier wel zo'n vijftien meter diep zijn. Enorm opgelucht dat hij de val had overleefd, sloeg hij zich met beide armen en benen naar omhoog door het donkere water. Hij bleek toch zijn linkerknie verrekt te hebben, toen zijn lijf hard op het water was geklapt. Hij voelde een steek van pijn toen hij dat been uitsloeg op weg naar het zilveren licht daarboven. Hij schreeuwde het uit, bedacht te laat dat hij nog onder water was en kreeg een hele gulp van het frisse vocht naar binnen. Proestend en hoestend en naar adem snakkend kwam hij boven water en zwom voorzichtig op één zij liggend naar de oever.

De achtervolgers op de helling waren blijven staan, toen ze de man naar beneden zagen springen. Ze kenden het gebied maar al te goed, en wisten wat een afgrond daarboven ineens opdook. De mannen bleven staan, tot iemand daarboven hen tot de orde riep.

'Hij is in de rivier gesprongen! Jullie moeten onderlangs om hem de pas af te snijden!'

Een paar mannen met iets meer hersens dan gemiddeld zagen de man gebaren. Naar zij aannamen was het de verkenner, die die nacht vooruit gestuurd was. Hij zwaaide dat ze terug moesten gaan, en linksaf, en ze begrepen dat ze inderdaad het best beneden langs konden gaan. Het had weinig zin die hele helling op te klimmen, tenzij ze zelf ook wilden springen. Onderlangs naar de rivier lopen leek een verstandigere keuze.

'Kom op!' riep een grote hondenbegeleider. 'Laten we naar de rivier gaan!'

Hij stuurde zijn honden die kant op en rende hen achterna. En zodra er één schaap over de dam was, volgden de anderen als vanzelf. Halt zag met grimmig plezier hoe de hele groep de heuvel weer afrende en linksaf sloeg naar de oevers van de rivier aan de andere kant van de heuvel.

Toen de laatste uit het zicht verdwenen was, knipte Halt twee keer met zijn vingers. Abelard kwam tevoorschijn van achter de rotsen, waar hij samen met Halt de nacht had doorgebracht. Halt sprong moeiteloos in het zadel. Abelard keek even beschuldigend achterom, ongetwijfeld vanwege de vettige wollen jas die Halt met Colly had geruild.

'Ik weet dat ik stink,' zuchtte Halt. 'Maar die sokken waren nog veel erger.'

Halt dreef Abelard in draf en ze reden snel de heuvel af. Zodra ze het bos bereikt hadden deed Halt iets vreemds. In plaats van naar het oosten te gaan, naar Redmont, stuurde Halt zijn paard weer naar het noordwesten, naar het vissersdorp. Weer keek Abelard verbaasd om naar zijn baasje. Halt klopte hem geruststellend op de nek.

'Ik weet het, ik weet het. Maar eerst moet ik nog iets anders doen,' zei hij, en Abelard gooide zijn hoofd in zijn nek. Zolang zijn baasje maar wist waar hij mee bezig was, maakte het dier zich geen zorgen.

Het kostte Farrell, de leider van de groep Buitenstaanders, nogal wat moeite om de dorpelingen te kalmeren. Ze waren nu achterdochtig geworden, en dachten dat hij en zijn mensen iets te maken hadden met de mislukte aanval op de boten. Farrell probeerde uit alle macht hen ervan te overtuigen dat hij echt niets wist van wat zich had afgespeeld. Maar hij merkte dat hun achterdocht alleen maar groter en groter werd.

Misschien wordt het langzamerhand tijd om weer eens verder te trekken, dacht hij. Hij kon hun vermoedens en verdenkingen misschien nog even bedwingen, maar uiteindelijk zou het toch profijtelijker zijn om dat wat ze tot dusverre bij elkaar gegraaid hadden in te pakken, en daarna hun geluk elders te gaan zoeken.

'Wilfred,' zei hij tegen de hoofdman van het dorp, 'ik zweer je dat mijn mensen niets te maken hebben met welke misdaad dan ook. Je weet toch dat wij alleen maar eenvoudige gelovigen zijn?'

'Nou, het is dan wel erg toevallig dat wij hier nooit problemen hadden tot jullie hier ineens opdoken,' antwoordde Wilfred.

Farrell spreidde zijn armen wijd als om zijn onschuld te benadrukken. 'Dat moet puur toeval zijn, waarde vriend. Mijn mensen en ik zullen voor jullie bidden, dat je dorp bewaard blijft voor verder onheil. Ik verzeker je...'

Er klonken geluiden van een handgemeen bij de ingang van het paviljoen dat Farrell gebruikte als hoofdkwartier en gebedsruimte. Toen kwam ineens een grijsgebaarde vreemdeling naar binnen gestormd. Alhoewel, vreemdeling... Farrell herkende hem eerst niet, maar besefte ineens dat hij dat gezicht eerder had gezien.

De nieuwkomer was kort van stuk, en ging gekleed in een eenvoudige bruine broek met laarzen en een mosgroene jas. In zijn hand droeg hij een enorme handboog, en over zijn schouders hing een koker vol gemeen uitziende pijlen. Ineens wist Farrell het weer.

'Jij!' riep hij verrast uit. 'Wat moet jij hier nu weer?'

Halt deed net of hij niet bestond en richtte zich rechtstreeks tot het dorpshoofd.

'Jullie zijn voor de gek gehouden en bestolen,' zei hij zonder omwegen. 'Deze man en zijn kornuiten staan op het punt om ervandoor te gaan. En reken maar dat ze al het goud en juwelen, alles wat jullie hun gegeven hebben, mee zullen nemen.'

Wilfreds blik, die sinds zijn plotselinge binnenkomst op Halt gericht was gebleven, wendde zich nu weer naar de Buitenstaander. Zijn ogen vernauwden zich tot spleetjes, nu zijn bangste vermoedens bevestigd leken te worden. Farrell lachte zenuwachtig en wees naar het massief gouden altaar dat aan de andere kant van de tent stond opgesteld.

'Ik heb steeds eerlijk gezegd dat we het goud zouden gebruiken om een altaar te bouwen voor de heer, zodat we serieus konden bidden voor het heil van dit volk. Denk je heus dat we zo gemakkelijk weg kunnen lopen met dat zware ding van puur goud? Het moet tonnen wegen!'

'Maar niet heus,' zei Halt en liep snel naar het altaar. De dorpelingen liepen onzeker achter hem aan. Wilfred dwong Farrell ook mee te komen.

Halt trok zijn grote mes uit de schede en sneed met het vlijmscherpe lemmet een stuk van de schitterende zijkant af. Het bleek dat het goud alleen maar een dun laagje verf was, met daaronder niets duurders dan gewoon vurenhout.

'Zo puur is het dus niet,' merkte Halt droog op. Achter zich hoorde hij de dorpelingen verontwaardigd commentaar leveren. Ze kwamen naar voren en omsingelden Farrell. De ogen van de Buitenstaander flitsten heen en weer tussen Halt en de cirkel van boze mensen om hen heen. Hij opende zijn mond al, driftig op zoek naar een goed klinkende verklaring voor het bedrog. Maar tevergeefs. Zijn mond sloot zich weer toen hij besefte dat hij er geen zou vinden.

'Luister,' zei Halt, 'wat ze doen is een klein beetje goudverf gebruiken om hun houten altaartjes te bedekken. Wat ze van jullie hebben gekregen staat waarschijnlijk ergens hierachter klaar in zakken en kisten om mee te nemen als ze de aftocht blazen.'

Wilfred gebaarde naar een jongeman, die naar het altaar holde en eraan begon te trekken. Al snel wist hij de halve voorkant te verwijderen, en inderdaad, onder de altaartafel lag een keurige stapel juten zakken. De jongen gaf een schop tegen een van de zakken en er klonk een metalig gerinkel. De hoofdman staarde nu witheet van woede naar Farrell, wiens gezicht wit wegtrok, zo bang was hij. Hij probeerde zelfs zich achter Halt te verschuilen, alsof hij hoopte dat de Grijze Jager hem zou beschermen tegen wat komen ging.

'Jij bent er geweest, Farrell,' zei hoofdman Wilfred op angstaanjagend kalme toon.

Maar Halt schudde van nee. 'Luister. Jullie hebben je goud terug. Wees daar maar dankbaar voor. Maar deze man neem ik mee. Hij moet eerst eens wat vragen beantwoorden.'

'O ja? En wie denk jij dan wel dat je bent?' zei de jongeman die het altaar gesloopt had.

Halt keek hem zonder blikken of blozen aan. 'Ik ben de man die jullie zojuist je fortuin heeft terugbezorgd,' zei hij. 'En gisterenavond heb ik voorkomen dat deze heren jullie boten in de hens zetten. Ik zou maar wat meer dankbaarheid laten zien. Jullie hebben je goud terug, én je kunt nog steeds de kost verdienen. Jullie mogen die andere Buitenstaanders hebben. Doe er maar mee wat je niet laten kunt. Maar deze neem ik mee naar Redmont.'

De jongeman wilde nog wat terugzeggen, maar een gebaar van Wilfred snoerde hem de mond. De hoofdman wendde zich tot Halt.

'Ik neem aan dat je in de positie bent om ons bevelen te geven?' zei hij.

'Ik ben een Grijze Jager van Araluen,' antwoordde Halt eenvoudigweg.

Er ging een verrast gemompel door het paviljoen. Misschien hoorden het dorp en zijn bewoners formeel tot geen enkel leen in Araluen, maar dat betekende niet dat ze de reputatie van de Grijze Jagers niet kenden. Halt maakte snel gebruik van de lichte verwarring van de burgers en greep Farrell bij de elleboog. Hij trok hem mee naar de ingang van het paviljoen. Aarzelend maakten de dorpelingen de weg voor hem vrij.

Toen hij met zijn gevangene uit de tent in de warme ochtendzon kwam, passeerden ze de nog steeds bewusteloze bewaker die Halt had proberen tegen te houden toen hij de tent in wilde. Halt fronste zijn wenkbrauwen. Hij dacht aan Farrells woorden, toen hij de tent was binnengelopen.

Jij? Wat doe jij hier nu weer?

Uit die woorden, en zoals Farrell daarbij gekeken had, zou je opmaken dat de priester van de Buitenstaanders Halt ergens van kende. En daarom fronste Halt zijn wenkbrauwen.

Want hij wist zeker dat hij en de man elkaar nooit eerder ontmoet hadden.

Hoofdstuk 12

De eetzaal van de herberg zat vol gasten. Bijna alle tafeltjes waren bezet door vrolijke en luidruchtige bezoekers uit het dorp en het kasteel. Will en Alyss zaten aan de eretafel, in het midden van het vertrek, onder een grote ronde kroonluchter met vierentwintig kaarsen.

Will had een vies gezicht getrokken toen zij naar die tafel gebracht werden. Liever had hij, zoals altijd, in een hoekje gezeten, niet zo in het zicht. Hij vond het prettiger om te kijken dan om bekeken te worden. Alyss grijnsde plagerig toen ze zijn aarzeling opmerkte.

'Je kunt er maar beter aan wennen, jongen,' zei ze. 'Dat is de straf van de roem! En er zijn mensen die ervan genieten, wist je dat?'

Will keek bedenkelijk. 'Hoe kun je nou genieten van honderd starende ogen?' vroeg hij, en hij keek rond of er geen minder opvallende tafel vrij was.

'Nou, er zijn er genoeg die het best prettig vinden. Ik vraag me trouwens af waarom er geen horden sneltekenaars buiten staan te wachten, om ons beeld vast te leggen als we het etablissement straks verlaten.'

'Doen ze dat echt?' vroeg hij ongelovig.

'Tegenwoordig wel, heb ik begrepen.' Met zachte drang duwde ze hem naar de tafel. 'Kom nou, Jenny is vast teleurgesteld als ze niet met je kan pronken!'

En daar kwam Jenny zelf al aan, zich tussen de tafeltjes

door persend en met een brede blijde lach op haar gezicht. In haar rechterhand had ze een grote houten pollepel, het officiële symbool van haar ambacht.

'Will!' riep ze al van verre. 'Dat heeft lang geduurd! Welkom in mijn bescheiden eetcafé!'

Ze wilde hem hartelijk omhelzen, maar instinctief dook Will eerst weg, bang voor de lepel die Meester Buick vroeger nogal eens had laten wapperen. Maar Jenny had haar lepel onder controle. Ze moest erom lachen.

'Stel je niet zo aan! Ik heb sinds mijn tweede jaar niemand meer per ongeluk geraakt!'

Will trok galant de stoel voor Alyss naar achteren, terwijl Jenny goedkeurend toekeek. Goede manieren had hij vroeger ook al, dacht ze. Hij ging zelf ook zitten en keek om zich heen naar de vele gasten.

'Nou, een bescheiden eetcafé... Je vist zeker naar complimentjes. Je hebt minstens vijftig of zestig eters vanavond.'

Jenny keek met kennersoog het vertrek rond. 'Maar het zijn niet allemaal eters. Er zijn er ook bij die alleen wat komen drinken.'

'Volgens mij is het altijd zo druk,' verzekerde Alyss. Maar Jenny schudde haar hoofd.

'Nou, vandaag is het wel erg vol, moet ik zeggen. Volgens mij werd er in het dorp gefluisterd dat de beroemde Will Verdrag hier vanavond een hapje zou komen eten... met zijn knappe vriendin. En toen begonnen meteen de reserveringen binnen te stromen.'

Will kreeg een kleur, maar Alyss liet zich niet van de wijs brengen. Zij en Jenny kenden elkaar ook al sinds hun kindertijd.

'Je vraagt je af waar zo'n gerucht vandaan komt, nietwaar?' zei ze liefjes.

Jenny grijnsde breed en spreidde onschuldig haar armen

wijd uit. 'Ik heb werkelijk geen idee. Maar voor de zaak is het prima.' Ze keek weer naar Will en haar grijns werd nog breder. 'Ik ben echt blij dat ik je weer eens te zien krijg. Hoe lang geleden is het al niet? En naar ik heb begrepen blijf je nu, voorlopig?'

Will keek haar verrast aan. 'Hoe weet jij daarvan?' Hij was er tot dat moment van uitgegaan dat de details over Crowleys speciale dienst nog bij niemand bekend waren.

'Och, dat hoorde ik al een paar weken geleden. Van iemand. Ik weet niet meer wie, maar iemand vertelde het.'

Will schudde verbijsterd zijn hoofd. Hij wist het zelf pas een kleine week! Hij stond elke keer weer verbaasd, hoe snel zogenaamde geheimen in dit land de ronde deden. Jenny had niets in de gaten van zijn verwarring.

'Zijn jullie met zijn tweeën?' vroeg ze.

Alyss schudde van nee. 'Vrouwe Pauline komt ook nog.'

Jenny keek nog vrolijker dan ze al deed. 'Maken jullie zo niet té veel reclame voor mijn zaak?'

Alyss schudde haar hoofd. 'Alsof je dat nodig hebt!'

Jenny wreef haar handen en vroeg, zakelijk nu: 'Willen jullie al wat bestellen? Of laten jullie je door mij verrassen?'

Will voelde aan dat ze graag wilde laten zien wat ze kon, als kok. Dus legde hij zijn twee handen plat op de tafel. 'Ik vermoed dat we wel gek zouden zijn, als we daar niet op ingingen...'

Jenny knipte met haar vingers naar een passerend knechtje. 'Dek hier voor nog een persoon extra, Rafael,' verordonneerde ze. De jongen, een grofgebouwde knul van een jaar of zestien, zag eruit alsof hij zich meer thuis zou voelen achter een ploeg of bij het vuur van de smid. Maar hij knikte enthousiast.

'Goed, bazin.' Hij straalde en begon tamelijk onhandig bestek en borden neer te leggen op de plek die zij had aangewezen. De punt van zijn tong stak een beetje naar buiten, in zijn mondhoek, terwijl hij zijn uiterste best deed om grote aantallen messen en vorken op de juiste plek en in de juiste volgorde neer te leggen.

'Ik kan jullie een heerlijk voorafje aanbieden,' ging Jenny verder. 'Ik heb een paar kwarteltjes ontbeend en gevuld met veenbessen en appeltjes, met wat lichte kruiderij, en dan gestoofd in een rode wijnsaus. Hoe klinkt dat?'

Zonder aarzelen, of zonder zelfs maar het knechtje naast haar aan te kijken, kwam de pollepel in een grote boog omhoog en weer omlaag op het hoofd van de arme jongen.

'Messen rechts, vorken links, hoe vaak moet ik je dat nog vertellen, Rafael?'

Rafael keek in complete verwarring naar het eetgerei dat hij zojuist verkeerd om had neergelegd. Zijn lippen bewogen terwijl hij in zichzelf herhaalde: 'Messen rechts, vorken links.'

'Steek je rechterhand eens uit,' zei Jenny.

Rafael aarzelde even en keek angstig in de richting van de pollepel, die inmiddels weer onschuldig aan haar zijde bungelde – onschuldig als een slang die elk moment weer kon toeslaan. 'De hand waar je mee schrijft,' voegde ze er hulpvaardig aan toe.

'Ik kan helemaal niet schrijven,' zei de jongen neerslachtig. Zelfs Jenny schrok daar even van. Ze hoopte dat ze de jongen niet te erg gekwetst had. Ze probeerde hem alleen wat bij te brengen, zodat hij meer kansen in het leven had dan wanneer hij de rest van zijn leven als ongeschoolde boerenknecht achter een ploegend paard aan zou hobbelen.

'De hand waarmee je iemand een tik geeft dan?' probeerde Will. 'Je zwaardhand?'

Rafaels gezicht klaarde op. Met een brede grijns stak hij zijn rechterarm omhoog. Jenny zei met een glimlach: 'Dank je, Will, een goed idee. Luister, Rafael, dat is dus je rechterhand, de hand waarmee je een zwaard vasthoudt. En weet je, een zwaard, dat is eigenlijk niet veel meer dan een heel groot mes, toch? Nou, aan die kant van het bord leg je dus altijd de messen. Zul je het nou onthouden?'

'Ja, nu begrijp ik het,' antwoordde Rafael. 'Waarom heeft u het niet eerder zo uitgelegd?'

Jenny moest ervan zuchten. 'Ik denk omdat ik geen beroemde Grijze Jager ben, daarom.'

Maar die ironie was helaas niet aan Rafael besteed.

'Nee, bazin – maar je kunt wel lekker koken, dat is een ding dat zeker is.'

Vol trots verwisselde hij de messen en de vorken. Daarna testte hij voor de zekerheid nog even of het nu goed was, door een paar steekbewegingen te maken met een denkbeeldig zwaard. Hij knikte tevreden en zei tegen Jenny: 'Anders nog wat, bazin?'

'Nee, dank je, Rafael. Zo is het goed.'

Hij grijnsde en boog naar haar en haar gasten en liep opgewekt terug naar de keuken.

'Het is heus een aardige jongen,' zei Jenny. 'Ik hoop alleen dat het me nog zal lukken om er een ober van te maken.' En na even nadenken voegde ze eraan toe: 'Tijdens mijn leven.'

Will keek haar onderzoekend aan. Het was hem al opgevallen dat er iets aan haar veranderd was toen hij haar op hun tafeltje af zag komen. Nu wist hij wat het was.

'Maar Jenny, je bent afgevallen!'

Will was geen charmeur, hij was eerder een beetje verlegen als er meisjes in de buurt waren, maar één ding wist hij wel: dat elk meisje dat graag hoort. En in Jenny's geval was het nog waar ook. Ze was nog steeds wat je noemt mollig, maar toch veel slanker dan vroeger. Jenny straalde en probeerde over haar eigen schouder naar beneden te kijken.

'Vind je? Ja, een beetje wel. Het is gek, als je je eigen restaurant hebt, dan ontbreekt vaak de tijd om te eten. Proeven? Ja. Eten? Zelden!'

'Nou, het staat je goed,' zei Will. En hij dacht dat Gilan het ook wel leuk zou vinden, dat ze zo slank geworden was. De eerste keer dat hij haar ontmoette leek de grote Grijze Jager al enigszins hoteldebotel van haar, toen bij het huwelijk van Pauline en Halt. En later, toen Will en hij samen in Arrida waren, had hij het nog een paar keer over haar gehad.

Jenny glimlachte naar hem, wreef zich in de handen en werd weer zakelijk.

'Het hoofdgerecht is vandaag lekkere lamscarré met citroen en rozemarijn. Met nieuwe aardappeltjes, gebraden samen met het vlees, en bijtgare groenten. Of als je liever vis wilt: we hebben ook verse tarbot, gestoomd met gember en een beetje hete peper. Wat vinden jullie het lekkerst?'

Alyss en Will keken elkaar aan. Ze wist wat hij dacht en gaf voor beiden antwoord.

'We nemen de lamscarré.'

Jenny knikte tevreden. 'Goed. En... Hé, daar heb je vrouwe Pauline ook!'

Ze had uit haar ooghoeken iemand zien binnenkomen en toen Will en Alyss in die richting keken zagen ze de lange slanke gestalte van vrouwe Pauline. Een paar passen achter haar kwam nog iemand het restaurant in – een onopvallende Grijze Jager, compleet met zijn mantel om en opgeslagen kap.

'Maar dat is Halt,' riep Will blij verrast en hij sprong op van zijn stoel. Hij begon te stralen, maar de lach bestierf op zijn lippen toen de Grijze Jager zijn kap naar achteren sloeg en Will het grijsblonde haar zag. 'Crowley!' riep hij verbaasd uit. 'Wat moet die nou hier?'

Jenny keek bezorgd terwijl ze probeerde te berekenen of ze met één lamscarré genoeg vlees had voor een vierde eter. Maar zodra ze zich herinnerde hoe veel en graag de meeste Grijze Jagers aten, besloot ze dat ze beter alvast een tweede lamscarré in de oven kon gaan schuiven.

Ze liep naar de keuken en schreeuwde tegen Rafael: 'Raf! Dek voor nog een extra gast aan tafel één!'

Alyss was intussen ook opgestaan en zij wenkte haar mentor naar hun tafeltje. Vrouwe Pauline zag haar en ging Crowley voor door het volle restaurant. Het viel Will op dat het leek of ze gleed in plaats van dat ze liep. Hij merkte dat iedereen nu even opgehouden was met praten en nieuwsgierig keek naar de twee Grijze Jagers met hun tafeldames, beiden koeriers van de koning. Ze begrepen ook wel dat dit soort ontmoetingen niet elke dag plaatsvond.

De twee nieuwkomers schoven aan bij Will en Alyss. Vrouwe Pauline keek stralend de jonge Jager aan, boog zich voorover en gaf hem een kusje op de wang. Net als Halt beschouwde zij Will als een halve zoon.

'Wat fijn dat je er weer bent, Will! Ik ben blij dat je besloten hebt weer thuis te komen.'

Hij wist dat ze bedoelde dat hij de nieuwe functie in Crowleys speciale dienst had geaccepteerd. Hij glimlachte terug.

'Ja, mevrouw, iemand moet toch een oogje op Halt houden, of niet soms?'

Ernstig knikte zij. 'Dat is nou precies wat ik ook heb zitten denken. Tenslotte wordt hij ook al een dagje ouder,' antwoordde zij. 'En Will, hou nou eens op met dat ge-mevrouw, alsjeblieft. Zeg maar gewoon Pauline, hoor!'

'Goed, Pauline.' Hij proefde de naam op zijn tong en eigenlijk ging dat best goed. Ze glimlachten elkaar over de tafel heen toe.

Crowley besloot dat moment uit te kiezen om luid zijn keel te schrapen. 'Ik neem aan dat je ooit nog wel van plan was ook je eigen commandant te begroeten, Will? Ik weet dat ik net als Halt niet veel meer voorstel, maar dan kun je zo'n oude zilverharige grijsaard toch nog wel gedag zeggen! Alyss, jij ziet er elke keer weer prachtiger uit,' voegde hij eraan toe, voordat Will kon reageren.

'Weet je wat jij bent, Crowley? Een vleier met een zilveren tong!' zei Alyss gevat. 'Welkom op Redmont, jij ook!'

Eindelijk kon Will ook wat zeggen. 'Ja, natuurlijk, dag Crowley. Hoe kom jij hier zo verzeild?'

Crowley wilde net antwoord gaan geven toen Rafael opdook met een stapel borden en messen en vorken in zijn handen. Even aarzelde hij, zette toen alles op zijn linkeronderarm en maakte een beweging alsof hij iemand met zijn zwaard te lijf wilde gaan. Crowley keek bezorgd achterom naar de jongen.

'Ben je van plan me te onthoofden, kerel?'

Rafael glimlachte beleefd terug. 'Nee, mijnheer de Jager. Ik kies alleen de goede kant. Zou u even opzij willen gaan zodat ik dit neer kan leggen voordat ik weer vergeten ben wat waar hoort?'

Crowley keek Will vragend aan. De jonge Jager haalde zijn schouders op.

'Jenny is hem aan het trainen om ooit ober te worden,' legde hij uit. Crowley keek even opzij naar de bediende. De jongen bewoog zijn lippen terwijl hij geluidloos herhaalde: 'Messen rechts, vorken links, borden in het midden.'

'Nou, dat zal nog wel even duren, vrees ik,' zei Crowley, en toen Rafael klaar was beantwoordde hij Wills laatste vraag.

'Ik ben hier vanwege Halt,' zei hij. 'Hij stuurde me een berichtje per postduif vanuit een van onze meest westelijke steunpunten, een paar dagen geleden. Hij vroeg of ik hem hier wilde ontmoeten. En hij heeft ook Arnaut gevraagd – die komt over een paar dagen aan. Die kon niet meteen weg uit Araluen.'

Crowley was steeds meer overtuigd geraakt van het nut van snelle communicatie, en daarom had hij door heel het koninkrijk een netwerk van steunpunten ingericht. Op elke basis was een beheerder die postduiven gereedhield die eigenlijk op Araluen thuishoorden.

Zodra Halts naam viel, boog Will zich gretig naar voren. 'Zei hij wat er aan de hand was?' vroeg hij nieuwsgierig. Maar Crowley schudde van nee.

'Hij zei dat hij dat wel zou vertellen als hij aangekomen was. Eigenlijk dacht ik dat hij er eerder zou zijn dan ik.'

'Maar ik werd onderweg opgehouden. En ik moest ook nog een gevangene meeslepen.' klonk incens een stem achter hen.

'Halt!' riep Will weer en sprong overeind. Niemand had gemerkt dat de oude Grijze Jager het vertrek was binnengekomen, laat staan dat hij naar hun tafeltje was gelopen. Will haastte zich om de tafel heen en gooide daarbij zijn eigen stoel om.

Hij omarmde zijn vroegere leraar en mentor en vroeg tegelijkertijd: 'Wat is er toch allemaal aan de hand?' En voor Halt kon antwoorden vuurde hij nog een serie vragen op de oudere man af. 'Wat voor gevangene? Waar was je? Waarom moet Arnaut hier komen? Hebben we een eerste missie uit te voeren? Waar gaan we heen dan?'

Halt wrong zich los uit zijn knellende omarming en rolde zijn ogen vertwijfeld omhoog.

'Vragen, vragen, altijd maar weer vragen!' zuchtte hij. 'Ik moet weer terugdenken aan vroeger... Ik ben bang dat ik een gruwelijke vergissing begaan heb. Vind je het goed dat ik even mijn vrouw gedag zeg, voor we verdergaan?'

Maar terwijl hij zich omdraaide om Pauline te omhelzen moest hij toegeven dat hij zich toch gevleid voelde. Er lag een klein lachje op de loer, ergens in zijn mondhoek, en dat lachje wist hij niet helemaal terug te duwen.

Jenny, die weer uit de keuken tevoorschijn was gekomen, maakte rechtsomkeert zodra zij de vijfde gast aan het tafeltje zag staan.

'Francisca!' riep zij. 'Haal nog maar een lamsrug uit de koeling! En Rafael...'

'Ik weet het, ik weet het al, bazin... nog een couvert erbij op tafel één!'

Hoofdstuk 13

De gerechten waren allemaal even heerlijk. En Halt stond erop dat zij ervan zouden genieten zonder over zaken te praten.

'Daar hebben we nog tijd genoeg voor bij de koffie,' zei hij streng. Hij ontweek slim alle vragen over waar hij geweest was, door zelf te vragen naar de jaarlijkse Bijeenkomst – dat was tenslotte de eerste en enige die hij de afgelopen jaren gemist had. Hij moest lachen om Wills verhalen over zijn problemen met de drie leerlingen, en knikte tevreden toen hij hoorde hoe Gilan bevorderd was tot Grijze Jager van het leen Wetborg – en vooral dat hij beschikbaar zou zijn om de taken in Redmont over te nemen, als Halt en Will weg moesten voor een speciale opdracht.

'Ik zat me al af te vragen hoe je dat zou oplossen,' zei hij tegen Crowley. 'Slim gevonden!'

Crowley glimlachte, een beetje trots op zichzelf. 'Ja, zoals ik ook al tegen Will zei: Ik ben geniaal als het op organiseren aankomt.' Halt trok daarbij één wenkbrauw op, maar zei verder niets.

Op verzoek van Halt vertelde vrouwe Pauline vervolgens de laatste nieuwtjes uit Redmont zelf. Hij zette grote ogen op toen hij hoorde dat heer Roderick, de krijgsmeester van het kasteel, de laatste weken wel bijzonder vaak gezien werd in het gezelschap van vrouwe Margareta, een bijzonder aantrekkelijke weduwe.

'Roderick?' vroeg hij vol ongeloof. 'Maar dat is toch een echte oude vrijgezelle brompot!'

'Ja, Halt – dat zeiden ze ook altijd over jou, weet je nog?' antwoordde Pauline fijntjes. Hij knikte. Dat was waar.

'Zozo, dus Roderick geeft eindelijk zijn wilde leventje op, hè? Wie had dat ooit gedacht? Ik neem aan dat jij dan de volgende bent, Crowley?'

Maar Crowley schudde bedroefd zijn hoofd. 'Nee Halt, ik ben getrouwd met mijn werk. En ik heb ook nooit de ware ontmoet.'

Eerlijk gezegd had Crowley heel lang een diepe bewondering gekoesterd voor Pauline. Maar omdat hij als een van de weinigen in het land wist hoe het eigenlijk zat tussen Halt en Pauline, had hij zich nooit uitgesproken.

Toen de maaltijd achter de rug was zette Rafael een grote pot koffie en mokken op de tafel, gelukkig zonder ongelukken en zonder te hoeven zwaaien met een denkbeeldig zwaard.

Pauline keek liefhebbend toe hoe Halt een grote slok nam en genoot. Daarna zette hij zijn mok voor zich op tafel, en leunde op zijn ellebogen voorover.

'Goed,' zei hij. 'Ter zake. Luister, de Buitenstaanders zijn weer actief, en volgens mij zijn ze van plan ook Araluen te bekeren. Maar eerst willen ze Hibernia veroveren.'

'Hibernia?' vroeg Pauline verbaasd. 'Wat moeten ze daar nou?'

'Kort en goed: ze willen er de macht overnemen. Toen wij hen destijds ons land uitgejaagd hebben, zijn er een paar in Hibernia terechtgekomen. En daar hebben ze rustig hun tijd doorgebracht, terwijl ze langzaam sterker en groter in aantal werden. Ze zijn nu in alle zes de koninkrijken geïnfiltreerd. En ze zijn al bijna in hun opzet geslaagd: in vijf van de zes zijn ze al de baas. Alleen Clonmel is nog over – en dat houdt ook niet lang meer stand.'

'Clonmel? Maar daar kom jij toch vandaan, Halt?' vroeg Crowley.

Will keek verrast op toen Halt bevestigend knikte. Hij had altijd al wel vaag geweten dat Halt uit Hibernia kwam, maar dit was voor het eerst dat zijn vermoeden bevestigd werd.

'Ja,' zei Halt eenvoudig. 'Koning Ferris van Clonmel is een zwakkeling. En net als alle koningen van Hibernia was en is hij zo bezeten van de angst dat een van zijn collega's hem kan verraden of van de troon stoten, dat hij het echte gevaar niet in de gaten heeft.'

'Tjee, die Buitenstaanders zijn nogal wat van plan, is het niet?' zei vrouwe Pauline. 'Vroeger waren het gewone boefjes en dieven, en dat was al erg genoeg. Maar volgens jou willen ze nu echt een heel land overnemen en kaalplukken, daarginds?'

Halt knikte. 'Overal in het land zorgen ze voor chaos en paniek. En als de koning dan te zwak blijkt, of te veel met zichzelf bezig is om zijn volk te helpen, dan nemen zij het heft in handen en bieden aan om eindelijk de rust en orde te herstellen.'

'En dat is niet zo moeilijk,' zei Crowley, 'want ze zijn zelf de aanstichters.'

'Precies,' antwoordde Halt. 'En binnen de kortste keren denkt iedereen dat alleen zij in staat zijn om vrede en voorspoed te garanderen. Zo krijgen ze steeds meer macht en invloed. Meer en meer mensen bekeren zich, en dan is het nog maar een kleine stap naar de macht over het land.'

Will begreep het niet. 'Maar waarom laten die koningen dat dan gebeuren? Waarom treden ze niet op? Begrijpen ze dan niet dat hun positie zo onhoudbaar wordt?'

'De leider van de Buitenstaanders daar is een man die Tennyson heet,' vertelde Halt. 'En die is slim genoeg om niet openlijk in verzet te komen tegen welke koning dan ook. Hij laat ze gewoon op hun troon zitten – maar neemt intussen wel de feitelijke macht over. En daarmee ook al het gezag, en al het belastinggeld natuurlijk.'

'Terwijl het intussen zo lijkt alsof de koning nog gewoon aan de macht is?' veronderstelde Pauline.

'Ja. En de meesten hebben daar tot nu toe ook helemaal niet zo veel problemen mee, blijkbaar.'

'Nou, dat is me dan wel een stelletje koningen van niets!' zei Will verontwaardigd.

Halt knikte en keek treurig. 'Ja, ze stellen inderdaad niet veel voor. Het zijn zwakkelingen, en ze denken alleen aan hun eigen portemonnee. Daarom is het ook niet zo moeilijk voor een sterke man met veel charisma als die Tennyson om als redder des vaderlands op te treden. Dat is hem nu al in vijf van de zes koninkrijkjes gelukt. En het ziet er naar uit dat Clonmel snel zal volgen.'

'Halt!' Crowley boog zich voorover en keek zijn oude vriend recht in de ogen. 'Dat is allemaal heel verdrietig voor Hibernia natuurlijk. Maar wat hebben wij in Araluen daar mee te maken? Het spijt me als ik een beetje hard overkom, maar ik weet zeker dat je begrijpt wat ik bedoel.'

Will keek snel van de ene naar de andere oudere Jager. Halt trok het zich natuurlijk aan, omdat hij in Hibernia geboren was. Maar wat had zijn nieuwe vaderland ermee te maken?

'Ja, ja, natuurlijk begrijp ik wat je bedoelt,' antwoordde Halt. 'Je hoeft je niet te verontschuldigen. Maar ik denk dat we er wel degelijk iets mee te maken hebben – of krijgen. Zodra Tennyson ook Clonmel in zijn macht heeft, het laatste vrije koninkrijk, dan is hij van zins om van daaruit naar Araluen terug te keren.'

'Dat weet je zeker?' vroeg Crowley.

Halt knikte. 'Ik heb een van de voormannen hier gevangengenomen, en die zweert dat het plan zo is. Die man heet Farrell, en zijn opdracht was om op ons eiland een eerste steunpunt in te richten – in de vorm van het dorp Selsey, met zijn haven. Daar ben ik dus de afgelopen week geweest,' voegde hij eraan toe. 'Ze hebben daar een fantastische beschutte haven, en het ligt echt in een uithoek, buiten de lenen. Precies de plek die een slimme leider als die Tennyson uit zou zoeken, om van daaruit ons land weer met zijn vermaledijde bijgeloof te vergiftigen.'

'Wat je dus eigenlijk wilt zeggen is dat we hem zouden moeten tegenhouden, voor hij hier echt voet aan land zet,' concludeerde vrouwe Pauline. Halt keek haar even aan.

'Je wacht niet tot de slang je bijt voordat je hem doodslaat,' zei hij. 'Ik zou hem liever nu tegenhouden dan wanneer hij nog sterker geworden is.'

'Maar denk je dat jij en Will dat zouden kunnen? Alleen jullie met z'n tweeën?' vroeg Crowley.

'Met Arnaut erbij, ja,' antwoordde Halt.

De commandant van de Grijze Jagers knikte.

'Met Arnaut dus. Je denkt niet dat je meer man nodig hebt? Een groep soldaten?'

'Luister, we kunnen ons geen invasie veroorloven! Koning Ferris heeft ons helemaal niet om hulp gevraagd. En ik denk ook niet dat hij dat ooit zal doen. Ik denk dat we stiekem gedoe en bijgeloof beter met nog stiekemer gedoe en nog meer bijgeloof kunnen bestrijden. Er bestaat bovendien een oude legende in Hibernia, die zegt dat er een meester-zwaardvechter uit het oosten zal komen om het land te redden. Ik zat zo te denken dat ik die mythe wel kon gebruiken.'

'Ja, daar is Arnaut de geknipte figuur voor,' merkte Will op.

Zijn oude leraar glimlachte hem toe. 'Precies. Ik denk dat we op die manier contact kunnen leggen met koning Ferris, en hem kunnen overtuigen dat hij zich heus moet verzetten tegen die Buitenstaanders. En als we eenmaal hun macht in Clonmel hebben kunnen breken, dan volgt de rest vanzelf.'

'En dan komen ze ook niet naar Araluen,' zei Alyss.

'Het is een kwestie van het juiste moment kiezen. Het gaat hun nu voor de wind – als we dat een halt kunnen toeroepen, dan zien de mensen van Hibernia heus wel in dat ze voor de gek gehouden zijn. Zo'n beweging als die van de Buitenstaanders, die groeit en groeit – of hij stort ineens in elkaar, omdat de vertrouwensbasis verdwijnt. Het is het een of het ander met zo'n sekte. Stilstaan is er niet bij.'

'En waarom denk je dat jij die koning Ferris zover zou kunnen krijgen dat hij naar je luistert? Ken je hem dan?' vroeg Crowley.

'Jazeker ken ik hem,' antwoordde Halt. 'Hij is mijn broer.'

HOOFDSTUK 14

'Weet je, ik blijf het toch maar een raar idee vinden dat die koning Ferris jouw broer is, Halt,' zei Arnaut.

En het was niet de eerste keer dat hij dat zei. Nadat hij en de twee Grijze Jagers Redmont achter zich gelaten hadden, op weg naar de kust, bleef hij er maar over doorzeuren. Steeds weer schudde hij ongelovig zijn hoofd. Will had gemerkt dat hij er meestal weer over begon, zodra er even een stilte viel.

'Ja, dat hebben we intussen wel begrepen,' zei Halt. Er klonk een waarschuwing in zijn stem, een waarschuwing die Will zonder moeite herkende. In tegenstelling tot Arnaut. Hem leek deze geheel te ontgaan.

'Nou, je moet toch toegeven dat het voor ons wel als een verrassing kwam, Halt. Ik heb nooit aan jou gedacht als aan iemand... van koninklijken bloede, zal ik maar zeggen.'

De boze ogen van Halt richtten zich op de jonge grote ridder die naast hem reed.

'O, is dat zo?' vroeg hij. 'Ik doe helemaal niet koninklijk, is dat het? Veel te gewoontjes, of zelfs een beetje ordinair?'

Will draaide zich opzij, zodat Halt zijn grijns niet zou zien. Arnaut kon in al zijn onschuld Halt vreselijk op de kast krijgen.

'Nee, nee, dat bedoel ik helemaal niet,' zei Arnaut. Hij besefte dat hij Halt beledigd moest hebben, maar wist niet goed waarom en waarmee. 'Gewoon, ik vind dat je niet zo...' Hij aarzelde, hij wist eigenlijk niet goed wat Halt dan zou missen.

'Niet zo'n koninklijk kapsel hebt,' vulde Will aan.

Halts boze blik richtte zich nu op Will. 'Mijn kapsel.'

Het was geen vraag. Meer een vaststelling.

Will knikte opgewekt. 'Ja. De meeste mensen van koninklijken bloede hebben, tja, laten we zeggen, een zekere stijl... een zeker gevoel voor wat netjes en geaccepteerd is. Het is meer een houding die ze hebben..., een bepaalde manier van optreden, en van hun... kapsel.'

'Dus jij vindt mijn haar maar niks?' vroeg Halt dreigend.

Will maakte een gebaar van volledige onschuld. 'Luister, Halt, ik vind jouw haren werkelijk subliem! Je kunt hoogstens opmerken dat je er een beetje... nonchalant uitziet, voor de broer van een koning. Het is niet... hoe zal ik het zeggen...'

Hij wachtte even en leunde in zijn zadel opzij, hand op de zadelknop, om nog eens goed te kijken naar Halts peper- en zoutkleurige haardos. Hij deed net of hij de gefronste wenkbrauwen en de vuurspuwende ogen van Halt niet zag. Toen vond hij het woord, dat hij had gezocht.

'Verfijnd.'

Arnaut had geïnteresseerd deze tweespraak gevolgd; hij was allang blij dat Halts boosheid via een bliksemafleider van hem afgetrokken werd. Maar nu kon hij zich niet meer inhouden.

'Verfijnd, ja, dat is het woord! Dat is het precies. Jouw kapsel is niet verfijnd genoeg, Halt. Vorstenbloed is allereerst verfijnd.'

'O. Vind je koning Duncan dan zo verfijnd?'

Arnaut knikte met grote stelligheid. 'O ja. Zeker als hij er zijn best voor doet, zoals bij belangrijke gebeurtenissen en festiviteiten. Dan is hij altijd enorm verfijnd. Kijk maar naar zijn gebloemde vesten. Vind je niet, Will?'

'Absoluut. Zonder enige twijfel,' beaamde de jonge Jager.

Halt keek van de een naar de ander. Ineens had hij het gevoel dat hij als een stier tussen twee vechthonden stond, die beurtelings naar zijn poten hapten, de een hier, dan de ander weer daar. Hij besloot zijn verdedigingstactiek te veranderen.

'Arnaut, weet je nog, toen we samen door Gallica reden? Toen we Deparnieux uitdaagden?'

Arnaut knikte. Even keek hij ernstig, terwijl hij zich weer herinnerde wat een verdorven krijgsheer die Deparnieux geweest was.

'Ja, dat weet ik nog maar al te goed.'

'Nou, heb ik toen niet tegen die man gezegd dat ik familie was van het koningshuis van Hibernia? Ja of nee?'

'Ja. Nu je het zegt, ik geloof inderdaad dat je dat toen beweerde,' moest Arnaut toegeven.

Nu was het Halts beurt om met breed uitgestoken armen de onbegrepen onschuld uit te hangen. 'Dacht je toen soms dat ik gewoon een potje aan het liegen was?'

Arnaut opende zijn mond om te antwoorden, maar deed die meteen daarna weer dicht. En het bleef lang en oncomfortabel stil, terwijl de drie paarden rustig voortstapten. Het enige geluid was het onregelmatig geklepper van de twaalf hoeven op de straatstenen.

'Uh... is dat een bonte havik?' vroeg Will en wees naar de hemel in een poging het gesprek een andere richting op te duwen.

'Nee, dat is geen bonte havik,' zei Halt nors, zonder zelfs de moeite te nemen even te kijken waar Will naar wees. 'En als het er toch een is kan hij de pot op. Nou?' zei hij weer tegen Arnaut. 'Je geeft geen antwoord! Dacht je dat ik toen een potje stond te liegen?'

Arnaut schraapte nerveus zijn keel. Daarna zei hij met een klein stemmetje: 'Eigenlijk wel, ja.'

Halt hield Abelard in, tot zijn paard stilstond. Will en Arnaut moesten zijn voorbeeld wel volgen, en ze lieten hun paarden een kwartslag draaien, totdat ze ongeveer in een cirkel op de weg stonden, met de neuzen naar elkaar. Halt keek Arnaut aan, alsof hij zich diep gekwetst voelde.

'Dus jij dacht dat ik niet de waarheid sprak? Jij beweert dat ik niet eerlijk ben? Dat doet pijn, Arnaut, dat doet vreselijke pijn. Zeg me eens, beste brave Arnaut, heb je mij dan ooit op een leugen kunnen betrappen?'

Will fronste zijn wenkbrauwen. Nou stelde Halt zich wel een beetje aan, vond hij. Die verontwaardiging, dat boos en gekwetst kijken, ergens klopte er iets niet. Hij voelde in zijn botten dat zijn mentor probeerde Arnaut in de luren te leggen. Hij wilde dat de jongeman zich schuldig voelde, en met zo'n braaf iemand als Arnaut was dat niet moeilijk.

'Uh...' stotterde Arnaut, helemaal onzeker geworden. Will dacht dat hij aan de schouders en rug van Halt kon zien dat de oude Jager nu meende aan de winnende hand te zijn. Maar de jonge ridder gaf nog niet op.

'Weet jij nog toen met die meisjes?'

'Meisjes? Welke meisjes?' vroeg Halt.

'Toen we net aangekomen waren in Gallica. Op de kade in de haven stonden toen een paar meisjes, met nogal korte rokjes, weet je dat niet meer?'

'O die... Ja, nu je het zegt. Ik geloof dat ik ze me weer voor de geest kan halen,' zei Halt.

Hij klonk ineens nogal op zijn hoede.

'Wat waren dat voor meisjes?' vroeg Will geïnteresseerd.

'Hou je erbuiten!' beet Halt hem knorrig uit zijn mondhoek toe.

'Nou, ik weet nog heel goed, dat jij zei dat het meisjes waren die pakjes rondbrachten. En dat ze daarom van die korte rokken hadden, want dan struikelden ze niet, als ze hard moesten lopen.'

Will barstte in hoongelach uit. 'Zei hij dat echt?' Halt deed net alsof hij niet bestond.

'Misschien heb ik toen inderdaad zoiets gezegd, ja. Ik weet

het niet precies meer – het is al zo lang geleden.'

'Nee, nee, dat was precies wat je zei,' riep Arnaut verwijtend. 'En ik geloofde je nog ook.'

'Nee, Arnaut! Toch niet echt?' Will voelde zich nu als een toeschouwer bij een bokswedstrijd.

Arnaut knikte ernstig. 'Echt waar! Natuurlijk geloofde ik hem. Want Halt zei het, en Halt is een Grijze Jager. En Grijze Jagers zijn geen leugenaars. Grijze Jagers zeggen altijd de waarheid.'

Will kon het niet meer aanzien. Nu was het Arnaut, die het er wel erg dik oplegde, en was het Arnaut, die Halt beschuldigende blikken toewierp.

'Maar toen, toen heb je wel tegen me gelogen, niet, Halt? Dat was niet de waarheid, toch, van die pakjes?'

Halt aarzelde. Maar toen zei hij kortaf: 'Het was misschien een leugentje, maar dan voor je eigen bestwil.'

En daarmee gaf hij Abelard ineens de sporen en het paardje ging ervandoor, de twee jongens midden op de weg tegenover elkaar achterlatend.

Zodra Arnaut dacht dat Halt hem niet meer zou kunnen verstaan, verscheen er een brede grijns op zijn gelaat. 'Zo, daar had ik die oude vos mooi te pakken! Daar heb ik jaren naar uitgekeken!'

En hij trok Schopper aan zijn teugels de goede kant op en ging in snelle draf achter Halt aan.

Will bleef nog een paar tellen in verwarring achter. Arnaut... die was toch altijd zo onnozel? Zo eerlijk en open, zo onschuldig... Daarom kon je hem ook altijd zo gemakkelijk voor de gek houden. Maar die onnozelheid, die was blijkbaar voorbij. Hij hield nu zelf Halt voor de gek.

Waarschijnlijk te veel met Grijze Jagers opgetrokken, dacht Will bij zichzelf. Hij duwde zijn hakken in Treks onderbuik en galoppeerde de anderen achterna.

Later die nacht, lekker warm in zijn deken gewikkeld, hoofd op zijn zadel, keek Will omhoog naar de sterren. Stil en helder stonden ze te stralen, en Will moest weer glimlachen. Hij voelde de kilte van de nacht op zijn wangen, maar dat zorgde er alleen voor dat de rest van zijn lijf des te lekkerder warm was.

Heerlijk om weer eens onderweg te zijn, met een nieuw avontuur in het verschiet. En nog fijner dat hij met twee van zijn beste vrienden was.

Halt had nog ongeveer een uur lang de beledigde onschuld uitgehangen. Maar toen besloot hij dat het genoeg geweest was, en kondigde tamelijk hooghartig aan dat hij bereid was Arnaut te vergeven voor zijn zonden. En Arnaut deed net alsof hij de Grijze Jager daarvoor bijzonder dankbaar was, en maakte uitgebreid zijn verontschuldigingen. Maar het effect daarvan ging weer verloren door de vette knipoog die hij tegelijk aan Will gaf.

Weer besefte Will dat Arnaut niet meer de oude, of liever jonge Arnaut was. Houd hem in de gaten, dacht hij. Hij had de jongen zó vaak voor de gek gehouden, vroeger – vandaag of morgen zou Arnaut hem dat betaald zetten.

Terwijl de sterren in de hemel boven hem hun baan volgden, lag Will klaarwakker. Hij dacht terug aan hoe zij 's morgens vroeg afscheid genomen hadden van kasteel Redmont. Crowley, heer Roderick, de baron, al hun vrienden waren hun vaarwel komen wensen. Maar Will dacht vooral aan twee dames: vrouwe Pauline en, natuurlijk, Alyss.

Alyss had hem gekust en een paar woordjes in zijn oor gefluisterd. Hij werd er nog wee van en moest er nog om glimlachen.

Daarna had Alyss afscheid genomen van Arnaut, die de avond tevoren was aangekomen uit Araluen. Will stond op dat moment tegenover Pauline, die hem op zijn wang zoende en toen ineens innig omarmde. En terwijl ze dat deed fluisterde ze tegen hem: 'Wil je alsjeblieft een beetje op hem letten, Will? Hij is niet meer zo jong als hij denkt dat hij is.'

Met een schok had hij zich gerealiseerd dat ze het over Halt had. En Will, die niemand kende die minder behoefte had aan een wakend oog dan Halt, had geknikt. 'Dat weet je toch, Pauline?' had hij geantwoord. En ze had hem even diep in de ogen gekeken.

'Ja, dat weet ik ook wel,' zei ze toen, waarna ze naar haar echtgenoot liep, hem stevig omarmde en zijn mantel opnieuw vastknoopte. Zoals vrouwen doen voor hun mannen.

Het was maar vreemd allemaal, dacht Will nu. Het had hem best moeite gekost, dat afscheid van al zijn vrienden en van Alyss op Redmont, en toen ze wegreden voelde hij een heuse brok in de keel. Maar nu ze eenmaal onderweg waren, en zo buiten lagen, onder de sterren, en hij genoot van de hechte vriendschap die ze alle drie voelden, was hij weer opmerkelijk gelukkig. Het leven was goed, dacht hij. Eigenlijk bijna perfect. En met die gedachte viel hij in slaap.

Twee uur later schudde Arnaut hem wakker om de wacht over te nemen. Hij rolde slaapdronken uit zijn dekens, de koude nacht in. Misschien was zijn leven toch niet altijd even perfect, besloot hij.

Hoofdstuk 15

Het kostte onze reizigers vijf hele dagen om eindelijk het koninkrijk Clonmel te bereiken.

Eerst reden ze naar het dorpje Selsey, waar Halt de hoofdman zo ver kreeg dat hij een boot ter beschikking stelde om hen en hun paarden over te zetten naar Hibernia.

Eerst voelde Wilfred niet veel voor het idee. Het dorp en zijn bewoners waren door de jaren heen gewend geraakt aan hun onafhankelijkheid, en wat er in de rest van de wereld gebeurde kon hen niet bijzonder boeien. Halts verzoek om steun zagen zij dan ook als een inbreuk op hun strikte neutraliteit. Bovendien hadden ze belangrijker dingen te doen – hun gewone dagelijkse werk. Halt moest hem er met enige nadruk aan herinneren dat Selsey, al hoorde het dan officieel niet bij een leen, toch wel degelijk deel uitmaakte van Araluen. En dat het dus gehoorzaamheid verschuldigd was aan koning Duncan. En dat hij, Halt, als Grijze Jager de officiële vertegenwoordiger van die verre koning was.

Bovendien wees hij er nogmaals op, dat hij een deel van hun vloot gered had van de ondergang, om vervolgens ook nog eens te voorkomen dat de Buitenstaanders er met al hun geld en juwelen vandoor waren gegaan. En daarna had hij ook nog een stel soldaten gestuurd, uit Redmont, om de bandieten die Farrell geholpen hadden op te sporen en gevangen te nemen. Daardoor had hij eigenlijk het hele dorp nóg eens van een ramp gered.

Wilfred moest uiteindelijk met tegenzin toegeven dat hij daar wel een punt had. En gaf hun dus een boot te leen, met een bemanning die hen veilig over de smalle zeestraat naar Hibernia had gevaren.

Ze kwamen aan land op een stuk verlaten strand in het zuidoosten van Clonmel, vlak voor het eerste licht van de dageraad. De drie metgezellen stegen snel op hun paarden en reden meteen de bossen achter het strand in. Je wist maar nooit wie er stond te kijken. Will keek achterom naar de zee, zodra ze in de donkere schaduw van de bomen waren. De boot was alweer een eind de zee op – je kon nog net de vale vlek van het zeil zien, tegen de donkere golven. De schipper wilde geen minuut verliezen en zeilde rechtstreeks door naar zijn geliefde visgronden.

Halt zag hoe hij keek.

'Ach, vissermannen,' zei hij. 'Die denken alleen maar aan wat ze vandaag zullen vangen.'

'Erg aardige mannen ook,' merkte Arnaut op. De zeelieden hadden nauwelijks een woord tegen hun passagiers gezegd. 'Ik ben blij dat ik van die schuit af ben.'

Halt was het daar hartgrondig mee eens, zij het om een andere reden. Zoals altijd was zijn maag weer vreselijk gaan opspelen, zodra hij maar voet aan boord gezet had, en vooral toen ze de haven uit waren en de boot begon te rollen op de golven van de open zee. Het grootste deel van de reis had hij weer bleekjes in de boeg gestaan, zich met witte knokkels vastklemmend aan de reling. Zijn twee jonge vrienden wisten van zijn probleempje, en hadden het maar het beste gevonden om net te doen alsof ze niets in de gaten hadden. Ze lieten Halt met rust. Uit ervaring wisten ze dat elk openlijk teken van meeleven hun alleen een woedende grauw op zou leveren. En erger, als ze het zouden wagen te lachen...

De mannen reden dwars door het bos en kruisten al snel een pad. Het was maar smal, een doorgangsroute voor stropers en jagers waarschijnlijk, dus reden ze met Halt voorop achter elkaar aan in noordwestelijke richting.

'Wat doen we nu eerst, Halt?' vroeg Will. Hij reed als tweede, vlak achter zijn vroegere leraar.

De Grijze Jager draaide zich om in het zadel en antwoordde: 'We rijden eerst maar eens naar het kasteel van Ferris, Dun Kilty. Dat ligt op ongeveer een week rijden van hier – dat geeft ons meteen de kans te bekijken hoe het ervoor staat, in Clonmel.'

En al snel werd duidelijk dat het er helemaal niet zo best voor stond, in dat land. Na het kronkelende pad reden ze verder over een bredere weg. Na een tijdje werd bos afgewisseld door akkers en weiden. Maar het was duidelijk dat de akkers verwaarloosd waren, ze stonden vol onkruid. De boerderijen die ze tegenkwamen hadden de luiken gesloten en lagen er doodstil bij. De ingang was meestal gebarricadeerd met wagens en strobalen. Het leken wel militaire kampementen.

'Blijkbaar verwachten ze weinig goeds,' merkte Will op, terwijl ze een van die hoeven passeerden.

'Zo te zien hebben ze ook al het een en ander meegemaakt.' antwoordde Halt en hij wees naar de zwartgeblakerde resten van een schuur, waaruit nog steeds rook opsteeg. Her en der zagen ze dode dieren liggen. Raven deden zich tegoed aan de opgezwollen karkassen. Met hun scherpe snavels trokken ze hele lappen rottend vlees omhoog.

'Je zou denken dat de boeren die stinkende lijken wel zouden begraven,' zei Arnaut. Hij trok zijn neus op toen de wind hen omringde met de zoete geur van bedorven vlees.

'Als ze blijkbaar al te bang zijn om te wieden en te ploegen, dan zullen ze zeker niet bereid zijn om een paar dode schapen te begraven,' reageerde Halt.

'Nee, dat is waar. Maar waar zijn ze dan zo bang voor?'

Halt ging even rechtop in de stijgbeugels staan om zijn rugspieren te rekken.

'Ik denk dat ze bang zijn voor die Tennyson – of in elk geval voor die bandieten die hij ingehuurd heeft. Je zou denken dat het land door vijandelijke troepen wordt geterroriseerd.'

Alle boerderijen en dorpjes die zij passeerden boden dezelfde aanblik. Waar mogelijk lieten de mannen uit Araluen zich liever maar helemaal niet zien.

'Het heeft weinig zin om rond te bazuinen dat wij hier rijden,' zei Halt. Maar laat in de ochtend op de tweede dag werd zijn nieuwsgierigheid zo sterk dat toen zij in de verte een gehucht zagen met een stuk of vijf vervallen huisjes, hij ernaar wees.

'Ik vind dat we daar maar eens langs moeten gaan, en vragen hoeveel een paar eieren kosten,' zei hij.

Arnaut vroeg zich af wat hij met eieren wilde. Terwijl Halt hun voorging uit het bos, over het karrenspoor dat naar het dorp leidde, vroeg hij Will: 'Willen wij dan eieren?'

Will grijnsde terug. 'Dat heet beeldspraak, joh!'

Arnaut knikte. Net te laat deed hij alsof hij dat ook wel begrepen had. 'O ja. Natuurlijk. Natuurlijk wist ik dat ook wel.'

Ze spoorden hun paarden aan Abelard achterna te gaan en haalden hem zo'n vijftig meter voor het dorpje in. Ze waren nog nooit zo dicht bij de autochtonen gekomen als nu. Ze zagen dat er een soort palissade om de stille huisjes heen was opgetrokken. De mensen hadden karren op hun zij gelegd, er stonden ploegen, de gaten daartussen waren opgevuld met oude stoelen, tafels en banken. En waar die te weinig beschutting boden, hadden ze zandhopen opgeworpen. Halt zag verbaasd hoe ergens een best mooie tafel, vast een erfstuk, dat tientallen jaren achtereen in de was gezet en gepoetst was, nu ruw een gat in de verdedigingswerken opvulde.

'Ze picknicken zeker graag, in deze streek,' zei hij zachtjes voor zich uit.

Toen ze dichterbij kwamen, zagen ze ook dat het dorp verre

van verlaten was. Her en der doken mannen op, die zich verzamelden op de plek waar het zandpad uitkwam in het dorp. Minstens een van hen had een heuse oude helm op zijn hoofd gezet. De ochtendzon werd erdoor weerkaatst, al glom het ding nauwelijks meer. Ze zagen dat de man boven op een kar klom, die blijkbaar als poort dienst moest doen. Hij droeg ook een leren jas met metalen noppen, een primitief en goedkoop soort harnas, zeg maar. In zijn rechterhand droeg hij een zware speer. Die zag er niet primitief of goedkoop uit. De zon weerkaatste ook van de scherpe punt.

'Iemand heeft zijn speer net geslepen,' merkte Arnaut op tegen zijn vrienden. Voor zij konden reageren begon de man naar hen te schreeuwen.

'Ga weg!' riep hij. 'Jullie zijn hier niet welkom!' En om zijn woorden kracht bij te zetten begon hij met zijn speer te zwaaien. Enkele van zijn metgezellen gromden dat ze het er volledig mee eens waren, en onze drie reizigers zagen verschillende andere wapens boven de kar uit zwaaien: een paar zwaarden, een bijl, en verder nogal wat tuingereedschap, zoals sikkels en hooivorken.

'Beste vriend, wij hebben geen kwaad in de zin!' riep Halt terug. En terwijl hij zich ontspande in het zadel, probeerde hij vriendelijk te glimlachen. Hij wist wel dat de afstand te groot was om dat soort details te zien, maar hij wist ook dat zijn hele lichaamshouding een signaal moest geven dat hij goedgemutst was en niets akeligs van plan was. En die glimlach... hij hoopte dat zijn stem daardoor wat minder bars zou klinken.

'Nou, wij hebben heel wat in de zin, als je dichterbij durft te komen!'

Terwijl Halt zo de onderhandelingen opende, bestudeerde Will ingespannen de barricade. Hij had vooral belangstelling voor het wapentuig dat af en toe boven de stukken hout uit kwam steken. Na een tijdje zag hij een kleine gestalte, snel gevolgd door een tweede, langs een gat in de defensie schuiven. Ze liepen naar links. Een paar tellen later zag Will ook daar wapens boven de barricade uit steken. En hij zag dat je aan de rechterkant niets meer zag, waar een paar minuten eerder nog flink met rieken en hooivorken gezwaaid werd.

'Halt,' zei hij zachtjes, 'ze zijn met veel minder dan ze ons willen doen geloven. En dan is de helft nog vrouw of kind ook, durf ik te wedden.'

'Ik vermoedde al zoiets,' antwoordde de Grijze Jager. 'Daarom willen ze ook niet dat we dichterbij komen natuurlijk.' Hij riep weer naar de man met de speer. 'Luister, wij zijn gewone reizigers, beste man. We zijn bereid goed te betalen voor een warme maaltijd en een flinke pint bier!'

'Wij willen jullie geld niet en je krijgt van ons niets te eten ook! En nou wegwezen!'

Hij begon nogal wanhopig te klinken, vond Halt. Alsof de man eigenlijk verwachtte dat de drie gewapende ruiters elk moment op zijn bluf zouden ingaan. Halt wist nu zeker dat Will gelijk had. De verdediging bestond voor een groot deel uit vrouwen en kinderen. Dus was er ook weinig reden, vond hij, om hen nog langer bang te maken. De streek had al genoeg te verduren gekregen.

'Goed dan, als dat is wat jullie willen. Maar kun je me dan in elk geval vertellen of er hier in de buurt ergens een herberg te vinden is? Wij zijn al een tijd onderweg.'

Even bleef het stil. Toen gaf de man op de kar antwoord.

'Je hebt de Groene Harpenier, in Craikennis. Ongeveer een mijl hiervandaan, naar het westen. Misschien hebben die een bed en een bord voor jullie. Volg de weg tot aan het kruispunt en daar staat al een richtingwijzer.'

Het was duidelijk dat de boer blij was dat hij hen ergens anders heen kon sturen. Een herberg betekende bovendien waarschijnlijk dat er een grotere plaats in de buurt was – een echt dorp of misschien wel een stad. En daar zouden ze misschien minder snel geneigd zijn, betalende gasten de deur te wijzen.

Halt zwaaide ten afscheid. 'Dank voor de goede raad, beste man. Wij zullen je verder met rust laten dan!'

Er kwam geen antwoord meer. De man bleef hen na staan kijken vanaf zijn kar, met de speer in de vuist geklemd, terwijl ze wegreden.

Na een paar honderd meter keek Will achterom. 'Hij staat er nog steeds,' zei hij.

Halt gromde in zijn baard. 'Ik weet zeker dat hij blijft kijken tot hij ons niet meer ziet. En dat hij de halve nacht wakker ligt, bang dat we omgedraaid zijn en weer terugkomen als het donker is.' Hij schudde bedroefd zijn hoofd. Arnaut zag dat.

'Ja, dat was een nogal bange man!' zei hij.

Halt keek hem strak aan. 'Een heel bange man, ja. Angst is de beste bondgenoot die de Buitenstaanders hebben. Ik geloof dat we een idee beginnen te krijgen van wat ons te wachten staat.'

Ze reden verder en kwamen bij de paal met het bordje dat de weg naar Craikennis wees. Ook het feit dat er een richtingbordje stond wees erop dat het om een grotere plaats moest gaan. Maar Halt had er geen zin in nog eens als gast geweigerd te worden.

'Ik denk dat we ons beter op kunnen splitsen,' zei hij. 'Drie gewapende mannen samen is voor de mensen hier misschien wel een beetje te veel van het goede. Ik heb geen zin om straks weer zonder pardon de deur uit gegooid te worden. Will, jij hebt die luit van je toch meegenomen, niet?'

Will had al lang geleden opgegeven Halt duidelijk te maken dat het een mandola was waarop hij speelde, en niet een gitaar, luit of viool. Bovendien was de vraag van Halt duidelijk een retorische. Will had net als altijd de koffer met het instrument bij zich. Hij had er de avond daarvoor bij het kampvuur nog op gespeeld.

'Ja. Wil je dat ik me weer voordoe als een rondtrekkende minstreel?' Hij wist al wat Halt van plan was. Een rondtrekkende muzikant, daar waren de mensen meestal niet bang van.

Halt knikte. 'Ja. Ik begrijp niet waarom, maar mensen lijken een liedjeszanger altijd te vertrouwen.'

'En wij hebben er hier een met een wel bijzonder betrouwbare tronie!' voegde Arnaut daar met een brede grijns aan toe. Halt keek hem even zwijgend aan.

'Inderdaad,' zei hij ten slotte. 'Wij slaan hierbuiten wel even ons kamp op, rij jij maar vooruit en begin maar te zingen. Arnaut en ik komen dan later wel binnen, als niemand meer op de deur let. En probeer een kamer voor jezelf te regelen in die herberg. Dat doen minstrelen toch, niet?'

Will knikte. 'Het is heel normaal dat een minstreel vraagt om een plaats om te slapen – een kamer, of als alles vol is een plek in het hooi in de stallen.'

'Ga dat dan maar snel doen. We kunnen dan ook wat eten en luisteren naar wat de mensen daar zoal te vertellen hebben. Daarna gaan wij dan weer terug naar onze tent. En jij, jij moet proberen nog wat uit de waard te krijgen. Maar pas op dat je niet al te nieuwsgierig lijkt. Morgen vergelijken we dan wel wat we te weten gekomen zijn. Goed?'

Will knikte. 'Dat klinkt nu al mooi.' Hij begon te lachen, want hij wist dat Halt niet in muziek geïnteresseerd was. 'Heb je nog verzoekjes voor vanavond?'

Zijn oude leraar keek hem een paar tellen ernstig aan.

'Alles behalve dat lied over grijsbaard Halt,' zei hij ten slotte.

Arnaut klikte met zijn tong en keek teleurgesteld. 'Hè, wat jammer nou – dat is een van mijn lievelingsliedjes.' Halt keek naar de twee grijnzende jongemannen tegenover hem.

'Waarom weet ik ineens zeker dat ik er nog spijt van ga krijgen, dat ik met Crowley die speciale dienst heb opgericht?' vroeg hij.

HOOFDSTUK 16

H alt en Arnaut hielden hun paarden in aan de rand van Craikennis. Ook hier hadden de mensen niet zo lang geleden een soort houten verdedigingsmuur om het dorp opgetrokken, kennelijk in grote haast.

Bij een opening in de palissade stonden drie gewapende wachters onder een afdakje van zeildoek te kleumen in de kille avond. Aan een paal hing een grote ijzeren driehoek met een hamer ernaast. Als de vijand in zicht kwam moest een van de wachters vast en zeker op die reuzentriangel alarm slaan, dacht Arnaut.

Een van de wachters kwam van onder het afdakje de straat op gelopen. Onderweg pakte hij een brandende toorts uit zijn houder en scheen het licht op hun gezichten. Halt was zo vriendelijk om de kap van zijn mantel naar achteren te slaan. Zo kon de wacht tenminste zijn onschuldige glimlach zien.

'Wie zijn jullie, en wat moeten jullie hier?' vroeg de man verre van vriendelijk.

Arnaut keek verontwaardigd. Dat Clonmel, dat was niet direct het meest gastvrije land dat hij ooit bezocht had, stelde hij vast. Maar ja, als je bedacht wat een narigheid ze gezien hadden op het platteland, op hun weg hierheen...

'Wij zijn eenvoudige reizigers,' verklaarde Halt, 'onderweg naar Dun Kilty, om schapen te kopen op de markt.'

'En sinds wanneer dragen schaapsherders zulke wapens?' vroeg de man achterdochtig, terwijl hij naar de grote boog keek die Halt op zijn rug droeg en naar het zwaard dat aan Arnauts riem hing.

Halt glimlachte zuinigjes. 'Sinds ze bang zijn anders hun schaapjes niet op het droge te krijgen,' zei hij. 'Of weten jullie hier niet wat er allemaal aan de hand is?'

De man knikte bedrukt. 'Nou en of ik dat weet,' antwoordde hij. Die vreemdeling had natuurlijk groot gelijk. De afgelopen weken was het bijzonder onrustig in het land. En die kleine, dat kon best een herder zijn, dacht hij. Onopvallend. Maar die grote, dat was andere koek. Dat was vast een huurling, die de herder in dienst genomen had om zijn geld op de heenweg en zijn schaapjes op de terugweg te beschermen tegen struikrovers en bandieten.

'Wij zijn op zoek naar een warme maaltijd, en misschien een haardvuur om wat op temperatuur te komen. En dan willen we best weer gaan, hoor. Maar we hoorden dat er hier een herberg zou zijn, in Craikennis.'

De wacht knikte. Hij geloofde niet dat deze twee mannen groot gevaar zouden gaan opleveren voor zijn stad. Hij tuurde achter hen het duister in, om zeker te zijn dat er niet nog een stelletje boeventuig achter hen aan kwam. Maar hij zag daar niemand. Hij deed een stap naar achteren.

'Goed. Maar hou je een beetje gedeisd. Als je moeilijk doet of ruzie zoekt krijg je met ons en nog twaalf anderen te doen.'

'Van ons hoef je geen problemen te verwachten, vriend,' antwoordde Halt. 'Waar kunnen we die herberg vinden?'

De wacht wees verder de straat in. Een andere weg was er niet, trouwens.

'De Groene Harpenier heet hij. Vijftig meter die kant op.'

Hij stapte opzij om hen door te laten en zo reden Halt en Arnaut Craikennis binnen.

De Groene Harpenier stond midden in het dorp aan de hoofdstraat. Het dorp zelf was best groot, vijftig of zestig huizen, die óf aan de hoofdstraat óf aan een zijstraat daarvan gebouwd waren. Het waren allemaal huizen van één verdieping, van leem en vakwerk met rieten daken. Ze leken kleiner dan de huizen zoals Halt en Arnaut ze kenden – vooral lager. Arnaut dacht dat hij flink zou moeten bukken, als hij ergens naar binnen wilde.

De herberg was het grootste gebouw in het dorp, zoals te verwachten was. Het was ook het enige gebouw met een bovenverdieping. Aan het aantal smalle raampjes boven te zien had de herberg drie of vier gastenverblijven.

Het uithangbord van de Groene Harpenier zwaaide piepend en krakend heen en weer in de wind die door de hoofdstraat joeg. Het was nogal versleten, met een afbladderende schildering erop van een klein mannetje, in het groen gekleed, dat aan de snaren van een kleine handharp plukte. Arnaut keek nog eens goed naar dat mannetje, en merkte op dat hij zijn gezicht vertrokken had in een onaangename grimas.

'Ook al geen vriendelijk heerschap,' zei hij.

Halt keek op naar het uithangbord. 'Dat is een *laechonnachie*,' zei hij. En toen hij merkte dat Arnaut hem vragend aan bleef kijken vulde hij aan: 'Een dwerg.'

'Ja, dat zie ik!' zei Arnaut.

'Die dwergen, daar bestaat heel wat bijgeloof over in dit land. Het zijn magische wezens, net als elven en zo. Nette mensen willen niets met hen te maken hebben. Ze schijnen een nogal akelig gevoel voor humor te hebben. En ze zijn ook niet erg vergevingsgezind.'

Er klonk ineens lawaai uit de herberg, omdat een aantal mensen luid begon te zingen. Ze zongen het refrein mee van een van Wills liedjes. Hij was een uur voor de anderen het dorp binnengereden, en aan het gezang en het applaus te horen was *hij* in ieder geval *wel* hartelijk verwelkomd door de inboorlingen.

'Ze breken de tent al af, zo te horen,' zei Arnaut.

Halt keek nog eens goed naar het gebouw. Het viel hem op dat alle muren scheef waren, en de bovenverdieping leek elk moment de smalle hoofdstraat in te kunnen tuimelen.

'Volgens mij kost dat helemaal niet veel moeite,' mompelde hij in zijn baard. 'Kom mee! Laten we naar binnen gaan, voor het allemaal instort!'

En hij liep naar de ijzeren staaf die aan de voorkant aan de muur was gemaakt om paarden aan vast te binden. Er stond er maar één, een pony die zonder op of om te kijken voor een klein karretje gespannen stond. Afgezien van de menner bood het ding plaats aan twee personen, die dan achter de bok met de rug tegen elkaar naar opzij moesten kijken.

'Wat een raar ding!' zei Arnaut, terwijl hij Schoppers leidsels vastbond. Halt gooide de teugels van Abelard natuurlijk gewoon op de stang. Jagerpaarden hoefde je niet vast te binden.

Arnaut keek om zich heen. 'Waar zou Trek zijn?'

Halt wees met zijn duim naar de smalle steeg naast de herberg. 'Ik denk dat die lekker warm in de stal staat,' antwoordde hij. 'Als Will een kamer genomen heeft, laat hij Trek natuurlijk niet op straat staan.'

'Nee, dat is waar,' zei Arnaut. 'Laten we naar binnen gaan, Halt. Ik sterf van de honger!'

'Wanneer niet?' merkte Halt droogjes op, maar Arnaut hoorde hem niet eens, want hij stond al voor de deur van de herberg. Voor hij die open kon doen hield Halt hem met een hand op zijn arm tegen. Arnaut keek hem vragend aan. De Grijze Jager legde uit wat hij van plan was.

'We wachten even tot Will weer een liedje zingt, dan gaan we pas naar binnen, als iedereen alleen op de zanger let. En denk eraan, hou je ogen open en je mond dicht. Ik doe het woord wel.'

Arnaut knikte dat hij het begrepen had. Hij had opgemerkt,

die dag, dat Halts accent, normaal nauwelijks te herkennen als Hiberniaans, langzaam maar zeker sterker en duidelijker geworden was. Blijkbaar probeerde Halt zich de spraak van zijn jongste jaren weer eigen te maken. Of misschien ging dat wel vanzelf.

'We hoeven niet zo opvallend te laten horen dat wij uit het buitenland komen,' had hij geantwoord toen Arnaut er iets van gezegd had.

Ze wachtten tot Will weer aan een nieuw liedje was begonnen. Het klonk dubbel zo hard, toen iedereen weer meezong met het refrein. Halt knikte naar Arnaut.

'Nu!' zei hij.

Voorzichtig deden ze de deur open. Even bleven ze op de drempel staan, omdat ze tegen een muur van vochtige hitte aanliepen, veroorzaakt door een groot haardvuur en veertig zwetende gasten. Will stond in het licht, vlak bij de haard, en dirigeerde enthousiast zijn publiek. Niet dat ze veel aanwijzingen nodig hadden, dacht Halt een beetje cynisch. De mensen in Hibernia waren dol op muziek en zingen, en Wills eenvoudige repertoire paste wonderwel bij hun smaak. Nog terwijl Halt en Arnaut op de mat voor de deur stonden, sprongen een man en een vrouw uit het publiek op en begonnen te dansen, en op de maat van de muziek met hun hakken te stampen. De rest van de toehoorders brulde enthousiast mee en klapte op de maat. Halt en Arnaut keken elkaar aan en Halt knikte met zijn hoofd naar een tafeltje achter in het vertrek. Daar persten ze zich tussen de anderen door naar toe. Will trok zich natuurlijk niets aan van de nieuwkomers. Slechts twee of drie gasten leken hun binnenkomst opgemerkt te hebben. De rest ging helemaal op in de muziek, het zingen en de wilde volksdans.

De waard merkte de nieuwe gasten wel op – dat was zijn beroep tenslotte. Het duurde dan ook niet lang of een dienstertje meldde zich bij hun tafel om de bestelling op te nemen. Halt vroeg om koffie, en een stoofpot met lamsvlees voor twee personen. Zij knikte en gleed met de behendigheid van jaren ervaring tussen de rumoerige gasten door terug naar de tapkast en de keuken.

Al snel kwam het eten en de koffie en ze vielen hongerig aan. Vooral Arnaut had flinke trek. Door de jaren heen, want zolang kende hij Arnaut al, was Halt gewend geraakt aan zijn wonderbaarlijke eetlust. Arnaut schoof vork na vork puree en vlees naar binnen en gebruikte flinke stukken brood om de laatste restjes jus op te vegen. Al snel had hij geen brood meer over, en toen hij zag dat Halt nog een halve snee in zijn mandje had liggen, stak hij begerig zijn hand uit.

'Eet jij dat brood niet meer op?'

'Jazeker wel. Afblijven jij!'

Arnaut wilde protesteren, maar een waarschuwend hoofdschudden van Halt hield hem tegen. Hij merkte nu pas dat de oude Jager wel net deed alsof hij druk aan het eten was, maar intussen probeerde te horen wat de andere gasten zeiden. Will had even een pauze genomen en overal in het vertrek had men de gesprekken weer opgepikt, daar waar ze door de muziek afgebroken waren.

Naast hen zaten drie mannen aan een tafeltje. Zo te zien mensen uit het dorp zelf. Waarschijnlijk winkeliers of marktkooplui, dacht Arnaut. Hij kon hen goed zien, maar Halt, die met zijn rug naar hen toe zat, was veel dichterbij en kon hen dus juist beter verstaan. Niet dat dat erg moeilijk was – het lawaai in de gelagkamer was van dien aard dat je, als je buurman je wilde verstaan, flink moest schreeuwen.

Een van de mannen, met een kaal hoofd, riep: 'Vreselijk, wat er gebeurd is!' Aan de meelresten op zijn vest te zien was het de bakker of de plaatselijke molenaar. Halt schudde weer waarschuwend met zijn hoofd en Arnaut besefte dat hij naar de man zat te staren. Snel keek hij weer naar zijn bord, net op tijd om te zien dat Halt hem alsnog het stuk brood toeschoof. Dankbaar nam hij het aan en begon de allerlaatste restjes jus en puree van zijn bord te schrapen.

'Vier man dood, als ik het goed begrepen heb. Vreselijk. De broer van mijn vrouw was er nog geen drie dagen geleden. Als hij gisteren gegaan was, dan was hij misschien nu ook wel dood geweest!'

Halt deed net of hij genoot van een flinke slok koffie. Eigenlijk had hij zich om willen draaien om de man te vragen wat er gebeurd was. Maar tot dat moment waren ze eigenlijk door bijna niemand opgemerkt als vreemdelingen. Misschien dat de mensen achter hem vrijelijk zouden blijven praten als dat zo bleef. Met vreemden erbij wist je maar nooit.

'Wat vinden jullie van die aanhangers van dat nieuwe geloof, daar bij Mountshannon?' vroeg een van de anderen. Hij was een paar jaar jonger dan de kale bakker. Waarschijnlijk een koopman, in elk geval geen krijger, dacht Arnaut.

De twee andere mannen snoven minachtend.

'Gelovigen? Nepgelovigen als je het mij vraagt!' zei de derde man, die tot dan niets gezegd had. De kale was het helemaal met hem eens.

'Zo is dat! Met hun praatjes dat zij het zijn die Mountshannon kunnen behoeden voor alle ellende! Het valt me elke keer weer op dat die sekteleden beweren dat hun god hen altijd beschermt – net zolang tot iemand verstandig wordt en ze een draai om de oren geeft!'

'Nou,' zei de koopman, die blijkbaar niet overtuigd was door hun cynisme, 'het is wel zo dat er tot vandaag niets ergs gebeurd is, daar in Mountshannon. Terwijl er in Dufford vier slachtoffers zijn gevallen en de rest van de mensen god weet waarheen gevlucht schijnt te zijn.'

'Luister,' zei de kale man geduldig, 'het verschil is dat er in Mountshannon meer dan honderd mensen wonen, en in Dufford staan maar drie of vier huisjes. Met misschien tien mensen. Hoe groter het dorp, hoe minder ze te vrezen hebben. En zo is het ook in Mountshannon.'

'En in Craikennis,' zei de tweede man, die het met de bakker eens was over nepgelovigen.

'Precies!' zei de kale man. 'Ik wed dat we hier ook weinig te vrezen hebben. Dennis en de andere wachtposten houden een oogje in het zeil en zorgen dat er geen kwaadwillende vreemdelingen binnenkomen.'

Terwijl hij dat zei keek hij tevreden rond en zag voor het eerst Halt en Arnaut aan het tafeltje naast hem zitten. Meteen mompelde hij tegen zijn tafelgenoten dat ze op moesten passen en de rest van het gesprek verliep op een veel lager volume, zodat het voor onze vrienden onverstaanbaar was te midden van het algemene lawaai in de gelagkamer. Halt keek Arnaut teleurgesteld aan, die reageerde met een licht schouderophalen. Hij had er zich al bij neergelegd dat ze uit die hoek niets meer zouden vernemen.

Een paar minuten later ging iedereen weer verzitten omdat Will de eerste akkoorden van een nieuw lied aansloeg. Ze hielden op met praten en gingen achterover zitten om te luisteren. Toen het dienstertje langskwam om hun lege borden weg te halen en te vragen of zij nog meer koffie wilden, schudde Halt van nee en legde wat munten op de tafel om te betalen. Tegen Arnaut zei hij: 'Kom, we gaan.'

Ze stonden op en kronkelden tussen de tafeltjes door naar de voordeur. De kale man keek hen even na. Hij besloot dat deze vreemdelingen geen acuut gevaar opleverden en wendde zich weer tot zijn vrienden.

Buiten sneed de kille wind door hun mantels, terwijl zij hun paarden losmaakten en opstegen. Arnaut rilde en trok zijn mantel strakker om zich heen.

'Ik wou dat wij ook een kamer in die herberg genomen hadden,' zei hij klaaglijk. 'Het is wel fris vanavond.'

Maar Halt was het daar niet mee eens. 'Over een half uur is iedereen daarbinnen ons vergeten. Als we waren gebleven hadden ze ons allemaal gezien en opgemerkt. En meer mensen zouden vragen gesteld hebben. Straks maken we een vuurtje en dan word je wel weer warm.'

Arnaut glimlachte naar zijn grimmige metgezel.

'Typisch... Is het nou echt zo erg, als mensen je opmerken, Halt?'

De Grijze Jager knikte ernstig. 'Ik vind van wel.'

Ze reden het dorp weer uit, de wachtpost voorbij en knikten vriendelijk naar de mannen die daar stonden. Dit keer vond niemand het nodig uit de tent naar buiten te komen; ze bleven rond de vuurkorf staan waarin een vrolijk vuurtje brandde. Zoals Halt al had voorspeld was binnen het uur iedereen in Craikennis de twee bezoekers vergeten.

HOOFDSTUK 17

De volgende ochtend zaten Halt en Arnaut rustig bij hun kampvuur, toen ineens Abelard een welkomstgroet brieste. Een paar tellen later reden Trek en Will de open plek op waar zij hun tenten hadden opgezet. Will keek hen grijnzend aan. Het had die nacht flink geregend en het zeil van de kleine tenten was zwaar van het water.

'Lekker warm en droog geslapen, jullie?' vroeg hij pesterig.

Halt gromde terug: 'Wij zijn tenminste niet levend opgegeten door bedluizen en ander ongedierte!'

Wills grijns verzwakte enigszins. Hij voelde meteen weer jeuk her en der.

'Ik geef toe dat de Groene Harpenier baat zou hebben bij een grondige voorjaarsschoonmaak! Ik geloof dat ik vannacht wel een paar bezoekers heb gehad.'

En hij krabde zich eens flink onder zijn arm, terwijl hij dat zei. Halt keek in het vuur, een tevreden glimlach om zijn lippen.

Will steeg af en maakte het zadel los. Daarna liet hij Trek op eigen houtje wat grazen. Hij ging bij de anderen zitten. Aan de rand van het vuur stond een pot koffie in de warme as.

'Maar anderzijds hadden ze een heerlijk ontbijtbuffet,' ging hij verder. 'Bacon, worstjes, eieren, vers brood – precies wat een mens nodig heeft op een koude morgen als deze.'

Nu klonk er een lichte kreun van waar Arnaut met een stok in het vuur zat te poeren. Het was Will niet duidelijk of die kreun van Arnaut of van diens maag kwam. In elk geval was het ontbijt van de kampeerders lang zo uitgebreid niet geweest – oudbakken brood, dat ze boven het vuur geroosterd hadden, met wat plakken gedroogd rundvlees. Dat was alles.

'Een mager rantsoen kweekt fatsoen,' zei Halt filosofisch. Arnaut keek hem bedrukt aan. De enorme portie lamstoofschotel die hij de avond daarvoor verorberd had was al niet meer dan een vage herinnering.

'Het kweekt ook honger!' zei hij.

Will wachtte even en gooide toen een flink pakket, in een servet gewikkeld, naar zijn vriend. 'Gelukkig was het keukenmeisje zo lief om mij wat voor onderweg mee te geven,' zei hij. 'Blijkbaar was ze nogal onder de indruk van mijn muziek.'

Arnaut maakte gretig het voedselpakket open. Het zat vol nog warme heerlijkheden. Hij stapelde een forse portie op zijn bord, dat naast het vuur stond, en hij pakte zijn vork op. Even wachtte hij, toen hij zag dat Halt ook wat bacon en worstjes nam en een stuk zacht vers brood afbrak.

'Ik dacht dat magere rantsoenen zo goed voor je waren?' zei Will, die zijn best deed om niet in lachen uit te barsten.

Halt keek op en staarde hem waardig aan. 'Ik heb al genoeg fatsoen,' zei hij. 'Eigenlijk heb ik fatsoen over. Maar voor jongelui als jullie twee zou een extra portie geen kwaad doen!'

'Nou, ik zal morgen weer wat bijkweken dan,' antwoordde Arnaut met volle mond. 'Lekker spul dit, Will! Als ik ooit kleinkinderen krijg vernoem ik ze allemaal naar jou, echt waar, dat beloof ik.'

Will glimlachte naar zijn vriend en ging dicht bij het vuur zitten. Hij schonk zichzelf een mok koffie in. Daarna liet hij er flink wat honing in lopen en nam een fikse slok.

'Aaaah! Wat lekker! Van bacon en worstjes kunnen ze wat in de Harpenier. Maar zulke koffie als jij maakt, Halt, die vind je nergens anders!'

Halts mond zat op dat moment vol bacon, dus gromde hij alleen maar. Hij at zijn bord leeg en leunde vervolgens achterover. Voldaan wreef hij over zijn buik, maar toen kon hij zich niet inhouden – hij boog voorover en pakte nog een stuk spek uit het vettige papier.

'Zo, en heb je nog iets interessants gehoord, in de herberg?' vroeg hij.

Will knikte. 'Iedereen had het over een aanval tegen een dorpje dat Dufford heet, een gehucht een kilometer of tien verderop aan een rivier.'

'Ja, dat hoorden wij ook,' zei Halt. 'Heeft iemand het gehad over een ander dorp, dat Mountshannon heet?'

Will dronk het laatste restje koffie uit zijn beker en gooide de achtergebleven drab in het vuur.

'Ja, daar hadden heel wat mensen het ook over. Het ziet ernaar uit dat onze vrienden daar hun regionale hoofdkwartier gevestigd hebben.'

'Wij hoorden dat ze claimden dat zij en zij alleen verantwoordelijk waren voor het feit dat daar nog niets gebeurd was,' zei Arnaut. Halt en hij hadden de avond ervoor alle verhalen nog eens besproken.

'Ja, dat hoorde ik ook. Maar de mensen waren het er niet over eens, of ze dat met recht beweren of juist niet,' zei Will.

Halt keek hem geïnteresseerd aan. 'Wat vinden de meesten? Kon je dat opmaken uit wat ze zeiden?'

'Volgens mij was het ongeveer twee tegen een. De meesten leken te denken dat het vooral kwam omdat Mountshannon een grotere plaats is, die wel voor zichzelf kan opkomen. Nadat ik opgehouden was met zingen ging het bijna nergens anders meer over.'

Halt grinnikte kort. 'Dat is nou zo handig, dat jij je kunt voordoen als een minstreel,' zei hij. 'De mensen beschouwen zo'n muzikant altijd als een van hen. En ze zijn niet bang om van alles te bespreken waar hij bij is. Verder nog iets interessants?'

Will dacht even na. Hij vroeg zich af hoe Halt zou reageren op zijn tweede nieuwtje. Maar hij besloot dat hij beter gewoon de waarheid kon vertellen, zonder omhaal.

'De meeste mensen zijn van mening dat koning Ferris niets meer voorstelt. Men heeft bijzonder weinig respect voor hem, als je dat zo beluistert. En niemand verwacht dat hij een oplossing kan bieden voor de problemen waar Clonmel nu mee zit. Vooral de mensen die in de Buitenstaanders geloven roepen dat luid en duidelijk. En voor de mensen die nog niet bekeerd zijn, is juist die zwakheid van Ferris een reden om nog eens diep na te denken. Daar was iedereen het wel over eens.' Hij wachtte even en voegde er toen aan toe: 'Het spijt me, Halt, maar dat is wat de mensen ervan denken.'

Halt haalde zijn schouders op. 'Het verbaast me niks. Jaren en jaren was Ferris zo druk met koninkje spelen dat hij vergeten is om ook een koning te zijn. Zo is hij altijd geweest.' Er klonk enige bitterheid in zijn stem, en Will vond het des te vervelender dat hij minder prettige dingen over Halts broer moest rapporteren.

Arnaut schudde het grote servet uit om zeker te weten dat er geen kruimeltje eten meer over was. Daarna ging hij achterover liggen.

'Halt,' zei hij ernstig, 'misschien is het nu wel tijd geworden om ons iets meer te vertellen over jou en je broer.'

Verdwenen was de luchthartige toon waarop hij had zitten klagen over zijn karige ontbijt. Arnaut was heel serieus nu. Hij verontschuldigde zich niet, al wist hij dat hij zat te wroeten in andermans verleden. Hij vond dat het tijd werd dat hij en Will eindelijk te horen kregen hoe dat nu precies zat met die koning Ferris, en hoe de relatie met zijn broer was. Het zou zomaar kunnen dat Will en Arnaut hier in Clonmel in een riskante situatie verzeild raakten. En Halt had hen zelf altijd op het hart gedrukt dat je bij elk dreigend gevaar vooraf zo veel mogelijk informatie moest verzamelen.

Hij zag dat Halt hem aankeek met die kalme, ernstige oogopslag van hem. En hij zag ook dat Halt het met hem eens was.

'Je hebt gelijk,' zei de Grijze Jager. 'Jullie moeten alle feiten kennen die tot de huidige situatie geleid hebben. Ferris en ik zijn niet zomaar broers. We zijn een tweeling! Daarom dacht de leider van de Buitenstaanders in Selsey natuurlijk ook dat hij mij eerder ontmoet had, bedenk ik me nu. Hij had ook een tijd in Clonmel gewoond en daar een paar keer Ferris gezien.'

'Een tweeling?' Daar keek Will van op. In al die jaren dat hij met Halt was opgetrokken, had hij nooit gemerkt of gehoord dat Halt familie had, laat staan een tweelingbroer.

'Eeneiig ook nog!' zei Halt. 'We schelen maar zeven minuten.'

'En jij was dus de jongste,' concludeerde Arnaut en hij schudde verbaasd zijn hoofd. 'Gek, hè? Zeven minuten verschil... anders was jij koning van Clonmel geworden en was Ferris...'

Hij zweeg, want hij wist niet hoe hij verder zou gaan. Bijna had hij gezegd: 'En dan was Ferris de Grijze Jager geweest,' maar hij bedacht net op tijd dat als je af mocht gaan op wat hij tot dusverre gehoord had, over het karakter van die Ferris en zijn besluiteloosheid, de man vast en zeker geen Grijze Jager had kunnen worden.

Halt zag de onuitgesproken vraag in zijn ogen.

'Precies!' zei hij rustig. 'Wat zou Ferris dan geworden zijn? Maar je hebt het niet helemaal bij het rechte eind, Arnaut. Eigenlijk was ik het, die als eerste geboren werd. Ferris is dus mijn jongere broer!'

Arnaut trok diepe rimpels in zijn voorhoofd. Dat begreep hij niet. Maar het was Will die de vraag stelde.

'Wat is er dan gebeurd? De oudste zoon moet toch de koning opvolgen? Of gaat dat niet zo in dit land?'

'Jawel, zo werkt dat hier ook. Net als overal. Maar ik had een klein probleempje. Mijn broer heeft zich altijd enorm geërgerd aan die zeven minuten verschil en wat dat betekende. Hij had het gevoel dat hij bestolen was van al zijn rechten. Door mij natuurlijk.'

Arnaut kon dat niet geloven. 'Maar dat is toch idioot? Jij was toch de eerstgeborene, punt uit?'

Halt glimlachte bedroefd. Wat was die Arnaut toch onschuldig en eerlijk en recht door zee. Hij wist niet wat liegen was, of jaloers zijn. Waren er maar meer mensen als Arnaut, dacht Halt. En minder van het soort van mijn broer. Dan was de wereld een heel wat prettiger plek. Maar het was nu eenmaal niet anders, en dat was jammer.

'Luister, hij overtuigde zichzelf ervan dat het allemaal mijn schuld was, dat ik voorgedrongen had of zo. Daardoor was het niet zo moeilijk voor hem om te proberen mij te vermoorden.'

'Hij heeft geprobeerd je te vermoorden?' Wills stem schoot de hoogte in van verbazing. 'Zijn eigen broer? Zijn tweelingbroer?'

'Zijn oudere broer,' bevestigde Halt. Hij keek in de gloeiende resten van het kampvuur en dacht aan die lang vervlogen dagen. 'Weet je, ik praat hier liever helemaal niet over,' zei hij. Will en Arnaut reageerden onmiddellijk.

'Doe het dan maar niet,' zei Will.

'Wat hebben wij er eigenlijk ook mee te maken?' vroeg Arnaut zich af. 'Laat maar, Halt.'

Maar Halt keek hen nu een voor een aan. Ik zou alles aan die twee toevertrouwen, dacht hij, mijn leven, mijn goed... Maar aan die broer van me? Alleen bij het idee al moest hij kort en bitter lachen. Nooit van zijn leven!

'Nee, nee, ik vind dat jullie nu de hele geschiedenis maar moeten horen. Ik moet de situatie onder ogen zien. Ik ben er te lang voor weggelopen, vrees ik.'

Hij zag dat ze eigenlijk liever niets meer wilden horen en stelde hen gerust. 'Echt, jullie moeten de geschiedenis kennen. Misschien hangt er ooit nog iets belangrijks van af, zoals jullie leven. Ik zal het kort houden.

Ferris vond dus dat hij eigenlijk de enige was met rechten op de troon. Hoe hij daarbij kwam? Geen idee. Maar zo was het. Misschien kwam het omdat hij altijd het lievelingetje was van onze ouders. En dat kwam dan misschien juist weer omdat hij de jongste was. Ik zou immers de koning worden, en daarom moest hij wat extra aandacht en zorg krijgen – dachten ze, vermoed ik. Bovendien was het een vrolijk en lief en enthousiast baasje, terwijl ik... Nou ja, ik was ik, zal ik maar zeggen.

Voor we goed en wel zestien waren had hij al eens geprobeerd me te vergiftigen. Maar gelukkig had hij zich vergist in de hoeveelheden en zorgde hij er alleen voor dat ik vreselijk ziek werd.' Halt grijnsde als een boer die kiespijn heeft. 'Nu nog kan ik geen garnaal door mijn strot krijgen!'

'Maar wat deden je ouders dan?' vroeg Will.

Halt schudde zijn hoofd. 'Die hadden niets in de gaten. Ik had het zelf ook niet door. Pas veel later kwam ik erachter. Ik dacht destijds gewoon dat ik bedorven garnalen gegeten had, en dat ik geluk had gehad.

De tweede poging volgde een half jaar later. Ik liep over de binnenplaats van het kasteel, toen er een grote hoeveelheid leien een halve meter achter me op de grond kletterde. De opspringende scherven maakten lelijke snijwonden in mijn beide benen. Maar gelukkig vielen ze niet op mijn hoofd, en dat was wel de bedoeling geweest. Ik keek omhoog en zag Ferris in de dakgoot staan. Hij probeerde nog weg te duiken, maar hij was niet snel genoeg.

Het ergste van alles was nog de uitdrukking op zijn gezicht, die ik nog net kon zien. Je zou verwachten dat iemand die net gezien had dat zijn broer ontsnapt was aan een vreselijk ongeluk, blij en opgelucht zou kijken. Maar niets daarvan – Ferris leek woedend.

Je moet bedenken dat ik geen enkel bewijs had dat hij me probeerde te vermoorden. In die periode hadden mijn vader en moeder elke dag vreselijke ruzies. Ze vormden nooit een wat je noemt gelukkig paar. Het enige lichtpuntje in hun beider bestaan, het enige dat ze konden delen was Ferris. En op de een of andere manier kon ik het moeilijk over mijn hart verkrijgen om hen ook dat laatste nog af te nemen. De enige die me geloofde was mijn jongere zus. Die had al snel door wat er aan de hand was.'

Arnaut en Will keken elkaar verbaasd aan. Eerst een broer, nu een zus – ze hadden de afgelopen minuten meer over Halt gehoord dan in de vijf of zes jaar daarvoor.

'Dus je hebt ook nog een zuster?' zei Will. Maar Halt schudde verdrietig van nee.

'Ik had een jonger zusje. Een paar jaar geleden is ze overleden. Maar ik meen dat ze wel een zoon achterliet.' Even wachtte hij en dacht aan zijn zus. Toen ging hij verder.

'De laatste poging kwam een jaar na het incident met de dakpannen. Mijn vader lag op sterven. Ferris wist dat het nu of nooit was. We gingen samen vissen, op zalm, en op een gegeven moment raakte mijn lijn onder water in de knoop of ergens aan vast en ik moest me over de rand van de boot buigen om hem los te krijgen. Voor ik het wist voelde ik een harde duw en lag ik in het water. Toen ik bovenkwam zag ik dat Ferris een roeispaan naar me uitstak. Althans, dat dacht ik. Maar toen hij me met die roeispaan op mijn hoofd begon te slaan wist ik wel beter.'

Onwillekeurig begon Halt over zijn rechterschouder te wrijven. Alsof hij na al die jaren de pijn nog voelde. Will en Arnaut hoorden het verhaal met afschuw aan, maar geen van beiden zei iets. Ze voelden beiden aan dat ze Halt nu eerst het hele verhaal moesten laten vertellen. Hij moest al die ellende kwijt, die hij zo lang voor zich gehouden had.

'Hij bleef naar me slaan, maar ik dook diep onder en probeerde naar de andere oever te zwemmen. Dat lukte me maar net, ik wist me met mijn laatste krachten op het droge te trekken. Ferris kwam me in de boot achterna en bleef maar roepen dat het een ongeluk geweest was. Het ging toch wel weer met me? Hij probeerde net te doen alsof hij me niet had willen vermoorden.' Halt snoof verontwaardigd, terwijl hij zich de gebeurtenis weer voor de geest haalde. 'Toen wist ik dat hij niet op zou geven totdat het hem gelukt was. En dat ik de keus uit twee mogelijkheden had. Ik moest óf hem vermoorden, óf het land uit gaan. Zelfs al zou ik afstand doen en me ergens terugtrekken op het land, dan nog zou hij me niet vertrouwen. Hij zou altijd bang zijn dat ik achter zijn rug toch bezig was hem van de troon te stoten.

Ik neem aan dat het koningschap voor hem meer betekende dan voor mij. In elk geval betekende het meer dan het leven van zijn tweelingbroer. Dat heb ik hem nog eens fijntjes uitgelegd. En toen ben ik gegaan.'

Halt glimlachte opgewekt naar de twee geschrokken gezichten tegenover hem. En hij voegde eraan toe: 'En ik moet zeggen, ik heb er nooit spijt van gehad.'

De twee jongemannen schudden verbijsterd hun hoofden. Ze voelden enorm met de oude Jager mee, die zo veel voor hen beiden betekende. Meer dan ze ooit onder woorden zouden kunnen brengen. En ze beseften dat Halt van hen geen woorden verwachtte. Hij wist heus wel hoeveel ze om hem gaven.

'Misschien is het jullie niet ontgaan,' zei Halt op licht ironische toon, 'dat ik sindsdien een lichte allergie heb ontwikkeld voor het erfelijk koningschap en wat daar zoal bij hoort. Dat iemands vader koning is of was, betekent nog niet dat hij zelf een goede vorst zal zijn. Helaas blijkt maar al te vaak het tegendeel. Geef mij maar de Skandische traditie, waar ze elke zoveel jaar iemand als Erak uitverkiezen.'

'Maar Duncan is toch best een goede koning?' vroeg Arnaut. Halt keek hem in de ogen en knikte. 'Jawel. De uitzonderingen bevestigen de regel. Duncan is een beste koning. En zijn dochter zal ooit een uitstekende koningin zijn. Daarom zijn wij ook bereid hen te dienen, als Grijze Jagers. En Ferris... Weet je, ik moet eerlijk toegeven dat het mij op zich niet veel zou kunnen schelen als die Tennyson hem van de troon zou stoten. Maar daarna zou Tennyson een gevaar voor Araluen kunnen gaan vormen. En daarom moeten we ingrijpen.'

'Eigenlijk tegen onze zin dus,' zei Will.

'Soms, Will, moeten we naar het grotere doel kijken.' Halt stond op en klopte het zand van zijn knieën en zitvlak. Alsof hij tegelijk de zwartgalligheid weg wilde borstelen, die hen tijdens zijn verhaal had overvallen. Hij ging opgewekter verder.

'Wat dat betreft, het wordt hoog tijd dat we weer op weg gaan. Will, als jij nu eens naar Dufford gaat en probeert het spoor van de bandieten die daar huisgehouden hebben op te pikken. Zodra je dat spoor gevonden hebt ga je ze achterna, en kijk je wat je te weten kunt komen: met hoevelen ze zijn, wat voor bewapening ze hebben, enzovoort. Nog beter, probeer iets van hun plannen te weten te komen. Maar wees voorzichtig. Wij hebben er geen behoefte aan je te komen redden. Dus onderschat die kerels niet. Misschien zien ze eruit als ongeordend geteisem, maar ze weten nu al een paar jaar elke keer weer hetzelfde trucje uit te halen. Ze hebben dus ervaring en weten precies waar ze op moeten letten.'

Will knikte dat hij het begrepen had. Hij begon zijn spullen bij elkaar te rapen en floot naar Trek, die meteen kwam aanlopen om gezadeld te worden.

'Kom ik dan weer hier naartoe?' vroeg hij.

Maar Halt schudde van nee. 'We zien elkaar weer in Mountshannon. Arnaut en ik gaan eens een kijkje nemen bij die mijnheer Tennyson.'

HOOFDSTUK 18

Dufford lag aan een wijde bocht van de rivier. Honderden jaren lang had het water de buitenbocht weggesleten, zodat de stroom er steeds breder en ondieper geworden was. Omdat de dunne laag water zich hier over een groot oppervlak verspreidde, stroomde het ook langzamer, zodat de mensen er gemakkelijk konden oversteken. Er was verder geen enkele reden waarom de reiziger juist daar zou pauzeren, maar het is nu eenmaal zo dat mensen graag bij een bijzonder plekje even willen gaan zitten, om te genieten van het uitzicht of om wat te eten. En Dufford, met zijn grazige oevers en statige wilgenbomen, was zo'n bijzonder plekje.

En omdat daar steeds vaker mensen even hun reis onderbraken, ontstond er na verloop van tijd ook een nederzetting van mensen die hen wat wilden verkopen. De bomen werden op de ene oever omgehakt, en in plaats daarvan verschenen er wat huisjes.

Althans, die hadden er tot voor kort gestaan. Will steeg van zijn paard en ging te voet verder om de treurige overblijfselen te inspecteren. Wat hij zag waren de zwartgeblakerde resten van wat eens een groepje huizen geweest moest zijn. Her en der smeulde het nog. Het grootste gebouw, waar passanten tot voor kort wat hadden kunnen eten en drinken, was een slordig samenraapsel van een huis plus vele aanbouwsels geweest. Waarschijnlijk, dacht Will terecht, kon je er ook overnachten. Het bouwwerk stond nog maar voor de helft overeind. De rest lag pikzwart in de as. Natuurlijk was er van het dak niets meer over – dat was van riet geweest. Her en der stonden er nog wat staanders overeind, met af en toe een geblakerde balk die elk moment naar beneden kon vallen op de al even geblakerde resten van tafels, stoelen, en hier en daar zelfs een ledikant. Tussen de puinhopen zag Will ook een paar halfverbrande vaten. Daar moest de gelagkamer geweest zijn, waar de dorstige reiziger met een pint bier wat kon bijkomen van de vermoeienissen van zijn tocht. Vreemd genoeg – en zo zag je maar weer eens hoe wispelturig vuur kon zijn – was een hoek van het vertrek bijna ongeschonden overeind gebleven. Achter de half verbrande toogkast stonden nog een paar donkere flessen op planken tegen de resten van een muur. Voorzichtig liep Will er naartoe en pakte een van de flessen. Hij trok de kurk eruit en rook eraan. De goedkope brandewijnlucht prikkelde in zijn neus en deed hem naar adem snakken. Snel sloeg hij de kurk er weer in en hij wilde de fles alweer terugzetten toen hij bedacht dat hij het gemene goedje later misschien nog zou kunnen gebruiken. Hij stak de fles in een van zijn binnenzakken.

Langzaam ging hij de ruïne weer uit en liep om de resten van het gebouw heen. Er waren nog drie andere gebouwen in de as gelegd. Een ervan was de stal geweest, zoveel was duidelijk. Het houten bouwsel achter het hoofdgebouw moest als een fakkel gebrand hebben. Er was haast niets meer van over, ondanks de regen die een deel van het hoofdgebouw blijkbaar gered had.

'Vol stro natuurlijk,' zei Will hardop tegen zichzelf. Daar was zelfs een regenbui niet tegen opgewassen geweest.

Achter wat ooit de stal geweest moest zijn hadden nog twee kleinere gebouwen gestaan. Voor het ene kon je nog goed een smidsvuur onderscheiden. Eromheen lagen allerlei werktuigen, zoals een aambeeld, hamers, tangen en een krombek. Natuurlijk had zich hier ook een smid gevestigd, dacht Will. Er kwamen de hele dag reizigers langs en er was altijd wel een paard dat zijn hoefijzer verloren had, een kar die gerepareerd moest worden of trektuig dat een nieuwe ring nodig had. Het andere gebouw was waarschijnlijk een woonhuis geweest – misschien van de smid en zijn gezin. Ook daar was bijna niets van over.

De kleine nederzetting maakte een trieste indruk – van alles verlaten en levenloos.

Toen dat laatste woord in hem opkwam werd hij zich ineens bewust van iets heel anders – de inmiddels bekende geur van rottend vlees. Toen hij verder liep over het erf achter het huis zag hij de karkassen al liggen in de wei daarachter. Het waren voornamelijk dode schapen, maar er lag ook een kleinere vorm naast, van de hond die de kudde bewaakte.

De mensen die de aanval overleefd hadden, hadden waarschijnlijk de vier menselijke slachtoffers begraven of meegenomen naar elders. Maar tijd of behoefte om de dieren ook op te ruimen hadden ze niet gehad.

'Ik neem het hun niet kwalijk ook,' mompelde Will in zichzelf. Hij liep weer terug naar de herberg, waar de scherpe geur van verbrand hout en natte as de zoete geur van bederf verhulde. Hij begon naar sporen te zoeken en bleef bijna meteen staan bij een grote donkerbruine plek op het gras, daar waar het terrein naar de rivieroever afliep.

Bloed.

En de plek onthulde nog meer aanwijzingen – voetafdrukken, vervaagd nu er een paar dagen voorbij waren sinds het drama, en hoefafdrukken, waar meerdere paarden vanaf de rivier waren gelopen. Die hoefafdrukken waren diep en duidelijk zichtbaar in de zachte grond. Veel dieper dan een rustig lopend beest zou hebben achtergelaten. Deze paarden waren in volle galop aan komen stormen. En een van hen was vlak langs de bloedvlek gereden. Will keek om zich heen, van de rivier naar het hoofdgebouw, en probeerde zich voor te stellen wat er gebeurd moest zijn.

De overvallers moesten over de rivier gekomen zijn, eerst een paar mannen te paard, over het grasveld aan de rivier. Een van de bewoners van Dufford had geprobeerd hen tegen te houden – misschien om anderen de kans te geven te vluchten. Maar hij was ter plekke neergemaaid.

Will zocht het gras in de nabijheid van de plek zorgvuldig af en vond al snel een sikkel, half verborgen door het lange gras. Hij duwde er met zijn laars tegenaan – het kromme ijzer begon al her en der te roesten. Will schudde zijn hoofd. Dat ding, geen echt wapen, zou de man die het had willen gebruiken, niet veel geholpen hebben. Hij was zonder pardon neergestoken. Waarschijnlijk met een zwaard of met een lans, dacht Will. In elk geval een wapen met een langere reikwijdte dan deze korte sikkel. De wanhopige maar dappere verdediger had geen enkele kans gehad.

Will volgde de hoefafdrukken een paar meter de flauwe helling op. Een van de paarden was hier rechtsaf geslagen en hij volgde het spoor tot een tweede bloedvlek. Hij knielde op de grond om de plek nauwkeuriger te bekijken. Hij kon nog vaag voetafdrukken zien in de vochtige aarde. Kleine voeten, dacht hij. Een kind.

Even sloot hij zijn ogen. Hij zag de scène voor zich. Een jongen of een meisje, doodsangsten uitstaand vanwege de galopperende paarden en de schreeuwende mannen, had geprobeerd weg te lopen naar de bomen daar. Een van de overvallers was er achteraan gegaan en had zijn kleine slachtoffer van achteren neergemaaid. Zonder genade. Zonder mededogen. Hij had het kind ook kunnen laten gaan. Wat hadden ze te vrezen van een kind? Maar de man had het niet gedaan. Will kneep zijn lippen samen tot een strakke streep. En dan te denken dat deze gruweldaad gebeurd was in naam van de een of andere religie...

'Begin maar vast te bidden dat jullie god je zal beschermen.' zei Will zachtjes. Hij krabbelde overeind. Het had weinig zin om nog langer uit te dokteren wat er hier precies gebeurd was. Hij had nu een goed beeld, en de details kon hij er wel bij verzinnen.

Het was hoog tijd om deze moordenaars te achtervolgen naar hun hol, waar zich dat ook mocht bevinden.

Hij klom weer op Trek en liet het beestje de rivier in lopen. De overvallers waren van de andere kant gekomen. Dus waren ze waarschijnlijk ook weer die kant op teruggegaan. Het water kwam maar net tot Treks buik en er was nauwelijks stroming. Het kleine paardje trippelde zonder veel moeite over de zanderige bodem naar de overkant. Will leunde voorover en zocht naar sporen van de terugtocht van de misdadigers.

Die waren niet moeilijk te vinden. Het moest een flinke groep geweest zijn, zag Will, minstens een man of twintig, dertig. In ieder geval was dat de grootste groep die de afgelopen dagen of uren de rivier overgestoken was. De sporen waren nog vers en gemakkelijk te volgen. Bovendien hadden ze geen enkele moeite gedaan om hun sporen uit te wissen. Dat nam niet weg dat je wel een Grijze Jager moest zijn om ze meteen te vinden, natuurlijk.

Het kon ook zo zijn, dat de overvallers geen moment verwachtten dat ze achtervolgd zouden worden.

Dat moest het wel zijn, dacht Will. Ze waren al heel Hibernia doorgetrokken, al rovend en plunderend en moordend, en maandenlang had er niemand tegenstand van betekenis gegeven. Dan was het ook logisch dat ze dachten dat ze van niemand of niets iets te vrezen hadden. Will glimlachte grimmig in zichzelf terwijl hij de hoefafdrukken naar het zuidwesten begon te volgen.

'Dat moeten jullie vooral blijven denken,' zei hij hardop. Trek draaide nieuwsgierig zijn hoofd om toen hij ineens zijn baasje hoorde praten. Will klopte hem geruststellend op de lange manen.

'Ik had het niet tegen jou, hoor,' zei hij. 'Trek je maar niets van mij aan.'

Trek gooide kort zijn hoofd achterover. *Ook goed. Als je wilt praten dan zeg je het maar.*

De overvallers hadden hier een smalle weg gevolgd en daarom hoefde hij niet nauwkeurig elk spoor te bekijken. Dat hoefde pas weer bij een tweesprong of een kruising. Will reed gewoon het pad af en zag af en toe signalen dat een grotere groep hem niet lang geleden voorgegaan was. Er waren takken afgebroken, soms hing er een draadje wol aan de boom. Na verloop van tijd zag hij af en toe paardenvijgen. Zo'n duidelijk spoor kon hij slapend nog niet missen.

Op een gegeven moment kwam hij inderdaad bij een tweesprong en zag dat de groep linksaf was geslagen, over een nog smaller pad dan het eerste. Het liep omhoog en langzaam maar zeker werd de begroeiing dunner en schaarser. In de verte zag Will steile kliffen. Hij voelde dat ze het einde van hun reis aan het naderen waren. Hij dacht niet dat de overvallers de kliffen beklommen hadden. Waarom zouden ze, als ze toch niet dachten dat ze gevaar liepen. Als ze al geen moeite deden om hun sporen uit te wissen, waarom dan de moeite nemen om die akelig steile rotswanden te beklimmen? Alhoewel... Als ze daarboven hun kamp opgeslagen hadden kon niemand iets tegen hen beginnen.

Hij hield Trek in en snoof de boslucht door zijn neus naar binnen. Hij rook iets vaags in de bries – iets vreemds dat er niet hoorde. Al snuivend draaide hij zijn hoofd van links naar rechts. Hij probeerde uit te vinden wat het was. En toen wist hij het ineens.

Het was rook. Of liever, as. De vochtige as van een kampvuur dat uitgemaakt was.

Hij en Trek reden door en de geur werd steeds sterker. Honderd meter verder vond hij de bron van de walm die hem nu omringde. Het pad werd hier wat breder, er was een soort weitje naast. Het was duidelijk te zien dat de overvallers hier de nacht hadden doorgebracht. Je kon op vier plekken de zwartgeblakerde resten van een kampvuur zien. En er waren overal stukken gras helemaal platgedrukt. Daar hadden mannen gelegen, in hun dekens gewikkeld. En aan een kant lagen meer paardenvijgen. Daar hadden ze hun paarden vastgebonden.

Will ging op een boomstronk zitten en bestudeerde het terrein. Trek keek hem met intelligente ogen aan.

'Als ze hier gekampeerd hebben, waren ze nog niet dicht bij huis!' besloot Will. En dat klopte met de steile bergwand die hij eerder gezien had. Dat was nog wel een halve dag rijden van waar ze nu waren. Als het donker was toen ze hier arriveerden was het een ideale plaats geweest om de nacht door te brengen.

'In elk geval weten we dat we op het juiste spoor zitten,' zei hij tegen Trek.

Het kleine paard hield zijn hoofd wat scheef. *Net alsof ik dat niet allang wist.*

Will grijnsde naar zijn rijdier. Af en toe vroeg hij zich wel eens af of hij de manier van kijken en de hoofdbewegingen en geluiden waarmee zijn paard met hem communiceerde, op de juiste manier interpreteerde. En vroeg hij zich af of andere Grijze Jagers ook zo met hun rijdieren spraken. Hij dacht dat Halt en Abelard dat wel zeker deden, maar hij was er nooit echt bij geweest.

Hij stond op en keek naar de lucht. Het zou nog een uur of vier duren voor het donker was. Als het spoor zo gemakkelijk te volgen bleef, dan zou hij waarschijnlijk het hoofdkamp van de overvallers nog wel halen. Dus reden ze door. Het pad werd breder en hoewel het nog steeds omhoogliep, ging dat met minder haarspeldbochten dan eerder op de dag. Er was ook geen enkele reden om voorzichtig en langzaam te rijden. Hij kon het pad goed zien en ze zouden de overvallers de eerste twee uur niet onverwacht inhalen. Ze waren tenminste twee dagen eerder hierlangs gereden. Dus liet hij Trek in een soepele draf flink doorrijden. Kilometer na kilometer gleed onder de hoeven door.

Tegen de avond kwamen de zwarte steile hellingen dichterbij. Op een gegeven moment zakte de zon erachter weg, waardoor ze in de schaduw reden. Toen hij dacht dat ze op één uur rijden van de voet van de berg waren hield hij Trek in. Hij steeg af en gunde het beestje een kwartiertje rust. Hij goot wat water uit zijn veldfles in de kleine opvouwbare emmer, die hij daarvoor altijd achter het zadel gebonden hield. Zelf nam hij ook een paar slokken en kauwde op een stuk gedroogd vlees. Hij moest lachen toen hij eraan dacht hoe Arnaut altijd mopperde over dat soort Jagersrantsoenen. Will hield wel van de smaak van dat rokerige droge rundvlees. Dat gekauw, dat was heel andere koek. Het was best lekker, maar het was nog altijd alsof hij op een oude schoenzool beet.

Hij steeg weer op en gaf Trek de sporen. Vanaf nu moest hij voorzichtiger zijn. Op basis van wat hij tot dusverre had gezien, verwachtte hij niet dat de overvallers een uitgebreide kring van wachtposten hadden uitgezet, maar je wist maar nooit. Hij gaf Trek een teken en het paard begon zijn hoefjes zorgvuldiger neer te zetten. Ze maakten bijna geen geluid meer op de vochtige aarde van het pad.

Weer was het zijn neus die hem waarschuwde. Nu was het de onmiskenbare geur van een brandend kampvuur dat door het bos op hem afkwam. Ze reden langs een ravijn nu, en de steile zwarte rotswand was nu zo dichtbij, dat het leek alsof je ze al kon aanraken. De kliffen waren uiteindelijk maar tweehonderd meter hoog, zag hij nu. Niet de hoogste die hij ooit gezien had. Maar de rotswand was wel heel steil en van pikzwarte glimmende steen. Zonder pad zou je er nooit tegenop kunnen klimmen.

De geur van brandend hout werd sterker en sterker. Hij

dacht zelfs al stemmen te horen. Hij liet Trek stilstaan en gleed uit het zadel.

'Blijf jij maar hier,' zei hij zachtjes. Zelf liep hij verder naar de volgende bocht in de weg. Die ochtend had hij zijn jagersmantel weer aangetrokken. Als een schim gleed hij tussen de bomen door. Het werd gelukkig al schemerig, zodat niemand hem zou zien. Voorbij de bocht, aan de overkant van de wijde afgrond naast hem, zag hij een grasvlakte aan de voet van de zwarte rotsen. Er stonden een paar slordige rijen tenten, met om de zoveel tenten een kampvuur. Hij zag mannen rondlopen en om de vuurtjes zitten. Hij schatte dat er wel honderdvijftig man gelegerd was, daar aan de overkant. En ze waren gewapend ook. Hij moest eraan denken hoe de dorpelingen van Craikennis dachten dat ze met genoeg man waren om welke aanval dan ook af te slaan. Als een leger van deze omvang het stadje aan zou vallen, hadden ze ook daar geen schijn van kans.

Will liet zich op de grond glijden en bleef het hele uur dat volgde met zijn rug tegen een boom naar het kamp zitten staren. Hij zag dat er in het midden een grotere tent stond. Te zien aan de mensen die er in- en uitliepen, moest dat wel het hoofdkwartier van de aanvoerder zijn. Hij zag ook, niet geheel onbelangrijk, dat er tegen het donker wel degelijk wachtposten uitgezet werden, in een slordige kring om de open plek heen, aan de rand van het bos. Zelfs al waren deze mannen ervan overtuigd dat niemand hen aan zou vallen, ze gingen niet onbewaakt slapen.

Hij zag hoe één man een eindje verder het bos inliep dan zijn collega's. Omdat Will hoger zat kon hij hem heel goed volgen. Hij merkte op dat de andere wachtposten de man niet meer konden zien. Misschien had hij daar een extra zacht stuk mos ontdekt. Misschien wilde hij niet dat de wachtcommandant hem in de nek hijgde. Hoe dan ook – de man maakte een grote vergissing. Een vergissing waar Will zijn voordeel mee zou doen.

Hoofdstuk 19

Nadat Will op weg was gegaan naar Dufford, braken Halt en Arnaut het kamp op en reden over de grote weg naar Mountshannon in het noordwesten. Ze kwamen maar weinig andere reizigers tegen: een eenzame ruiter op een oud vermoeid paard, en een groepje marktlieden die te voet naast een kar met een muilezel sjokten.

Halt zei de marktkooplieden beleefd gedag. Er kwam geen mondelinge reactie. Vier paar ogen volgden de twee ruiters vol achterdocht. Halts grote boog en het feit dat Arnaut een zwaard droeg en op een strijdros reed waren genoeg om de kooplieden wantrouwend te maken.

De grijsgebaarde Jager zuchtte eens diep en Arnaut keek hem vragend aan. Helemaal niets voor Halt, dacht hij, om zo te koop te lopen met zijn emoties.

'Wat is er?' vroeg hij.

'Ach,' antwoordde Halt, 'ik zat net te denken wat een opgewekt en vriendelijk land dit vroeger was. Iedereen was altijd bereid om een praatje met je te maken, ook zomaar op straat. Trouwens, die straat was altijd druk en vol reizigers die van hot naar her trokken om belangwekkende zaken te regelen. En moet je nu kijken!'

Hij wees naar de weg die van einder tot einder helemaal leeg was. Er waren even geen bochten, en Arnaut kon wel een kilometer in elke richting kijken. Voor hen uit was er echt helemaal niets of niemand te zien. Achter hen was er alleen die sloffende muilezel met de kar en de vier mannen eromheen, die in de verte kleiner en kleiner werden.

En als ze al verwacht hadden dat er dichter bij Mountshannon wel meer verkeer zou zijn, dan werden ze in die hoop teleurgesteld. De brede stoffige weg bleef de hele tijd leeg en verlaten.

Langzaam maakte het bos naast de weg weer plaats voor akkerland. De velden waren hier in iets betere conditie dan waar zij Clonmel waren binnengekomen. En de boerderijen waren geen verlaten spookplaatsen. Af en toe zagen zij mensen op het erf lopen, al waren die erven wel gebarricadeerd, op de inmiddels bekende manieren. En ze zagen nog steeds zelden of nooit iemand op de velden in de weer.

'Het ziet er hier iets minder rampzalig uit,' zei Arnaut.

'Ik denk dat er hier nog nauwelijks een overval gepleegd is,' zei Halt. 'De mensen zijn ook niet zo bang, het is vlak bij een grotere plaats. De boerderijen zelf liggen ook niet zo afgelegen als daarginds.'

Vanuit een hoeve die ze net passeerden klonk een waarschuwingskreet, en toen ze opzij keken zagen ze nog net hoe twee mannen wegholden uit een wei waar ze hadden staan hooien en hun toevlucht zochten achter de barricade. Het viel Halt op dat ze hun hooivorken met zich meenamen.

'Ze zijn iets minder bang, maar niet heel veel minder,' zei hij.

Mountshannon was als Craikennis, alleen wat groter. Het had een hoofdstraat waaraan alle belangrijke gebouwen stonden – de herberg, en de huizen en werkplaatsen van de verschillende ambachtslieden die je in elke grotere plaats kon vinden, zoals de smid, de kuiper, de wagenmaker, de zadelmaker, en het warenhuis, waar de dames van de stad naast kruidenierswaren ook stof en garens konden kopen, en hun mannen zaaigoed, gereedschap, olie en alle honderdeneen andere dingen die je op de boerderij nodig kon hebben. Al was die winkel wat de boeren betreft natuurlijk eigenlijk niet echt nodig: de meeste inkopen deden zij het liefst op de wekelijkse markt.

Vanuit de hoofdstraat liepen meerdere zijstraatjes, die uitkwamen op een netwerk van kleinere straten, min of meer parallel aan de hoofdstraat. Daarlangs stonden meer bescheiden huisjes, waar de gewone mensen van het stadje woonden. Net als in Craikennis waren de meeste huizen klein en niet hoger dan één verdieping, met rieten daken en witgekalkte vakwerkmuren. Alleen de herberg en het huis van de hoefsmid annex paardendokter hadden een bovenverdieping. Bij de hoefsmid werd die overigens alleen gebruikt om hooi en stro op te slaan. Een zware balk met katrol stak uit de gevel, zodat de zware balen simpel omhoog en omlaag getakeld konden worden.

Toen onze twee vrienden de stad inreden, werden zij weer van alle kanten aangestaard. Er was hier geen barricade, maar wel een rivier die om het dorp heen slingerde. En voor de brug stond wel degelijk een wachtpost die hen tegenhield en ondervroeg.

Net als in Craikennis stond die wacht voor een paviljoen, dat inderhaast was opgetrokken van stokken en zeil. Er stonden wat stoelen en britsen in en er was een vuurkorf om de mannen 's avonds en 's nachts een beetje te verwarmen. Er stonden nu twee mannen op wacht, gewapend met zware knuppels en lange dolken in hun riemen gestoken. Ze gingen midden op de weg staan en keken achterdochtig naar de reizigers. Halt gooide weer de kap van zijn mantel naar achter en deed het woord.

'En, wat hebben jullie te zoeken in Mountshannon?' vroeg de grootste van de twee. Arnaut bekeek hen met een soldatenoog. Het waren allebei forse kerels, niet bang om een robbertje te vechten. Maar ze waren nogal onhandig in de weer met hun knuppels, zodat duidelijk was dat ook deze mannen geen beroeps waren.

'Ik wil wat schapen kopen hier,' zei Halt geduldig. 'Een ram en een paar ooien. Ik moet vervangers hebben voor mijn fokspul. Er is hier toch nog wel een markt, of niet?'

De man knikte. 'Ja, op zaterdag,' zei hij. 'Jullie zijn een dag te vroeg, dus.' Halt haalde zijn schouders op. 'Wij komen helemaal uit Ballygannon,' zei hij, een streek die helemaal in het zuiden lag. 'Beter te vroeg dan te laat zeggen wij altijd!'

De wacht fronste zijn wenkbrauwen. Hij had, net als iedereen intussen, allerlei geruchten gehoord over wat er in het zuiden gebeurd was. Maar Halt was de eerste die hij in weken gesproken had, die echt uit dat rampgebied kwam.

'Hoe gaat het daar, in Ballygannon?' vroeg hij.

Halt keek hem somber aan. 'Ik zei toch dat ik mijn fokvee moet vervangen? Ze zijn niet allemaal tegelijk van ouderdom in elkaar gezakt, als je dat soms dacht.'

De wacht knikte vol begrip. 'We hebben vreselijke verhalen gehoord over wat er daarginds allemaal gebeurd is.' Hij keek nu Arnaut aan. Net als de wacht in Craikennis zag hij heus wel dat deze breedgeschouderde jongeman geen boerenzoon was. En ook geen gewone houthakker. Bovendien droeg hij een heus lang zwaard aan zijn riem. En hij zag nu ook een rond schild op de rug van de man. 'En wie of wat mag dit dan wel wezen?' vroeg hij.

'Mijn neef Michael. Een brave jongen,' zei Halt.

Nu bemoeide de andere wacht zich voor het eerst met het gesprek.

'En Michael, ben jij dan soms ook een schapenboer?' vroeg hij Arnaut.

Die keek hem koeltjes aan. 'Nee. Ik ben een soldaat,' zei hij.

'En wat moet een soldaat als jij hier op de markt?' vroeg de man verder.

Halt kwam snel tussenbeide. Arnauts accent klopte niet, en hij wilde voorkomen dat de jongen meer dan het hoognodige zei.

'Luister, ik ben hier om te zorgen dat ik weer wat schapen thuis krijg,' zei hij. 'En Michael zorgt ervoor dat we allemaal weer heelhuids thuiskomen.'

De wachten dachten hier even over na. Daar zat wat in, vonden ze. 'Nou, de kerel ziet eruit alsof hem dat wel toevertrouwd is,' zei de tweede man, een flauwe glimlach om de lippen.

Arnaut zweeg. Hij keek de man recht in de ogen en knikte. Eén keer. Ik ben zo'n stille sterke man, dacht hij. Een zwijgzaam type.

De twee wachten schenen tevreden. Ze gingen opzij en wuifden Halt en Arnaut door te rijden.

'Kom er maar in dan,' zei de eerste. 'Er is een herberg aan de hoofdstraat. Of als je dat te duur is, kun je ook je tent opslaan op het marktterrein, aan de andere kant van het dorp. En hou je een beetje rustig en beschaafd, zolang je onze gast bent.' Dat laatste kwam er een beetje vreemd achteraan. Het was iets wat alle wachters aan de poort van elke stad tegen vreemden zeiden hier, besefte Arnaut. Ze hadden het waarschijnlijk ook gezegd als zij twee tachtigjarige bejaarden waren geweest die nauwelijks meer rechtop konden lopen.

Halt raakte met zijn wijsvinger zijn voorhoofd aan, bij wijze van groet, en gaf Abelard een por in de buik. Maar meteen hield hij zijn paard weer in – alsof hij ineens iets had bedacht. Hij riep de twee mannen terug, die alweer hun tent in liepen.

'Zeg, nog één ding,' zei hij en de mannen draaiden zich om. 'Onderweg hadden ze het over een man die Tennyson of zoiets heet. Een soort priester?'

De wachters wisselden sceptische blikken uit. 'Ja,' zei de grote man, 'inderdaad een *soort* van priester.' Er klonk sarcasme in zijn stem.

'Is die...' begon Halt, maar de tweede man gaf al antwoord voor hij de vraag kon stellen.

'Ja, die is hier in de stad. Hij staat ook op het marktveld, met al zijn mannetjes. Als je geïnteresseerd bent zul je vanmiddag nog wel van een preek kunnen genieten.'

'Of je geïnteresseerd bent of niet,' zei de andere man nu echt sarcastisch, 'die preek zul je wel *moeten* aanhoren. De man staat daar namelijk elke dag te preken.'

Halts gezicht bleef even uitgestreken als het de hele tijd al was geweest. Hij leek na te denken over wat zij zeiden. 'Nou. Misschien dat ik even ga luisteren.' Hij keek Arnaut aan. 'Het is weer eens een verzetje, Michael.'

'Zware kost voor je oren, anders,' waarschuwde de tweede man. 'Als je het mij vraagt kun je beter naar de herberg gaan en een goeie pint pakken...'

'Misschien,' gaf Halt toe. 'Maar ik ben toch wel een beetje nieuwsgierig.'

Hij knikte hen gedag en liet Abelard verder lopen. Arnaut stond hem een paar meter verder op te wachten en reed daarna samen met hem verder.

Hoofdstuk 20

Voor het helemaal donker werd, liep Will weer naar Trek en reed langs het pad terug, in de richting waar hij vandaan gekomen was, om een plekje voor de nacht te vinden. Na een meter of tweehonderd zag hij, een eindje van de weg af, een vlakke open plek in het bos. Een paar jaar geleden, te oordelen naar het mos op de stam, was er een grote boom omgevallen. In zijn val had het monster een paar van zijn kleinere buren meegesleurd, waardoor er een open plek ontstaan was. Ideaal, dacht Will. Niet te ver van de weg, en toch niet opvallend. Als hij niet op zoek was geweest naar een plekje om te kamperen, was hij er straal aan voorbij gereden. En, dacht hij, dat zouden de meeste andere voorbijgangers dus ook doen.

Hij leidde Trek tussen de bomen door. Het struikgewas langs de weg kwam tot zijn middel. Op de plek aangekomen keek hij rond. Het pad was nauwelijks te zien. Dat gold andersom dus hopelijk ook. Tussen de omgevallen bomen was een plekje van vijf bij vier meter vrij – meer dan groot genoeg om ongestoord te overnachten.

Verder zou het afzien zijn, dacht hij. Geen tent, en ook geen kampvuur. Gelukkig was er genoeg gras om Trek eens lekker te laten grazen. En, belangrijker nog: het paard zou vanaf de weg niet te zien zijn.

Hij gaf zijn trouwe kameraad weer wat te drinken en maakte het gebaar, dat betekende dat Trek kon gaan grazen waar en zo lang hij wilde. De pony begon met een inspectierondje, neus aan de grond, om te bekijken en te ruiken waar het lekkerste gras groeide. Toen hij een stuk gevonden had waar het groen hem wel aanstond, begon hij grote plukken gras heel kort af te bijten. Je kon het eigenaardige geluid goed horen in de stille avondlucht.

'Het spijt me dat ik je nog niet af kan zadelen,' zei Will. 'Misschien moeten we straks ineens nog snel weg kunnen rijden!'

Trek keek even op van zijn maaltijd, de oren gespitst, de ogen intelligent als altijd.

Geeft niks hoor!

Het paard wist uit ervaring dat Will hem nooit expres onnodig lang met een zadel zou laten rondlopen. Alleen als er een goede reden voor was gebeurde het wel eens.

Will ging zelf met zijn rug tegen een boomstam zitten en trok zijn knieën op. Straks moest hij weer terug naar de uitkijkplek. Hij moest erachter zien te komen wanneer de wachten gewisseld werden. Hij hoopte maar dat de vervanger van die ene man op dezelfde plek zou gaan staan. En waarom zou hij niet, dacht hij – maar je wist maar nooit.

Toen het laatste restje daglicht verdwenen was, kwam Will kreunend overeind. Trek keek onmiddellijk op en spitste zijn oren. Als Will in het zadel wilde hoefde hij maar te kikken. Maar Will schudde zijn hoofd.

'Blijf jij maar lekker hier,' zei hij. En voegde er wel één bevel aan toe: 'Stil blijven!'

Trek kende dat commando maar al te goed. Het was een van de eerste die het kleine paard had geleerd, tijdens zijn training door Oude Bob, de paardentrainer van de Grijze Jagers. 'Stil blijven!' betekende dat als Trek ergens in de buurt iets hoorde bewegen – in dit geval op het pad – hij absoluut niet meer mocht bewegen en geen enkel geluid mocht maken. Zeker 's nachts zou dat ervoor zorgen dat niemand merkte dat er een paar meter van de weg een paard in het bos stond.

Will sloeg zijn mantel om zich heen en liep weer naar het pad. Hij wachtte even toen hij bij de bosrand kwam. Hij luisterde goed of hij soms iemand hoorde komen of gaan. Daarna stak hij snel over en glipte de bosrand aan de overkant in. Een paar meter verderop bleef hij doodstil tussen de bomen staan. Als er al iemand die kant op had gekeken, dan had hij zich misschien verbeeld dat hij heel even een grijsgroene geest tussen de bomen zag bewegen. Daarna was de Grijze Jager onzichtbaar geworden.

Will liep terug naar zijn eerdere uitkijkpunt en ging daar zitten turen naar de overkant. Het was nog geen drie uur geleden dat hij gezien had hoe de wachten hun posities innamen. Dus, dacht hij, zouden dezelfde mannen er nog steeds staan. Mensen waren gewoontedieren, en meestal duurde een wacht vier uur. Waarom eigenlijk? Hij had eerlijk gezegd geen idee. Hij had persoonlijk altijd gevonden dat drie uur beter zou zijn. Na langer dan drie uur in het duister gestaard te hebben werden de meeste wachten slaperig en onoplettend. Natuurlijk zou je met drie uur wel meer wachten nodig hebben. Maar hier op deze plek, dacht Will, was dat hele wachtlopen sowieso meer een routinehandeling dan dat ze echt meenden dat er gevaar dreigde. Deze rovers verwachtten alles, behalve dat ze aangevallen zouden worden.

Daarom had hij ook die brandewijn uit Dufford meegenomen. Hij voelde even aan zijn binnenzak of de fles er nog steeds zat. Wilde hij in het kamp van de vijand binnendringen, dan moest hij minstens één wachtpost zien uit te schakelen. De beste kans had hij bij die ene, die zo alleen in het bos stond. Als het echt moest kon hij ook wel ongezien door de linie heen breken, zonder geweld te gebruiken. Maar dat zou veel langer duren. Zonder gezien te worden een stuk open terrein oversteken, zeker een gebied als waar hij nu tegen aankeek, dat vergde tijd en was een heel gedoe. Bovendien zou zijn silhouet onvermijdelijk afgetekend worden tegen de vele kampvuren, zodat de bewakers hem zouden zien, als ze eens omkeken naar hun eigen kameraden.

Dus was het veel eenvoudiger om een van de wachten uit te schakelen. Dan was er een gat in de verdediging en kon hij gewoon naar binnen sluipen. Maar dat leverde weer een tweede probleem op dat opgelost moest worden. Hij had liever niet dat de vijand wist dat hij er geweest was. Maar een bewusteloze wacht met een bult op zijn hoofd was natuurlijk een sterke aanwijzing dat er wel degelijk een indringer was.

Tenzij de man stomdronken bleek te zijn... Een wacht die naar sterke drank stonk en vredig onder een boom lag te slapen zou niemand geloven, als hij bij hoog en bij laag bleef beweren dat iemand hem neergeslagen had.

Will tuurde naar de donkerte beneden hem. De eerste keer had hij zich een paar herkenningspunten ingeprent die hem naar de bewuste wachter zouden leiden. Op het punt waar die zich ongeveer moest bevinden, zag hij nu beweging. Will sloop schuin langs de helling, tot hij ter hoogte van de wachtpost gekomen moest zijn.

Uit het kamp klonk een onafgebroken geroezemoes van stemmen, soms onderbroken door een schelle lach, of boze stemverheffing als er een paar slaags raakten. Dat was nog een reden voor Will om snel binnen de rij wachtposten te komen. Hij wilde door het kamp lopen als de mannen nog allemaal wakker waren en met elkaar zaten te praten. Misschien hoorde hij dan toevallig nog wat over hun plannen. Eenmaal in het kamp hoefde hij zich niet meer te verstoppen, zoveel was zeker. Het was zelfs zo, dat hoe minder onopvallend hij zou proberen te doen, des te kleiner de kans was dat iemand hem staande zou houden om te vragen wat hij daar moest. De honderd meter tussen de wachters en het eigenlijke kamp, die vormden het grootste risico. Niemand zou van daar naar het kamp horen te lopen. Misschien zouden de mannen bij de kampvuren, half verblind door het staren in de vlammen, hem niet eens opmerken – maar de wachters die uit het duister verlangend naar hun tent keken zouden zijn silhouet duidelijk zien afgetekend tegen de heldere vlammen.

Will voelde dat het terrein vlakker werd. Hij wist dat hij nu vlak bij de wacht moest zijn. Als een schaduw gleed hij stil de laatste meters tussen de bomen door. Hij hoorde iemand vlakbij rochelen en een paar stappen zetten. Minder dan tien meter van hem vandaan.

Niet gek gemikt, dacht hij. Hij liet zich achter een dikke boom op de grond zakken en bleef daar zitten wachten.

Hij wachtte ruim een uur. Zonder te bewegen. Zonder een geluid te maken. Onzichtbaar. Af en toe hoorde hij de wacht een eindje lopen of hoesten. Een paar keer moest de man geeuwen. Hij stelde zich een beetje aan, zodat het geluid ver door de stille bomenrijen droeg. Het gemurmel van de stemmen in het kamp leverde een constant achtergrondgeluid. Gelukkig, dacht Will. Als het eenmaal zo ver was zou dat geluid eventueel lawaai dat hij maakte overstemmen.

Terwijl hij daar zo in het donker zat te wachten gingen zijn gedachten terug naar zijn training, waarvan dit een van de zwaarste onderdelen was geweest: jezelf eraan wennen om doodstil te blijven zitten. Om die plotselinge behoefte te weerstaan, om ergens op je hoofd of op je rug te krabben. Niet te gaan verzitten als je kramp dreigde te krijgen in een been. Daarom was het ook zo belangrijk om meteen een comfortabele zit te vinden, en je lichaam volkomen te ontspannen. Maar natuurlijk bestond dat niet, een helemaal gemakkelijke positie – zeker niet nadat je die meer dan dertig minuten bewegingloos had volgehouden.

De grond onder zijn zitvlak had eerder zacht geleken en flink meegegeven. Hij vermoedde dat het een dikke laag bladeren was waar hij op zat. Maar nu voelde hij er een harde tak of steen dwars doorheen steken. Hij wilde even opzij leunen, onder zijn zitvlak voelen en het ding wegtrekken. Maar hij wist zich in te houden, met veel moeite. Waarschijnlijk kon hij het best zonder lawaai te maken. Maar het doen betekende ook dat hij toegaf aan zijn lichaam. En als hij dan weer de behoefte voelde om te verzitten of te krabben zou het des te moeilijker zijn om weerstand te bieden. Gaf hij nog eens toe, dan was het de keer daarop nóg moeilijker. En binnen een mum van tijd zou hij de hele tijd bewegen. Hoe zacht hij dat ook deed, beweging leidde onherroepelijk tot ontdekking. Dus bleef hij netjes zitten zonder een vin te verroeren. Hij balde zijn handen tot vuisten en probeerde alleen maar te denken aan zijn nagels die in zijn handpalm drukten. En aan de spieren in zijn onderarm. Zo leidde hij zijn gedachten af van de irritatie in zijn onderrug. Het werkte – eventjes. Toen de tak weer opspeelde beet hij zachtjes op zijn onderlip.

'Hé, daar zit je! Ik vroeg me al af waar je gebleven was!'

Even dacht Will dat iemand het tegen hem had. Maar toen besefte hij dat de wacht afgelost werd en dat het de man was die daar al vier uur stond, die begroet werd. Ja, nu wist hij het weer. De man was een eindje het bos in gelopen immers? Zodat de anderen hem niet konden zien. De aflossing had hem natuurlijk lopen zoeken.

'Het werd tijd ook, dat je kwam opdagen,' mopperde de eerste wacht. Hij klonk lichtelijk verongelijkt. Zo klonken wachtposten altijd. Altijd en eeuwig vonden ze dat de aflossing veel te laat kwam. Will kon horen hoe de man zijn spullen bij elkaar graaide en zich klaarmaakte om naar zijn tent in het kamp terug te keren.

De nieuwe man trok zich niets aan van dat geklaag. 'Mooi plekje heb je daar uitgekozen,' zei hij.

'Tja, in elk geval kan Tully me niet zien zo. Blij toe. En als het begint te regenen sta je tenminste een beetje beschut hier.'

Tully, nam Will maar aan, was de sergeant van de wacht.

'Nou, dan ga ik ervandoor. Wat is er te eten vanavond?'

'Niet slecht – de jagers hebben een paar herten geschoten en wat ganzen. En toevallig hebben de koks dat vlees vandaag eens niet verpest!'

De vertrekkende wachter maakte verlekkerde geluiden. 'Nou, dan ga ik maar meteen naar de kantine. Ik sterf van de honger. Een prettige avond nog!'

'Dank voor je goede wensen,' antwoordde zijn vervanger even cynisch. Ze waren collega's in het kwaad, dacht Will, maar vrienden waren het zeker niet.

Hij had gebruikgemaakt van het feit dat ze met elkaar stonden te praten om nog dichterbij te komen. Hij was niet bang dat een van hen hem gezien had. Zijn camouflagemantel maakte hem praktisch onzichtbaar, zeker nu het zo donker was. Hij was nog maar drie meter van de verse wacht verwijderd, zijn gezicht diep weggestoken in de grote kap en een zwaargewicht in zijn rechterhand. Hij was om de man heen geslopen, zodat hij nu achter hem stond. Hij wachtte, plat tegen een boomstam aangedrukt, tot hij de voetstappen van de eerste wacht niet meer hoorde. Zoals hij al verwachtte maakte de man het zich zo gemakkelijk mogelijk. Hij had een ransel bij zich dat hij op de grond naast zich legde. Hij keek vanuit welke plek hij het beste zicht had.

Het was nu of nooit, dacht Will. Voordat de man zich helemaal geïnstalleerd had en echt op de uitkijk stond. Nu was hij met zijn gedachten nog bij het gesprek van zo-even. Will riskeerde het en wierp snel een blik op de man, van achter zijn boom. Hij stond nog steeds met zijn rug naar Will. Hij had een speer, en aan zijn riem hing een morgenster met scherpe punten. Hij had zijn mantel op de grond gelegd – die zou hij pas omdoen als hij het koud kreeg. Tegen een rotspunt van ongeveer een meter hoog stonden een fles en een beker klaar. Will sloop dichterbij.

De man ging half op de rots zitten, de speer in zijn rechterhand, en zuchtte eens diep – de zucht van iemand die zich neerlegt bij vier uren verveling en een ongemakkelijke houding.

Will sloeg hem hard achter het oor. De laatste diepe zucht van de man veranderde plotseling in een diep keelgeluid en hij gleed bewusteloos van de rotspunt af. Hij liet daarbij de speer in zijn hand los, die haast zonder geluid de andere kant op viel, op de mossige grond.

Will bleef een paar tellen boven de liggende gestalte staan, klaar om nog eens toe te slaan als dat nodig mocht zijn.

Maar de man was helemaal buiten westen. Zijn armen en benen staken alle kanten op, je kon zien dat zijn lichaam zich totaal ontspannen had. Hij zou zo minstens een uur blijven liggen, dacht Will. Tijd genoeg om het kamp te inspecteren. Hij rolde de man op zijn rug, trok hem half overeind en zette hem met zijn rug tegen de grote steen. Daarna legde hij armen en benen zo, dat het net was alsof hij sliep en goot flink wat brandewijn over zijn borst en buik. Om het plaatje compleet te maken wrong hij de kaken van de man van elkaar en goot ook een flinke slok naar binnen.

Will deed een stap naar achteren en bekeek het resultaat. Zelfs als de man bijkwam en alarm sloeg zouden de vlekken en de geur van alcohol het sterkste verhaal vertellen. Will liet de fles naast de man op de grond vallen. Daarna trok hij zijn mantel strak om zich heen en sloop tussen de bomen uit het open terrein op.

Daar liet hij zich op de grond zakken en tijgerde naar de tenten. Eenmaal aangekomen in het kamp kroop hij nog een paar tenten verder, voordat hij overeind kwam in de diepe schaduwen tussen twee tenten in. Even bleef hij staan wachten of er iets gebeurde, maar het leek erop dat niemand hem opgemerkt had. Hij sloeg de kap van zijn mantel naar achteren en liep brutaal, alsof er niets aan de hand was, tussen de rijen tenten door naar het midden van het kamp, waar het grote paviljoen stond. Buiten een van de tenten zag hij een emmer water klaarstaan. Die griste hij in het voorbijgaan mee, nadat hij eerst goed om zich heen gekeken had of iemand op hem lette.

Een paar meter verderop passeerde hij een groepje van drie mannen. Ze zagen de emmer en namen aan dat hij ergens water gehaald had. *Weet je*, had Halt hem geleerd, *bij dit soort operaties moet je altijd net doen alsof je een opdracht te vervullen hebt en precies weet waar je dat moet doen. Dan denkt iedereen dat je gewoon je werk doet en niemand zal de moeite nemen je aan te houden.*

'Zoals gewoonlijk sloeg je daarmee weer de spijker op zijn kop,' mompelde Will tegen zichzelf, en hij liep verder het kamp door.

HOOFDSTUK 21

Vanaf zijn eerdere uitkijkpost waren Will een paar dingen in het kamp opgevallen.

Gekookt werd er ongeveer in het midden van het verder tamelijk slordig ingerichte kampement. Dat was logisch – als de kantine aan één kant lag, dan zouden sommigen een heel eind moeten lopen voor hun eten. Naar het midden was het voor iedereen even ver. Mensen die hun tent ook in het middelste deel hadden opgezet, hadden geluk – ze konden altijd zeker zijn van een warme prak. Daarom kampeerden de belangrijkere bendeleden ook precies daar, vlak bij de koks. Het eten van de mensen die van de buitenste schil moesten komen was op zijn best lauw, als ze eenmaal weer voor hun tent zaten. Vandaar: hoe lager je rang, hoe verder van het vuur.

Dus stond de grote tent van de commandant ook precies in het midden. Dicht bij de kookvuren, zodat zijn hapjes nog heet waren als ze hem voorgezet werden, maar ook weer niet vlak ernaast – want dan had hij maar last van de rook en de etensgeuren en het lawaai van de andere hongerlijders.

Will liep naar de keukententen. Ze waren niet moeilijk te vinden. Je had flink wat kookvuren nodig om voor meer dan honderd mannen eten klaar te maken. Je zag de gloed ervan al van verre, net als de fonteinen van vonken die er af en toe opstegen.

Hij liep de open plek op waar de koks hun werkterrein hadden. Ze waren druk bezig met het klaarmaken van verse rantsoenen. Zoals de aflossing al had aangekondigd, hingen er een paar herten aan het braadspit. Boven een kleiner vuur draaiden een paar koppels ganzen langzaam hun rondjes, terwijl er grote druppels vet in het vuur vielen en af en toe zorgden voor oplaaiende vlammen en veel gesis en gesputter. Op andere vuren stonden grote kookpotten te sudderen en te dampen. Will zag een zwetende knecht een emmer geschilde aardappelen in een van die potten gooien en snel terugdeinzen om geen plens kokend water over zich heen te krijgen

Hij wist dat hij niet mocht blijven stilstaan. Zodra hij ergens te lang bleef kijken, zou vroeger of later iemand hem aanspreken en vragen wat hij daar te zoeken had. De grote kap van zijn mantel had hij achterovergeslagen en in het flakkerende schemerlicht vielen de vreemde vlekken niet eens zo op. Zijn grote boog en pijlen had hij bij Trek achtergelaten, zijn enige wapens waren zijn messen en zijn zwaargewicht. Hij zag er dus eigenlijk net zo uit als alle anderen in het kamp. Alleen waren die allemaal druk bezig, of ze stonden in elk geval niet zomaar wat te kijken. Will liep naar de man die zonet de aardappelen in de ketel gegooid had. De koksmaat keek hem humeurig aan.

'We roepen wel als het eten klaar is,' zei hij onvriendelijk. Koks en koksmaatjes waren eraan gewend dat mensen om de haverklap kwamen zeuren. Of het eten was te laat klaar, of het was te koud of te heet of te flauw. Of te gaar, of te rauw. Of gewoon niet lekker genoeg.

Will maakte een gebaar om aan te geven dat hij heus niet probeerde voor te kruipen. Hij hield de emmer water omhoog.

'John zei me dat ik die naar jullie moest brengen!' zei hij.

Hij wist twee dingen zeker. In een kamp van deze afmetingen waren vast en zeker een paar Johnnen. En koks konden altijd water gebruiken.

'Ik kan me niet herinneren dat ik erom gevraagd heb,' zei hij. Will haalde zijn schouders op en wilde alweer weglopen, met de emmer nog in zijn hand. 'Wat je wilt,' zei hij. Maar de kok hield hem tegen. Misschien had hij niet gevraagd om water, maar dat betekende nog niet dat hij het nu of straks niet kon gebruiken. In elk geval zou hij het nu niet zelf hoeven te halen.

'Zet maar neer, hoor. Nu je het toch helemaal hierheen gesleept hebt.'

'Goed.' Will zette de emmer op de grond. De kok knikte zonder erbij na te denken, ten teken dat hij Will bedankte. 'Bedank John namens mij,' zei hij kortaf. Will snoof verontwaardigd. 'Het is toch niet John, die met een volle emmer het hele kamp door heeft gesjouwd, of wel soms?'

'Dat is ook waar.' De kok begreep heus wel wat Will bedoelde. 'Kom maar bij mij langs als we aan het uitdelen zijn. Dan zorg ik voor wat extra's.'

Will raakte met zijn wijsvinger zijn voorhoofd aan. 'Bedankt alvast,' zei hij en liep weg. Na een paar stappen keek hij achterom, maar de kok was al met iets heel anders bezig. Will liep met ferme stap verder naar het grote paviljoen in het midden. Het was nog maar dertig meter van hem vandaan, en hij kon het goed zien, hoe donker het intussen ook was.

Het stond een beetje apart van de andere tenten, boven op een klein heuveltje, en er vlak voor brandde een groot vuur. Aan elke kant van de ingang stond een wacht en terwijl Will daar liep zag hij drie mannen aankomen en netjes wachten tot hun legitimatie gecontroleerd was, om daarna naar binnen te gaan. Kort daarop verscheen een knecht met een groot dienblad met glazen en een karaf wijn. Ook hij liep de tent in, om enkele tellen later zonder blad weer naar buiten te komen.

Will liep het paviljoen voorbij, waarbij hij een flinke afstand bewaarde. Hij liep vlak langs de rand van de open plek. Uit zijn ooghoek inspecteerde hij de situatie. Er stonden wachten vóór de tent, natuurlijk, maar hij durfde te wedden dat erachter helemaal niemand stond. Die twee wachten stonden er meer om de man in de tent extra gezag te verlenen, dan omdat er gevaar zou dreigen. Wie zou de commandant nou midden in zijn eigen kamp aanvallen? Will liep verder tot de volgende hoek van de open plek, waar de slordige rijen tenten weer begonnen. Die tenten stonden vlak bij elkaar, met maar een of twee meter ertussen. Meer dan één stond open, het voorzeil weggeslagen. Mannen lagen binnen op een deken of zaten ervoor met elkaar te praten. Will mompelde een groet naar een groepje dat lichtelijk nieuwsgierig naar hem opkeek. Toen hij een paar lege tenten gepasseerd was keek hij snel om zich heen of iemand op hem lette. Dat was niet het geval en hij dook tussen twee tenten door en liep voorovergebogen naar de volgende 'straat' tussen de tentenrijen. Daar liet hij zich eerst op de grond zakken, trok de kap over zijn hoofd en keek onbeweeglijk als een schaduw naar links en naar rechts. Hier moest hij oversteken. Niemand te zien. Na een minuut of wat stak hij snel over en hurkte tussen de twee tenten aan de overkant. Een ervan was bewoond, er was licht binnen en hij zag de schaduw van de man in de tent bewegen. Hij schatte dat als hij de volgende straat uitliep, hij vlak achter de grote tent van de aanvoerder zou uitkomen. Na weer enkele minuten de situatie geobserveerd te hebben ging hij rechtop staan en liep, alsof er niets aan de hand was, gewoon tussen de tenten door verder.

Daar was inderdaad het grote paviljoen. Veel groter dan de andere tenten, en met een brede lege strook eromheen. Hij had het goed uitgemikt, hij was precies waar hij wilde wezen. Inderdaad stond er hier helemaal geen wachtpost. Maar dat betekende natuurlijk nog niet dat hij gewoon vlak achter de tent kon gaan staan om de gesprekken binnen af te luisteren. Dus sloeg hij linksaf en glipte weer tussen twee tenten door. Naar de volgende straat.

Daar keek hij weer goed om zich heen. Bij een paar tenten zaten mannen voor de opening te praten. Maar de twee tenten die het dichtst bij de open plek en de grote tent stonden leken donker en leeg. Will keek snel om zich heen. De tent links van hem werd blijkbaar wel bewoond, maar de flappen waren dichtgebonden. Er lag een stapeltje aanmaakhout naast de vuurplek ervoor. Snel liep hij daarheen, greep de bos takken en nam die op zijn schouder. Met het hout naast zijn hoofd liep hij voorbij de pratende mannen. Ze gunden hem nauwelijks een blik. Bij de tent aan het eind van de straat, vlak bij het paviljoen, legde hij het hout naast de vuurplaats en liep meteen om de tent heen naar de achterkant. Daar liet hij zich vallen, trok zijn mantel om zich heen en gleed over de open plek naar voren. Het was er gelukkig erg donker. Na een paar meter bleef hij doodstil liggen en wachtte of er ergens een reactie kwam. Niets. Even keek hij op en kroop toen verder in de richting van de achterkant van het paviljoen, als een slang door het gras. Dankzij zijn camouflagemantel versmolt hij met de schaduwen en oneffenheden in het terrein.

Hij deed wel tien minuten over de dertig meter die de tentenrijen scheidden van de grote tent. Op een bepaald moment kwam er een groepje mannen uit een van de straten en liep naar het paviljoen. Ze waren met zijn vieren en Will bleef doodstil liggen. Ze kwamen vlakbij en Will dacht dat ze zijn hart zouden horen bonken. Hoe vaak hij zich al in dit soort situaties had gewaagd, elke keer weer dacht hij dat ze hem nu wel zouden zien. Maar deze mannen hadden een glaasje op en liepen vrolijk te schreeuwen. Ze struikelden over de oneffen grond. Al voor ze de hoek om waren kwam er van voren een wacht aanlopen en stak zijn hand op om hen tegen te houden. Will lag met zijn hoofd op één oor zodat hij precies kon zien wat er gebeurde.

'Tot hier en niet verder, mannen!' baste de wacht. Elke nuchtere man had begrepen dat deze man geen tegenspraak zou dulden. Maar deze kerels waren aangeschoten.

Ze bleven staan. Will zag ze wankelen.

'Wij willuh Padraig sprekuh,' zei een van de mannen met dikke tong. Maar de wachter schudde zijn hoofd. 'Voor jullie altijd nog kapitein Padraig, Murphy! En geloof maar niet dat hij in jullie toestand een woord met jullie zal wisselen.'

'Mah... webbuh... nklach,' zei Murphy. 'En Padd... Paddrik zegt altijd dat wie klachten heeft altijd bij hem terecht kan. We zijn broeders allemaal. Allemaal gelijk en evenveel waard.'

Zijn metgezellen steunden hem luidkeels. Ze kwamen allemaal naar voren en de wacht liet zijn speer zakken tot een horizontale positie. Ze mochten niet verder. Een stem klonk van binnen uit het paviljoen.

'Misschien zijn we wel allemaal gelijk hier, maar ik ben de gelijkste van allemaal, knoop dat in je oren. Quinn!'

De wacht strekte zijn rug, draaide zich om en keek naar de voorkant van het paviljoen. Dat moest de stem van Padraig zijn, de leider van deze boevenbende, dacht Will. Een harde stem die geen tegenspraak duldde. De stem van een man die gehoorzaamd werd.

'Ja, kapitein?' zei de wacht.

'Zeg tegen die dronken idioten dat als ze me blijven lastigvallen ik met een bot mes hun oren bij kom snijden!'

'Ja, kapitein,' antwoordde Quinn, de wacht. Hij draaide zich weer naar de vier mannen en vervolgde half fluisterend: 'Je hebt het zelf gehoord, Murphy. Je weet dat je moet oppassen met die man. Maak nou dat je wegkomt!'

Murphy was niet van plan om waar al zijn vrienden bij waren zomaar toe te geven. Maar Will zag aan zijn lichaamstaal dat hij wel geschrokken was. Die zou na wat opstandig schijnvertoon snel met de staart tussen de benen wegkruipen, verwachtte hij.

'Ach,' zei de aangeschoten man, 'we willen de kapitein natuurlijk niet van véél belangrijker zaken afhouden, wat?' En na een laatste overdreven buiging maakte hij rechtsomkeert en wankelde met zijn vrienden terug naar waar ze vandaan gekomen waren.

Will wist dat de wacht hen achterna keek, en maakte van de gelegenheid gebruik om in de donkere schaduwen onder de achterkant van het paviljoen te tijgeren. Hij ging zo dicht mogelijk tegen het zeil aanliggen en legde zijn oor te luisteren. Waar hadden ze het over, daarbinnen?

'... dus bij zonsopgang, Driscoll, neem je dertig man mee naar Mountshannon. Neem de weg door de vallei. Dat is sneller.' Dat was Padraig weer, de man die gedreigd had de oren van zijn dronken mannen te couperen.

'Is dertig man wel genoeg, denk je?' vroeg een andere stem.

Een derde man antwoordde geërgerd: 'Twintig zou ook genoeg zijn. Maar met dertig man maak ik meer indruk.'

Dat moest die Driscoll zijn, dacht Will. Toen begon Padraig weer.

'Precies. Wat de rest van jullie betreft, ik wil dat we tegen de middag hier opbreken. Wij nemen de route over de heuvelkam, en gaan naar Craikennis. Driscoll kan dan later weer aansluiten bij het kruispunt met de weg naar Mountshannon, overmorgen vroeg. Dan geven we dezelfde show in Craikennis.'

De man die Driscoll genoemd werd moest lachen. 'Meer dan een show toch, mag ik hopen? We hebben daar tenslotte geen last van een heilige die ons tegenhoudt en weer wegstuurt!'

Er klonk gelach van anderen. Will fronste zijn wenkbrauwen. Hij had het ongemakkelijke idee dat hij net iets belangrijks gemist had. Hij probeerde nog dichter tegen het tentdoek aan te kruipen. Hij hoorde glazen klinken en het geluid van een fles die leeggeschonken werd. De mannen namen nog een glaasje. Er klonken twee of drie tevreden zuchten – zoals mannen die slaken nadat ze net een flinke slok gedronken hebben.

'Je hebt beste wijntjes, Padraig, dat is een ding dat zeker is,' zei iemand die tot dan niet gesproken had.

'En die voorraad zal over een paar dagen weer aangevuld worden,' zei Padraig. 'Luister, als Driscoll zich weer bij ons heeft gevoegd, dan gaan we...'

Wat ze zouden gaan doen zou Will nooit te weten komen. Op dat moment klonk er een kreet van buiten het kamp. Iemand begon kwaad te schreeuwen, andere mannen antwoordden al even woedend en voetstappen verwijderden zich naar de buitenrand van het kamp.

Will wist wat er gebeurd moest zijn. Iemand had de bewusteloze wacht gevonden, daarom werd er alarm geslagen. Er zou daarbinnen verder weinig te horen zijn die avond, wist hij. Hij tijgerde een paar meter van de tent vandaan, en omdat toch iedereen de andere kant op keek, naar waar het geschreeuw vandaan kwam, stond hij half op en liep snel de schaduwen tussen de tenten in.

Eenmaal daar begon hij hard richting de buitenste ring van wachters te rennen. Her en der liepen anderen dezelfde kant op. Bij een van de tenten zag hij een stel speren staan, tegen elkaar geleund. Hij griste er een mee, waardoor de andere kletterend op de grond vielen, net alsof het mikadostokjes waren. Daar was het open terrein voor het bos al. Hij liep een paar anderen voorbij en hoorde sergeanten orders roepen. Ze hadden moeite om de orde te herstellen. Will vond de chaos juist prima.

'Hierheen!' riep hij tegen niemand in het bijzonder en rende naar een plek tussen de bomen, zo'n vijftig meter van waar hij de wachtpost buiten westen geslagen had. Hoe meer lawaai hij maakte en hoe meer aandacht hij trok, des te minder zou hij opvallen, wist hij. En als iemand hem al zou volgen, het bos in, dan kon hij hem zo van zich afschudden.

Hij keek achterom, maar niemand was met hem mee gekomen. De boodschap dat het alleen ging om een dronken slapende wachtpost was vast al in het kamp doorgedrongen. De meeste mannen zouden alweer teruglopen naar hun tenten.

Anderen stonden misschien nog wat na te praten.

Niemand had in de gaten hoe Will het bos weer indook. Binnen twee tellen leek de duisternis van het woud hem helemaal opgeslokt te hebben. Er lag alleen nog een speer, verscholen in het lange gras, waar Will hem had laten vallen toen hij hem niet langer nodig had.

Terwijl hij geluidloos door het bos holde glimlachte hij. Er zouden een paar mannen in het kamp nog lelijk opkijken, die avond. De eigenaar van de speer zou zich afvragen waar die gebleven was. Een goede speer was niet goedkoop. En de man die aanmaakhout verzameld had, zou ook woedend zijn, zodra hij merkte dat iemand dat gestolen had.

Wat de bewusteloze wacht betrof: Will had best medelijden met de man. Het zou niet meevallen zijn meerderen te overtuigen dat hij het slachtoffer van een overval was. Vooral nu hij zo naar drank stonk. Waarschijnlijk zou hij een flinke douw krijgen. Slapen tijdens je wacht, dat was een ernstig vergrijp, waar een zware straf op stond.

Al met al was de avond van ten minste drie van de schurken goed bedorven, dacht Will.

'Geen slechte score, al zeg ik het zelf,' zei hij zachtjes.

HOOFDSTUK 22

De marktplaats was een groot grasveld aan de oostelijke rand van het dorp. Naar het noorden en zuiden keek je uit over het land – akkers, net geploegd of ingezaaid. In de verte een paar kleine boerderijen. In het oosten werd de vlakte afgesloten door het woud.

'Kijk eens wie we daar hebben,' zei Halt zachtjes. Arnaut volgde zijn blik. In de zuidwesthoek van het veld stond een grote witte tent. Mensen in witte gewaden waren er druk in de weer met een kampvuur en kookgerei.

'Dat zijn ze?' vroeg Arnaut en Halt knikte. 'Dat zijn ze.'

Ze zetten hun eigen kleine tentjes op bij een geblakerde vuurplaats, een flink eind van het paviljoen vandaan.

'Wat doen we nu?' vroeg Arnaut.

Halt keek naar de positie van de zon aan de hemel. Hij schatte dat het net na de middag was.

'Eerst wat eten,' zei hij. 'En daarna gaan we maar eens luisteren naar wat die Tennyson zoal te vertellen heeft.'

Arnauts gezicht klaarde op zo gauw als hij het woord 'eten' hoorde. 'Een goed plan!'

Later die middag stroomden de mensen naar het tentenkamp van de Buitenstaanders. Halt en Arnaut mengden zich onder de snel groeiende menigte. Halts wenkbrauw schoot afkeurend omhoog, toen hij zag dat Tennysons mensen een paar vaten bier en wijn klaarzetten, onder een grote feesttent zonder zijmuren, en iedereen ruimhartig begonnen te bedienen.

'Kijk, zo kan ik ook een kerk vol krijgen,' mompelde hij tegen Arnaut. Ze schoven aan bij de lange rij die zich gevormd had voor de tafels met verfrissingen. 'Probeer er een beetje onzeker en verlegen uit te zien.'

De grote krijger keek hem fronsend aan. 'Hoe moet dat?'

'Nou, gewoon, je moet kijken alsof je niet zeker weet of je hier eigenlijk wel wilt zijn. Alsof je je niet helemaal op je gemak voelt.'

'Nou, ik voel me ook helemaal niet op mijn gemak.'

Halt zuchtte. 'Dat zou je niet zeggen, als je jou zo rond ziet banjeren! Denk maar dat je elk moment een klap op je kop kunt krijgen, van mij! Misschien helpt dat. Buig je hoofd een beetje!'

'Ga je me slaan dan?' vroeg Arnaut, in zichzelf glimlachend. 'Krijg ik weer op mijn kop?' Halt keek de jongere man naast hem boos aan. Maar voor hij kon antwoorden werden ze onderbroken door een andere stem achter hen.

'Welkom, vrienden! Welkom in ons midden!'

De stem klonk laag en welluidend. De spreker articuleerde goed alsof hij gewend was vanaf de kansel te preken. Halt en Arnaut draaiden zich om en zagen de spreker recht op hen af komen lopen. Het was een grote, forse man, gekleed in een wijd wit gewaad. In zijn rechterhand droeg hij een staf. Een stap achter hem liepen twee verrassend op elkaar lijkende figuren. Ze waren enorm, ruim over de twee meter allebei. De leider van de sekte was een grote man, maar vergeleken met deze twee reuzen was hij een dwerg. Ze waren allebei helemaal kaal. Arnaut bestudeerde hen even nauwgezet, voordat hij weer naar de voorganger keek.

Die had ook een groot hoofd, met een bijpassende neus. Zijn ogen waren verbluffend blauw. Ze zorgden ervoor dat het net leek alsof de man altijd maar in de verte keek, en daar dingen zag die voor gewone mensen onzichtbaar bleven. Arnaut durfde

er flink wat om te verwedden dat de man die blik zorgvuldig ge-
oefend had. Als je goed keek, besloot de jonge krijger, zag je dat
de voorganger een beetje te dik was. Het was in elk geval geen
afgetrainde krijger. Hij droeg niets op zijn hoofd. Zijn haar was
lang en mooi egaal grijs – niet peper en zout, zoals Halts haar,
maar een prachtig effen witgrijs. Hij droeg het weggekamd van
zijn voorhoofd en het hing tot op zijn schouders.

De man leek het tweetal tegenover hem snel in te schatten
en richtte zich daarna tot Halt, duidelijk de leider.

'Jullie zijn nieuw hier,' zei hij met een vriendelijke glimlach.
'Ik heb jullie vanochtend zien aankomen met jullie tentjes.'

Halt knikte. Hij deed geen enkele poging de vriendelijke glimlach te retourneren. 'Je houdt je kudde dus goed in de
gaten?'

Arnaut zei niets. Laat Halt het woord maar doen, dacht hij.
Hij wist dat Halt de typische plattelander speelde – op zijn
hoede, achterdochtig tegenover elk nieuw gezicht. De man leek
niet onder de indruk. Integendeel, hij leek eerder geamuseerd
door Halts korzelige reactie.

'Helemaal niet! Ik ben alleen altijd blij een nieuw gezicht te
verwelkomen onder mijn vrienden.'

'Ik wist niet dat ik een van je vrienden was,' zei Halt.

De man glimlachte nog blijer. 'Ik ben een dienaar van de
Gouden God Alquezel. En die zegt dat alle mensen mijn vrienden zijn. En ik mag hun vriend wezen.'

Halt haalde onverschillig zijn schouders op. 'Nooit van gehoord, die Alquezel. Is die nieuw hier? Net gearriveerd, uit een
andere hemel misschien?'

De man moest grinniken. Dat klonk goed, met die diepe basstem. Het kwam in Arnaut op dat hij, als hij niet al geweten had
wat voor vlees hij in de kuip had, de man best aardig gevonden
had.

'Wij hebben inderdaad gemerkt dat Alquezel, gezegend zij zijn naam, in deze streken nog niet zo bekend is, dat geef ik graag toe. Maar dat zal snel veranderen! Ik ben Tennyson, trouwens. Ik dien de Gouden God, en dit hier zijn mijn assistenten Gerard en Killeen, ook volgelingen van Alquezel.' Hij wees naar de twee zwijgende reuzen naast hem. 'Nogmaals, wees van harte welkom in ons midden hier.'

Gerard noch Killeen zag er bijzonder hartelijk of gastvrij uit, dacht Halt in stilte. Hij begreep heel goed wat Tennyson eigenlijk tegen hen zei: *Welkom in mijn kampement en dit hier zijn mijn waakhonden die je te grazen nemen zodra je moeilijkheden maakt.*

'En drink alsjeblieft een glas met ons,' ging Tennyson verder. 'Alquezel leert ons dat we alles wat we bezitten met onze naasten moeten delen.' Hij glimlachte weer. 'Vooral met nieuwe vrienden.'

Nu keek hij ook Arnaut warm aan. Daarna draaide hij zich om en wees naar de mensenmenigte die zich rond het platform achter in het witte paviljoen verzameld had.

'Maar mijn kudde wacht,' zei hij. 'Ik moet gaan.'

Hij stak zijn hand op, en maakte daarmee een weids gebaar, dat vast een soort zegening moest voorstellen. Daarna draaide hij zich om en liep weg. Geflankeerd door zijn twee enorme apostelen drong hij zich door de mensen heen, hier en daar even stoppend om iemand te begroeten, toe te lachen of zelfs te zegenen.

'Dat was dus die Tennyson,' zei Halt zacht. 'Wat vond je van hem?'

Even aarzelde Arnaut. Toen zei hij, met kennelijke tegenzin: 'Eigenlijk vond ik hem wel indrukwekkend.'

Halt knikte. 'Ik ook.'

Er klonk geroezemoes door de menigte terwijl Tennyson op de verhoging geholpen werd. Hij glimlachte naar de mensen voor hem en stak zijn armen breed omhoog om hen tot stilte te manen.

Verwachtingsvol zwegen de mensen en nadat het laatste gehoest was weggestorven, begon de man te spreken. Zijn diepe basstem bereikte zonder problemen alle hoeken van de markt. Niemand hoefde met de hand achter het oor naar voren te buigen om hem te verstaan.

En hij kon spreken, die man, daar was geen twijfel over mogelijk. Hij begon met een grapje over zichzelf – hoe hij eens met rampzalige gevolgen geprobeerd had een koe te melken. Voor boeren en buitenlui als de mensen van Mountshannon was melken een alledaagse bezigheid, dus moest men vreselijk lachen toen hij vertelde hoe onhandig en dom hij wel niet was. Vandaar stapte hij moeiteloos over op een uiteenzetting over de verschillende talenten van mensen, hoe de een goed is in dit, en de ander in dat. De grote truc was het om manieren te vinden om al die talenten samen te laten werken en uit iedereen het beste te halen. En daarvandaan was het maar een kleine stap om te benadrukken hoe belangrijk het was dat mensen saamhorig waren in moeilijke tijden als deze.

'De wereld wordt bedreigd door slechte mensen, die God noch gebod erkennen. Zij zijn de dienaren van Nonsennis, de zwarte demon. Overal waar ik kijk zie ik hier in dit land zijn handwerk. Hij brengt verdriet en wanhoop en, ja, hij brengt dood en verderf aan de mensen van dit prachtige land,' zei hij. 'Waar kunnen we de kracht vinden om hen te weerstaan? Om hen het land weer uit te jagen? Om dit land weer terug te laten keren naar zoals het was, in de goede oude tijden van weleer? Wie zal ons daarbij kunnen helpen?'

'De koning misschien?' zei iemand op een van de eerste rijen aarzelend. Halt durfde te wedden dat het een van Tennysons eigen mannen was, met duidelijke instructies wat wanneer te roepen.

De indrukwekkende prediker glimlachte bedroefd wat voor zich heen. 'De koning, zeg je? Ik ben het met je eens dat hij iets zou *moeten* doen om de orde en vrede te herstellen...

Maar doet hij ook echt iets, vinden jullie?'

Er klonk een verontwaardigd gemompel door de menigte. Tennyson had een zere plek geraakt. De mensen waren nog net niet zo ontevreden en boos, dat ze de moed hadden het uit zichzelf en openlijk met hem eens te zijn. Maar onder elkaar durfden ze dat wel. Alleen in het openbaar kwamen ze nog niet in opstand. Openlijke kritiek op de vorst, dat was in Clonmel niet zonder risico's.

Tennyson liet de gemoederen een paar tellen in beroering en weer tot rust komen. Daarna ging hij verder. 'Ik merk er niets van, dat hij doet waarvoor hij is aangesteld. Ik zie nergens zijn soldaten jacht maken op dat boeventuig, dat het land te gronde richt. Terwijl hij toch de man met gezag en macht is, of niet? En staat hij iemand anders, ons bijvoorbeeld, toe om ons te bewapenen of soldaten in te huren om onszelf te verdedigen, nu hij het niet doet?'

Op verschillende plaatsen in de menigte werd luid 'Nee!' geroepen. Tennysons kompanen weer natuurlijk, dacht Halt.

Maar de ontkenning klonk luider en luider, terwijl steeds meer brave burgers hem overnamen. 'Nee! Nee! Nee!' Her en der werden vuisten omhooggestoken en boos heen en weer gezwaaid. Tennyson stak zijn handen omhoog om tot kalmte te manen en het geschreeuw stierf langzaam weg.

'Luister, een koning heeft recht op trouw en gehoorzaamheid van zijn volk. Dat weten we allemaal heel goed...' begon hij. Er klonk een boos gemompel in het publiek. Ze wilden niet dat Tennyson koning Ferris nu ook nog eens ging verdedigen, zeg!

Weer stak Tennyson zijn armen hoog de lucht in. En weer, maar met tegenzin, zweeg het volk. 'Maar...' ging hij verder en herhaalde dat woord met grote nadruk, 'maar... die trouw moet wel van twee kanten komen! Als onderdanen trouw moeten zijn aan hun vorst, dan moet die vorst dat ook zijn aan zijn onderdanen. Want anders...'

Hij wachtte, en het leek alsof de mensen allemaal hun bovenlijf naar voren bogen omdat ze al wisten wat hij ging zeggen. 'Anders kan de vorst ook niet van zijn onderdanen eisen dat ze hem trouw blijven!'

Er klonk nu een luid instemmend gebrul van de dorpelingen. Halt boog zich naar Arnaut en fluisterde in zijn oor: 'Dat is niet zo best, hij roept open en bloot op tot verraad en opstand. Hij moet wel erg zeker van zijn zaak zijn.'

Arnaut knikte en draaide zijn hoofd om op dezelfde manier te antwoorden. 'Naar wat ik van je hoor heeft hij ook veel ervaring.'

Toen de menigte weer enigszins tot bedaren gekomen was, ging Tennyson verder. 'Koning Ferris heeft niets, maar dan ook niets gedaan om de inwoners van Clonmel te beschermen tegen de misdaden en gruweldaden van het tuig en de moordenaars die het land vergiftigen – in de naam van Nonsennis! Wat heeft hij gedaan voor die arme mensen in Dufford?'

Hij wachtte even en keek vol verwachting naar de gezichten die naar hem opgeheven werden.

Een ongelijk koor van stemmen klonk hier en daar in de menigte op. 'Helemaal niets!'

Tennyson hield een hand achter zijn rechteroor en draaide zijn hoofd een beetje naar links, alsof hij het niet verstaan had.

'Wat heeft hij gedaan?' vroeg hij en dit keer riep de menigte als één man: 'He-le-maal niets!'

'Heeft hij een vinger uitgestoken om dat arme meisje te helpen, twaalf jaar oud, toen ze vermoord werd bij de oversteekplaats in de rivier?'

'He-le-maal niets!'

'En niet omdat hij het niet zou kunnen! Hij heeft er gewoon geen zin in, zo zit dat!' donderde de stem van Tennyson. 'Hij zou het heus wel kunnen, als hij zijn macht en kracht maar zou inzetten om jullie te beschermen, in plaats van ons te onderdrukken! Maar hij zit daar maar, hoog en droog in zijn kasteel, daar in Dun Kilty, op de zachte veren kussens van zijn troon, met net zo veel eten en drinken als hij maar wil. En hij doet he-le-maal niets! Hij weigert een vinger uit te steken!

Hij is zelf niet trouw!'

Bij de laatste woorden bereikte zijn stem een enorm volume. Hij wachtte even en keek uit over de mensen. Langzaam maar zeker begonnen meer mensen luidkeels te getuigen dat ze het eens waren met de spreker. Eerst aarzelend, maar al snel met overtuiging. Tennyson zweeg. En dit keer maande hij de mensen niet tot kalmte. Hij liet de woede aanwakkeren tot groter en groter hoogte.

Tot de mensen begrepen dat hij wachtte tot ze weer stil zouden zijn. En dat deden ze dus ook braaf. Dit keer sprak hij heel rustig en kalm, maar zei, zorgvuldig articulerend en zonder stemverheffing:

'En als hij niet trouw aan jullie is, waarom zouden jullie dan trouw aan hem moeten zijn?'

Weer begon het volk te juichen, maar dit keer wist Tennyson boven hen uit te komen.

'Ferris zal geen vinger voor jullie uitsteken. Wie doet dat wel?'

En weer begonnen her en der mensen hetzelfde antwoord te roepen. Alsof het zo afgesproken was, dacht Halt, allemaal met precies dezelfde woorden.

'Tennyson!' riepen ze. 'Tennyson zal ons beschermen!'

Weer stak Tennyson bezwerend zijn armen omhoog. Hij schudde zijn hoofd. 'Nee, nee, beste mensen, geloof me, niet ik! Jullie enige kans op vrede en veiligheid is Alquezel!'

Er ging een teleurgesteld gekreun op, ergens aan de linkerkant van de menigte. Een stem riep: 'We hebben niets aan sprookjes en bijgeloof! Die houden geen boeven tegen!'

Andere stemmen steunden de eenzame spreker. Maar het

waren er niet veel, concludeerde Halt. Het grootste deel van het publiek wist niet welke kant te kiezen. Ze keken elkaar aan, staarden naar de sprekers, leken alle argumenten af te wegen. Ze waren nog niet in staat om hun keuze te maken.

'Wat we nodig hebben zijn soldaten en zwaarden! Geen hemelse beloften, Tennyson!'

'Maar als jij ons voorgaat!' riep weer een ander. 'Als jij onze leider wilt zijn, Tennyson, dan zullen wij je volgen, als één man! Dan zullen we die boeven eens een lesje leren dat ze lang zal heugen! Daar hebben we geen vreemde goden bij nodig!'

Arnaut en Halt zagen dat dit idee veel aanhang kreeg. De meeste mensen die het ook niet wisten zagen hierin een goed compromis. Ze begonnen luidkeels te schreeuwen dat Tennyson hun leider moest worden. Zodat ze eindelijk in staat zouden zijn om af te rekenen met het tuig dat de wegen en dorpen van het land onveilig maakte. Ze voelden gewoon aan, dat hier een man met gezag en uitstraling voor hen stond. Een echte leider. De kreten klonken luider en krachtiger naarmate meer mensen zich erbij aansloten.

'Geen god! Geen koning! Tennyson, dat is genoeg! Geen god! Geen koning! Tennyson zal ons redden!'

Tennyson stond glimlachend boven de mensen. Veel van de gezichten waarop hij neerkeek waren rood van opwinding en enthousiasme.

'Beste mensen, ik ben zeer vereerd door jullie vertrouwen! Maar ik zeg je, ik ben het niet, op wie je kunt vertrouwen!'

'Dat ben je wel!' schreeuwde een eenzame stem en anderen steunden hem luidkeels. Maar de meesten bleven nu stil en keken vol verwachting op naar hun gedoodverfde leider.

'Nee, geloof me alsjeblieft. Ik ben geen krijgsman, geen man van oorlog en geweld. Als ik al enige kracht heb, komt die van Alquezel, de Gouden God, en van niets of niemand anders! Alquezel de almachtige, het Alziend Oog van de Wereld. Geloof me!'

Halt boog zich weer voorover naar Arnaut en fluisterde: 'Tjee, wat is die man goed, zeg. Als hij wilde kon hij de zaak hier zo overnemen en ze zouden precies doen wat hij hen opdraagt.'

'Waarom doet hij dat nog niet dan?' vroeg Arnaut.

Halt beet nadenkend op zijn onderlip. 'Hij moet eerst nog meer indruk maken, denk ik, dan alleen hier bij een paar honderd boeren. Hij pakt wel een koning aan! Hij moet iets groters kunnen laten zien. Liefst een wonder of zo. En dan moeten ze in die god van hem gaan geloven.'

Tennyson was intussen van het platform afgesprongen en liep naar de voorste rijen mensen. Hij schudde handen en had voor iedereen warme woorden.

'Ik heb jullie beloofd, toen ik hier aankwam, de eerste keer, dat ik jullie niet zou dwingen jullie eigen geloof in te ruilen tegen dat in die god van mij,' zei hij met heldere stem. 'En heb ik jullie ergens toe gedwongen?'

Vragend strekte hij zijn armen en keek van links naar rechts. Halt en Arnaut zagen dat de mensen nee schudden.

'Nee, dat heb ik niet gedaan. Want zo is Alquezel niet. Hij dringt zich nooit aan iemand op. Als je een andere god wilt dienen, of helemaal geen god erkent, dan zal hij de laatste zijn je daarvoor te veroordelen. Hij heeft respect voor zelfbeschikking. Niemand zou gedwongen moeten worden om wat dan ook te geloven.'

'Interessante benadering,' fluisterde Halt. 'De meeste missionarissen dreigen met hel en verdoemenis, als je hen niet gehoorzaamt.'

'Maar,' zei Tennyson met luide stem. 'Maar, ik ken Alquezels machten en krachten als geen ander. En ik zeg je: volgeling of geen volgeling, hij kan iedereen beschermen tegen het kwade. En hij zal iedereen beschermen, ook jullie. Denk eraan, Alquezel houdt van jullie allemaal. En daarom respecteert hij ook jullie recht om niet in hem te geloven. En denk er ook aan: als jullie zijn hulp nodig hebben, en ik roep hem hierheen, dan komt hij met een kracht die jullie nog niet eerder hebben meegemaakt.'

Het veld werd doodstil nu. Tennyson liep tussen de mensen door. De eerste rijen draaiden zich om en keken hem na.

'En ik beloof je: zodra jullie zien waartoe hij bij machte is, en hoeveel hij om jullie geeft, en jullie willen je bekeren en je bij ons aansluiten – dan heet Alquezel jullie dubbel welkom. Allemaal.'

'Goed gesproken, Tennyson!' riep een vrouw en hij glimlachte naar haar.

'Maar laten we hopen en bidden dat het zo ver niet zal komen vandaag,' zei hij. 'Laten we bidden en hopen dat dit prachtige dorp van jullie ontsnapt aan de wreedheid en ellende van de wereld, en dat jullie Alquezel niet zullen hoeven smeken je te hulp te schieten!'

Er klonk geroezemoes door de menigte. Arnaut voelde gewoon dat de mensen om hem heen om waren. Het was ook een aantrekkelijk bod, dat Tennyson hen deed. *Jullie hoeven niet in mijn god te geloven. Maar als er gevaar dreigt, staat hij voor jullie klaar. Zonder onderscheid des persoons.* Dat was een goed voorbeeld van wat hij wel eens een win-winsituatie had horen noemen.

Langzaam maar zeker begonnen mensen zich om te keren en naar huis te gaan. Tennyson liep in het rond en praatte steeds met andere groepjes mensen.

Arnaut ving Halts blikken op en zei: 'Denk jij ook dat er al heel snel een beroep gedaan zal worden op die Alquezel, om het dorp hier te beschermen?'

Halt trok één mondhoek op in een cynische grijns.

'Daar durf ik mijn gezondheid om te verwedden.'

Hoofdstuk 23

Toen Will weer terugkwam werd hij door Trek verwelkomd met een enthousiaste knik met zijn hoofd. Will gaf hem een aai over zijn fluwelen neus.

'Braaf,' zei hij zachtjes. Trek brieste kort – hij wist dat als Will hardop praatte, hij ook niet bijzonder stil hoefde te zijn. Will overdacht even wat hem te doen stond en besloot toen dat hij wel een paar uur kon gaan rusten. Die man, Driscoll, was van plan bij zonsopgang te vertrekken. Maar ze zouden de route door de vallei nemen naar Mountshannon. Ze zouden eerst de rivier oversteken bij hun kampement en dan over een weggetje onder aan de helling verdergaan. Dat betekende dat hij, op zijn hogere positie, niet bang hoefde te zijn dat ze hem zouden verrassen.

De tweede groep zou dan volgens de orders van Padraig tegen de middag vertrekken, en die zou wel over de heuvelkam gaan, waar Will nu was. Maar als hij zelf al voor dag en dauw op weg ging, zouden ze hem nooit kunnen inhalen. Dus besloot hij dat hij wel even kon gaan slapen.

Hij zadelde eerst Trek af. Er was geen enkele reden meer om het hem niet zo gemakkelijk mogelijk te maken. Trek schudde dankbaar al zijn spieren los en begon weer te grazen. Will keek tussen de takken van de bomen naar de hemel. De sterren waren helder vanavond. Af en toe gleed er een klein wolkje voorbij. Het leek erop dat het niet zou gaan regenen, dus besloot hij zijn tent opgerold te laten, achter aan het zadel. Hij sliep wel zonder, recht onder de sterrenhemel.

Eerst even wat eten. Hij wilde geen sporen achterlaten, dus een vuurtje maken was er vanavond niet bij. Terwijl hij op een stuk gedroogd vlees kauwde, mijmerde hij verlangend over een warme maaltijd. Bijvoorbeeld wat lekkere nieuwe aardappeltjes, dacht hij. In de schil gekookt, en dan even nasmoren met boter en zout en peper. Zijn maag knorde en hij keek met weerzin naar het droge stuk koe in zijn rechterhand. Vanochtend had hij nog van de smaak genoten, maar sindsdien leek het veel van zijn aantrekkingskracht verloren te hebben.

Hij moest nog steeds denken aan het gesprek dat hij eerder die avond had afgeluisterd. Er klopte iets niet in het verhaal, maar hij wist niet wat. Tot ineens het muntje viel.

Uit alles wat hij tot dusverre gehoord had moest Mountshannon veel groter zijn dan Craikennis. Toch was die Driscoll van plan het stadje met niet meer dan een man of dertig aan te vallen. Daarna had hij afgesproken met een tweede bende, van een man of vijftig, aangevoerd door Padraig zelf, om samen Craikennis aan te vallen. Dat was niet logisch. Het was toch slimmer om Mountshannon te veroveren met de grote groep? Of had hij het verkeerd begrepen?

Hij nam een slok koud water uit zijn veldfles. Wat had hij zin in een mok hete sterke zoete koffie!

Nee. Hij wist zeker dat hij het goed gehoord had: dertig man voor Mountshannon, en daarna zouden ze met tachtig man Craikennis aanvallen. Dat was alleen logisch als ze Mountshannon niet echt wilden overvallen. Misschien dat Driscoll alleen op verkenning ging? Nee, dat kon het ook niet zijn. Voor een pure verkenningstocht was een man of tien ruim voldoende. Of nog minder.

Hij schroefde de dop weer op zijn veldfles en legde deze opzij. Hij gaapte. Nu hij besloten had dat hij wel even mocht slapen, begon hij de inspanningen van die dag en de stress te voelen in zijn rug en nek. Hij was moe. Snel pakte hij zijn deken en zocht een slaapplaats, net buiten de open plek tussen de bomen, achter een flinke struik waar niemand hem zou zien.

Hij bleef nog een tijd nadenken over dat raadsel van Driscolls dertig man. Maar na verloop van tijd dacht hij aan prettiger dingen en viel meteen in slaap.

HOOFDSTUK 24

De markt in Mountshannon was in volle gang. Na zonsopgang had het een paar keer flink geregend, terwijl de
meeste marktkooplui nog bezig waren hun spullen uit te stallen. Maar een uurtje later kwam de zon tevoorschijn en begon
de natte aarde te dampen.

Arnaut en Halt hadden de hele opbouw van de markt vanaf
hun kampplaats gevolgd, terwijl zij zaten te ontbijten. De dorpelingen wisten dat je er snel bij moest zijn, wilde je een koopje
scoren, en dus waren ze al in groten getale present, zelfs toen
het nog regende. Het grote terrein, eerst zo verlaten, afgezien
van het paviljoen van de Buitenstaanders en de kleine tenten
van Halt en Arnaut, was nu één krioelende massa van kraampjes, klanten, kunstenmakers, dieren, kooplui en koopwaar.

Tennyson en zijn mannen maakten dankbaar gebruik van
de grote aantallen bezoekers en waren druk bezig met de zen-
ding. Een groepje, gekleed in de bekende witte jurken, zong vrolijke volksliedjes, afgewisseld met lofliederen ter meerdere eer
en glorie van Alquezel.

Het koortje was best goed en zong als Arnaut het goed hoorde zelfs driestemmig. Toen hij daarover een opmerking tegen
Halt maakte, antwoordde deze nors: 'Eén balkende ezel klinkt
net zo mooi als drie ezels. Alleen doen drie het harder!'

Halt was duidelijk geen muziekliefhebber, laat staan kenner.
Arnaut grijnsde naar hem.

'Nou, deze ezels balken een aardig liedje! Als ik niks beters te doen had bleef ik staan luisteren,' zei hij.

Halt keek hem aan. 'Echt waar?'

Arnaut knikte. 'Jazeker! Ze zijn echt goed, Halt!'

Halt schudde zijn hoofd. 'Doortrapt, zou ik liever zeggen. Maar zo gaan ze altijd te werk. Eerst veroveren ze zich een plekje in de harten van de mensen. Ze doen heel vrolijk en opgewekt, stellen geen eisen en geven cadeautjes. En zo laten ze iedereen in hun val lopen.'

'Het zijn goede rattenvangers dus. Ze gebruiken in elk geval goed aas!'

Halt knikte weer. 'Ik weet het – en daarom zijn ze juist zo gevaarlijk.' Hij stond op en klopte eventuele ongeregeldheden van zijn broek. Ze hadden wel een stuk zeil neergelegd voor hun tenten, omdat de grond zo nat was, maar Halts zitvlak voelde koud en vochtig.

'Kom, we moesten maar eens naar het kleinvee gaan kijken. Per slot van rekening zijn wij hier om schapen te kopen. Gelukkig heb ik nog niet veel soeps langs zien komen – straks moeten we nog echt dieren kopen!'

'Die kunnen we dan toch lekker opeten?' stelde Arnaut opgewekt voor. Halt keek hem uitdrukkingloos aan.

'Bij jou draait altijd alles om eten, is het niet?'

'Ik moet nog groeien, Halt,' antwoordde de jonge krijger vrolijk. Halt snoof alleen maar en liep naar de marktkramen.

Ze zochten de afrasteringen van de veehandelaren op. Er werden veel kippen, eenden en ganzen te koop aangeboden, en ook flink wat varkens en biggen. Maar geen enkele koe, en maar een paar voddige schapen in slechte conditie. Dat viel zelfs Arnaut op.

'Er worden blijkbaar vooral echte huisdieren verkocht,' zei Halt, 'dieren die de boerin zelf vlak bij huis grootbrengt of fokt, en geen dieren die je verder van de boerderij houdt of moet weiden.'

'Nee,' zei Arnaut. 'In deze barre tijden blijven de mensen natuurlijk het liefst dicht bij huis.'

'Precies, dat zal het zijn,' antwoordde Halt. Hij bleef staan bij een geïmproviseerde kooi met drie schapen erin. Hun vacht zag er niet uit, helemaal aangekoekt met modder en mest. Hij knikte naar de eigenaar en stapte over de afrastering de kooi in. Hij greep het eerste dier vast, klemde het tussen zijn knieën en wrong de bek open om de tanden te bestuderen. Het schaap protesteerde hevig tegen deze ruwe behandeling en na een tijdje liet Halt het dier maar gaan. Hij veegde zijn handen af en keek weer naar de eigenaar. Hij schudde van nee. Daarna stapte hij uit de kooi en liep samen met Arnaut verder.

'Wat was er mis?' vroeg Arnaut nieuwsgierig.

Halt keek hem vragend aan. 'Mis met wat?'

Arnaut wees met zijn duim achterom naar de schapenverkoper. 'Met die tanden van dat schaap? Wat was daar mis mee?'

'Ik heb geen flauw idee. Wat weet ik nou van schapen?'

'Maar je...'

'Ik bekeek zijn tanden. Blijkbaar hoor je dat te doen als je een schaap wilt kopen: je kijkt naar de tanden. En daarna schudden ze meestal van nee en lopen ze verder. Dus dat deed ik ook maar!' Hij wachtte even en ging toen verder: 'Of had je liever gehad dat ik hem kocht?'

Arnaut stak beide handen op als om zich te verontschuldigen. 'Nee hoor. Ik was alleen benieuwd.'

'Goed.' Halt grijnsde vervaarlijk. 'Even dacht ik dat je misschien weer grote trek had gekregen!'

Ze stopten bij een kraam met fruit en kochten een paar appels. Ze waren lekker fris en stevig, vol sap en net niet te zoet. Ze namen grote gulzige happen terwijl ze een volgende kraam met kampeerbenodigdheden en keukenspullen inspecteerden.

'Mooi fileermes,' merkte Halt op en vroeg aan de man achter de kraam hoeveel het moest kosten. Na minstens één keer weggelopen te zijn uit de onderhandelingen die volgden, kocht hij het uiterst scherpe mes uiteindelijk voor een even scherpe prijs.

Terwijl ze van de kraam wegliepen zei Halt: 'We kunnen straks wel op forel gaan vissen in een van die beken hier. Dan eten we eens iets anders!'

'Vissen en vissen vangen zijn twee verschillende dingen,' merkte Arnaut op. Halt keek hem van opzij aan.

'Wil je daarmee suggereren dat ik niets zou kunnen vangen, misschien?'

Arnaut keek glashard terug. 'Nou, ik vind jou nou niet direct het visserstype. Vissen eist geduld en zitvlak, en ik kan me jou niet goed voorstellen met een hengeltje aan de walkant.'

'En waarom zou je een hengel gebruiken, als je ook met pijl en boog overweg kunt?' antwoordde Halt. Daar had Arnaut niet zo snel van terug.

'Wil je vissen gaan *schieten*?' vroeg hij ongelovig. En toen Halt bevestigend knikte zei hij: 'Is dat wel sportief tegenover de vis?'

In de omgeving van kasteel Araluen werd flink gejaagd en veel gevist, niet zelden met iemand van de koninklijke familie in het gezelschap. Daarom ook golden er strikte wetten en gewoontes. Een heer, had Arnaut altijd geleerd, vist alleen op forel met een hengel en een kunstvlieg – nooit met levend aas. En het gaf zeker geen pas het arme beest aan een pijl te rijgen. Het valt in elk geval nog mee, dacht hij, dat Halt daar geen levend aas bij nodig had.

'Je hebt mij nooit horen beweren dat ik zo'n sportief vrije-tijdsmens was,' merkte Halt op. 'Ik zei alleen dat ik zo vis kon vangen. En ik betwijfel ten zeerste of het de vis veel kan schelen of hij doodgaat door een pijl of doordat hij een haakje inslikt – sterker nog, ik zou zelf voor het eerste kiezen. En in elk geval smaken ze hetzelfde!'

Arnaut wilde net antwoorden toen ze een kreet van alarm

hoorden. Beiden bleven ze staan. Halt greep onwillekeurig naar het grote mes aan zijn riem. Arnauts linkerhand ging naar zijn schede om die stevig vast te hebben als hij snel zijn zwaard moest trekken.

De mensen om hen heen reageerden geschrokken. Het alarm werd herhaald, en dit keer hoorden ze ook waar het vandaan kwam – de kant waar de markt grensde aan het bos. Zonder te hoeven overleggen liepen Halt en Arnaut daarheen. De eerste gezinnetjes snelden al juist de andere kant op, op zoek naar de veiligheid van het dorp.

'Volgens mij is het begonnen,' zei Halt. 'Wat dat *het* ook is!'

Ze holden tussen de stalletjes en kraampjes door richting de bosrand. Even overwoog Halt nog terug te gaan naar de tent om zijn pijl en boog op te halen. Hij had die expres niet meegenomen, omdat ze niet erg pasten bij het beeld van een eenvoudige boer die wat nieuwe schapen wilde kopen. Bovendien had hij het gevoel dat hij de boog niet nodig zou hebben. Hij wist niet waarom – hij voelde het gewoon.

Ze kwamen tussen de kraampjes uit op het open veld.

'Daar!' wees Arnaut.

Er stond een zwaarbewapende man, een paar meter voor de bosrand. Achter hem zag je vaag nog meer gewapende mannen tussen de bomen. Tussen Halt en Arnaut en de nieuwkomers stonden drie van de dorpswachten. Ook zij waren bewapend, maar hun wapentuig – een knuppel, een sikkel die aan een stok gebonden was en één roestig zwaard – leek nogal onbenullig vergeleken met de maliën, zwaarden, schilden en forse goedendags van de andere mannen.

Terwijl Arnaut en Halt stonden te kijken, riep een van de wachten naar de man die als eerste het bos uit gelopen was.

'Halt! Stop, jij daar! Niet verder! Jullie hebben hier niets te zoeken. Opgedonderd!'

De vreemdeling lachte kort. Het klonk hard en vreugdeloos.

'Je hoeft mij niet te vertellen wat ik hier te zoeken heb, boerenkinkel! Dat maak ik zelf wel uit, daar heb ik jou niet voor nodig. Ik en mijn mannen, wij zijn dienaren van Nonsennis, de machtige god van chaos en wanorde. En het heeft hem behaagd, vandaag, te beschikken dat dat gat van jullie hier hem maar eens wat eerbewijzen moest gaan schenken!'

Achter Halt en Arnaut klonk geroezemoes onder klanten en kooplui, toen zij de naam Nonsennis herkenden. Ze hadden immers net nog de waarschuwingen van Tennyson tegen die zwarte demon mogen aanhoren. En ze hadden goed begrepen van de man dat het Nonsennis was, en niemand anders, aan wie zij alle huidige ellende en wetteloosheid in Clonmel te danken hadden.

Inmiddels hadden zich meer wachters bij de eerste drie gevoegd. Het was duidelijk dat ze in alle haast wat wapens meegegrist hadden; de meesten van hen hadden niet veel meer dan snel in elkaar geflanste speren en lansen. Ze stelden zich op in een ongelijke rij, achter de eerste drie die alarm geslagen hadden. Ze waren nu met zijn tienen. Als het hun bedoeling was de nieuwkomers angst aan te jagen, was dat een jammerlijke mislukking. De onbekende man lachte weer, luider dit keer.

'En daar wilden jullie ons mee tegenhouden? Tien boertjes, gewapend met stokken met een punt eraan en een paar sikkels? Ga toch uit de weg, pummels! Ik heb tachtig man hier achter me staan, allemaal tot de tanden gewapend. Als jullie je verzetten, zullen we iedereen doodmaken in dit dorp van niks. Alle mannen, vrouwen en kinderen. En dan nemen we alsnog wat ons toekomt of aanstaat. Als je nou netjes je wapens neerlegt, dan laten we misschien een paar mensen leven. En daarvoor krijg je tien tellen!'

Halt boog zich naar Arnaut en zei zachtjes: 'Als jij mensen bang wilde maken met een grote overmacht, zou jij die dan in het bos verborgen houden?'

Arnaut fronste. Toevallig zat hij net hetzelfde te denken. 'Als ik tachtig man ter beschikking had, zou ik die ook laten zien. Je kunt overmacht beter laten zien dan er alleen over op te scheppen.'

'Dat betekent,' ging Halt verder, 'dat de kans groot is dat hij bluft, over die tachtig man.'

'Dat denk ik ook. Maar hij heeft er in elk geval meer dan die tien wachters. Ik zie er zo al een stuk of twintig tussen de bomen staan. Het is natuurlijk wel zo dat het dorp, als het de tijd krijgt, meer mensen op de been kan krijgen. Die twaalf daar, dat zijn alleen de mannen die toevallig nu dienst hebben.'

'Precies. Waarom gunt hij het dorp dan die extra tijd, zoals hij nu doet?'

'Je tijd is om, boertje! Heb je een besluit genomen? Opzij, laat ons door of je laatste uur heeft geslagen!'

Er was beroering tussen de marktkramen en Halt keek waar dat vandaan kwam. Langzaam knikte hij. 'Aha. Ik dacht al dat er zoiets zou gebeuren.'

Arnaut keek achterom en hij zag hoe de statige gestalte van Tennyson zich door de mensenmassa heen worstelde, die aan de rand van het marktterrein stond te kijken. Hij werd gevolgd door een stuk of zes van zijn apostelen. Arnaut zag dat het het koortje was, dat hij eerder zo had bewonderd, vier mannen en twee vrouwen.

Vreemd genoeg was er geen spoor te bekennen van de twee reuzen, die anders Tennyson overal als schaduwen volgden.

De priester in zijn witte gewaad liep zonder angst of schroom het open land op en stelde zich op tussen de wachters en de gewapende mannen in de bosrand. Hij had zijn staf bij zich, met dat vreemde teken van de Buitenstaanders erop, de dubbele halve cirkel. Iedereen op de markt en in het bos kon zijn zware stem duidelijk horen en verstaan.

'Wees gewaarschuwd, vreemdeling! Dit stadje staat onder bescherming van Alquezel, de Gouden God van de vriendschap!'

De bandiet tegenover hem lachte weer. Maar dit keer leek hij echt geamuseerd.

'En wat hebben we hier? Een dikke man, met een kromme stok in zijn hand? Vergeef me, ik doe het in mijn broek van angst!'

Terwijl hij die woorden sprak kwamen er een paar mannen het bos uit en stelden zich op in een rij achter hun aanvoerder. Ze waren nu met zijn vijftienen, schatte Halt. Ze begonnen ook te lachen en riepen scheldwoorden en verwensingen naar Tennyson. De forse priester liet zich echter niet van de wijs brengen. Hij stond daar, met zijn armen wijd gespreid, als om het dorp met eigen lijf en leden te beschermen. Toen hij weer begon te spreken overstemde hij met gemak het gescheld en de beledigingen.

'Ik waarschuw jullie nog één maal. Jullie en je heidense god hebben geen schijn van kans tegen de macht en majesteit van Alquezel! Gaat heen, of je zult de consequenties aan den lijve ondervinden! Als ik Alquezel aanroep, zullen jullie pijn lijden, pijn zoals je nog nooit geleden hebt!'

De roverhoofdman trok zijn zwaard. Zijn volgelingen deden hetzelfde, het raspende geluid van metaal over droog leder weerklonk over het terrein. De wachters die tot dan toe achter Tennyson gestaan hadden, kwamen als één man naar voren, maar de priester gebaarde hen achter hem te blijven. Tegelijk marcheerden de bandieten naar voren. En er kwamen er steeds meer van tussen de bomen tevoorschijn om zich bij hun makkers te voegen.

Maar Tennyson bleef gewoon staan waar hij stond. Hij draaide zich om en zei iets onverstaanbaars tegen zijn volgelingen. Onmiddellijk knielden zij in een halve cirkel om hem heen en begonnen te zingen. De tekst was in een of andere onbekende vreemde taal. Tennyson nam zijn staf en wees ermee naar de naderende vijand.

De aanvallers kwamen steeds dichterbij. Ineens klonk uit het koor een vreemd en onaangenaam geluid, een ritmisch en schril gegil met boventonen die vreemde trillingen teweeg brachten. Tennyson stak nu zijn staf hoog de lucht in, en het koortje hield dezelfde klank aan, alleen klonk deze steeds harder en harder.

En dat had onmiddellijk effect. De aanvoerder van de bandieten bleef staan en leek achteruit te wankelen, alsof een onzichtbare macht hem tegenhield en terugdrong. Zijn mannen leken verlamd en geheel de kluts kwijt te raken; ze strompelden en struikelden in kringetjes rond. Sommigen hieven hun handen op als om een onzichtbare vijand af te weren. Anderen schreeuwden het uit van pijn of angst.

Even moest het koor ademhalen, en toen klonk hetzelfde vreselijke gezang opnieuw. Nog luider dan daarnet, terwijl Tennyson hen gebaarde dat ze op moesten staan. Ze begonnen naar de bandieten te lopen, een onzichtbare muur van geluid voor zich uit duwend. De bandieten raakten in paniek.

Het werd hen te veel. Gebroken draaiden ze zich om en vluchtten weer het bos in, terug naar waar ze vandaan gekomen waren. Ze struikelden en botsten tegen elkaar alsof ze half buiten zinnen waren van angst. Pas toen de laatste bandiet tussen de bomen verdwenen was, liet Tennyson zijn koor ophouden.

De priester draaide zich om en keek naar het volk van Mountshannon. Dat had met open mond staan staren naar de wegvluchtende bandietenbende. Tennyson glimlachte hen vaderlijk toe en spreidde beide armen, als wilde hij hen allemaal tegelijk omhelzen.

'Volk van Mountshannon – prijs de heer Alquezel, omdat hij bereid was ons vandaag weer te redden van een duister lot!' klonk het welluidend over het veld.

De betovering leek plots te breken, terwijl de dorpelingen

als één man naar voren stormden om hun redder aan te raken. Ze riepen luid zijn naam en de naam van zijn god. En hij stond daar te midden van hen te glimlachen en zegende waar hij kon. Mensen knielden, kusten zijn witte zoom, ze riepen zijn naam en dankten hem.

Halt en Arnaut stonden van een afstandje toe te kijken en wisselden een bezorgde blik uit. Arnaut wreef nadenkend over zijn kin.

'Gek hoor,' zei hij. 'Die bandieten leken finaal uitgeschakeld door dat vreemde geluid. Het was net alsof ze met een grote knuppel op hun kop kregen, vind je niet?'

'In elk geval leek het daar erg op,' antwoordde Halt.

'Maar één ding viel me wel op,' ging Arnaut verder. 'Ze strompelden en struikelden en ze leken helemaal in de war door dat gedoe. Maar geen enkele schurk liet zijn zwaard uit zijn handen vallen. Dat was eigenlijk nog het raarst van alles.'

Hoofdstuk 25

Will liet Trek de hele dag rustig doordraven. Niet geforceerd snel, dat was alleen voor noodgevallen, maar wel gestaag, zodat ze kilometer na kilometer aflegden. Hij wist dat Trek dit tempo zonder problemen de hele dag kon volhouden.

Hij wist ook dat hij het stadje waarschijnlijk pas zou bereiken nadat Driscoll zijn 'show' had gegeven. Zelfs te paard was de route over de heuvelkammen langer en moeilijker, terwijl de dertig overvallers in het dal maar een relatief korte afstand hoefden te marcheren.

Eigenlijk was hij ervan overtuigd dat er geen sprake zou zijn van een heuse overval. De bandieten wilden iets tegen Mountshannon ondernemen, maar waarom en waarvoor dat bleef duister. Driscoll had het over een 'heilige' gehad, en Will ging er van uit dat hij daarmee op die Tennyson doelde. Welke rol die man precies speelde in het geheel was hem echter nog niet helemaal duidelijk. Maar één ding was zeker: de echte overval zou op Craikennis plaatsvinden, en wel morgen.

Tegen een uur of drie, vier in de namiddag kwam Will aan in Mountshannon. Hij reed over de brug en zag tot zijn verbazing dat de wachtpost daar onbemand was. En ook in de straten van Mountshannon was geen levende ziel te bekennen. Even was hij bang dat er iets heel ergs gebeurd was. Maar toen hij een eind het verlaten dorp was binnengereden, hoorde hij in de verte lawaai. Aan de andere kant van het dorp werd gezongen en gelachen en klonk af en toe gejuich op.

'Daar is een feestje aan de gang zeker?' zei Will tegen Trek. 'Ik vraag me af of Halt daarvoor verantwoordelijk is.'

Halt zingt nooit, antwoordde het paard.

Will volgde het geluid naar de bron. Het leek alsof iedereen in het dorp was uitgelopen naar een groot grasveld, buiten de provisorische 'muren' van het dorp. Er was blijkbaar markt. Maar er was ook niemand bij de kraampjes en de beesten die te koop werden aangeboden. Iedereen stond bij een grote witte tent in de zuidwesthoek van het terrein.

Will hield Trek in en bleef in de schaduw van een huis staan om de scène voor zich te bestuderen. In de tegenoverliggende hoek van het veld zag hij twee kleine tenten staan. Dat moesten die van Halt en Arnaut zijn, dacht hij, maar van zijn beide vrienden geen spoor.

Hij richtte zijn aandacht weer op het grote paviljoen. Eromheen stond een grote menigte van luidruchtig feestende burgers. Boven een paar grote vuren hingen complete beesten te braden en er werd bier geschonken uit een groot vat dat op een kraam was getild. Zo te zien hadden de meeste dorpelingen al een paar glaasjes op.

In het midden van de feestende menigte zag Will een kleine groep van in het wit geklede mannen en vrouwen. Die grote man met wit haar tot op zijn schouders, dat moest die Tennyson zijn, besloot Will. Hij was echt het middelpunt, waar een constante stroom mensen naartoe kwam om hem even aan te raken, op de rug te kloppen of om hem een heerlijk hapje aan te bieden.

'Er moet iets interessants gebeurd zijn, hier,' zei Will tegen zichzelf. Toen zag hij Halt en Arnaut staan, aan de rand van de menigte. Op dat moment keek de gebaarde Grijze Jager toevallig in zijn richting. Hij gaf Arnaut een por in de ribben. Daarna wees hij onopvallend, de hand onder zijn middel, in de richting van de twee kleine tenten verderop. Will knikte en liet Trek die kant op lopen. Hij bleef eerst tussen de kramen, tot hij zo ver mogelijk van de hossende menigte gekomen was, voordat hij kalm over het open terrein reed. Niet dat er iemand die kant op keek – iedereen had alleen maar oog voor Tennyson en zijn volgelingen.

Bij de tenten aangekomen zadelde hij Trek af en wreef hem droog met een handvol stro. Het brave beest had de hele dag hard gewerkt en verdiende wel wat extra aandacht. Will zocht in zijn bagage en toverde een appel tevoorschijn. Trek verorberde dat stuk fruit met smaak, de ogen van genot dichtgeknepen, terwijl hij alle aandacht gaf aan het koele sap dat zijn mond vulde. Will klopte hem vol liefde en waardering op zijn nek. Trek probeerde met zijn neus meer appels op te sporen in de zakken van Wills vest. Hij bleef net zo lang duwen en wrijven met zijn zachte neus, tot Will zuchtend zijn tas openmaakte en zowaar nog een appel vond.

'Zo verwen je dat paard,' zei Halt, die inmiddels was komen aanlopen.

Will keek hem even aan. 'Alsof jij jouw paard niet verwend hebt,' zei hij alleen maar.

Halt dacht daar even serieus over na en knikte toen. 'Daar heb jij weer gelijk in,' zei hij toen.

'Blij dat je er weer bij bent,' begroette Arnaut hem, die wist dat hij zich niet moest mengen in een discussie over de omgang met paarden. Hij wist dat als Grijze Jagers eenmaal over hun paarden begonnen, ze nauwelijks nog te stoppen waren.

Will rekte zich eens lekker uit. Hij dacht even dat hij zijn stijve spieren en gewrichten kon horen kraken. Hij had de hele dag op zijn paard gezeten, en hij had een enorme dorst. Knorrend van plezier ontspande hij zich en keek veelbetekenend naar de koffiepot die naast het vuur lag.

'Ik zet wel,' zei Arnaut meteen. Hij deed water in de pot uit een veldfles die daar vlakbij aan een struik hing en blies in de as om het vuurtje op te stoken. Daarna gooide hij wat aanmaak-houtjes op de gloeiende houtskool tot het vuurtje weer vrolijk brandde. De koffiepot plaatste hij vlak naast de vlammen om het water aan de kook te brengen.

Will ging naast het kampvuur op de grond zitten. Er lag een stuk boom waar hij tegenaan kon leunen en weer zuchtte hij tevreden. Daarna knikte hij naar het luidruchtige gezelschap aan de andere kant van het veld.

'Ik neem aan dat dat daar onze vriend Tennyson is?' vroeg hij.

Halt knikte. 'De held van de dag!'

Will trok één wenkbrauw op. 'Held?' Hij hoorde heus wel dat Halt het niet echt meende.

Arnaut schudde een handvol gemalen koffie uit een zakje en keek op van zijn bezigheden. 'Hij heeft zonet het stadje Mount-shannon hoogstpersoonlijk gered van de ondergang,' vertelde hij.

Will keek vragend van de een naar de ander.

'Een uur of wat geleden probeerde een stel bandieten het dorp te overvallen,' legde de oude Jager uit. 'Een grote groep gewapende mannen kwam ineens tevoorschijn uit dat bos daar en dreigde het dorp met allerlei helse straffen als de mensen hun een strobreed in de weg zouden leggen. Maar onze vriend Tennyson daar, die wandelde gewoon op hen af en wees met zijn staf dat ze op moesten donderen. En daar gingen ze.'

'Maar pas nadat de sekteleden voor hen gezongen hadden.' herinnerde Arnaut hem.

Halt knikte. 'Dat is waar. Na een paar coupletjes vielen de boeven van ellende bijna om, hun handen tegen hun oren geperst.'

'Zongen ze zo vals?' wilde Will weten. Hij begreep al wat er gebeurd was. Driscolls opmerkingen over een heilige vielen ineens ook op hun plaats.

'Nee, ze zongen juist erg goed, althans volgens Arnaut. Maar het was gewoon de persoonlijkheid van Tennyson, zijn kracht en die van zijn god Alquezel. Samen waren ze in staat om tachtig gewapende bandieten op de knieën te krijgen.'

'Dertig bandieten,' zei Will. Zijn vrienden keken hem vragend aan. 'Het waren er maar dertig. En hun aanvoerder heet Driscoll.'

'Nou, nu je het zegt... We kregen er niet meer dan dertig *te zien*, inderdaad. Maar hij zei dat er in het bos nog eens vijftig klaarstonden. Hoe zou hij het in zijn hoofd halen om een zo groot dorp als dit aan te vallen met niet meer dan dertig man?'

'Omdat hij helemaal niet van plan was het dorp te overvallen,' antwoordde Will.

Nu was Halt echt geïnteresseerd. 'Hoe weet je dat?'

'Ik heb gisteren luistervinkje gespeeld bij de tent van de grote man hierachter, Padraig genaamd. Ze wilden Mountshannon niet aanvallen – ze zouden alleen een "show" verzorgen, spraken ze af. Maar daarna zei een andere man dat ze daarentegen meer dan een show zouden aanrichten in Craikennis, want, zei hij, "daar is geen heilige die ons weg zal sturen!"'

'Dat was dus wat Tennyson hier moest doen,' zei Halt, die een en een bij elkaar optelde.

'Precies. Maar morgen, in Craikennis, zijn ze wel met tachtig gewapende mannen. Want die dertig van jullie die ontmoeten straks vijftig anderen en dan gaan ze samen verder – en ze gaan geen show weggeven. Ze breken de boel daar helemaal af, ben ik bang.'

De uitdrukking op zijn gezicht veranderde, terwijl hij weer dacht aan wat ze in Dufford hadden aangetroffen. Hij wist sindsdien hoe meedogenloos deze mensen konden zijn.

Halt krabde zich in zijn baard.

'Dus die zogenaamde aanval hier was alleen bedoeld om Tennyson te laten bewijzen wat hij in zijn heilige mars heeft,' zei hij bedachtzaam.

'Ja, dat hij en hij alleen het dorp kan beschermen,' voegde Arnaut daaraan toe. 'Weet je nog wat hij gisteren zei? "Wie kan jullie beschermen?" Toen zei hij het eigenlijk al – alleen Alquezel, en wel via Tennyson zelf.'

Halt kneep zijn ogen tot spleetjes. 'In Craikennis zullen ze dan laten zien wat er gebeurt als er geen Tennyson is om de mensen te redden. De ene dag vallen bandieten Mountshannon binnen, Tennyson jaagt ze met de staart tussen de benen weg. Een dag later vallen ze Craikennis aan en daar is géén reddende engel. Nou, dan weet je het wel.'

'Maar intussen worden de mensen daar wel afgeslacht,' zei Will kalm. 'Craikennis, daar wordt Dufford nog eens overgedaan, maar dan tien keer zo erg.'

'De bedoeling is natuurlijk de mensen in Clonmel een duidelijke les te leren: Als je Tennyson aan je zijde hebt, ben je veilig. Wijs je hem af, dan ben je dood.' Halt wendde zich tot Arnaut. 'Dat is natuurlijk het wonder dat hij nodig had, weet je nog dat ik dat zei?'

Arnaut keek zijn vrienden ernstig aan.

'Maar dan moeten we iets doen,' zei hij. Hij voelde woede en afkeer in zich opkomen, terwijl hij dacht aan al die onschuldige burgers en boeren die door dat geteisem zouden worden vermoord. Hij was ooit tot ridder geslagen, Arnaut, en toen had hij een dure eed gezworen dat hij de zwakken en onderdrukten van deze aarde zou bijstaan en helpen, waar hij maar kon.

Halt knikte. 'Zadel je paarden. We laten de tenten staan, zodat de mensen denken dat we weer terugkomen. Ik wil niet dat Tennyson hoort dat wij ineens vertrokken zijn. We moeten vanavond nog in Craikennis zien te komen om de mensen daar te waarschuwen. Dan kunnen ze tenminste nog iets doen om zich te verdedigen.'

'En wij?' vroeg Will. 'Gaan wij hen daarbij nog helpen?'

Halt keek zijn twee jonge vrienden aan. Will keek grimmig

en vastbesloten. Arnaut had een kleur van verontwaardiging. Hij was boos. De Grijze Jager knikte.

'Ja, ik vermoed van wel,' zei hij.

Hoofdstuk 26

Z e kozen een omslachtige route om uit Mountshannon weg te komen. Je wist maar nooit of Tennyson hen misschien toch in de gaten liet houden. Als dat zo was, dan werd hem gerapporteerd dat de drie vreemdelingen het dorp in zuidwestelijke richting verlaten hadden. Maar zodra die drie het dorp achter zich gelaten hadden, namen ze de eerste afslag links en reden ze via allerlei paden en weggetjes helemaal om het dorp heen, tot de paarden naar het oosten draafden, richting Craikennis.

'Hoe heette die man van die zogenaamde overval ook alweer?' vroeg Halt op een gegeven moment aan Will.

'Driscoll,' antwoordde Will.

'We moeten oppassen dat we die Driscoll en zijn vagebonden niet tegen het lijf lopen nu. Let goed op of je soms sporen ziet.'

Will knikte. Ze wisten natuurlijk dat Driscoll en zijn kornuiten ongeveer in dezelfde richting trokken, om zich uiteindelijk een paar kilometer voor Craikennis bij Padraig en de rest van de bende te voegen. Maar het werd later en later en er was geen spoor van hen te bekennen. Ze moesten een heel andere route genomen hebben, besloot Halt.

De maan kwam vroeg op en ze bleven ook in het donker doorrijden. Om de achterstand goed te maken die ze hadden opgelopen door eerst helemaal om het dorp heen te rijden, besloot Halt dwars door de velden te rijden, recht op Craikennis af. Tegen negen uur 's avonds zagen ze in de verte de lichtjes van het kleine dorp. De drie reizigers hielden hun paarden in en bleven even staan kijken. Ze stonden op een heuveltje in het land en hadden vandaar goed zicht op de grote weg die uit Craikennis liep – de weg waarlangs Padraig en zijn schavuiten de volgende dag aan zouden komen. Er was niemand te zien, en al zeker geen bende bandieten.

Halt gromde tevreden in zijn baard.

'Dat ziet er nog vredig uit,' zei hij. 'Maar laten we onze ogen en oren goed de kost geven.' Hij gaf Abelard een por met zijn hakken en het kleine paard draafde verder.

Ze moesten nog twee akkers oversteken, voor ze op de weg uitkwamen. Net als de vorige keer werd de wachtpost bemand door twee dorpelingen. Halt had gehoopt dat het dezelfden zouden zijn als de eerste keer. Dan hoefden ze zich niet voor te stellen en dergelijke en dat spaarde weer tijd. Maar helaas stonden er twee onbekende heren. Zij liepen dapper de straat op en een van hen stak zijn hand omhoog om de drie ruiters te laten stoppen.

'Onnozele halzen,' mopperde Halt in zijn baard. 'Als wij wat kwaads in de zin hadden reden we ze zo omver!'

De wacht die het stopteken gegeven had kwam naar voren en staarde hen achterdochtig aan. Dit waren in elk geval geen gewone reizigers, besloot hij. Twee van hen droegen vreemd gevlekte mantels; ze reden op kleine ruwharige paardjes en hadden allebei een enorme boog op de rug hangen. De derde ruiter was veel groter, net als zijn paard, een zwaar strijdros zo te zien. Hij droeg een lang zwaard aan zijn zijde, en achter hem hing een rond schild vastgeknoopt aan zijn zadel.

Dit waren duidelijk beroepskrijgers, en ineens besefte de arme wacht dat hij en zijn collega in de minderheid waren.

'Wat moeten jullie?' riep hij bits van een afstandje. Zijn onzekerheid maakte dat hij nog onvriendelijker keek en klonk dan zijn bedoeling was.

De aanvoerder van de ruiters, die met de grijze baard, leunde voorover in zijn zadel en sloeg zijn armen over elkaar. 'Wij hebben niets kwaads in de zin,' zei hij. Hij klonk rustig, zelfverzekerd en sussend. Maar dat betekende nog niet dat hij de waarheid sprak.

'Blijf daar staan!' riep de wacht. Hij wou dat hij zijn speer niet in het hok had laten staan. Zijn collega had de zijne wel meegenomen, maar zelf had hij alleen een flinke knots.

'Wees maar niet bang, wij blijven heus wel braaf staan,' antwoordde Halt op geruststellende toon. 'Dat is prima. Maar wij willen... nee, wij *moeten* snel praten met jullie commandant.'

'Onze... wat?'

Duidelijk geen militaire ervaring, dacht Arnaut.

Halt formuleerde zijn verzoek anders. 'De leider van jullie dorp. De hoofdman. Of de baas van de wacht. We moeten praten met iemand die hier enig gezag heeft.'

De wacht keek hem wantrouwig aan. Als hij Finneas, de andere wacht, weg liet gaan om de hoofdman op te halen bleef hij hier alleen achter. Daar had hij helemaal geen zin in. Anderzijds – zo gauw de hoofdman er was, kon hij dit probleem mooi afschuiven. Hij aarzelde even en nam toen een besluit.

'De hoofdman ligt vast te slapen,' zei hij, zonder dat zeker te weten natuurlijk. 'Kom morgen maar terug.'

'Afstijgen, jongens,' zei Halt en de drie mannen lieten zich, ondanks de schrille protesten van de wacht, uit hun zadels glijden.

'Nee, nee! Daar komt niets van in! Klim weer op je beesten en maak dat je weg komt, hoor je wat ik zeg?'

De stem van de wacht stierf weg toen het besef doordrong dat de mannen zich niets van hem aan zouden trekken. Hun aanvoerder nam weer het woord.

'Beste man, we leggen onze wapens hier neer,' zei hij en liep naar het gras aan de kant van de weg. Hij maakte zijn boog los en legde die in de berm. De jongere boogschutter volgde zijn voorbeeld. De lange jongeman klikte de schede van zijn lange zwaard los van zijn riem en legde dat naast de bogen. Daarna liepen ze weer de straat op, weg van hun wapentuig.

'Zo,' zei Halt, 'en haal nu maar je baas hierheen, of de commandant van de wacht of wie dan ook.' Hij wachtte even en zei er toen dringend achteraan: 'Alsjeblieft!'

De twee wachten wisselden wanhopige blikken uit. Finneas haalde zijn schouder op. Het leek erop dat deze vreemdelingen te vertrouwen waren, vond hij. Maar hij voelde mee met de angstige visioenen van zijn collega. 'Ga jij Conal maar halen. Ik let hier wel op.'

De oudere man slaakte onwillekeurig een zucht van verlichting. Als hij er maar van af was. Hij besloot dat hij beter net kon doen alsof het zijn eigen idee was, en dat hij hier de bevelen gaf.

'Goed. Blijf jij hier en hou hen in de gaten – dan haal ik Conal.'

Finneas keek hem enigszins verrast aan. Hem hield je niet zo gemakkelijk voor de gek. 'Ja, misschien is dat een beter idee,' zei hij droogjes.

'En zou het misschien lukken vóór de zon weer opkomt?' vroeg Halt, die zich dood ergerde. De wacht kwam een stap dichterbij, zijn hand op de knots.

'Ik ga als ik ga, en geen seconde eerder!' snauwde hij terug.

'En dat is nu, niet?' zei Finneas vriendelijk en duwde hem op weg.

De oudere wachter rechtte zijn rug en probeerde zijn waardigheid ter hervinden. 'Eh... ja. Nu.' Hij draaide zich om en haastte zich dorpwaarts. Hij keek een paar keer om, maar de drie vreemdelingen bleven roerloos staan waar ze stonden. Finneas stond op zijn gemak tegenover hen, leunend op zijn speer, alsof er niets aan de hand was. Hij draaide zich om en liep weer verder, steeds sneller en sneller, tot hij half rende.

Een kwartiertje later kwam hij terug, met Conal. Tot Halts geruststelling bleek Conal, hoofd van de wacht, niemand minder dan dezelfde man met wie hij en Arnaut een paar dagen eerder gesproken hadden. Halts eerste indruk was toen dat de man beschikte over enig gezond verstand en redelijkheid. In ieder geval was hij gemakkelijker om mee te praten dan de paniekerige oude zeur die hem was gaan ophalen.

Dat wilde natuurlijk niet zeggen dat deze Conal helemaal niet achterdochtig en wantrouwig was. Halt zag dat hij zich uit voorzorg flink bewapend had. Hij had een zwaard en in zijn riem stak ook nog een lang dolkmes. De oude wacht dook, zodra de beide mannen aangekomen waren, meteen het wachthok in om zijn eigen speer te pakken.

Conal keek naar Finneas en daarna naar de drie mannen naast hun paarden.

'Zo, Finneas, wat hebben we hier dan?' vroeg hij. Finneas stond met zijn gezicht naar hem toe en raakte met zijn speer even zijn voorhoofd aan alsof hij wilde salueren.

'Drie reizigers, uwe genade,' zei hij met een brede grijns. 'Ze hebben me tot nu toe geen enkele last bezorgd.'

Conal keek nog eens goed naar Halt en Arnaut. 'Jullie twee ken ik al,' merkte hij op. En Halt knikte. Daarna keek de commandant van de wacht naar Will en fronste zijn wenkbrauwen. 'En jij? Was jij hier pas geleden ook niet?' De jongen kwam hem ook bekend voor, maar hij wist niet precies hoe of waarvan.

'Het is die zanger van laatst, Conal,' hielp Finneas en Conal knikte langzaam terwijl het allemaal op zijn plaats viel.

'Wel, wel,' zei hij. 'Natuurlijk. Maar toen had je niet zo'n rare mantel om. Wat willen jullie?'

Die vraag was aan alle drie gericht en hij keek hen een voor een recht in de ogen. Iets klopte er niet, en in deze gevaarlijke tijden kon je niet voorzichtig genoeg zijn. Zijn hand greep naar het gevest van zijn zwaard. Daarna pas zag hij de wapens in de berm liggen. Dat stelde hem enigszins gerust. Een beetje. Hij keek Halt uitdagend aan. 'En ik neem aan dat je nu geen schapenboer meer bent, die zijn fokvee wil aanvullen?'

De man met de baard knikte bevestigend. 'Inderdaad. Dat heb je goed gezien.'

'Maar dan heb je de vorige keer tegen me staan liegen. Waarom?' Dat kwam er hard en met overtuiging uit. Het leek Halt dit keer niet te deren dat hij zojuist voor leugenaar was uitgemaakt. Hij gaf op kalme en rustige toon antwoord.

'Wij wisten ook niet wat voor vlees we met jullie in de kuip hadden toen,' zei hij. 'Zoals je weet, het zijn barre tijden.'

'Dat klopt, en ze worden er niet beter op als er vreemde mensen opduiken die beweren iets te zijn wat ze duidelijk niet zijn,' antwoordde Conal geërgerd. Achter zich hoorde hij geluiden en hij keek snel over zijn schouder. Hij ontspande zich enigszins toen hij zag dat er nog een stuk of tien wachten aan kwamen hollen over de straat. Zodra hij hoorde dat er vreemdelingen gesignaleerd waren, had hij zijn zoon eropuit gestuurd om een heel peloton van de burgerwacht te waarschuwen dat ze hem moesten komen helpen. Nu ze present waren voelde hij zich iets meer heer en meester van de situatie. In ieder geval waren ze in de meerderheid.

Arnaut zuchtte in zichzelf. Hij was meer van de directe aanpak, en dit soort heen en weer gepraat hing hem al snel zijn keel uit. Hij en zijn vrienden kwamen hier om deze mensen te helpen, en niet om midden op straat en midden in de nacht katten uit te delen. Zijn houding was Conal niet ontgaan en hij wendde zich meteen tot de lange jongeman.

'Had jij iets op je lever, jongen?' vroeg hij streng.

Halts wenkbrauwen gingen omhoog. 'Ik zou maar oppassen met dat "jongen", als ik jou was,' waarschuwde hij. Maar Conal schonk hem geen aandacht en Arnaut gaf zelf al antwoord.

'Ja, ik heb zeker wat op mijn lever. Mijn vrienden en ik zijn hier midden in de nacht heen komen rijden om jullie te waarschuwen en te helpen. Maar als jullie nog lang doorgaan met ons van alles te beschuldigen en ons te beledigen, dan rijden we gewoon door en laten we jullie in je sop gaarkoken, bandieten of geen bandieten.'

De jongeman was nogal zelfverzekerd voor iemand van zijn prille leeftijd, dacht Conal. Er verscheen een rimpel in zijn voorhoofd.

'Bandieten? Wat voor bandieten?'

'Er zijn er tachtig onderweg naar jullie dorp. Ze zijn vast van plan jullie morgen aan te vallen en het hele dorp uit te moorden. Wij komen jullie waarschuwen en onze hulp aanbieden. Maar ga gerust weer naar bed, als je dat verstandiger vindt, dan rijden wij gewoon verder. Het zal ons verder worst kunnen.'

Halt keek opzij naar de jongen naast hem. Diens gezicht was vuurrood van verontwaardiging.

'Het is "worst wezen", geloof ik,' wees hij Arnaut terecht.

Arnaut zond hem een dodelijke blik. 'Dat kan me geen donder schelen. Hij weet best wat ik bedoel.'

En dat wist Conal zeker. Craikennis was tot dusverre gespaard gebleven. Maar verder naar het zuiden hadden bandieten en rovers flink huisgehouden, wist hij, en de problemen verspreidden zich langzaam maar zeker naar het noorden, als een inktvlek op een papieren landkaart.

'En hoe moet ik weten of jullie niet gewoon deel uitmaken van die bandietenbende?' vroeg hij en hij kreeg meteen spijt dat hij het gevraagd had. Als ze erbij hoorden zouden ze het ontkennen, en door de vraag te stellen liet hij alleen maar zien hoe onzeker hij eigenlijk was. 'Wie of wat zijn jullie dan wel?' vroeg hij boos, om zijn foutje weg te poetsen.

'Wij zijn Grijze Jagers van de koning van Araluen,' vertelde Halt hem in alle eerlijkheid. Hij wees daarbij naar zichzelf en Will. 'En deze grote en tamelijk geïrriteerde jongeman naast mij is een ridder van diezelfde koning.'

Daar had Conal niet van terug. Hij had geen idee wie of wat Grijze Jagers waren. Waarschijnlijk verkenners of jachtopzieners. Maar hij wist wel wat een ridder was, en de grote vreemdeling was misschien jong, maar hij zag er wel uit als een echte beroepskrijger.

'Jullie koning in Araluen heeft hier helaas niets te zeggen. Koning Ferris heerst over het land – tenminste, in zekere zin.'

Dat is interessant, dacht Will. Toen de man het over zijn koning had leek hij enige weerzin niet te kunnen onderdrukken. Hij keek even naar Halt om te zien of die hetzelfde had opgemerkt. Maar aan Halts gezicht was zoals gewoonlijk niets te zien.

'Dat mag zo zijn, maar wij zijn alle drie getrainde krijgers, en misschien zouden we jullie van pas kunnen komen, binnenkort.'

Conal trok aan zijn oor, bestudeerde zijn nagelriemen en zei toen: 'Precies. Maar er is ook de overweging dat als er inderdaad een aanval dreigt, het misschien niet de verstandigste beslissing is om drie gewapende mannen ons dorp in te laten komen.'

'Dat moet je dan ook zeker niet doen,' antwoordde Halt onmiddellijk. 'Wij kunnen hier ook tussen de bomen onze tenten opslaan. Als er morgen geen aanval volgt, dan trekken wij gewoon verder. Komt er wel een, dan zul je blij zijn met elke steun die je kunt krijgen.'

'En wat denken drie mannetjes uit te halen tegen een overmacht van tachtig?' Conal vroeg dat meer om tijd te winnen dan ergens anders om. Wat hem betreft had zijn dorp weinig van deze mannen te duchten, als zij inderdaad bereid waren buiten te blijven, buiten de in haast opgeworpen barricades.

'Dat hangt erg af van welke drie mannetjes dat zijn,' antwoordde het derde lid van het groepje vreemdelingen, die jon-

gen die een paar dagen geleden bij hen de minstreel had uitgehangen.

De man met de baard glimlachte naar hem. 'Goed gesproken,
Will,' zei hij zachtjes. En harder, tegen Conal: 'Zelfs al is het niet
veel, we kunnen jullie in elk geval helpen met de verdediging. Ik
vind het op dit moment belangrijker je te waarschuwen, zodat
jullie niet volledig onverwachts overvallen worden. Dat willen
die bandieten namelijk, jullie bij verrassing overvallen. Als ze
merken dat jullie klaarstaan om hen te verwelkomen, zijn ze
misschien meteen niet meer zo enthousiast.'

Conal knikte. 'Tja, dat is waar. Ik zal zorgen dat mijn mannen
morgen in alle vroegte paraat zijn. Zoals elke dag trouwens.'

Halt grijnsde grimmig. 'Nou, doe morgenochtend in elk
geval extra je best. Maar je hebt wel goede kans dat ze een
ander moment van de dag kiezen.' Hij glimlachte. 'De vijand
verwacht natuurlijk dat jullie bij zonsopgang paraat zijn. Dat
zijn de meeste burgerwachten op dat tijdstip. Dus ik denk dat
ze rustig afwachten tot jullie denken dat de oefening weer een
keer zonder incidenten is verlopen. En tot jullie weer minder
paraat zijn, omdat er toch niets gebeurt. Als ik hen was, zou ik
rond het middaguur toeslaan, als iedereen even gaat zitten, na
een hele ochtend werken of wachtlopen, om lekker te genieten
van het middageten.'

Conal keek weer eens naar de kleine man met zijn grijze
baard. Hij was niet erg groot, dacht hij. Maar hij heeft wel zelfvertrouwen. Hij straalt gezag uit. En ineens dacht Conal dat als
het dan tot een gevecht zou komen, hij liever mét dan tegen
deze man zou vechten.

'Dat is een goede raad,' zei hij. 'Ik zal ervoor zorgen dat de
aandacht morgen niet verslapt. Waar zijn jullie dan?'

Halt wees naar het bos ten noorden van Craikennis. 'Wij
kamperen daarginds. En dan nemen we positie op dat heuveltje
daar, net buiten de bomen.'

Conal deed een stap naar voren en stak zijn hand uit naar Halt. Hij voelde zich niet erg op zijn gemak. Hij besefte dat de man die zijn dorp was komen waarschuwen, tot nu toe alleen maar argwaan en wantrouwen in ruil voor zijn goede bedoelingen had gekregen.

'Ik geloof dat we je moeten bedanken,' zei hij.

Halt nam de hand aan. 'Dank me morgen maar, als we dan allemaal nog leven,' antwoordde hij. Daarna raapten hij en zijn twee kameraden hun wapens op uit de berm, klommen op hun paarden en reden naar het noorden.

Na een meter of honderd gaf Arnaut zijn Schopper de sporen en kwam naast Abelard rijden.

'Halt?' vroeg hij en de oude Jager keek naar hem op.

'Zit je iets dwars?'

'Ja. Ik besef net dat we al onze kampeerspullen in Mountshannon hebben gelaten.'

Halt zuchtte diep. 'Ja, daar dacht ik ook net aan – nadat ik hem beloofd had dat we buiten het dorp zouden blijven.'

Arnaut keek naar de lucht. Er gleden donkere wolken langs de sterren.

'Denk je dat het nog gaat regenen, vannacht?'

'Waarschijnlijk wel,' antwoordde Halt geïrriteerd.

Hoofdstuk 27

En inderdaad regende het die nacht – ongeveer een kwartier lang, even na middernacht. Maar al met al viel het nogal mee – Halt en Arnaut waren vergeten dat Will wel zijn tent en dergelijke bij zich had. En al waren die tenten van hen gemaakt voor één man, met een beetje moeite kon je er ook wel twee lijven in kwijt. En er stond natuurlijk altijd iemand op wacht.

Will was de laatste om dienst te draaien en toen de dageraad langzaam over de landerijen kroop, en de vogels in de bomen en struiken luidkeels wakker werden, zag hij ook Halt naar buiten kruipen.

De oude Jager keek vol ergernis naar de natte plekken op zijn knieën. Het was absoluut onmogelijk uit zo'n lage tent op het bedauwde gras te kruipen zonder een natte broek te halen, dacht hij. Daarna rekte hij zich eens goed uit en liep naar de plek waar Will in zijn mantel gewikkeld naar de weg zat te staren.

'En, al iets gezien?' vroeg hij.

Will schudde zijn hoofd. 'Nee, nog niets. Maar ik dacht dat je zei dat een aanval 's morgens vroeg nogal voor de hand zou liggen, en dat ze daarom waarschijnlijk pas tegen de middag zouden komen?'

Halt pakte Wills veldfles en nam een flinke slok fris water. Hij spoelde zijn mond en spuugde het water daarna op de grond.

'Dat zei ik. Maar dat hoeft hen er natuurlijk niet van te weerhouden toch het voor de hand liggende te doen?'

'O, je bedoelt dat het zo'n geval is van: *zij denken dat ik zal denken dat zij a doen dus doen ze b want ik zal niet snel denken dat zij daaraan denken; maar bij nader inzien denken zij dan dat het toch beter is om a te doen omdat ik misschien denk dat ik weet wat zij denken en denk dat ze b zullen doen,*' zei Will.

Halt keek hem even aan en zei toen: 'Weet je, ik ben haast geneigd je te vragen om dat even te herhalen.'

Will grinnikte bedremmeld: 'Ik betwijfel of me dat zou lukken.'

Halt liep weg om in Wills spullen te zoeken naar de koffiepot. 'We kunnen best een klein vuurtje maken,' zei hij. 'Ze zien het toch niet hier tussen de bomen en als ze iets ruiken zullen ze denken dat het uit het dorp komt.'

Wills gezicht klaarde op toen hij dat hoorde. Hij was er steeds vanuit gegaan dat ze een koud ontbijt zouden moeten verorberen. Dat ze nu hete koffie zouden krijgen was een welkome verrassing. Een paar minuten daarna kwam ook Arnaut uit de tent gekropen. Hij zorgde ervoor dat hij op zijn tenen en vingertoppen liep, zodat hij geen natte knieën kreeg. Halt keek verongelijkt toen hij zag hoe lenig de jonge ridder overeind kwam.

'Ik haat jonge mensen!' zei hij tegen niemand in het bijzonder.

Arnaut nam een mok dampende koffie aan en bracht die naar Will. Daarna kwam hij een mok voor zichzelf halen. En zo stonden de drie mannen lekker te genieten van hun lievelingsdrank en raakten ze langzaam de krampen en pijntjes van de nacht kwijt, die ze op de harde en vochtige grond hadden opgelopen. Halts herstel duurde wat langer dan dat van de jongens. Daarom ongetwijfeld mopperde hij weer wat voor zich uit, over jongeren die niet weten wat ze te wachten staat. Arnaut en Will waren zo wijs er geen aandacht aan te besteden.

Na een paar minuten vroeg Arnaut: 'Hoe pakken we het aan, vandaag?'

Halt wees naar een kleine heuvel in het landschap, een paar meter van de bomen.

'Daar nemen wij onze posities in. Will en ik zullen proberen de geledederen van mijnheer Padraig vast wat uit te dunnen.' Even keek hij zijn vroegere leerling aan. 'Laten we geen onnodige risico's nemen. Ik stel voor dat we vooral proberen de tegenstander te verwonden en uit te schakelen, niet te doden.' De onuitgesproken vraag in Wills ogen ontging hem niet, en hij zei: 'Ja, ik weet heus ook wel dat het hier gaat om moordenaars van de ergste soort, en ik heb er dan ook geen moeite mee om hen dood te schieten, als dat moet. Maar een gewonde krijger haalt het dubbele aantal uit de strijd – er is minstens één andere krijger nodig om hem te verzorgen!'

Arnaut grijnsde. 'O, ik dacht al – wordt hij nou nog sentimenteel, op zijn oude dag?'

De Grijze Jager zei niets. Hij keek Arnaut een tijdlang boos aan en de jonge krijger wilde dat hij die 'oude dag' niet genoemd had. De laatste weken, viel hem op, was Halt tamelijk prikkelbaar geworden als het over zijn leeftijd ging.

'Sorry,' mompelde hij.

Halt zei nog steeds niets. Hij snoof alleen maar verontwaardigd, en Arnaut vond het ineens nodig om zijn riem los en weer vast te maken, tot hij precies goed zat. Halt liet hem nog een paar seconden lijden en wenkte hem toen dat hij mee moest komen.

'Jij moet op Schopper klaarstaan, Arnaut. Maar laat je pas zien als ik je roep. En ik wil dat je dit over je schild heen trekt.'

Hij zocht even in zijn zadeltas en haalde toen een opgevouwen stuk zwaar linnen tevoorschijn. Dat gaf hij aan de jongeman. Arnaut vouwde het open en zag dat het rond was, ietsje groter dan zijn schild, met in de rand een koord zodat je het strak over het schild kon trekken en vastmaken. Soms gebruikten ridders dat soort hoezen bij toernooien, als ze niet wilden dat iedereen zag wie ze waren en incognito mee wilden doen aan de wedstrijd.

Maar deze hoes was niet blanco. In het midden vertoonde hij een vreemd en opvallend embleem. Het bestond uit een rood-oranje cirkel, op ongeveer een derde van onderen afgeplat door een zwarte streep die aan beide zijden een paar centimeter uit-stak. Het deed hem in de verte aan iets denken, maar hij wist werkelijk niet aan wat.

'Dit is het embleem van de Ridder van de Dageraad,' legde Halt uit. Arnaut keek hem met schuin hoofd vragend aan en de Jager ging verder: 'Dat is iemand uit de oude sagen en legenden van Hibernia. Het verhaal gaat dat als de koninkrijken van dit land in gevaar zijn, de Ridder van de Dageraad uit het oosten zal opduiken en orde en vrede zal herstellen.'

'En jij wilt dat ik net doe of ik die Ridder ben?' zei Arnaut. Nu Halt het over dageraad had wist hij waar de tekening hem aan had doen denken.

Halt knikte. 'En die voorspelling, dat verhaal, dat begint vandaag uit te komen – als jij Craikennis redt van de ondergang door tweehonderd man te verslaan!'

'Tachtig, dacht ik,' zei Will. Hij was erbij komen staan terwijl Arnaut de hoes over zijn schild trok en vastmaakte. Overigens hadden ze voor deze reis Arnauts eigen embleem – een groen ei-kenblad – overgeschilderd, zodat zijn schild niet verklapte waar hij vandaan kwam.

Halt keek op.

'Tegen de tijd dat ik die legende helemaal verteld heb, zullen het er tweehonderd geworden zijn, wees maar niet bang,' zei hij tegen Will. 'Misschien moet jij nog wel een ballade schrijven en componeren, ter ere van die Ridder van de Dageraad!'

Arnaut grijnsde. 'Dat lijkt me wel wat,' zei hij. Will keek hem gekwetst aan, maar Arnaut deed net of hij dat niet zag en ging verder: 'Even serieus, Halt, wat hebben die sagen en legenden te maken met ons probleem?'

'Luister, we spelen met vuur hier. Tennyson claimt dat die god van goud van hem, Alquezel, hem helpt. Hij zegt dat Alquezel de enige is die het rijk kan redden, de enige die de mensen kan beschermen tegen al dat geboefte. En de mensen geloven dat, dankzij het toneelspel dat hij opvoert. Wij moeten dus die goedgelovige burgers een alternatief bieden – en dat is de Ridder van de Dageraad. Vandaag of morgen moet Tennyson ons uitdagen. En zodra hij zich daaraan waagt, zullen wij hem wegjagen.'

'Kunnen we hem niet eenvoudiger gewoon gevangennemen en zorgen dat hij verdwijnt, zonder al die poespas?' vroeg Will.

'Dat zouden we kunnen proberen. Maar vergeet niet dat de man de mensen hier in zijn macht heeft, ze zijn door hem betoverd. Wat we moeten doen is die hele mythe van de Buitenstaanders vernietigen. En de mensen moeten daar echt getuige van zijn. Anders zien ze hem straks nog als een martelaar, en dan komt een van zijn volgelingen aan het hoofd te staan en dan begint alles weer van voren af aan.

Dat hele plan, de opzet van de Buitenstaanders, dat werkt alleen omdat er op dit moment een machtsvacuüm heerst. De koning is te zwak en kan niets doen, en daarom kan Tennyson in dat gat springen en leiderschap bieden, een zaak waar iedereen achter kan gaan staan. We moeten dus zowel Tennyson zelf als zijn god Alquezel ontmaskeren, en tegelijk een geloofwaardig alternatief bieden. En dat is de Ridder van de Dageraad.'

'Je wilt toch niet echt zeggen dat ik mijn eigen godsdienst krijg?' vroeg Arnaut en met tegenzin knikte Halt.

'Jawel. Op een bepaalde manier wel, ja.'

Arnaut straalde. 'Nou, dan kunnen jullie twee heidenen mij wel eens wat respect gaan tonen!'

'Ik dacht het niet,' antwoordde Will.

Maar Arnaut deed net alsof hij dat niet gehoord had en keek nog stralender dan daarnet om zich heen. 'Jullie mogen dan wel mijn apostelen worden, hoor,' zei hij welwillend.

Halt en Will keken elkaar aan.

'Dat had je gedroomd!' zeiden zij allebei tegelijk.

En zo ging de ochtend voorbij. Nadat de zon zijn tent had ge-droogd, vouwde Will het ding weer zorgvuldig op, met bijna alle andere kampeerspullen. Alleen wat kookgerei en natuurlijk de koffiepot bleven over.

Terwijl zijn vriend zo met het huishouden bezig was, maakte Arnaut van de gelegenheid gebruik om zijn wapens te poetsen en waar nodig bij te slijpen. Hij hield van het geluid van de wet-steen over de al haarscherpe kling van zijn zwaard, *zzzz-ing*! Hij legde ook zijn maliënkolder en helm klaar, zodat hij die snel aan zou kunnen trekken, en zadelde Schopper alvast. Hij contro-leerde alle details van het tuig en liet alleen de buiksingel nog los zitten, want het had weinig zin zijn paard onnodig lang te onderwerpen aan een strakke band om zijn middel.

De uren daarna merkten ze dat er nogal wat gaande was in het dorp. De wachtpost buiten de barricade bleef onbemand, maar ze zagen daarachter veel mannen heen en weer lopen, veel meer dan de twaalf man van de dagen daarvoor. Over het veld konden ze het geroezemoes van stemmen horen. Af en toe weerkaatste het zonlicht op wapentuig of een blinkend ge-poetste helm, terwijl de verdedigers van het dorp hun posten innamen.

'Het lijkt erop dat die Conal je waarschuwing toch ernstig neemt!' zei Will.

Halt, die de hele ochtend vooral op de weg gelet had, ging met zijn rug tegen een boomstam zitten en knikte tevreden.

'Het leek me al een verstandige man,' zei hij. 'Ik hoop dat hij niet te vroeg laat merken dat hij al gewaarschuwd is. Het zou beter zijn als Padraig niet in de gaten heeft dat de mensen hem elk moment verwachten.'

'Dat is misschien te veel gevraagd,' merkte Will op. 'Ik denk dat Conal hoopt dat, als het erop lijkt dat hij tegen hen opgewassen is, er helemaal geen strijd gevoerd hoeft te worden.'

'Dat lijkt me ijdele hoop,' zei Halt grimmig.

'Dat weet ik,' zei Will. 'Maar of Conal het ook weet?'

Zijn cynisme bleek echter onterecht. Blijkbaar wist Conal wel degelijk dat een verrassing in zijn voordeel zou werken, en dat er hoe dan ook een aanval zou komen. Tegen de middag, toen de zon bijna zijn hoogste punt bereikt had, nam de activiteit in het dorp merkbaar af. De mannen die op wacht stonden, tuurden niet langer om de haverklap over de barricades heen om te zien of de vijand in aantocht was. Het werd ook stiller en stiller, je hoorde niemand meer roepen of praten. Er waren geen verdedigers te zien, niets wees erop dat Craikennis een aanval verwachtte. Het dorp leek vredig en slaperig. Je zou denken dat de dorpelingen in alle rust genoten van het middagmaal, om daarna misschien wel een dutje te doen. De zon scheen op volle kracht en de insecten zoemden. Af en toe trilde de lucht boven de weg naar het woud. Een heel gewone kalme dag op het platteland. Niets aan de hand – tot Halt ineens zei:

'Daar heb je ze!'

HOOFDSTUK 28

Will en Arnaut lagen net lekker te doezelen, niet ver van de boom waar Halt tegenaan geleund stond. Dit was niet hun eerste missie, en ze wisten dat het geen zin had steeds maar gespannen te blijven wachten tot het feest zou beginnen. Het was veel beter om waar en wanneer ze maar konden uit te rusten. Maar na Halts woorden waren ze meteen klaarwakker en instinctief grepen ze al naar hun wapens.

'Rustig maar,' suste Halt, 'het zijn alleen nog maar de verkenners.'

Hij wees naar een punt, een paar honderd meter van hen vandaan, waar de weg over een heuvel ging. Daar waren ineens drie gewapende mannen opgedoken, die zich nogal vreemd gedroegen – alsof ze door voorovergebogen te lopen ineens onzichtbaar zouden zijn!

Boven op de heuvel bleven ze staan kijken naar het ogenschijnlijk vredige dorp beneden hen.

Een van de mannen hield zijn hand boven zijn ogen. In Craikennis was kind nog kraai te bekennen, en de aanvoerder van het groepje kwam tot de conclusie dat het dorp nog niets in de gaten had. Hij draaide zich om en gebaarde naar zijn tot dan toe onzichtbare makkers dat ze verder konden lopen.

En zo kwamen de overvallers langzaam in zicht, terwijl ze over de heuvelkam stroomden.

Ze liepen in twee lange rijen, een aan elke kant van de weg. De toeschouwers aan de bosrand hoorden vaaglijk het gekletter van wapens. De meeste mannen waren te voet, alleen Padraig en vier van zijn commandanten reden op een paard. Maar dat waren scharminkels, geen reusachtige strijdrossen zoals Schopper.

Arnaut liep het bos in naar zijn paard en trok de singels stevig aan. Het grote beest voelde dat hij in actie moest komen en danste opgewonden op zijn vier benen heen en weer. Hij gooide zijn hoofd omhoog en brieste bescheiden, terwijl Arnaut hem geruststellend op de nek klopte. Hij hield hem voorlopig maar stevig bij de teugels.

Schopper was gefokt en net als zijn baasje getraind om te vechten. Arnaut voelde zijn maag samenkrimpen. Hij was niet bang, dat niet. Hij keek zelfs uit naar het gevecht dat komen moest. De adrenaline stroomde door zijn aderen. Hij wist dat er, zodra hij eenmaal op Schopper reed en de aanval was begonnen, een merkwaardige rust over hem heen zou komen. Alleen dat wachten, dat maakte het spannend. Hij vroeg zich af of Will en Halt zich ook zo voelden, terwijl de oude Jager zijn leerling voorging naar de afgesproken plek op het heuveltje. Arnaut moest lachen. Al was Will allang een volleerde Grijze Jager, Arnaut zag hem nog steeds als Halts leerling. Hij wist dat Will net zo over hem dacht trouwens.

'We blijven achter het heuveltje liggen,' zei Halt. 'Als we alleen ons hoofd en schouders erbovenuit laten komen, dan zien ze misschien niet eens waar onze pijlen vandaan komen. Laat staan met hoevelen we zijn.'

'Of met hoe weinig,' merkte Will op. Halt dacht even na voordat hij antwoord gaf.

'Of met hoe weinig,' beaamde hij toen. Even keek hij naar Arnaut die, de rust en kalmte zelve, zachtjes tegen zijn paard stond te praten. 'Arnaut is niet zenuwachtig, zo te zien!'

Will keek naar zijn vriend. 'Nee, dat lijkt hij nooit. Ik weet niet hoe hij dat voor elkaar krijgt, iedere keer weer. Op dit soort momenten krijg ik altijd het gevoel dat er geen vlinders, maar flinke vleermuizen in mijn buik rondvliegen!' Will had er geen moeite mee te bekennen dat hij best bang en zenuwachtig was. Halt had hem lang geleden al geleerd dat een man die zich niet druk maakt vóór het gevecht niet dapper is, maar dom en te zelfverzekerd – en beide dingen konden hem fataal worden.

'Het is fijn iemand als Arnaut achter de hand te hebben,' besloot Halt. Daarna knikte hij met zijn hoofd in de richting van de vijand. 'Kijk. Ze maken zich klaar!'

De boeven waren een meter of vijftig voor het dorp blijven staan. De twee rijen spreidden zich nu breed uit. Padraig en zijn medecommandanten bleven achter de linies. Uit het dorp klonken ineens waarschuwende kreten. Iemand luidde een bel. Daarna verscheen er een eenzame figuur boven op de barricade. Zelfs van een afstand herkende Halt Conal.

'Geen meter verder!' riep de man. 'Blijf staan waar jullie staan!'

In het dorp klonk nu meer paniek. De bel bleef maar klinken, en overal namen mannen posities in, op en achter de barricade. Maar het waren er niet veel, en ze maakten stuk voor stuk een bange en verwarde indruk. Padraig had deze scène al eerder meegemaakt en begreep dat onderhandelen niet zou helpen. Dat gaf de dorpelingen alleen maar langer de tijd om hun verdediging op poten te zetten. Hij trok zijn zwaard en stak dat hoog de lucht in.

'Voorwaarts mars!' brulde hij. Zijn stem klonk luid over de stille velden. Zijn mannen gehoorzaamden en begonnen naar voren te marcheren. Ze wisten ook dat het geen zin had te rennen of te hollen – dat zou er alleen maar voor zorgen dat ze buiten adem bij de barricade kwamen.

Vanuit hun positie hadden Halt en Will een prima zicht op de linies. De aanvallers marcheerden nu sneller en sneller, tot ze bijna holden.

'Drie pijlen!' zei Halt vlug. 'Mik op het midden van de voorste rij!'

Achter hen zag Arnaut met ontzag hoe de twee Grijze Jagers elk kort na elkaar drie pijlen afschoten. Na enkele tellen vielen zes mannen neer, midden in de aanstormende massa. Twee van hen maakten geen enkel geluid meer. De anderen schreeuwden het uit van pijn en lieten hun wapens vallen. Een man botste tegen zijn medekrijgers op, terwijl hij wanhopig probeerde een pijl uit zijn schouder te trekken. Daarna liet hij zich jammerend op zijn knieën vallen.

In verwarring gebracht bleven de mannen om hen heen staan, in plaats van de aanval voort te zetten. Zo werden de strakke linies gebroken, omdat in het midden mannen bleven staan, terwijl de twee buitenste vleugels gewoon doorliepen. Die hadden nog niets in de gaten.

'Linkerflank!' zei Halt en weer klonk het angstaanjagende akkoord van twee pezen die driemaal aangeslagen werden. Vijf man stortten ter aarde. Will was boos op zichzelf, want zijn tweede pijl had gemist. Zijn eigenlijke doelwit zag zijn buurman vallen en had instinctief zijn schild omhooggestoken. Wills pijl schampte er vanaf. Geërgerd stuurde Will er snel een nieuwe pijl achteraan en daar stortte de man alsnog neer, toen de pijl met een onverbiddelijke boog over de rand van het schild naar beneden dook.

Ondanks Wills misser was ook het tweede salvo succesvol. De linkerflank was nu ook tot stilstand gebracht, de mannen keken geschrokken opzij en achterom om te zien waar die gevaarlijke pijlen toch vandaan kwamen. Met als gevolg, dat nu alleen de rechterflank nog aanviel. Hard rennend, ver voor de anderen uit, legden zij de laatste meters naar de barricade af en vielen schreeuwend aan.

Maar tot hun grote schrik werden zij ontvangen met een even woest en uitdagend geschreeuw en gebrul, en ineens bleek een schrikbarende hoeveelheid verdedigers op de barricade klaar te staan. Zij sloegen en staken wild naar de aanvallers, die verwoede pogingen deden om de geïmproviseerde muur van karren, boomstammen, tafels, strobalen en wat nog meer voorhanden was geweest te beklimmen.

Sommige van die wapens waren ook geïmproviseerd – naast speren en lansen gebruikten de verdedigers sikkels en zeisen, die aan lange stokken vastgemaakt waren. Her en der zag Will zelfs een hooivork. Maar geïmproviseerd of niet, ze bleken te werken tegen de aanvallers, die natuurlijk in het nadeel waren, omdat ze omhoog moesten zien te klimmen.

Zo stond de rechterflank van de bandieten er even helemaal alleen voor. En ze hadden geen schijn van kans tegen de vastberaden dorpelingen. Ze lieten zich terugzakken en moesten daarbij een aantal kameraden voor dood achterlaten. In plaats van dat ze een onderdeel waren van een goed georganiseerde aanval over de hele linie, betaalden zij nu de zware prijs voor een op één punt gerichte aanval op een sterke verdedigingslinie.

Padraig schreeuwde woedend naar zijn mannen en dreef zijn paard naar voren. Hij maande de anderen de rijen te sluiten. Hij wist bijna zeker dat die verwoestende pijlen ergens van links gekomen moesten zijn, maar boogschutters kon hij daar niet zien. Zo veel van zijn mannen waren neer gemaaid... Hij dacht dat er wel vijf of zes schutters moesten zijn, ergens. Ze zaten vast daar in het bos. Hij kneep zijn ogen samen en dacht iets te zien bewegen, daar op dat heuveltje. Tien seconden later vielen weer drie van zijn mannen dood of gewond neer, vlak naast hem nu.

Hij schreeuwde naar een groepje van een tiental mannen in de achterhoede. Ze waren allemaal bewapend met zwaarden en morgensterren, de meesten droegen ook een schild. Hun commandant keek hem vragend aan en Padraig wees met zijn zwaard naar het heuveltje links van hem.

'Daar zitten boogschutters, achter die heuvel daar! Ruim ze uit de weg!'

Hij wist dat schutters nooit zware wapens droegen. Bovendien waren het meestal lafaards, die snel wegholden zodra ze aangevallen werden. Tegen een aanval van zwaarbewapende mannen met schilden en zwaarden zouden ze niets kunnen beginnen.

Zijn mannen stelden zich in een strakke slagorde achter hun sergeant op. Die gaf het bevel om voorwaarts te marcheren en onder ritmisch en boos gezang holden ze op een draf naar het heuveltje.

Halt had gezien dat Padraig hen in de gaten kreeg en de mannen op hen af stuurde. Geen reden voor paniek, voorlopig, dacht hij.

'Neem jij de aanvoerders te paard, maak ze snel onschadelijk,' droeg hij Will op. En terwijl de jonge Jager een eerste salvo afschoot op de ruiters, begon Halt op zijn gemak het peloton dat op hen af kwam rennen uit te dunnen. Een schild beschermde nooit het hele lijf van de drager, en de boeven konden zich niet eens een voorstelling maken van wat een scherpschutters de meeste Grijze Jagers – en Halt in het bijzonder, natuurlijk – waren. Een pijl door kuit, schouder of dijbeen van een rennende man hield hem net zo goed tegen als een schot recht in het hart, wist Halt. En zo viel de een na de ander neer.

Wills eerste pijl was gericht op Padraig zelf. Maar hij had zijn dag niet. Terwijl Will schoot dreef een van de andere commandanten zijn paard naar voren om met zijn aanvoerder te overleggen, en de man viel zwaargewond uit het zadel op de grond. Will vloekte toen hij doorkreeg dat Padraig nog steeds ongedeerd was. Intussen had hij al drie verdere pijlen afgeschoten naar de mannen om hem heen.

Maar zo stond Padraig binnen een paar tellen helemaal alleen op het strijdveld, omringd door geschrokken paarden zonder ruiter, terwijl zijn manschappen stuk voor stuk op de grond lagen te krimpen van pijn of erger. De man woog snel zijn kansen en liet zich uit het zadel glijden. Hij gebruikte zijn paard als levend schild.

Will legde nog een pijl op zijn boog, maar Halt hield hem tegen. 'Wees maar even zuinig met je pijlen,' waarschuwde hij. Bovendien had hij een beter idee om met Padraig af te rekenen. En vlakbij dreigde nu een urgenter gevaar. Er waren nog zeven zwaarbewapende schurken over, die inmiddels vlak bij hun schuilplaats waren aangekomen. Halt draaide zich om en zwaaide naar Arnaut. Hij wees naar de aanvallers.

'Arnaut! Neem jij die kerels voor je rekening!' En tegen Will zei hij: 'Geef jij je vriend de nodige dekking, ja?'

Arnaut hoefde geen tweede keer aangespoord te worden. Hij gaf Schopper de sporen en het machtige strijdros kwam langzaam maar onhoudbaar op snelheid. De aanvallers zagen hem uit het bos gestormd komen, recht op hen af. Geschrokken bleven zij staan, hun ogen gericht op de angstaanjagend grote tanden van het beest en het lange glinsterende zwaard in de hand van de ruiter daarboven.

Ze probeerden nog weg te komen, maar ze waren al te laat. Schopper liep de eerste twee straal omver, waarbij een van hen lelijk vertrapt werd door de grote hoeven. Arnaut haalde uit naar een man rechts van hem en stuurde Schopper snel naar links, omdat hij daar gevaar voelde dreigen.

Schopper reageerde onmiddellijk, steigerde en draaide een halve slag. Daarbij kwam hij onzacht in aanraking met een van de mannen die net Arnaut wilden aanvallen. Door de kracht van de botsing werd de man een paar meter weggeslingerd.

Het paard stond nog niet weer op alle vier de benen, of een verse bandiet viel hen aan, een enorme morgenster met twee handen rondzwaaiend, klaar om een doodklap uit te delen.

Gelukkig was Arnauts reactievermogen onovertroffen en hij stak zijn zwaard diep in de schouder van de man, dwars door de maliënkolder heen. De man liet zijn knots geschrokken vallen en struikelde naar achteren, terwijl hij vergeefs met zijn gehandschoende hand het bloeden probeerde te stelpen.

Daarop liet Arnaut Schopper weer om zijn as draaien, de flitsende voorste hoeven dreigden iedereen te onthoofden die zich in hun buurt zou wagen. Maar het was al niet meer nodig. Een zesde bandiet zonk op de knieën, verbijsterd naar een zwarte pijl in zijn borst kijkend. Zijn hoofd zakte naar voren. De enige overgebleven bandiet keek snel om zich heen en zag al zijn kameraden gebroken en bloedend op de grond liggen. Sommigen lagen er akelig stil bij, anderen kreunden of probeerden wanhopig weg te kruipen van het angstaanjagende paard en zijn meedogenloze berijder. De arme man draaide zich om en rende zo hard hij kon de andere kant op, zijn zwaard onderweg weggooiend.

Arnaut liet zijn paard nog eens draaien; even wist hij niet wat hij zou doen. Hij keek naar de heuvel en zag daar Halt wijzen naar Padraig, die nog steeds achter zijn paard stond.

'Probeer de aanvoerder te pakken te krijgen!' riep Halt. Hij keek snel naar het dorp. De bandieten waren van de eerste schrik en verwarring bekomen. Ze hadden forse verliezen geleden, maar nu was het de beurt van de verdedigers om zich zorgen te maken. Padraig was de sleutel, wist Halt. Als de bandieten zagen hoe hun aanvoerder in het stof beet, zou de stuurloze aanval vanzelf doodbloeden.

Arnaut stak zijn zwaard omhoog ten teken dat hij het begrepen had. Hij gaf Schopper de sporen en zag hoe de leider van de boeven wegdook achter zijn eigen paard. Arnaut merkte minachtend op dat Padraig zich ook niet in de buurt van de barricade gewaagd had, tot dusverre. Het strijdros draafde donderend op zijn magere collega af.

Padraig hoorde de hoefslag naderen. Met angst en beven had hij moeten aanzien hoe Arnaut zeven van zijn beste mannen zonder inspanning onschadelijk had gemaakt. En nu kwam die ruiter, met dat embleem van de rijzende zon, recht op hem af gereden. Hij besloot dat hij dan maar liever een pijl riskeerde, en klom zo snel hij kon weer in het zadel. Hij gaf zijn paard de sporen en galoppeerde naar het zuiden.

Maar Schopper, die misschien niet erg snel optrok, was veel sneller dan het arme paardje van de bandietenleider en de afstand tussen de twee werd allengs kleiner. Padraig hoorde de achtervolger steeds dichterbij komen. Angstig keek hij achterom en zag dat de jonge ridder hem vlak op de hielen zat. Met een schok besefte hij dat zijn achtervolger nauwelijks meer dan een jongen was. Het open gezicht was zonder rimpel of baardgroei. Misschien was het wel puur geluk, dat hij die zeven man zo opgeruimd had, dacht Padraig hoopvol. Dat waren tenslotte rovers en niksnutten, geen getrainde soldaten. In tegenstelling tot Padraig zelf, die vroeger wel degelijk een gedegen training had gehad. Hij hield zijn paard in en maakte een draai van honderdtachtig graden. Daarna trok hij zijn zwaard en pakte zijn schild beter vast.

Arnaut liet Schopper een paar meter voor de man stoppen. Hij zag de haat opgloeien in de ogen van zijn tegenstander, hij zag het schild en het zwaard. Die Padraig was geen doetje.

'Laat je zwaard op de grond vallen en geef je over!' zei Arnaut. 'Dat aanbod geldt nu, één keer, en dan nooit weer.'

Padraig gromde en dreef zijn paard naar voren. Zijn zwaardarm kwam omhoog, om met een grote boog Arnauts schedel te splijten. Maar Schopper danste opzij, en Arnaut pareerde de klap simpel met zijn schild. Zijn eigen antwoord knalde met enorme kracht tegen het schild van de bandiet, waardoor deze bijna uit het zadel gegooid werd. Nog net wist hij zijn evenwicht te bewaren en ook hij liet zijn paard rechtsomkeert maken.

Opnieuw ging hij in de aanval. In blinde woede hakte hij op de jongeman tegenover hem in, maar Arnaut weerde alle slagen moeiteloos af. Hij vond het best als de man zich eerst flink moe zou maken.

Ten einde raad trok Padraig de teugels naar achteren en zorgde dat er enige afstand tussen hen kwam. Hij hijgde zwaar en het zweet stroomde langs zijn voorhoofd en wangen. Vol ongeloof staarde hij naar zijn tegenstander. Die zat heel ontspannen in het zadel, zijn ademhaling was heel rustig.

'We hoeven dit niet te doen, hoor,' merkte de jongeman kalmpjes op. 'Laat je zwaard toch vallen, man!'

Het waren die kalmte en zorgeloosheid die iets deden knappen in de bandietenhoofdman. Als door een adder gebeten viel hij opnieuw aan, zijn zwaard kwam in een gemene boog naar beneden. Terwijl Arnaut de slag pareerde moest hij denken aan de woorden van heer Roderick, jaren geleden zijn leraar op kasteel Redmont.

Je moet je tegenstander altijd de gelegenheid geven om zich over te geven – maar neem geen onnodige risico's. In een duel weet je nooit wat er kan gebeuren. Een singel kan breken, je kunt je teugels verliezen, soms heeft iemand geluk en weet door je verdediging te breken. Laat het er niet op aankomen!

Hij zuchtte eens diep. Hij had die Padraig nu twee keer de kans gegeven op te houden. Roderick had gelijk, natuurlijk. Nog een keer was dwaasheid. Hij pareerde de slag van de Hiberniër en nam soepel de aanval over. Vier keer maar liefst kwam zijn zwaard met enorme kracht neer op het bovenlijf van zijn tegenstander. Het schild van de arme man vouwde zich bijna dubbel onder de slagen, terwijl Padraig het angstig boven zich probeerde te houden. De vierde klap echode nog over de velden, toen Arnaut Schopper snel naar links liet draaien en de kracht van deze beweging gebruikte om met zijn lange zwaard extra hard tegen Padraigs onbeschermde ribbenkast te meppen.

Hij voelde de misselijkmakende weerstand in zijn zwaardarm en wist dat die laatste klap raak was geweest. Padraig
bleef nog een paar tellen verbijsterd rechtop in het zadel zitten.
Daarna draaiden zijn ogen weg en viel hij als een zandzak uit
het zadel op de grond.

Intussen was de strijd op de barricaden nog voortgegaan. Maar
sommige bandieten hadden zich omgedraaid en gezien hoe hun
aanvoerder roemloos ten onder ging. Hun blikken zochten de
andere commandanten om hen om nieuwe orders te vragen.
Maar die waren allemaal al eerder gesneuveld onder Wills pij-
lenregen.

De een na de ander gaf er nu de brui aan en rende zo hard
hij kon weg van het strijdtoneel, terug over de weg naar het bos.
Binnen een paar minuten vormde zich een hele stroom; alle
overgebleven bandieten lieten de aanval en de barricade voor
wat die was. De helft bleef dood of gewond achter op het slagveld of hangend in de barricade.

De slag om Craikennis was voorbij.

Hoofdstuk 29

Het slagveld bood, zoals altijd nadat de strijd was gestreden, een ontnuchterende aanblik. De gesneuvelden lagen in onnatuurlijke houdingen overal in het rond, alsof een reuzenhand hen daar uit de losse pols over het veld gestrooid had. De gewonden zaten stil te snikken of riepen meelijwekkend om hulp. Sommigen probeerden tegen beter weten in weg te kruipen of te strompelen, bang als ze waren dat de mensen die zij nog maar kort geleden hadden overvallen wraak zouden nemen.

De dorpelingen uit Craikennis liepen tussen de achtergebleven verliezers door en namen die met minder ernstige verwondingen gevangen. Een deel van de burgerwacht hield hen met vijandige blikken zorgvuldig in de gaten. Vrouwen gaven eerste hulp aan de zwaargewonden. Ze legden verbanden aan, en gaven de dorstigen te drinken. Vreemd wat een dorst je toch altijd krijgt van een veldslag, dacht de jonge krijger.

Will hielp een groep dorpelingen de wapens en harnassen van de bandieten te verzamelen. Een van de mannen vroeg hem of ze hun pijlen terug wilden hebben, maar hij schudde snel van nee. De helft was toch gebroken, en het idee die bebloede pijlen schoon te moeten maken om ze daarna opnieuw te gebruiken, stond hem bijzonder tegen. Ze hadden trouwens nog meer dan genoeg reservepijlen in de kokers die achter hun zadels vastgebonden waren.

Hij stond te kijken hoe een vrouw uit het dorp voorzichtig

het hoofd van een bandiet omhooghield, terwijl ze hem met kleine slokjes liet drinken. De man kreunde deerniswekkend, en probeerde met zijn ene hand de hare omhoog te houden, met de beker aan zijn mond. Maar de kracht ontbrak hem en hij liet zijn arm slap neervallen.

Vreemd toch, dacht Will, hoe de meest stoere en meedogenloze schurk, eenmaal gewond, verandert in een snikkend jongetje.

Halt stond te praten met Conal en Terrence, de hoofdman van het dorp.

'Nou, Jager,' zei de commandant van de burgerwacht, 'we mogen je wel heel erg bedanken.' Halt haalde zijn schouders op en gebaarde naar Arnaut. De jonge krijger zat, zoals Halt hem gevraagd had, nog steeds boven op Schopper, op het heuveltje vanwaar Halt en Will hun pijlen geschoten hadden. De avondzon scheen recht op de witte hoes over zijn schild, met het embleem van de zonsopgang.

'Jullie kunnen beter de Ridder van de Dageraad bedanken.' zei hij. Hij zag dat Terrence meteen wist wie hij bedoelde. Hij had terecht aangenomen dat de hoofdman de oude mythen en legenden van Hibernia wel zou kennen.

'Is dat heus de...' De man zweeg, eigenlijk durfde hij de legendarische naam nauwelijks hardop uit te spreken.

'Wie anders?' vroeg Halt. 'Je ziet toch wel dat embleem, op zijn schild? Met de rijzende zon? En je moet ook gezien hebben hoe hij negen vijanden neersloeg, nog voor hij bij de aanvoerder gekomen was – die nu ook daarginds dood ter aarde ligt.' Het groepje dat door Arnaut was aangevallen telde niet meer dan zeven mannen, maar Halt wist dat je nooit te vroeg kon beginnen met overdrijven.

Terrence hield zijn hand boven zijn ogen om naar de grote man op het even imposante strijdros te turen. Hij ziet er in elk geval indrukwekkend uit, dacht hij.

Arnaut begreep er niets van. Hij had best mee willen helpen de restanten van de bandieten op te ruimen, maar Halt had hem opgedragen op Schopper te blijven zitten en op dat heuveltje hier te blijven staan wachten.

'En denk erom dat je er raadselachtig uitziet!' had hij hem nog op het hart gedrukt.

Arnaut had geknikt, maar hem daarna met samengetrokken wenkbrauwen aangekeken.

'Hoe moet dat?' vroeg hij. Halt keek hem geërgerd aan en Arnaut voegde er haastig aan toe: 'Luister, als ik verkeerd raadselachtig kijk word je weer boos op me. Dus kun je me beter even helpen!'

'Goed dan. Kijk alsof je een heleboel te zeggen hebt, maar dat om de een of andere reden voor je houdt,' zei Halt. Hij zag dat Arnaut hem niet begreep en veranderde snel de opdracht. 'Laat ook maar. Ga daar staan en kijk alsof iemand je een vis onder je neus houdt die al minstens een week geleden gevangen is.'

'O, dat kan ik wel!' zei Arnaut opgewekt en hij reed naar de bult. Onderweg oefende hij in kijken alsof hij iets smerigs rook.

Maar nu hij daar een tijdje gestaan had, zag hij Halt naar hem wijzen, en hij kon ook zien dat die oude man, die Terrence, nu vol belangstelling in zijn richting stond te kijken. Even vroeg hij zich af wat de mannen bespraken, maar zuchtte toen eens diep. Als Halt wilde was hij bijzonder doortrapt, dacht hij. Waarschijnlijk had hij iets tegen die man gezegd wat Arnaut maar beter niet kon weten. En vast en zeker was het niet waar, wat hij gezegd had.

Bij de barricade stond Halt intussen nog steeds sterke verhalen te verzinnen over de duistere figuur die Arnaut voorstellen moest.

'Je kent die oude legende toch wel,' zei hij. Hij wist zeker dat de man de verhalen kende, maar besloot dat het geen kwaad kon ze nog eens op te halen. 'De Ridder van de Dageraad zou uit het oosten komen helpen, als de zes koninkrijken in gevaar verkeerden.'

Terrence stond erbij te knikken. Halt keek snel naar Conal en zag dat de jongere man niet veel waarde hechtte aan dat bijgeloof. Ach, dacht hij, wat doet dat ertoe. Zo'n praktische doener als Conal, wat moest die met oude sprookjes? Geen wonder dat hij er niet in geloofde. In elk geval kon hem niet ontgaan zijn hoe goed Arnaut met het zwaard overweg kon. Dat zou wel indruk op hem gemaakt hebben.

'En wat verwacht die... Ridder van de Dageraad als dank?' vroeg Conal. 'Moeten we hem iets... tastbaars geven soms?' De korte aarzeling voordat hij de titel van de legende uitsprak bewees dat hij er niet in geloofde. Blijkbaar verwachtte hij dat Halt hun nu om een geldelijke beloning zou gaan vragen.

Halt bleef hem zonder met zijn ogen te knipperen aanstaren.

'Nee hoor, je hoeft hem helemaal niet te bedanken. Zorg alleen dat iedereen ervan hoort, dat de Ridder van de Dageraad uit het oosten is gekomen om de rust en vrede in Clonmel te herstellen.'

Halt zag dat er een rimpel in Conals voorhoofd verscheen. Hoewel je dat niet aan zijn gezicht kon zien, glimlachte hij in zichzelf. Wat Conal wel of niet geloofde deed er niet zo toe. Halt had gezien dat een paar dorpelingen in de buurt hadden gehoord wat hij zei, over die grote ridder op dat grote paard. Ze stonden intussen vol belangstelling naar het verre silhouet te kijken. En hij hoorde hoe de woorden 'Ridder van de Dageraad' van mond tot mond gingen. Roddel en achterklap zouden ervoor zorgen dat binnen een paar dagen de hele streek de mond vol zou hebben van die duistere ridder, die Craikennis had helpen redden. Halt had zich er altijd over verbaasd hoe snel dat soort dingen zich verspreidde. Daar had hij ook op gerekend.

Hij wist ook dat naarmate het gerucht zich verder verspreidde, de heldendaden sterker overdreven zouden worden. Tegen het eind van de week zou aan de andere kant van het leen de mare gaan, dat de Ridder van de Dageraad helemaal in zijn eentje Padraigs bandietenbende had verslagen, met nauwelijks meer dan drie zwaaien van zijn vlammende zwaard.

'Dat zullen we zeker!' zei Terrence enthousiast.

Conal keek Halt indringend aan. Toen hij de eerste keer de grijsgebaarde vreemdeling had ontmoet had hij hem instinctief meteen vertrouwd. Dat vertrouwen was niet beschaamd. Hij voelde dat Halt het bijzonder prijs op zou stellen als dit verhaal overal rondverteld werd. Dat leek hem geen enkel probleem. Conal had al veel gehoord over die religieuze sekte die door Hibernia trok, met een eigen profeet die overal verkondigde dat alleen hij – samen met zijn god – in staat was de mensen te beschermen tegen dat boeventuig. En deze man, vermoedde hij, wilde die bende ondermijnen en tegenwerken. Waarom? Hij had geen idee. Maar hij wist wel dat hij deze kleine man in zijn rare mantel vertrouwen kon. Conal had niets met oude sagen en sprookjes en legenden, maar nog minder met hysterische, bijgelovige dwepers.

'Akkoord, dat doen we,' beloofde hij. Zijn ogen ontmoetten die van Halt, eventjes maar, en ze wisselden een stille boodschap uit. Ze begrepen elkaar, deze mannen. De Grijze Jager knikte dankbaar en Conal sprak verder. 'Blijven jullie vannacht hier slapen? Dit keer zijn jullie wel welkom, binnen de muren,' grijnsde hij.

Maar Halt schudde zijn hoofd. 'Dank voor het aanbod. Maar wij moeten iets regelen in Mountshannon.'

Natuurlijk hadden ze in Craikennis nog niets gehoord over wat zich gisteren in Mountshannon had afgespeeld. Maar nu de bende bandieten was verslagen en uit elkaar gejaagd, zou het niet lang duren, een paar dagen misschien, of het gewone verkeer tussen de plaatsjes in de streek zou weer op gang komen. Halt was benieuwd wat Tennyson had gedaan, sinds ze daar vertrokken waren – en wanneer hij zou horen wat er hier gebeurd was.

Hij schudde de twee mannen hartelijk de hand en draaide zich om naar waar Trek en Abelard rustig stonden te grazen. Will stond een paar meter verderop en ving Halts blik op. De oudere Jager gaf bijna onmerkbaar een knikje en Will kwam snel naar hem toe gelopen. Samen bestegen zij hun paarden en reden weg naar het heuveltje waar Arnaut nog steeds op hen stond te wachten.

'Waarom kijkt Arnaut zo raar?' vroeg Will.

Er verscheen een lachje om Halts lippen. 'Volgens mij heeft iemand hem een rotte vis voorgehouden!' zei hij. Tot zijn grote genoegen zag hij dat Will daar niets van begreep. Soms, dacht hij, is het wel eens goed om die jongelui een beetje van hun stuk te brengen.

Mountshannon lag er verlaten bij. Het leek erop dat er niet meer dan een stuk of vijf, zes oudere bewoners in het stadje waren achtergebleven – te oud of te zwak om te reizen – en die lieten zich net zo lief niet zien. De drie mannen uit Araluen reden door de stille hoofdstraat, waar gesloten luiken en deuren hen aan beide kanten niet erg welkom heetten. Soms zagen ze een glimp van een gezicht achter een venster, dat snel teruggetrokken werd omdat de eigenaar een stap achteruit deed. Maar dat gebeurde slechts een enkele keer. Het was al laat in de middag en de schaduwen werden langer en langer. De lage zon leek het gevoel van verlatenheid dat over het dorp hing alleen maar te accentueren.

Halt duwde zijn hakken naar achteren en Abelard begon te draven. De anderen volgden zijn voorbeeld en zo reden ze naar het marktterrein, dat ook al helemaal leeg bleek.

Verdwenen waren alle kramen. Het grote witte paviljoen, dat als hoofdkwartier van Tennyson gediend had, was ook afgebroken. Het enige teken van recent leven werd gevormd door twee kleine groene tenten in de uiterste hoek van het veld. In het midden van het veld zagen ze een grote zwarte plek, waar duidelijk een enorm vuur gebrand had. Het gras eromheen was grondig platgetrapt, in een kring van wel tweehonderd meter doorsnede.

'Wat denken jullie? Wat zou hier gebeurd zijn?' vroeg Will, wijzend naar de geblakerde cirkel. Halt bestudeerde de plek een tijdje.

'Ik denk dat de burgerij Alquezel dank gebracht heeft, omdat hij hen gered heeft.'

'Je bedoelt dat ik in Craikennis ook een kampvuur en bijpassend feestje had kunnen krijgen?' vroeg Arnaut. De twee anderen keken hem aan. Verontschuldigend haalde Arnaut zijn schouders op. 'Nou, je hebt toch tegen de dorpelingen van Craikennis gezegd dat ik hen gered had? Of niet?'

'Ja,' zei Halt. 'En?'

'En... nou, ik had ook wel wat aanbidding willen krijgen in ruil voor alle moeite. Misschien een vuurtje, of een feestje. En wees maar niet bang, ik had heus wel gezorgd dat mijn dienaren ook hun deel gekregen hadden, hoor!' En hij maakte deftig kijkend een koninklijk gebaar om hen erbij te betrekken. Het effect werd meteen daarna tenietgedaan door zijn brede grijns.

Halt mompelde iets onverstaanbaars en draafde met Abelard weg naar de tenten.

'Ik probeerde alleen maar raadselachtig te doen, hoor!' riep Arnaut hem achterna.

Die avond pakten zij hun boeltje op en reden het dorp in. Ze rammelden aan de deur van de herberg. Maar er kwam geen reactie. Arnaut liep achteruit en zette een enorme keel op.

'Hallo daar! Herbergier! Is daar iemand?'

Will en Halt krompen in elkaar, geschrokken door dat plotselinge geschreeuw. 'Wil je ons de volgende keer waarschuwen?' zei Will zuur.

Arnaut keek hem beledigd aan. 'Ik probeerde alleen maar te helpen, hoor!'

Maar nog steeds kwam er geen reactie uit de herberg. Ze stonden te overwegen of en zo ja, hoe ze zouden inbreken, zodat ze eindelijk eens een nacht in een comfortabel bed konden slapen, toen ze achter zich schuifelende voetstappen hoorden. Een bejaarde vrouw, krom van de ouderdom, met een grote sjaal om haar hoofd en schouders geslagen, was uit het huisje naast de herberg gekomen om te zien wat er aan de hand was. Ze keek naar hen met tranende ogen, duidelijk bijziend, maar haar instinct zei haar dat ze van deze mannen geen gevaar te duchten had.

'Ze zijn weg. Allemaal weg,' merkte ze enigszins overbodig op.

'Waarheen dan wel?' vroeg Halt. Ze maakte een vaag gebaar in de richting van het noorden.

'Ze zijn met de profeet naar Dun Kilty gegaan. Althans dat zeiden ze.'

'Dun Kilty?' herhaalde Halt. 'Naar het kasteel van koning Ferris?'

De vrouw keek hem aan met een vermoeide en gelaten blik in de ogen. Ze knikte.

'Precies. De profeet...'

'U bedoelt Tennyson?' onderbrak Will haar.

De vrouw keek hem geërgerd aan, niet blij met de onderbreking. 'Jazeker, de profeet Tennyson. Hij zegt dat zijn god op die plek weer vrede en rust zal brengen in dit land. En hij riep de mensen van Mountshannon op om hem te volgen om die vrede te brengen en daar gingen ze allemaal, stelletje schapen.'

'Maar u niet,' zei Halt.

Het bleef enige tijd stil terwijl ze hem aankeek.

'Nee,' zei ze ten slotte. 'Er zijn nog mensen hier die de oude goden in ere houden. En die weten dat de goden ons soms goede en soms kwade tijden gunnen. Een god die alleen maar goeds belooft, daar geloof ik niet in.'

'Waarom niet?' vroeg Arnaut belangstellend, toen ze verder niets meer leek te willen zeggen. Ze keek hem aan, en aan haar oogopslag was duidelijk te zien dat deze vrouw door leven en lijden wijs geworden was.

'Een god die je zowel goed als kwaad brengt, die is niet zo veeleisend,' antwoordde zij. 'Misschien een schietgebedje af en toe. Of een kleine offerande, soms. Maar een god die de hemel op aarde belooft?' Ze schudde haar grijze hoofd en maakte het gebaar om het kwaad af te weren. 'Zo'n god, die is nooit tevreden. Die wil alleen maar meer en meer, wat ik je brom.'

Halt glimlachte haar toe en knikte. Hij herkende de wijsheid die komt met de jaren, en het verlies aan idealen dat daarbij hoort.

'Ik ben bang dat u helemaal gelijk heeft,' antwoordde hij haar.

Ze haalde haar schouders op. Ook lof was niet meer aan haar besteed.

'Ik weet dat ik gelijk heb,' zei ze. En voegde eraan toe: 'Er is een klein deurtje aan de zijkant dat ze nooit op slot doen. Daar kunnen jullie naar binnen. Dan hoeven jullie tenminste niet meer op alle deuren te bonken en zo hard te schreeuwen dat zelfs het kerkhof wakker wordt.'

Ze wees in de steeg naast de herberg. Daarna draaide zij zich om en schuifelde weer terug naar haar huisje en haar warme kachel. Het werd al laat en ze had het koud. Op haar leeftijd, dacht ze, kun je maar beter dicht bij je haardvuur blijven.

Onze vrienden vonden de deur die de oude vrouw hun gewezen had en ze lieten zichzelf binnen. Halt stak het vuur aan, plus een paar kaarsen. Arnaut zocht in de voorraden naar iets eetbaars en Will zette achter de herberg de paarden op stal.

Een tijdje later zaten ze op hun gemak rond het vuur en aten met smaak het brood, al was dat wat oudbakken, met kaas en een paar plakken ham. Als toetje aten ze een appel en ze spoelden dit alles weg met de onvermijdelijke koffie. Halt keek in de gelagkamer om zich heen. Normaal gesproken was het hier een drukte van jewelste, wist hij.

'Dus het is zover,' zei hij hardop. En toen zijn twee jonge metgezellen hem vragend aankeken legde hij uit: 'De laatste fase van Tennysons plan is begonnen. Het klassieke scenario van de Buitenstaanders. Hij heeft een flinke groep bekeerlingen en volgelingen om zich heen weten te verzamelen, die allemaal zullen getuigen dat hij en hij alleen in staat is om de bandieten bang te maken en weg te jagen. Waarschijnlijk heeft hij uit andere dorpen die hij zogenaamd gered heeft ook mensen hierheen laten komen. En zo trekken ze van dorp naar dorp, en elke dag wordt zijn groep groter en groter. En hoe meer mensen zich aansluiten, hoe groter de hysterie.'

'En dan,' zei Will, 'komen ze in Dun Kilty en dagen de koning uit.'

Halt knikte. 'Niet rechtstreeks natuurlijk. Daar zijn ze te slim voor. Tennyson doet eerst net alsof hij de koning alleen maar wil helpen. Maar langzaam maar zeker worden de mensen steeds afhankelijker van hem en zijn goedgunstigheid, en wat de koning vindt of doet wordt steeds minder relevant. En dan neemt Tennyson de macht over.'

'Als je hoort hoe de mensen over de koning praten zal dat niet lang meer duren,' merkte Arnaut op. 'Het heeft er alle schijn van dat hij met de dag minder belangrijk wordt.' Hij aarzelde even, beseffend dat hij het over Halts broer had, en zei toen: 'Sorry, Halt, ik bedoelde natuurlijk niet...'

Hij maakte de zin niet af, maar Halt gebaarde dat hij zich niet hoefde te verontschuldigen.

'Het is goed, Arnaut, zo veel achting heb ik nou ook weer niet voor die broer van mij. En het is duidelijk dat zijn onderdanen het inmiddels met me eens zijn.'

Will staarde nadenkend in de vlammen. Hij dacht na over Halts beschrijving van de loop der gebeurtenissen.

'Dat wij hem in Craikennis hebben weten af te slaan, zal dat hem niet tegenhouden?'

Halt schudde van nee. 'Natuurlijk is dat een tegenvaller. Maar op zichzelf zal hij er weinig last van hebben. Er zijn al veel meer van die aanvallen geweest die wél geslaagd zijn. Dat maakt de hysterische bewondering van de mensen uit Mountshannon er niet minder op. Het zou hem beter uitgekomen zijn als ze Craikennis hadden overrompeld, maar echte last... nee.'

'Tenzij we ervoor zorgen dat het hem alsnog lastig gemaakt wordt,' zei Arnaut peinzend. Halt grijnsde naar hem. Die jonge ridder had zo nu en dan de gave om de spijker op zijn kop te slaan.

'Precies. Waarschijnlijk weet hij niet eens wat er in Craikennis gebeurd is. Als ik een van die bandieten was, die wegvluchtten toen Arnaut Padraig overwon, zou ik geen haast hebben om dat aan de profeet te gaan vertellen! Mannen als Tennyson hebben de vervelende gewoonte om de brenger van slecht nieuws te straffen. Wat hij verwacht, terwijl hij met zijn groeiende schare volgelingen en discipelen verder trekt, is dat hij wordt achtervolgd door geruchten over bloedbaden. Hoort hij die niet, dan zal hij zich niet eens direct zorgen maken.

Maar als wij daarentegen nu het verhaal gaan vertellen, overal, over hoe de Ridder van de Dageraad opgestaan is en uit het oosten kwam om de bandieten neer te slaan, dan is dat natuurlijk heel andere koek. Als wij daar in Dun Kilty gaan vertellen hoe die Ridder in zijn dooie eentje wel tweehonderd bloeddorstige rovers en bandieten wist weg te jagen, dan moet hij dat wel zien als een aanval op zijn positie. Dan kan hij niet net doen alsof het hem niets aangaat.'

'En is dat wat we willen?' vroeg Will fronsend. Halt keek hem even zwijgend aan.

'Dat is precies wat we willen,' zei hij toen. 'Ik heb wel zin in een confrontatie met onze profeet Tennyson.'

Hij leunde achterover in zijn stoel en rekte zich gapend uit. Het was weer een lange dag geworden, dacht hij. En er kwamen nog een paar heel lange dagen.

'Laten we maar proberen te slapen,' zei hij. 'Will, morgen moet jij Tennyson achterna gaan om een oogje in het zeil te houden. Arnaut en mij kent hij, maar jou heeft hij nooit eerder gezien. Je kunt gewoon weer je minstrelen-act opvoeren.'

Will knikte. Het zou nauwelijks een probleem zijn om zich ongemerkt aan te sluiten bij zo'n grote groep mensen. En als minstreel en potsenmaker zouden ze hem waarschijnlijk verwelkomen.

'Als hij het normale patroon volgt, dan maakt hij een grote bocht langs allerlei plaatsen en gehuchten, en dan komt hij over een week of zo in Dun Kilty aan. Zo gauw je weet wat zijn plannen zijn, kom je ons dat weer vertellen.'

'En waar zal ik je dan treffen?' vroeg Will, hoewel hij eigenlijk het antwoord al wist.

Halt bevestigde zijn vermoedens.

'Wij gaan rechtstreeks naar Dun Kilty. Het wordt hoog tijd voor een reünie met mijn broertje.'

Hoofdstuk 30

Dun Kilty was wis en waarachtig een indrukwekkend kasteel, vond Arnaut. Het stond midden in een ommuurde stad, boven op een rotspunt met dezelfde naam, en torende hoog uit boven de minder verheven gebouwen eromheen. De massieve grijze muren waren hier en daar wel tien meter hoog.

'Zo, dat was geen haastwerk, dat kasteel van jullie!' zei hij tegen Halt, terwijl zij door een drukke straat liepen, vol kooplieden, kramen, ambachtslieden en knechten, die van alles vervoerden, van bouwmateriaal tot groente, en van halve koeien voor de slager tot forse ladingen verse mest die uit de stallen naar buiten de stad gebracht moesten worden. Tot zijn afkeer zag Arnaut dat de twee laatste nogal eens langs elkaar schampten, een gebeurtenis waar de kadavers niet helemaal onbevlekt uit te voorschijn kwamen. Vanavond zou hij maar liever vis eten.

'Het is een heel oud fort,' bevestigde Halt, 'een paar honderd jaar ouder nog dan Araluen. En het stond er allang voordat de stad eromheen opkwam.'

Arnaut tuitte zijn lippen. Dat was niet niks. Maar Halt bedierf het effect door op te merken: 'En het is verdraaid tochtig, in de winter!'

Twee dagen daarvoor hadden ze afscheid genomen van Will, toen zij rechtstreeks naar Dun Kilty reden. Zoals Halt al had voorspeld waren de geruchten over de slag bij Craikennis hen vooruitgesneld. Niet voor de eerste keer verbaasde hij zich erover dat geruchten zich blijkbaar ook zonder boodschappers leken te verspreiden.

Maar er werd ook al vol ontzag gesproken over hoe Tennyson in Mountshannon een aanval had weten te voorkomen. Halt proefde grote onzekerheid bij de mensen die zij erover spraken. Ze wisten niet wie ze moesten geloven of volgen. De verhalen over de Buitenstaanders en hoe zij de mensen konden beschermen tegen de wetteloosheid die al een tijd door het land raasde, werden al langere tijd verteld. Vooral in andere koninkrijken hadden ze het er steeds over. Maar die Ridder van de Dageraad, dat was nieuw. Anderzijds kenden de meeste mensen de legende al sinds hun kindertijd, en ze wisten even niet op wie ze het meest konden vertrouwen. 'We wachten maar eens af,' was het algemene gevoel – en dat was precies wat Halt wilde.

De vorige avond hadden ze naast de weg hun tenten opgeslagen. Halt was meteen druk in de weer gegaan. Arnaut had staan kijken hoe hij pennen en inkt en stukken perkament en was en zegels tevoorschijn haalde en zuchtte diep. Hij wist dat Halt op het punt stond om te beginnen met wat hij 'creatieve administratie' noemde. Voor Arnaut was het gewoon vervalsing. Hij herinnerde zich nog goed hoe Halts kunsten hem ooit vreselijk geschokt hadden, hoe onnozel en onschuldig hij was geweest. Inmiddels was hij een stuk minder naïef. En niet voor het eerst besloot hij dat naarmate hij langer optrok met twee Grijze Jagers, zijn morele standaard alleen maar verder naar beneden ging.

Halt keek op van zijn bezigheden, zag Arnauts blik en raadde wat er door de jongeman heen moest gaan.

'Het is alleen maar een *Laissez Passer*, hoor, een reisdocument getekend door Duncan. Een paspoort voor jou om in de troonzaal te komen. Ik weet geen andere manier om in de buurt van Ferris te komen.'

'Kun je hem niet gewoon laten weten dat je teruggekomen bent?' vroeg Arnaut. 'Hij zal toch niet weigeren je te ontvangen?'

Halt stak weifelend zijn onderlip naar voren. 'Misschien,' antwoordde hij. 'Maar misschien vindt hij het ook gemakkelijker om me te laten vermoorden. Deze manier is veiliger. Bovendien wil ik zelf een goed moment uitkiezen om hem te laten merken dat ik er weer ben.'

'Nou, als jij dat denkt...' zei Arnaut. Hij vond het nog steeds maar niets, om met vervalste documenten rond te moeten lopen. Hij zag hoe Halt een perfecte kopie van het koninklijke zegel van Araluen in een klodder vloeibare was drukte, onder aan het document.

Weer keek Halt op. 'Als we alles van tevoren geweten hadden, dan had Duncan ons zelf zo'n pasje gegeven, dat weet ik zeker. Ik begrijp niet waarover je je zo druk maakt.'

Arnaut wees naar het zegel dat Halt net weer opgeborgen had in het kleine leren zakje waarin hij het bewaarde.

'Misschien wel. Maar weet hij dat jij dat daar hebt?'

Halt gaf niet meteen antwoord. 'Nee, ik denk het niet,' zei hij. 'Maar wat niet weet, dat niet deert. Mij deert het in elk geval niet.'

In Araluen was het een halsmisdrijf om een kopie van het koninklijk zegel in bezit te hebben, laat staan als je het ook nog eens durfde te gebruiken. Natuurlijk wist Duncan heel goed dat Halt zijn zegel nagemaakt had en het af en toe wel eens gebruikte. Maar hij had al lang geleden besloten dat het beter was net te doen alsof zijn neus bloedde.

Halt wapperde met het document om de inkt te laten drogen en de was te laten stollen. Daarna legde hij het voorzichtig neer.

'Zo. Nu je schild,' zei hij.

De linnen hoes was nogal gehavend uit de strijd met Padraig

gekomen. Ze moesten een duurzamere oplossing verzinnen. Die middag waren ze door een dorpje gekomen en Halt had daar verf en een paar kwasten gekocht. Hij begon heel secuur het schild te voorzien van het embleem met de opgaande zon. Arnaut zag de punt van zijn tong tussen zijn lippen uit steken. Dat deed Halt altijd als hij met een secuur karweitje bezig was, wist hij. De Grijze Jager zag er ineens een heel stuk jonger door uit.

'Ziezo,' zei hij tevreden toen hij klaar was met de laatste horizontale lijn, onder langs de rode zon. 'Niet gek, al zeg ik het zelf.'

Hij liet Arnaut het schild bewonderen en de krijger knikte.

'Mooi geschilderd, hoor,' beaamde hij. 'En in elk geval beter gelukt dan dat eikenblad dat je jaren geleden voor me schilderde in Gallica, weet je nog?'

Halt grijnsde. 'Ja, en of ik me dat herinner. Toen hadden we meer haast. Een beetje geklieder was dat. Dit is beter. Een cirkel en een rechte lijn zijn ook niet zo ingewikkeld als een eikenblad.'

Hij zette het schild schuin tegen een boomstam om het te laten drogen. De volgende ochtend was de verf hard geworden en zo speelde Arnaut, toen ze weer op weg gingen, weer de rol van Ridder van de Dageraad.

Af en toe zeiden mensen iets terwijl ze door Dun Kilty reden. Anderen wezen naar het schild en maakten een opmerking achter hun hand. De mensen zien het, echt, dacht Arnaut. En ze herkennen het embleem ook.

Er was iets wat Arnaut dwarszat en hij besloot dat hij het nu maar ter sprake moest brengen.

'Halt,' begon hij, 'ik vroeg me af...'

Meteen had hij er spijt van dat hij zo begonnen was. Halt trok meteen weer dat lijdende gezicht dat hij klaar had liggen voor als een van de jongemannen hem iets vroeg. In plaats van te wachten tot Halt iets zou roepen ging Arnaut gewoon door.

'Ben je niet bang... dat mensen je zullen herkennen?'

'Me herkennen?' vroeg Halt. 'Niemand hier heeft me ooit gezien, niet sinds ik een jongen was tenminste.'

'Misschien hebben ze jou nooit gezien, nee, maar jullie... jullie zijn toch...' Hij had besloten dat het niet verstandig was hier op straat hardop te spreken over Halts relatie met de koning. 'Jullie zijn toch tweelingen, niet? Dus jullie zullen wel op elkaar lijken. Ben je niet bang dat er iemand komt die roept: "Oh, kijk nou toch! Die man is net... je weet wel, maar dan in een grauwe mantel!"'

'Aha, ik begrijp wat je bedoelt. Nou, dat betwijfel ik ten zeerste. Trouwens, de kap van die grauwe mantel bedekt het grootste deel van mijn gezicht. En de mensen hebben alleen maar oog voor jou, mij zien ze helemaal niet.'

'Ja, dat zal wel,' gaf Arnaut toe. Daar had hij nog niet aan gedacht.

Halt ging verder. 'Er zijn trouwens verschillen genoeg tussen je weet wel en mijzelf. Ik heb een grote baard, en hij heeft een sik, als ik het wel heb. Zo'n stom puntje op zijn kin. En zijn snor is ook veel kleiner.' Hij zag de onuitgesproken vraag in Arnauts ogen en antwoordde: 'Ja, ik ben af en toe nog wel eens langs geweest hier. Alleen heb ik het niemand verteld natuurlijk.'

Arnaut knikte. Dat begreep hij.

'Bovendien,' zei Halt opgewekt, 'hij draagt zijn haar naar achteren gekamd, uit zijn gezicht, terwijl ik zo'n beetje...' Hij aarzelde, zoekend naar de juiste term.

'Jouw haar is meer een ragebol?' suggereerde Arnaut behulpzaam. Het schoot eruit voor hij het in de gaten had. Halts kapsel was altijd een pijnlijk punt. Veel mensen hadden er commentaar op. De Jager keek hem grimmig aan.

'Dank je,' zei hij koeltjes. Even zweeg hij en besloot toen stijfjes: 'Ik denk dus niet dat er veel kans is op dat soort misverstanden. Een koning heeft nu eenmaal geen ragebol, zoals jij het zo vriendelijk noemt.'

Even overwoog Arnaut te antwoorden, maar toen besloot hij dat het verstandiger zou zijn dat maar niet te doen. Ze reden verder, nu over een steil pad vol bochten dat naar de poort van het kasteel leidde. Ze kwamen maar langzaam vooruit, omdat er veel voetvolk onderweg was. Zij waren de enige ruiters op weg naar het kasteel en de plaatselijke bevolking keek hen nieuwsgierig na.

'Trek maar je meest hooghartige gezicht,' zei Halt uit zijn mondhoek. 'Tenslotte ben je hier als officiële gezant van de koning van Araluen!'

'Je bedoelt dat ik hier als nepgezant ben,' antwoordde Arnaut met even gedempte stem. 'Daar hoort eigenlijk geen arrogantie bij.'

'Ach, weten zij veel – ik ben een meestervervalser!' Halt klonk best trots en Arnaut keek hem van opzij aan.

'En dat is evenmin iets om zo trots op te zijn,' zei hij.

Halt grijnsde hem opgewekt toe. 'Ach, Arnaut, je bent zo'n heerlijk gezelschap, wist je dat? Je herinnert me er steeds aan hoe decadent en verdorven ik op mijn oude dag geworden ben! En nu een beetje arrogantie, alsjeblieft.'

'Ik kijk liever raadselachtig. Ik denk dat ik dat intussen wel onder de knie heb.' Halt keek verrast naar de grote man naast hem op. Arnaut werd volwassen en kreeg steeds meer zelfvertrouwen, besefte hij. Het was tegenwoordig niet meer zo gemakkelijk om hem in complete verwarring te brengen, zoals vroeger. Soms dacht Halt zelfs eventjes, heel af en toe, dat hij deze oude man net zo voor de gek hield als de oude man vroeger de jongere. Hij wist zo gauw geen gemene opmerking terug te verzinnen, dus liet hij het er maar bij zitten.

De poort van het kasteel stond open. De stad werd niet bedreigd of aangevallen en er was dus een constante stroom verkeer, de binnenhof in en uit. Wagens, karren, mensen te voet met een bundel op hun rug, het was een komen en gaan van jewelste. Elk koninklijk kasteel moest natuurlijk voortdurend bevoorraad worden met heerlijke spijzen, bieren en wijnen. En in zo'n oud kasteel moest ook altijd wel wat hersteld en gerepareerd worden. Dus liepen in de drukte overal leveranciers tegen werklui op. Arnaut moest denken aan een mierenhoop.

Maar al stond de poort wel open, dat betekende niet dat er geen wachtposten stonden. Zodra zij de twee onbekende ruiters zagen, stapten zij naar voren en kruisten met elkaar de speren. Arnaut en Halt mochten niet naar binnen voordat ze verteld hadden wie ze waren en wat ze daar moesten. Een paar voetgangers vlak voor hen wrongen zich gehaast langs de wachters, om binnen te komen en aan het werk te gaan.

'En wie zijn jullie, wanneer jullie thuis voor de haard zitten?' vroeg de grootste van de twee.

Arnaut deed zijn best niet te grijnzen. Ze maakten er hier in Clonmel wel een potje van, vond hij. Op kasteel Araluen zouden de wachters zich beperkt hebben tot het formele: 'Halt! Wie daar?'

'Jonker Arnaut, ridder van het rijk Araluen, de Ridder van de Dageraad die uit het oosten komt, met een boodschap van de grote koning Duncan, voor koning Ferris,' zei Halt.

Arnaut staarde strak voor zich uit zonder een spiertje te vertrekken. Dus Duncan was een grote koning, en Ferris een gewone? Halt leek het flink te willen overdrijven.

Maar hij liet niets merken. Uit zijn ooghoeken zag hij hoe enkele mensen verrast opkeken, toen ze de woorden 'Ridder van de Dageraad' hoorden.

Maar de wachters leken niet onder de indruk. Daar waren het wachters voor. De grootste stak zijn hand uit naar Halt.

'O? En wat voor papieren heb je om dat te bewijzen?' vroeg hij op de zangerige toon waarmee Hiberniërs praten.

Arnaut stak zijn hand in zijn binnenzak en haalde het *Laissez Passer* tevoorschijn dat Halt zo ijverig had zitten maken, de vorige avond. Hij gaf het aan Halt, die het op zijn beurt aan de wacht overhandigde. Arnaut keek de andere kant op en gaapte maar eens. Een aardig detail, dacht hij – het soort van gebaar dat een echt hooghartig iemand in deze situatie zou kunnen maken. En heel raadselachtig, natuurlijk.

De wacht bestudeerde het document. Natuurlijk kon hij het niet lezen, maar het zegel leek wel erg officieel en indrukwekkend. Hij keek zijn kompaan even aan.

'Het is goed,' zei hij en gaf het document terug aan Halt, die het op zijn beurt weer aan Arnaut in bewaring gaf. Daarna trokken de wachten hun speren terug en stapten opzij, zodat Halt en Arnaut het kasteel binnen konden rijden.

Ze gingen in de richting van de grote donjon in het midden, waar de kantoren moesten zijn. Weer moesten ze wachten, terwijl verschillende functionarissen, onder wie de sergeant van de wacht zelf, hun papieren onderzochten. Arnaut bedacht dat Halt gelijk had gehad. Bijna niemand keurde de Jager een tweede blik waardig. Alle ogen waren gericht op Arnaut, die in harnas en volle bewapening, en gezeten op een heus strijdros, van de twee bezoekers wel de belangrijkste moest zijn. Als aan de wachten later gevraagd zou zijn Halt te beschrijven, betwijfelde hij ernstig of ze dat wel zouden kunnen.

Ze lieten hun paarden buiten staan en werden de donjon in geleid door een andere wachter, tot op de derde verdieping, waar Ferris zijn gasten ontving in zijn audiëntievertrek.

Daar werden ze opnieuw tegengehouden, nu door de adjudant, een jongeman met een prettige uitstraling. Arnaut bestudeerde hem stiekem. Een man met militaire training, dacht hij. Hij had een lang zwaard aan zijn zijde en zag eruit alsof hij er ook mee overweg kon. Hij was bijna even groot als Arnaut, alleen niet zo breedgeschouderd. Donkere krullen omlijstten een smal, intelligent gezicht en hij begroette hen met een vriende-lijke, zij het wat vermoeide glimlach.

'Welkom op dit slot,' zei hij. 'Wij zijn altijd blij onze verwan-ten uit Araluen te ontvangen. Mijn naam is Sean Carrick.'

Vanuit de donkerte van zijn kap keek Halt de jongeman belangstellend aan. Carrick, zo heette de koninklijke familie. Deze jongeman was dus familie van de koning. Logisch, dacht hij. Koningen benoemden graag familieleden op belangrijke posten. Maar daarmee was de jongeman ook familie van Halt.

Arnaut stak een gehandschoende hand uit. 'Arnaut,' stelde hij zich voor, 'ridder van het hof van Araluen, commandant van de koninklijke garde en kampioen van de kroonprinses Cassan-dra.'

Sean Carrick keek even naar het document dat Halt hem op-nieuw had voorgehouden, met een glimlachje om zijn lippen. 'Dat las ik,' zei hij. En hij voegde eraan toe, het hoofd een beetje scheef: 'Maar ik heb geruchten gehoord over iemand die ze de Ridder van de Dageraad noemen.' En hij keek veelbetekenend naar het embleem op Arnauts borst. Halt had niet alleen zijn schild beschilderd, maar hem ook een witte linnen tuniek met het teken van de opgaande zon gegeven, uit zijn zadeltas vol wonderbaarlijke zaken.

'Zo word ik wel genoemd hier,' antwoordde Arnaut zonder deze identiteit te bevestigen of te ontkennen. Sean knikte, te-vredengesteld door dat antwoord. Even keek hij naar de man die half achter de jonge ridder stond en fronste zijn wenkbrau-wen. Ergens kwam die man hem bekend voor. Hij had het ge-voel dat hij hem al eerder ontmoet had.

Voor hij de voor de hand liggende vraag kon stellen zei Ar-naut tussen neus en lippen: 'O, dit is mijn bediende, Michael.' Hij herinnerde zich dat Halt eerder die week ook al een Michael had moeten spelen. Die man komt nog eens ergens, dacht hij geamuseerd.

Sean Carrick knikte weer. Hij was Halt alweer vergeten. 'Natuurlijk!' Hij keek even naar de enorme deuren achter hem en zijn bureau. 'De koning heeft op dit moment geen bezoekers. Laten we maar eens kijken of hij jullie kan en wil ontvangen.'

Hij glimlachte verontschuldigend en glipte door de deur, waarna hij die zorgvuldig achter zich dichttrok. Hij bleef een paar minuten weg en kwam toen weer naar buiten om hen te wenken.

'Koning Ferris zal u nu ontvangen,' zei hij. 'Wilt u wel uw wapens hier achterlaten, alstublieft?'

Dat was logisch. Arnaut en Halt lieten hun wapentuig achter op het grote bureau van Sean. Arnaut zag bezorgd dat de schede van Halts werpmes wel leeg was, maar dat het wapen zelf nergens te zien was. Maar daar moest hij zich maar niet druk om maken. Halt wist vast wel wat hij deed, dacht hij terwijl ze door de grote dubbele deuren naar binnen liepen.

Carrick ging hen voor naar de troonzaal, die nogal klein was voor een troonzaal, vond Arnaut, al kende hij eigenlijk alleen die van Duncan. Dat was een enorm lange hal met een heel hoog plafond. Deze was vierkant, niet veel meer dan tien bij tien meter. Aan de andere kant zat, op een eenvoudige houten troon op een verhoging, koning Ferris.

Sean Carrick introduceerde de bezoekers en trok zich toen terug. Ferris keek hen nieuwsgierig aan. Hij vroeg zich af wat een delegatie uit Araluen in 's hemelsnaam bij hem te zoeken had, en waarom hij niet van tevoren een bericht had gekregen. Hij wenkte dat ze dichterbij konden komen. Arnaut ging als eerste, Halt als een schaduw vlak achter hem.

Terwijl ze dichterbij kwamen bestudeerde Arnaut het gezicht van de koning van Clonmel. Het was duidelijk te zien dat Halt en hij familie van elkaar waren, vond hij. Maar er waren ook verschillen. Er zat meer vlees op het gezicht van de koning, en dat betekende dat zijn trekken minder scherp waren. Ferris was duidelijk een man die hield van eten en drinken. Dat zag je ook aan zijn lijf. Halt was hard en tanig, zijn tweelingbroer was zacht en mollig.

En dan waren er natuurlijk verschillen in stijl. Zoals Halt al had aangekondigd, droeg de koning een sikje met een strak gesneden snor daarboven. Zijn haar was even strak naar achteren getrokken door een gevlochten leren band. En dat haar, inclusief dat van zijn baard, was pikzwart, waardoor hij minstens tien jaar jonger leek dan zijn broer. Arnaut keek nog eens goed en kwam tot de conclusie dat het haar geverfd moest zijn. Het glom te veel en de kleur was overal hetzelfde. Hij was nog een ijdeltuit ook.

De ogen keken ook heel anders de wereld in. Die van Halt waren rustig en keken je recht en strak aan. Ferris leek het moeilijk te vinden langer dan een seconde ergens naar te kijken – inclusief naar de mensen tegenover hem. Hij keek steeds weg, naar de andere kant van het vertrek, alsof hij ergens bang van was.

Ze hoorden de deur achter hen zachtjes gesloten worden, terwijl Carrick terugging naar zijn eigen vertrek. Ze waren alleen met de koning – al durfde Arnaut te wedden dat er minstens tien soldaten binnen gehoorsafstand klaarstonden om binnen te stormen en door kleine kijkgaatjes erop toezagen dat niemand hun koning iets aan zou doen.

Ferris begon te spreken, terwijl hij wees op de kleine gestalte in de wijde mantel achter Arnaut.

'Heer Arnaut,' begon hij. Arnaut schrok. De stem klonk bijna hetzelfde als die van Halt. Als hij zijn ogen dichtdeed zou hij ze niet uit elkaar kunnen houden. Al had Ferris een sterker accent natuurlijk. 'Heeft u die knecht van u geen manieren geleerd? Het is niet erg beleefd om met bedekt hoofd tegenover de koning te blijven staan!'

Arnaut keek onzeker om naar Halt. Maar de Grijze Jager

duwde de kap van zijn mantel al naar achteren. Intussen keek Arnaut snel weer naar de koning. Die had een diepe rimpel in zijn voorhoofd. Die onbehouwen figuur tegenover hem, die kende hij toch ergens van? Maar wie was het dan...

'Hallo, broertje,' zei Halt kalm.

Hoofdstuk 31

Tennyson, verheven profeet van de Gouden God Alquezel en leider van de Buitenstaanders, was buiten zichzelf van woede. Met vuurspuwende ogen staarde hij naar de man die voor hem stond, in elkaar gekrompen en met gebogen hoofd. De kinkel durfde zijn voorganger niet aan te kijken.

'Wat bedoel je, *verloren*?' Dat laatste woord beet hij hem toe alsof hij vergif uitspoog.

De man kromp nog verder ineen en wenste dat hij niet had gehoorzaamd aan zijn instincten en training, door braaf te komen melden dat ze bij Craikennis een smadelijke nederlaag geleden hadden. Ergens had hij verwacht dat Tennyson hem, als een van de dappere overlevenden van de ramp, een beloning zou geven als hij kwam vertellen wat er precies gebeurd was. Maar te laat besefte hij dat alleen brengers van goed nieuws beloond worden voor de moeite.

'Maar edelachtbare,' zei hij met trillende stem, 'ze stonden ons gewoon op te wachten. Ze wisten dat we eraan kwamen.'

'En hoe wisten ze dat dan?' informeerde Tennyson kortaf. Hij ijsbeerde heen en weer door het binnenste vertrek van het witte paviljoen, waar ook het gouden altaar van Alquezel te vinden was. Een krukje dat hem in de weg stond gaf hij een enorme schop, zodat het door de lucht wentelend op de arme boodschapper afvloog – die nog maar net opzij kon springen. 'Hoe konden ze dat nu weten? Wie kan hen gewaarschuwd hebben? Wie is de verrader?'

Zijn stem klonk luider en luider, terwijl deze gedachten hem een voor een kwamen kwellen. Die Padraig, dat was geen al te groot licht, natuurlijk. Maar hij was wel een getrainde militair, en hij moest geweten hebben dat je vooral de vijand niet moet waarschuwen dat je eraan komt. Het was bovendien allemaal zo snel gegaan, de beslissing om Craikennis aan te vallen, dat er ook nauwelijks tijd voor verraad geweest kon zijn. Maar op de een of andere manier waren de plannen toch uitgelekt, en nu kon hij de tachtig man die hij voor deze operatie had ingezet wel afschrijven. De paar die overgebleven waren, en niet gesneuveld of gevangengenomen, waren blijkbaar alle kanten op gevlucht.

Nou ja. Tachtig van die sukkels verliezen, dat was niet echt een probleem. Hij had meer dan genoeg mensen achter zich nu, en die bandietenbende had intussen zijn nut dubbel en dwars bewezen door overal in het land angst en wanhoop te zaaien, waardoor hij, Tennyson, zich op had kunnen werpen als redder van het koninkrijk.

Maar het bloedbad in Craikennis had wel een belangrijke zet moeten zijn in het eindspel dat hij voor ogen had. Die zet was nu verijdeld, en dus stonden de stukken toch anders dan hij gepland had.

De ongelukkige tegenover hem waagde het op te kijken en zag het gezicht van zijn meester dat verwrongen was door woede en frustratie.

'Edelachtbare,' stamelde hij, 'misschien was het de Ridder van de Dageraad die het verteld...'

Verder kwam hij niet. Tennyson had er genoeg van. Zijn hele hoofd werd donkerrood bij het horen van die belachelijke naam. De boodschapper had hem al eerder genoemd. Tennyson liet zijn woede de vrije loop en sloeg met volle vuist op de arme man in. Algauw stroomde het bloed uit de gebroken neus van de man, die als een hoopje ellende in elkaar gedoken de mokerslagen over zich heen liet komen.

'Die… Ridder… van… de… Dageraad… die… bestaat… helemaal… niet! En als je zijn naam nog één keer durft te noemen, dan zal ik je…'

Plotseling hield Tennyson op met slaan. Zijn woede was bijna even snel verdwenen als deze was opgekomen. Dat achterlijke bijgeloof van die Hiberniërs, dat kon nog lastig worden, dacht hij. Als meer mensen gingen geloven in die ridder, dan zou dat zijn eigen positie ondermijnen. Razendsnel dacht hij na. Voor zover hij wist was hij de enige hier die wist dat er tegen alle plannen in geen slachting had plaatsgevonden in Craikennis. Tenminste, bedacht hij zuur, geen slachting onder de dorpelingen dan. Als hij snel handelde kon hij nog steeds het gerucht verspreiden dat het dorp helemaal met de grond gelijk gemaakt was en dat alle bewoners waren vermoord. Tegen de tijd dat die sukkels hier doorkregen wat er echt was gebeurd, zou zijn positie sterk genoeg zijn. Hij had niet voor niets een gevolg van vierhonderd mannen en vrouwen verzameld – die stuk voor stuk zouden zweren dat hij en hij alleen de macht en de kracht had om de roversbenden in het land te weerstaan.

En dus, concludeerde hij, moest elk woord over die zogenaamde Ridder van de Dageraad meteen afgestraft worden.

Ineens merkte hij op dat de man die hij zojuist een pak ransel gegeven had, hem vol angst en vrees aanstaarde. Het bloed stroomde nog steeds uit zijn neus en één oog was al bijna dicht door een stoot van Tennysons vuist. Hij toverde een minzame glimlach op zijn gezicht en stak zijn hand uit naar de man. Zijn stem klonk ineens weer zijdezacht en vreedzaam.

'Vriend, het spijt me verschrikkelijk. Vergeef me, alsjeblieft. Ik kan er niets aan doen, ik word altijd woedend als Alquezels wil niet geschiedt. Maar ik had je daarom nog niet mogen slaan. Wil je me je vergiffenis schenken? Alsjeblieft?'

Hij greep met twee handen die van de arme ziel voor hem vast en keek hem diep in de ogen. Hij zag hoe het voormalige lid van zijn bandietenbende zich enigszins ontspande. Hij straalde nog steeds angst uit, maar die leek al snel weg te ebben. Tennyson liet zijn handen los en draaide zich om naar het altaar, waar een stapeltje kostbaarheden op de god lag te wachten. Tennyson koos er één uit, een ketting van zware gouden schijven. Het sieraad glom zacht, terwijl hij het door zijn handen liet glijden.

'Hier, accepteer dit als een bewijs van mijn welgemeende spijt. En als dank dat je me dit nieuws hebt willen brengen. Ik besef nu dat je daarvoor een moeilijke keuze hebt moeten maken.'

De man staarde gefascineerd naar de kostbare ketting. De ronde schijven draaiden langzaam om hun as, glimmend, dik en duur. Voor een eenvoudig man als hij vertegenwoordigde het ding een fortuin. Hij greep ernaar en was verbaasd over hoe zwaar de ketting was, toen Tennyson hem losliet. Ach, een paar blauwe plekken en een bloedneus voor zo'n ding, dat was het wel waard geweest, dacht hij.

'Dank u wel, uwe heiligheid. Ik vond dat het mijn plicht was...'

'Je hebt gedaan wat je moest doen, beste man. Je plicht, tegenover mij en Alquezel. Vertel me eens, hoe heet je eigenlijk?'

'Kelly, uwe genade. Ik heet Kelly de Schele, tenminste zo noemen ze mij.'

Tennyson keek hem nog eens aan, waarbij hij zorgvuldig zijn afkeer verborg. Ondanks het gezwollen oog kon hij nog net zien waarom de man zo genoemd werd. Zijn ogen keken elk een andere richting op.

'Wel, beste Kelly, ik zal je een andere bijnaam geven, namelijk die van Kelly, Vriend van Alquezel. Ik wed dat je onderweg hierheen niet veel hebt kunnen eten?'

'Nee, edelachtbare, dat is waar.'

Tennyson knikte en glimlachte vriendelijk. 'In dat geval, Kelly, Vriend van Alquezel, loop maar snel naar mijn tent en zeg tegen mijn bedienden dat ze je te eten en te drinken moeten geven. Het beste dat er is, vergeet niet dat erbij te zeggen!'

'O, dank u wel, edelachtbare. Ik moet zeggen dat ik...'

Tennyson stak zijn hand op om hem de mond te snoeren. 'Nee, nee, dat is wel het minste wat ik kan doen. Zeg ze ook dat ze je wonden en schrammen behandelen.' En daarop trok hij een fijne zijden doek uit zijn mouw en bette voorzichtig het bloed van Kelly's wang. Hij maakte er een bezorgd tut-tut-geluidje bij, op en top de liefdevolle herder. Toen het ergste verdwenen was deed hij een stap naar achteren en glimlachte geruststellend. 'Hup, naar mijn tent, jij!'

Hij maakte een zegenend gebaar ten afscheid, en Kelly, de schele Vriend van Alquezel, maakte dat hij wegkwam uit het paviljoen.

Zodra hij verdwenen was begon Tennyson weer te ijsberen. Na een paar minuten riep hij een van zijn reusachtige lijfwachten, die buiten het heilige der heiligen op wacht stond.

'Gerard!'

Het doek ging opzij en de enorme reus kwam naar binnen. Hij en zijn tweelingbroer kwamen oorspronkelijk van de westelijke eilanden. Het waren lompe bruten. En Tennysons beulsknechten, als het zo uitkwam.

'Heer?' vroeg hij onderdanig.

'Ga de leider van de nieuwen halen en breng hem bij me!'

Gerard fronste zijn wenkbrauwen. 'De nieuwe, heer? De nieuwe wat?'

Tennyson moest zich inhouden om niet te schreeuwen tegen de enorme idioot. Maar hij bleef geduldig en sprak zalvend: 'De drie nieuwe mannen, die zich twee dagen geleden bij ons hebben aangesloten. De mannen uit Genova. Weet je nu wie ik bedoel?'

Het gezicht van Gerard klaarde op. Nu wist hij op wie de profeet doelde. Hij bracht de knokkels van zijn rechterhand naar zijn voorhoofd in een soort van saluut en liep snel de tent uit, om de leider van de mannen te gaan zoeken die Tennyson twee dagen eerder ingehuurd had. Ze kwamen uit een land ver weg in het oosten, aan de noordkust van de Constante Zee. De Genovezen, van oorsprong een volk van handelaren en kooplieden, kon je tegenwoordig in elk rijk op het vasteland tegenkomen, gewapend met een kruisboog en een hele serie dolken in alle maten en soorten. Het waren vakkundige sluipmoordenaars en ze wisten alles wat er te weten viel over vergif. Tennyson had een tijdje geleden besloten dat hij wel een paar van dat soort lieden kon gebruiken. Ze waren duur, maar, zo dacht hij, de komende tijden zou het wel eens voor kunnen komen dat hij zonder opzien te baren lastige critici zou moeten lozen. Of iemand die te veel wist – iemand die alles wist over de nederlaag bij Craikennis, bijvoorbeeld. Natuurlijk zouden die twee reuzen van de eilanden dat ook wel kunnen oplossen, maar Tennyson voelde op zijn klompen aan dat er soms een meer subtiele en discrete aanpak nodig was dan het bruut geweld van het opvallende duo. Subtiel en discreet kon je de eilanders nauwelijks noemen.

Tennyson bleef buiten het paviljoen staan wachten tot Gerard met de Genovees zou terugkeren. Hij zag hoe een groepje pas aangekomen volgelingen stond te luisteren naar de liederen van een jonge minstreel. Weer een nieuw gezicht, dacht hij. Hij had die zanger nooit eerder opgemerkt. Die moest in de gaten gehouden worden. Een tweede persoon die de aandacht van zijn volgelingen naar zich toe trok, dat leek hem niet zo'n goed idee. Hoe klein dat groepje ook was. Hij besloot de volgende ochtend een nieuwe regel toe te voegen aan de lijst geboden en verboden van Alquezel: dat voortaan alle muziek verboden zou zijn, behalve natuurlijk lofzangen op de Gouden God zelf.

Zijn aandacht werd afgeleid door de terugkeer van de reus Gerard, met een Genovees op sleeptouw.

'Dank je, Gerard, je kunt nu wel gaan,' zei hij. De reus aarzelde even. Meestal week hij noch zijn broer van de hielen van de profeet, want hun aanwezigheid droeg niet weinig bij aan diens gezag. Maar dit keer was zijn assistentie blijkbaar niet gewenst – Tennyson keek hem boos aan en herhaalde ongeduldig: 'Wegwezen!' De grote man raakte beschaamd zijn voorhoofd aan en liep het paviljoen in. Tennyson bleef alleen achter met de nieuwste aanwinst van zijn kudde.

Die aanwinst was een slanke donkere man, met op zijn hoofd een zwierige hoed met brede rand en een grote veer. Tennyson wist dat die hoed hoorde bij de Genovese klederdracht. Verder ging de man geheel gekleed in strak donker leer. Hij had een brutale glimlach om de lippen. Tennyson had het sterke vermoeden dat de man zich parfumeerde.

'Signore wenst?' vroeg de ijdele man.

De profeet glimlachte, kwam naast hem staan en sloeg zijn arm om zijn schouders. Een van de hebbelijkheden van de leider van de Buitenstaanders was dat hij anderen graag en veel aanraakte.

'Luciano was je naam, als ik me goed herinner?'

'Si. Zo noemen de mensen mij, signore. Luciano.'

'Laten wij dan even een blokje omlopen, mijn beste Luciano.' Hij hield zijn arm stevig om de schouders van de kleinere man en leidde hem weg van het paviljoen. Achter zich hoorde hij hoe de minstreel het laatste refrein van een liedje zong en door zijn gelovigen op een hartelijk applaus onthaald werd. Even trok er weer een donderwolk over het voorhoofd van de profeet. Reken maar dat er vanavond tijdens de eredienst een nieuwe huisregel geopenbaard zou worden. Zijn volgelingen mochten zich niet te buiten gaan aan frivoliteiten. Wat dachten ze wel? Daarna richtte hij weer al zijn aandacht op de meest urgente kwestie van het moment, en de glimlach keerde terug op zijn lippen.

'Beste vriend, er is iets wat je voor me kunt doen.' Hij wachtte even, maar de andere man zei niets. Dus hij ging verder. 'Er loopt hier in het kamp een man rond, die Kelly heet. Op ditzelfde moment houdt hij zich op in mijn privétent. Het is een bijzonder lelijk sujet, dat ook nog eens vreselijk scheel kijkt. Mijn bedienden zetten hem nu een maaltijd voor, nadat ze zijn wonden hebben verbonden. Hij heeft zojuist een blauw oog en een bloedneus opgelopen, de arme ziel.'

'Ja, signore? En?' Luciano was een door de wol geverfde huurling. Hij liet zich geen moment voor de gek houden door de zorgzaamheid in Tennysons stem. Hij wist uit ervaring dat er meestal maar één reden was voor zijn opdrachtgevers, om hem op iemand anders te wijzen.

'Ik zou graag zien dat je, als deze man mijn tent verlaat, hem achtervolgt en wacht tot even niemand oplet of zelfs in de buurt is.'

'En wat wordt er dan van mij verwacht, signore?' Alsof Luciano niet allang geraden had wat Tennyson van hem wilde. Zijn gezicht vertrok in een roofdierengrijns.

'Dat je hem dan van kant maakt, mijn beste Luciano. Ruim hem uit de weg.'

Luciano's grijns werd breder en breder. Tennyson glimlachte terug. De twee mannen keken elkaar in de ogen en begrepen elkaar voortreffelijk.

'O, nog één ding, Luciano,' voegde Tennyson eraan toe alsof het hem net was ingevallen. De Genovees zei niets, maar keek zijn opdrachtgever vragend aan.

'Je zult zien dat deze persoon een niet onaardige gouden ketting om zijn nek of in zijn zak draagt. Die heeft hij van me gestolen. Ik zag graag dat je die terugbrengt, nadat de klus geklaard is.'

'Uw wil zal geschieden, signore,' zei Luciano. En Tennyson knikte met een tevreden lachje om zijn lippen.

'Daar twijfelde ik ook geen moment aan,' antwoordde hij.

HOOFDSTUK 32

Ferris stond op van zijn troon en trok lijkbleek weg. Arnaut zag het bloed letterlijk uit zijn gezicht wegstromen; hij was zo geschokt dat hij terugdeinsde, en onwillekeurig de hand aan zijn keel sloeg. Maar al snel beheerste hij zich en deed een stap naar voren. Hij bestudeerde nauwgezet het gezicht van de grimmige man met de wilde grijze baard tegenover hem.

'Broer?' zei hij. 'Maar dat kan niet...' Hij zweeg even terwijl hij zijn zelfbeheersing probeerde terug te vinden. Daarna keek hij met gespeelde waardigheid om zich heen. 'Mijn broer... die leeft niet meer. Die is jaren geleden omgekomen,' zei hij met groeiend zelfvertrouwen. Hij maakte een klein gebaar met zijn rechterhand en Arnaut hoorde de grote dubbele deur achter hen weer opengaan. Er klonk het geluid van meerdere haastige voetstappen op de tegels en hij wist dat Sean Carrick en een groepje gewapende wachten de troonzaal waren binnengekomen.

Halt had gelijk – er werd steeds op hen gelet.

'Majesteit, is alles in orde?' vroeg Sean Carrick.

Halt keek over zijn schouder naar de groep gewapende mannen. Hij ging vlak naast Ferris staan. Instinctief liep de koning bij hem weg. Daarna leek hij te beseffen dat hij door zijn houding erkende dat Halt hem de baas was. Dus bleef hij staan, terwijl hij Halt vol achterdocht aankeek. Halt sprak zacht, zodat alleen de koning en Arnaut hem konden verstaan.

'Als je zo bang van me bent, broer, laat Sean dan bij ons blijven. Hij heeft er ook recht op mijn verhaal te horen. Maar als je niet wilt dat je mannen precies horen en te weten komen waarover wij zo dadelijk gaan praten – en ik denk niet dat je dat graag wilt – dan zou ik ze weer wegsturen, naar buiten, waar ze ons misschien wel kunnen zien, maar niet horen.'

Ferris keek hem aan, en keek daarna naar de gewapende mannen die bij de deur klaarstonden om in te grijpen. Halt en Arnaut waren beiden ongewapend, zag hij, terwijl hij zelf zijn zwaard had. Sean Carrick had er ook een, en Ferris wist dat zijn neef er bijzonder goed mee uit de voeten kon. Daarom bezette hij ook de functie die hij had.

Ineens overvielen hem de jaren van schuld en bange voorgevoelens, die hij altijd had weten te onderdrukken. Hij realiseerde zich dat het inderdaad maar beter was als zijn soldaten niet zouden horen wat Halt van plan was te gaan zeggen. Het zou hem als vorst vast niet in een fraai daglicht stellen. Snel kwam hij tot een besluit.

'Sean!' riep hij. 'Laat je mannen weer naar hun post terugkeren en kom dan hier bij me.'

Carrick aarzelde en Ferris keek hem nu recht in de ogen.

'Doe wat ik je zeg!'

Carrick aarzelde nog een of twee tellen langer, maar knikte daarna naar de mannen. Terwijl zij zich omdraaiden en de zaal uit marcheerden, bleef hij staan wachten tot de deuren achter hen in het slot vielen. Daarna liep hij naar voren en kwam naast de koning staan.

'Oom,' zei hij, daarmee Halts vermoedens bevestigend, 'wat is er aan de hand? Wie of wat is deze man?'

Hij staarde met gefronste wenkbrauwen naar Halt. Uit de posities van de drie mannen, Halt tegenover Ferris, en Arnaut een meter of wat achter hem, werd hem duidelijk dat de ridder uit Araluen ineens niet de belangrijkste persoon in het vertrek was, maar eerder ondergeschikt aan die kleine man met de baard. En weer kreeg Sean het gevoel dat hij deze duistere figuur al eerder gekend moest hebben.

Halt wendde zich direct tot hem.

'Oom, zeg je?' vroeg hij. 'Ben jij Caitlyns zoon dan?'

Sean knikte. 'Wat weet u van mijn moeder?' vroeg hij agressief. Ferris slaakte een diepe zucht en liep weg om op een bankje naast de troon te gaan zitten, zijn hoofd steunend in zijn handen.

'Zij was mijn zuster,' antwoordde Halt in alle eenvoud. 'Ik ben ook een oom van je... Mijn naam is Halt.'

'Nee! Dat is onmogelijk!' riep Sean in heftige ontkenning. 'Dat kan niet. Mijn oom Halt leeft niet meer. Die is al meer dan twintig jaar dood!' Hij keek naar de koning, smekend om bevestiging. Maar Ferris bleef zitten waar hij zat, met zijn hoofd in zijn handen en tussen zijn knieën door naar de grond starend. Hij weigerde op te kijken. Hij bleef maar met zijn hoofd schudden, alsof daardoor de scène minder echt zou worden. Sean voelde al zijn zekerheden wegvallen en hij keek nog eens aandachtig naar de kleine gespierde man in zijn gevlekte mantel.

Die baard was wel erg wild en bedekte bijna het hele gezicht. De snor mocht er ook zijn. Maar als je die wilde bos haar nu eens strak naar achteren zou trekken... Net als het haar van Ferris...

Sean schudde nu ook verbijsterd het hoofd. Ze hadden inderdaad wel precies dezelfde trekken, al waren die van de vreemdeling scherper. Op het vlezige hoofd van Ferris werden ze wat verzacht. Sean wist dat iemands uiterlijk door de jaren kon veranderen door zijn manier van leven. Een gezicht is als een schildersdoek, waarop de levensjaren hun lijnen trekken. Maar als je dat soort effecten van deze twee gezichten zou kunnen verwijderen – het goede leven, de vreugde, het verdriet, de pijn, de triomfen en teleurstellingen van twintig jaar of langer – dan zouden ze inderdaad best wel eens elkaars evenbeeld kunnen zijn.

En als je hen achter die gezichten in de ogen kon kijken...

De ogen! Ja, het waren precies dezelfde ogen. Maar op een essentieel punt waren ze weer heel verschillend. Ferris, dat wist Sean als geen ander, Ferris kon je nooit langer dan twee seconden in de ogen kijken. Dan zwenkten de zijne onherroepelijk en onzeker weg, naar een verre hoek van de kamer. Dat was een van de redenen waarom het protocol dat Ferris had ingevoerd erop stond, dat men de koning niet recht in het gezicht keek. Maar die ogen van de andere man... die keken kalm en zonder knipperen recht bij je naar binnen. En terwijl Sean Carrick dat ook probeerde, ontdekte hij er nog iets in, diep verscholen, een duidelijke glimp van een sardonisch gevoel voor humor.

'Klaar met kijken?' vroeg Halt hem.

Sean deed een stap naar achteren. Hij was nog niet helemaal overtuigd, maar hij kon met zijn verstand niet ontkennen wat zijn gevoel hem vertelde. Hij wendde zich tot Ferris.

'Majesteit?' smeekte hij. 'Zegt u me de waarheid.'

Maar de enige reactie van Ferris was een diep gekreun en een machteloos gewapper met de rechterhand. En toen wist Sean Carrick het zeker. En een seconde later bevestigde Ferris het door één woord te zeggen.

'Halt...' begon hij onzeker. Eindelijk durfde hij zijn broer aan te kijken. 'Ik wilde je geen kwaad doen. Dat moet je van me aannemen.'

'Ferris, je bent een leugenachtige zak stront. Je wilde me wel degelijk kwaad doen, en niet zo'n beetje ook. Je wilde me vermoorden.'

'Nee! Niet waar! Toen je verdween heb ik meteen mensen naar je laten zoeken,' protesteerde Ferris.

Halt lachte, een korte, blaffende, vreugdeloze lach. 'O, dat geloof ik graag! Met orders om af te maken waar jij aan begonnen was!'

Dat was te veel voor Sean. Niemand sloeg zo'n toon aan

tegen zijn koning, en gewoonten van jaren zorgden ervoor dat hij nu tussenbeide meende te moeten komen. Hij deed een stap naar voren en posteerde zich tussen Halt en zijn vorst. Zijn ogen boorden zich in die van Halt, en beiden bleven ze elkaar aanstaren.

'Zo spreekt men niet tegen de vorst!' zei Sean verontwaardigd. Halt bleef hem een paar tellen aankijken voordat hij antwoord gaf.

'Ik spreek niet tegen een vorst.' Hij wees minachtend met zijn duim naar zijn broer. 'Hij daarentegen wel!'

Dat idee was zo onvoorstelbaar, het ging zo tegen alles in waar Sean zijn hele volwassen leven in geloofd en op vertrouwd had, dat het hem als een fysieke klap trof. Maar hij wist ook dat dit de waarheid moest zijn. Als dat Halt was, de doodgewaande broer, dan was hij en hij alleen de rechtmatige koning van Clonmel. En dan was Ferris een usurpator, iemand die valselijk de troon bezette. Daar kon geen kroningsplechtigheid of zegening iets aan veranderen. En toen hij nogmaals in Halts ogen keek, om daarna de ontwijkende blik van de zogenaamde koning te ontmoeten, toen was hij helemaal overtuigd. De laatste greintjes twijfel smolten weg. Dit was Halt. Dit moest de rechtmatige vorst van Clonmel zijn. En niemand anders.

'Majesteit...' zei hij en hij wilde al op een knie vallen. Maar de Grijze Jager hield hem tegen, hij stapte op hem af en trok hem aan zijn onderarm weer omhoog. Ferris maakte een geluid alsof hij stikte. Het was veelzeggend, dacht Sean, dat hij niet eens protesteerde toen zijn neef Halt zijn onderdanigheid en trouw wilde betuigen.

'Heel vriendelijk van je,' zei Halt, 'maar we hebben geen tijd te verspillen aan dat soort nonsens. Luister, ik ben helemaal niet geïnteresseerd in dat koningschap, ik werk liever voor de kost. Ferris, wij moeten wel nodig een hartig woordje spreken.'

Ferris keek verwilderd door de zaal, alsof hij een fysieke uitweg uit de situatie zocht. Hij wist dat hij ten langen leste zou moeten boeten voor zijn zonden. Dus was hij nogal verbaasd toen Halt geïrriteerd verder sprak.

'In 's hemelsnaam, man, wees een kerel! Ik ben niet gekomen om je je kroontje af te pakken! Integendeel, om je te helpen die te behouden!'

'Behouden?' zuchtte Ferris, helemaal overdonderd nu. Het ging hem allemaal te snel. 'Behouden? Wie wil hem dan?'

'Laten we allemaal even rustig gaan zitten, goed?' Halt zag aan de zijkant van het vertrek een paar bankjes staan en hij sleepte er een naar het midden. Hij gebaarde Arnaut en Sean er ook een te pakken. Ferris stond erbij en keek ernaar, niet wetend wat te doen en nerveus aan zijn satijnen mouwen plukkend.

'Spring jij nu maar snel weer op je troon,' beval Halt hem. 'Ik neem aan dat je je dan prettiger voelt.' Hij keek Sean even aan. 'Ik neem ook aan dat er weinig kans is dat we een pot koffie kunnen laten brengen, of wel?'

Sean keek hem vertwijfeld aan. 'Wij drinken geen koffie hier. De koning...' en hier verbeterde hij zichzelf, 'mijn oom houdt er niet van.'

'Dat had ik kunnen raden,' zei Halt geërgerd. Hij keek Arnaut aan en trok een vies gezicht. Arnaut kon het niet helpen, maar hij moest lachen. Het leek erop dat Halt het erger vond dat zijn broer niet van koffie hield dan dat hij hem zijn troon ontstolen had. Typisch Halt, dacht de jonge krijger.

'Nou ja, laat ook maar,' ging Halt intussen verder. 'We moeten een beetje tempo maken. Luister, Ferris, ik neem aan dat je wel eens gehoord hebt van een groep die zich de Buitenstaanders noemt?'

'Ja...' Ferris was verbluft door deze onverwachte wending. 'Een of andere geloofsgemeenschap. Onschadelijk, zou ik denken.'

'Onschadelijk – dat had je gedroomd! Het is een sekte, geen

geloof. En jij zult ertegen moeten optreden. Ze zijn onderweg hiernaartoe, en ze zijn van plan de macht in Clonmel over te nemen.'

'De macht overnemen? Maar dat is belachelijk! Hoe kom je daar nu weer bij?' Het was duidelijk dat Ferris het idee alleen al onzin vond. Halt keek hem strak aan. Sean zag dat de koning zoals gewoonlijk na een paar tellen zijn blik afwendde.

'Ik heb het hun aanvoerder zelf horen zeggen. En ik heb hem ook de mensen horen oproepen om in opstand te komen.'

'Nonsens!' Ferris leek nu weer zeker van zichzelf en zijn onaantastbare positie. 'Die Tennyson, dat is een simpele prediker, meer niet. Die heeft niets kwaads in de zin.'

'Tennyson?' Halt sprong onmiddellijk in op het noemen van die naam, en op het feit dat Ferris hem blijkbaar kende. 'Dus daar weet je van?' Ineens daagde het bij Halt. 'Je hebt met hem gesproken!'

Ferris wilde al antwoorden, maar aarzelde. Halt voerde de druk op.

'Ja of nee?'

'We hebben... overlegd. Hij heeft een delegatie gestuurd om me te verzekeren dat er niets aan de hand is.'

'Wanneer was dat?' De vraag ontglipte Sean voordat hij er erg in had. Als adjudant van de koning wist hij van alle delegaties die de koning bezochten. Maar dit was de eerste keer dat hij hoorde over een mogelijk contact met die Tennyson. Ferris keek hem even aan en deed een poging om iets van zijn gezag en waardigheid te behouden.

'Ach, ik wilde je daarmee niet lastigvallen, Sean. En bovendien was het allemaal erg vertrouwelijk.'

Hij besefte meteen hoe slap dat excuus klonk toen het uitgesproken was. Er volgde een lange pijnlijke stilte.

'Heb je iets met hen afgesproken?' vroeg Halt.

Ferris weigerde een direct antwoord te geven op deze vraag.

'Halt, die man verricht wonderen, echt waar. Het buitengebied werd geterroriseerd door bendes wetteloze bandieten en ik kon er niets tegen beginnen. Hij wel!'

'Tja, als je weigert op te treden kun je er ook weinig tegen doen,' zei Halt vol minachting. 'Het is eerder zo dat jij hier hebt zitten duimendraaien, terwijl rovers en moordenaars je bevolking bestelen en vermoorden, of niet soms?' Hij wachtte niet op antwoord, maar wendde zich snel tot Sean Carrick. 'Heeft hij er iets aan gedaan? Heeft hij troepen gestuurd om die schurken gevangen te nemen? Heeft hij een peloton soldaten gestuurd naar de grotere dorpen en steden, om hen te verdedigen? Heeft hij in het openbaar gezegd en beloofd dat hij er iets tegen zou doen, en de misdaden van dat geteisem openlijk veroordeeld?'

Sean keek naar de koning en daarna terug naar Halt.

'Nee,' zei hij. 'Ik heb meer dan eens aangeboden om een patrouille eropuit te sturen...' Hij zweeg ongemakkelijk. Het leek nog steeds verraad en trouweloosheid, te bekennen dat hij wel wat had willen ondernemen, maar dat de koning dat geweigerd had. Het was waar dat de koning niets gedaan had, niets geprobeerd had zelfs. Langzaam schudde Sean zijn hoofd. Halt zuchtte diep en zijn schouders zakten een decimeter naar beneden. Hij keek weer vol minachting naar zijn broer.

De koning kwam nu met smoesjes. 'Begrijp je het dan niet? Daarom besloot ik ook die boodschapper van Tennyson te ontvangen en naar hem te luisteren. Hij is de enige die de bandieten kan tegenhouden. Hij alleen kan een einde maken aan de wetteloosheid in het land!'

'Ja, en weet je waarom? Omdat hij tegelijk de baas van die bandieten is!' Halt stond op, zo plotseling dat het bankje waarop hij had gezeten achter hem omviel. 'Dat heb zelfs jij toch wel door, sukkel?'

'Hij... de baas?' Ferris keek alsof hij het in Teutoland hoorde donderen.

'Natuurlijk, uilskuiken! Ze doen precies wat hij hen opdraagt te doen. En dan komt hij opdraven en doet net alsof hij ze met zijn toverstaf wegjaagt. En hij beweert tegenover iedereen die het horen wil dat hij de enige in de hele wereld is die dat kan. En ik heb hem daarna horen preken dat de mensen in opstand moesten komen tegen jou, Ferris! "Kan de koning jullie beschermen?" vraagt hij dan. En het volk brult als één man: "Neeee!" "Is er dan iemand anders die jullie wil en kan beschermen?" roept hij, en iedereen roept om het hardst dat alleen Tennyson de redder des vaderlands is. Niet jij, de koning. Niet de rechtsstaat. Alleen hij! Ferris, geloof me, hij is van plan de macht over te nemen hier in Clonmel. Net zoals hij dat in de andere koninkrijken geflikt heeft.'

'Het is niet waar! Hij beloofde dat mij niets zou gebeuren. Ik kon gewoon koning blijven! Hij zei...' Ferris hield zijn mond, in het besef dat hij al te veel gezegd had. Hij was inmiddels gewend aan de minachting in Halts ogen. Maar nu zag hij die ook in de ogen van de twee jongemannen.

'Jij zou gewoon koning kunnen blijven spelen,' merkte Arnaut op. 'Jij zou zijn marionet zijn, op die troon daar. En intussen zou hij jouw onderdanen rustig uitpersen.'

'En het zijn zijn onderdanen niet eens,' verbeterde Halt hem. 'Hij is het niet waard hun vorst te zijn. En het volk verdient hem niet. Sta eens op, Ferris. Sta op en kijk me in de ogen.'

Met tegenzin stond de koning op van zijn troon. Hij keek zijn broer aan.

'Er is een manier waarop we die Tennyson nog kunnen stoppen. En tegelijk een eind kunnen maken aan dat achterlijke bijgeloof dat die man predikt. Er moet iemand met voldoende gezag opstaan tegen hem, en durven zeggen waar het op staat, dat hij een bedrieger is. Tennyson heeft alleen maar succes omdat er niemand is die tegen hem in durft te gaan. Hij is slim genoeg om iedereen die tegen hem is uit de weg te ruimen. Maar met jou kan hij dat niet.'

'Met mij?' Ferris was ontsteld door het idee alleen al. 'Wat wil je dan dat ik doe?'

'Je mond opentrekken! Je moet eindelijk eens de baas spelen over je rijk, en de mensen een alternatief bieden voor die charlatan. Je moet zorgen dat die sekte opgedoekt wordt. Als je dat lukt, dan heb je meteen zijn machtsbasis vernietigd. Het is allemaal illusie en bedrog. Dus moet je de mensen een andere illusie bieden.'

'Welke dan?' vroeg Ferris. 'Wat heb ik hun te bieden?'

'De illusie van je eigen gezag en macht,' zei Halt sarcastisch. 'Helaas kom je daar niet ver mee, vrees ik. Maar gelukkig voor jou hebben wij een betere illusie meegebracht.' Hij wees naar Arnaut. 'De Ridder van de Dageraad!'

'Maar dat is niet meer dan een legende!' riep Ferris in wanhoop.

Halt lachte hem uit. 'Natuurlijk! Net als Alquezel een legende is, de Gouden God van de Buitenstaanders, die van iedereen zo veel houdt. Je moet zorgen dat het geloof in de Ridder van de Dageraad de mensen een alternatief biedt. Maak hem je kampioen – zeg dat jij hem geroepen hebt, om je te komen helpen een eind te maken aan de wetteloosheid en misdaad in je land!'

'Wij hebben het eerste zaad al gezaaid. De Ridder speelde een belangrijke rol bij het ontzet van het stadje Craikennis, een paar dagen geleden. Hij heeft in zijn eentje een bende van wel driehonderd bandieten onschadelijk gemaakt!'

'Driehonderd?' zei Arnaut verrast. 'Nu overdrijf je een beetje, Halt!'

De Grijze Jager haalde zijn schouders op. 'Hoe overdrevener het gerucht, des te eerder de mensen de kern ervan geloven,' zei hij.

Sean reageerde onmiddellijk toen hij Craikennis hoorde noemen. 'Dat is waar, majesteit. Ik hoorde gisteren op de markt mensen praten over die Ridder van de Dageraad. En ik hoorde ook over een veldslag bij Craikennis.'

Ferris keek van de een naar de ander. Hij maakte een machteloos gebaar met zijn hand.

'Ik weet het niet, hoor... Ik weet het echt niet.'

Halt ging vlak voor hem staan, zodat hun gezichten maar een paar centimeter van elkaar verwijderd waren.

'Je moet iets, je moet dit doen, broer. Je moet spreken, en verklaren dat die Tennyson met zijn Buitenstaanders bedriegers zijn. Je moet de mensen beloven dat de Ridder van de Dageraad, aan het hoofd van je soldaten, voor hen zal opkomen. Ik beloof je dat wij je daar met man en macht bij zullen helpen.'

Hij zag dat Ferris bijna om was en voegde er een laatste aanlokkelijk aanbod aan toe.

'Als je dat doet, dan zweer ik dat ik geen enkele aanspraak zal maken op de troon hier. Ik ga terug naar Araluen, zo gauw we de Buitenstaanders vernietigd hebben. En Tennyson erbij natuurlijk.'

Dat werkte, zag hij. Een paar tellen leek het erop alsof Ferris overtuigd was. Maar hij was zijn hele leven al besluiteloos geweest en dus bleef hij ook nu aarzelen.

'Ik moet hierover nadenken. Een paar dagen. Je kunt niet zomaar hier binnenwalsen en dan verwachten dat ik...' Halt maakte de zin voor hem af.

'... een besluit neem? Nee, ik geloof inderdaad dat dat jou vreemd is, besluiten nemen. Goed. Je krijgt één dag de tijd.'

'Twee dagen,' zei Ferris meteen. En pleitend en smekend: 'Alsjeblieft Halt, dit betekent nogal wat voor me.'

Halt schudde streng het hoofd. Hoe langer Ferris kreeg om na te denken, des te groter de kans zou zijn dat hij weer met nieuwe smoesjes kwam om niets te doen. En het zou hem niet verbazen als hij intussen ook weer contact op probeerde te nemen met Tennyson.

'Een dag, geen seconde langer!' zei hij ferm. Ferris begreep daaruit dat verder discussiëren geen zin had. De koning liet zijn schouders verslagen zakken.

'Goed dan maar,' mompelde hij.

Halt keek een paar tellen naar de zielige gestalte tegenover hem. Ferris leek wel om, maar hij vertrouwde hem voor geen cent. Hij wendde zich tot Sean.

'Geef jij me je woord dat je zorgt dat hij geen trucjes uithaalt?'

Sean knikte gretig. 'Natuurlijk. Ik zal zorgen dat hij zich aan zijn woord houdt,' zei hij en voegde er toen aan toe: 'Oom!'

Halt grijnsde grimmig. Een paar tellen keek hij de jongeman aan. Zijn ogen stonden helder en onbevreesd. Die jongen kon je vertrouwen. Ineens voelde hij genegenheid voor zijn neef. Halt had het meer dan de helft van zijn leven zonder familie moeten doen. Gelukkig is het tenminste met één ervan nog goed gekomen, dacht hij. Jammer van die andere sukkel daar.

'Goed, ik vertrouw op je,' zei hij en hij keek weer naar Ferris. 'Morgen rond het middaguur en geen minuut later komen we terug om je antwoord te horen. Kom, Arnaut, we gaan.'

Ze draaiden zich om en liepen naar de dubbele deuren. Hun hakken weerklonken op de stenen vloer. Ze waren bijna bij de uitgang toen Ferris iets riep.

'Wacht!' schreeuwde hij en ze draaiden zich om.

'En als ik nou... nee zeg?'

Halt glimlachte naar hem. Tenminste, je zou het een glimlach kunnen noemen. Maar Arnaut dacht eerder aan een wolf die zijn tanden ontbloot als hij een tegenstander tegemoet loopt.

'Dat ga je niet zeggen,' zei hij.

Hoofdstuk 33

W ill zat tegen een boom aangeleund op zijn gemak een onderdeel van Treks tuig te repareren. Hij maakte met een priem een gat in het harde leer en schrok toen de scherpe punt in de muis van zijn duim stak.

'Ik moet nou toch eens leren beter op te letten,' zei hij tegen zichzelf. Het wist dat het verstandiger was om zich op één ding tegelijk te concentreren – maar het kapotte tuig was eigenlijk alleen een alibi om daar rustig te kunnen blijven zitten zonder verdenking te wekken, terwijl hij het kamp van Tennysons volgelingen bespioneerde.

Twee dagen geleden had hij zich bij de sekte aangesloten. Het was al donker toen hij zich meldde bij de wacht van dienst. Hij maakte zich bekend als rondtrekkend minstreel en zei dat hij zo veel gehoord had over Alquezel, dat hij zich graag wilde aansluiten. De wacht gromde wat, maar liet zich snel overtuigen en wuifde hem door.

Er hadden zich al zo'n vierhonderd mensen verzameld onder het banier van Tennyson. De meesten waren dorpelingen die zich onderweg hadden laten meeslepen, nadat ze de enthousiaste getuigenissen van de mensen uit Mountshannon hadden gehoord. Anderen waren opgetrommeld uit het zuiden, waar Tennyson al eerder bandieten had weten te verjagen. In elk van de dorpen die hij daar bezocht, had de profeet een paar van zijn trawanten achtergelaten. Nu de mars op Dun Kilty echt begonnen was, waren zij opgeroepen om zich samen met hun bekeerlingen weer bij de groep aan te sluiten.

En dan was er de harde kern van Tennysons apostelen, herkenbaar aan hun witte pijen. Het meest opvallend waren natuurlijk de twee reuzen, die als lijfwachten altijd in de buurt van hun leider rondhingen. Kwaadaardige dommekrachten, vond Will. De Gouden God Alquezel had die twee niet rijkelijk bediend met de naastenliefde waar hij toch zo voor stond.

Tennyson bleef maar prediken, naarmate zijn kudde groeide, dat de koning weigerde op te treden en dat hij dus eigenlijk de schuld droeg voor de toestand van het land. En natuurlijk hielden zijn getrouwen tijdens elke preek een collecte om geld en kostbaarheden op te halen voor het goede doel.

Als buitenstaander – Will glimlachte omdat hij zichzelf zo noemde – zag hij een duidelijke tweedeling in het kamp. Aan de ene kant had je de enthousiaste gelovigen, nog vol hoop en vertrouwen, de grote groep mensen die Tennyson en zijn god zagen als enige redding. Die groep werd elke dag groter, naarmate zich meer bekeerlingen in het kamp meldden.

En dan had je de kerngroep – degenen die de collectes hielden, over Tennysons welzijn waakten en, dat wist Will zeker, afrekenden met iedereen die zich kritisch over Alquezel of zijn profeet durfde uit te laten.

Gisteren was die selecte groep uitgebreid met drie nieuwe uitverkorenen. Ze gingen gekleed in strakke zwartleren kleding, een donkerpurperen mantel en een grote hoed met veer van dezelfde kleur. Ze hadden donker haar en zagen eruit alsof ze veel in de zon hadden gelegen – het waren duidelijk buitenlanders. En het waren geen simpele pelgrims, dat zag je zo. Ze droegen een kruisboog op de rug en toen Will goed keek, zag hij dat ze elk minstens drie dolken aan hun koppel hadden hangen. Nog afgezien van wat zich in hun laarzen en onder de mantel schuilhield. Dit waren duidelijk gevaarlijke mannen. Ze liepen rond alsof ze voor de duivel noch Alquezel bang waren – ongetwijfeld ook omdat ze goed met die wapens overweg konden.

Will vroeg zich af waar ze vandaan kwamen en wie of wat ze waren. Maar waarom ze in het hart van de sekte waren opgenomen was wel duidelijk. Het waren huurmoordenaars. Toen Will stond op te treden, in de buurt van het centrale paviljoen, had hij gezien hoe een van hen een morsig geklede man achterna ging, die het bos in gelopen was. Een kwartier later kwam de vreemdeling alleen terug in het kamp en liep rechtstreeks naar de tent van Tennyson, blijkbaar om rapport uit te brengen. Will had tot zonsondergang onopvallend de rand van het bos in de gaten gehouden, maar de andere man was niet teruggekeerd.

Een paar meter verderop hoorde hij iemand zijn stem verheffen en hij keek nieuwsgierig op. Een van de witte pijen liep door de kriskras door elkaar opgezette tenten en schreeuwde bevelen. Will stond op en liep naar de man toe om te horen wat er gaande was.

'Vanavond na de dienst moeten jullie alles inpakken. Laad het op je kar of zet je rugzak klaar als je niks anders hebt, zorg ervoor dat je morgenvroeg zo kunt vertrekken. De eerwaarde Tennyson wil dat we om tien uur onderweg zijn! Dus aan de slag, mensen! En wel nu, niks van "dat kan morgenvroeg wel"! Als het moet, slapen jullie maar in de openlucht vannacht!'

Een van de pelgrims kwam naar voren en sprak de witte pij beleefd en eerbiedig aan.

'Waar gaan we heen, uwe genade?' zei hij en meerdere mensen sloten zich bij hem aan. Even zag het ernaar uit dat de apostel zich niet zou verwaardigen de mensen te antwoorden, al was het maar omdat hij er geen zin in had. Maar schouderophalend besloot hij dat het geen geheim was, dus waarom zou hij moeilijk doen.

'We gaan morgen direct naar Dun Kilty, zonder verdere omwegen. Het is hoog tijd dat koning Ferris te horen krijgt dat hij zijn beste tijd gehad heeft!'

Er klonk alom instemmend geroezemoes.

Interessant, dacht Will en hij baande zich een weg tussen de tenten door naar de buitenste rand van het kamp, waar hij zijn eigen tentje had opgezet. Trek stond vlakbij rustig te grazen. Snel brak Will zijn tent af en vouwde hem netjes op. Trek keek nieuwsgierig naar hem terwijl hij daarmee bezig was.

'We vertrekken morgenvroeg,' lichtte Will hem in. Hij ging na of alles goed opgeborgen en vastgeknoopt zat. Hij vond het best om een nacht buiten te slapen. Er waren wel wat wolkjes die voor de sterren langs zeilden, en heel misschien zou het een beetje gaan regenen, maar zijn mantel was waterdicht, dus zou hij er weinig last van hebben.

'Jij daar!'

De stem deed hem schrikken. Hij klonk luid en ruw en toen hij zich omdraaide om te zien wie hem zo toesprak, voelde hij zich niet op zijn gemak. Het was een van de reuzen die Tennysons schaduw vormden – Gerard of Killeen. Hij kon ze niet uit elkaar houden.

De grote man stak een vinger naar hem uit.

'Jij bent die zanger, toch?' vroeg hij beschuldigend.

Will knikte onzeker. 'Ik ben potsenmaker van beroep, dat is waar,' antwoordde hij en hij vroeg zich af wat er aan de hand was.

De man leek dat woord niet te kennen en Will legde uit: 'Ik zing grappige liedjes en vertel moppen. Maar ik ben ook minstreel en zanger.'

Het gezicht van de man klaarde op, nu hij begreep dat hij niet de verkeerde voor zich had. 'Nou, niet meer, hier en nu!' zei hij. 'Tennyson heeft besloten dat alle muziek verboden is, behalve liederen ter ere van Alquezel. Ken je die?'

Will schudde zijn hoofd. 'Nee, het spijt me.'

De man grijnsde gemeen. 'Dat is dan jammer, want dan ben je vanaf nu werkeloos. Tennyson zegt dat je na de dienst straks je luit bij hem moet inleveren.'

Will overwoog even of hij de sufferd zou proberen uit te leggen dat het geen luit was, waarop hij speelde, maar een mandola. Maar dat had weinig zin waarschijnlijk.

'Tennyson wil mijn... instrument hebben?'

De man keek boos. 'Hoorde je niet wat ik zei? Ben je doof of zo? Er wordt niet meer gezongen en je kunt je luit inleveren. Begrepen?'

Will aarzelde en overdacht de consequenties van dit vreemde bevel. De man herhaalde zijn laatste vraag nu met nog meer nadruk.

'Begrepen, jochie?'

'Ja, natuurlijk begrijp ik het. Geen muziek meer. En ik moet mijn... luit inleveren. Dat begrijp ik wel.'

Gerard dan wel Killeen knikte tevreden. 'Goed. Doe het dan ook.'

Hij draaide zich op zijn hakken om en banjerde weg. Zijn reusachtige lijf bleef nog een tijd zichtbaar boven de lage tenten. Will ging op zijn netjes ingepakte spullen zitten en keek naar de mandola in zijn leren koffer. Het was een duur en fraai exemplaar, gemaakt door Gilet, de beste instrumentbouwer in heel Araluen. Het was een geschenk, als dank, van heer Orman van kasteel Macindaw. Als hij dat kostbare ding aan Tennyson gaf, zou hij het nooit weer terugzien.

Bovendien, redeneerde hij – hij was toch alles te weten gekomen wat hij te weten moest komen. De profeet zou vanhier rechtstreeks naar Dun Kilty marcheren; blijkbaar vond hij het niet meer nodig om van dorp naar dorp te trekken om nog meer bekeerlingen te maken, en hen mee te slepen in een steeds triomfantelijker optocht door het halve land. Hij had mensen genoeg, honderden al.

En dan had je die kwestie van die nieuwkomers, de drie mannen met de kruisboog... Misschien moest Halt dat wel horen, voor het te laat was. Will wist haast zeker dat zijn oude leraar hen wel thuis zou kunnen brengen – of in ieder geval wist waar ze vandaan kwamen en wat ze hier waarschijnlijk kwamen doen.

Alles bij elkaar, besloot Will, werd het hoog tijd om de volgelingen van Alquezel vaarwel te zeggen.

Hij klakte met zijn tong en Trek kwam braaf aandraven. Grazen hoefde niet meer. Snel zadelde Will zijn paard en bond al zijn bagage en de mandola stevig vast. Daarna raapte hij het lange zeildoeken pakket op, dat als laatste op de grond achtergebleven was, en trok er zijn grote boog en pijlenkoker uit tevoorschijn. Hij spande de boog en hing die samen met de koker over zijn schouder. De hoes vouwde hij netjes op; hij stak deze in de leren zadellus die daarvoor diende en steeg op.

Hij reed snel langs de buitenste rand van het kamp en deed geen enkele poging om niet op te vallen, want dat zou juist achterdocht wekken, wist hij. Hij liet Trek in draf gaan en stopte alleen toen een van de wachten hem met opgeheven hand staande hield.

'Wacht eens even, knaap! Waar denken wij heen te gaan?'

'Ik ga ervandoor!' antwoordde Will. De man stond rechts van hem en Will trok ongemerkt zijn rechterlaars uit de stijgbeugel.

'Dat gaat zomaar niet!' zei de wachter. 'Niemand gaat ervandoor. Hup, terug naar het kamp.'

Hij had een speer vast, die tot dusverre met één uiteinde op de grond rustte, maar die kwam nu langzaam omhoog om Will de weg te versperren.

'Nee, nee, ik moet echt gaan,' zei Will vriendelijk. 'Ik heb namelijk net een brief gekregen van mijn arme oude tante van moederskant en daarin vraagt ze...'

Een klein druksignaal met zijn linkerknie liet Trek weten dat hij nog iets dichter bij de man moest gaan staan, terwijl Will deze woorden uitsprak. Will dacht aan de wijze lessen van Halt: *Als je iemand wilt verrassen, moet je tegen hem blijven praten tot je gedaan hebt wat je van plan bent te doen.*

Hij merkte dat de man zich steeds meer begon te ergeren, terwijl hij maar doorratelde over de kwalen van zijn oude tante aan moederskant. Hij haalde net adem om Wills woordenstroom te onderbreken en hem terug te sturen naar waar hij vandaan gekomen was, toen Wills gelaarsde voet met grote snelheid naar voren en omhoog schoot, tot de zool onzacht in aanraking kwam met het gezicht van de man.

En terwijl die achteruit struikelde en omver viel, gaf Will Trek de sporen en galoppeerden zij weg. Tegen de tijd dat de duizelige wacht weer overeind gekrabbeld was, waren Will en Trek in het nachtelijk duister verdwenen.

Alleen het wegstervende geluid van paardenhoeven wees erop dat zij er net nog geweest waren.

HOOFDSTUK 34

H alt en Arnaut liepen terug naar de binnenhof, waar
Schopper en Abelard geduldig stonden te wachten.

Halt zei niets, terwijl hij op zijn paard klom en diep in gedachten het kasteel uitreed. En dat verbaasde Arnaut nauwelijks. Halt was altijd al een zwijgzaam type, en vandaag had hij nogal wat voor de kiezen gekregen. Arnaut probeerde zich voor te stellen hoe dat geweest moest zijn voor zijn mentor – want ook hij had de afgelopen jaren veel van Halt geleerd, en deed dat nog bijna dagelijks – als je na zo lange tijd oog in oog komt te staan met de broer die je verraden heeft. Een humorloos lachje gleed om zijn lippen, toen hij dacht aan de keerzijde van het verhaal. Het was voor Halt geen pretje geweest. Maar voor die Ferris moest het nog veel erger geweest zijn, dacht hij, en dat was ook te zien geweest aan het gedrag van de koning. Denkend aan de man kwam een vraag bij hem op, die hij zonder verdere inleiding ook stelde.

'Vertrouw je hem eigenlijk wel, Halt?'

De Grijze Jager keek op, en uit wat hij antwoordde maakte Arnaut op dat ook hij zich zorgen maakte.

'Ik Ferris vertrouwen? Nog niet zo ver als ik hem kon schoppen. En ik zou wat graag eens uitproberen hoe ver dat is,' voegde hij eraan toe, op een toon waaruit duidelijk zijn verbittering sprak. 'Maar die Sean, die vertrouw ik wel. Hij houdt Ferris wel in toom. En hij zal er hoop ik ook voor zorgen dat de man zijn woord houdt.'

'Ja, dat lijkt een beste kerel,' beaamde Arnaut. 'Maar is hij wel in de positie? Ik bedoel, Ferris is de koning – die kan toch doen wat hij wil?'

Maar Halt schudde wijs het hoofd. 'Nee, zo gemakkelijk is dat niet, zelfs niet voor een koning. Juist niet voor een koning. Ferris weet dat hij zonder Sean niet veel kan beginnen. Eigenlijk is hij helemaal afhankelijk van hem. Je denkt toch niet dat er één soldaat in het kasteel is die zich wat aantrekt van wat Ferris zegt, of wel? Zag je niet hoe, toen Ferris zei dat ze konden gaan, er geen een een stap zette, totdat Sean met een knikje zei dat het oké was? Als Ferris ons voor de gek probeert te houden of te bedonderen, dan krijgt hij Sean tegen zich. En dat kan hij zeker nu niet hebben.'

'Ik hoop het,' zei Arnaut. Halt wist meer van dit soort situaties dan hij. Arnaut had, zoals de meeste soldaten, een hekel aan politieke spelletjes en probeerde er dan ook ver van te blijven. Maar Grijze Jagers, zo had hij meer dan eens mogen meemaken, die leken zich wel thuis te voelen op dat toneel van geheime afspraken en plannetjes, list en bedrog, die de kern leken te vormen van regeren over een land. Als Halt die Sean vertrouwde, dan was dat goed genoeg voor Arnaut. Hij had belangrijker dingen aan zijn hoofd nu.

Zoals het middagmaal.

'Zo, en wat gaan we nu doen?' vroeg hij na een paar minuten. Halt keek op, ruw uit zijn overpeinzingen weggerukt.

'Ik veronderstel dat we maar een nette herberg zullen gaan zoeken, wat jij?' zei hij.

Arnaut knikte tevreden. Maar toen bedacht hij ineens iets. 'En Will dan? Hoe weet die waar we zijn?'

'O, die vindt ons wel,' stelde Halt hem meteen gerust. Daarna rekte en strekte hij zijn stijve nek en rug. 'Kom, laten we die herberg opzoeken. Ik weet niet hoe het met jou zit, maar ik kan wel een paar uur slaap gebruiken.'

Arnaut knikte. 'Ja, na een flinke maaltijd zullen wat uurtjes rust ons goed doen.'

'Voor mij hoeft dat eten niet zo,' merkte Halt op.

Arnaut keek hem aan, alsof hij zojuist iets buitengewoon onfatsoenlijks gezegd had. Dat iemand rond het middaguur zoiets over zijn lippen kon krijgen was voor hem onvoorstelbaar. Onder aan de heuvel waarop het kasteel stond vonden ze een geschikte gelegenheid. Het gebouw telde – zoals gebruikelijk – twee verdiepingen, maar het was groter dan de meeste andere die ze gezien hadden. Hier zou Arnaut zich niet zo beperkt hoeven te voelen in zijn bewegingen als in Craikennis en Mountshannon. Hij kon er tenminste rechtop staan, en toen hij dat merkte, slaakte hij dan ook een zucht van verlichting. Meer dan eens had hij aan zo'n lage balk pijnlijk zijn hoofd gestoten sinds ze in Hibernia waren.

De slaapkamers waren op de eerste verdieping. Ze waren ruim en fris, met ramen van glas in lood die open konden, zodat er frisse lucht naar binnen kon waaien, en van waaruit je ook de straat in beide richtingen in de gaten kon houden. Als je je ver vooroverboog, zoals Arnaut nu deed, kon je zelfs het kasteel hoog boven hen zien staan.

En de lakens op de bedden waren schoon, de dekens hadden net nog aan de lijn gehangen om te luchten. Te vaak al had Halt in zijn lange carrière noodgedwongen moeten overnachten in gelegenheden waar de lakens nog duidelijk de sporen droegen van de vorige gasten. Hij keek dus goedkeurend het vertrek rond, probeerde het matras door er met twee handen eens flink op te duwen. En zag dat het goed was.

'We nemen deze,' zei hij tegen de waardin die hun de kamer had laten zien. Ze knikte tevreden, al had ze niet anders verwacht.

'Hoeveel nachten?' vroeg ze. Halt dacht even na.

'In elk geval vanavond en morgennacht,' antwoordde hij.

'Misschien blijven we nog langer, maar in elk geval twee nachten.' Hij pakte zijn beurs en betaalde vooruit. De waardin maakte een klein kniebuiginkje, verrassend elegant voor een vrouw van haar omvang, en stopte het geld snel weg in een van de zakken van haar voorschoot.

'Dank u, edelachtbare,' zei ze en Halt knikte.

Ze keek hen aan. 'Kan ik de heren nog ergens mee van dienst zijn?'

'Nee, het is goed zo,' zei Halt. Maar hij had buiten Arnaut gerekend.

'Kunnen we nog wat te eten krijgen in de gelagkamer?' vroeg die gretig en haar gezicht lichtte op met een brede glimlach.

'Maar natuurlijk, jongeman, natuurlijk heb ik nog wat te eten voor je. Je kijkt alsof je wel een half paard op zou kunnen!'

Halt was altijd weer verbijsterd over hoe graag vrouwen, oud of jong, dun of dik, groot of klein, toegaven aan de verleiding om de grote jonge krijger bij te voeren.

'Ik heb liever een biefstuk, als het u hetzelfde is!' antwoordde Arnaut.

De waardin grinnikte, waarbij haar dubbele kinnen vervaarlijk op en neer gingen.

'En die zal je hebben ook, jongeheer! Ik zal tegen Eva zeggen dat ze er een in de pan legt.'

'Misschien heb ik zelf dan toch ook nog wel wat trek,' zei Halt bescheiden. Dat had hij niet, maar hij was gewoon benieuwd naar haar reactie. Zoals hij al vreesde schonk ze hem geen enkele aandacht. Ze bleef echter stralend naar Arnaut kijken.

'Kom maar naar beneden als je klaar bent, jongeheer,' zei de vrouw op samenzweerderige toon. 'Ik zal vast een tafeltje laten dekken.'

Halt haalde zijn schouders op. Hij gaf het maar op. Hij liet zich op het bed vallen, stak zijn handen achter zijn hoofd en slaakte een tevreden zucht. De waardin keek hem ijzig aan.

'Geen laarzen op de sprei graag!' zei ze streng en Halt gehoorzaamde haar onmiddellijk.

Ze snoof verontwaardigd en zeilde de kamer uit, terwijl Halt mompelde: 'Ik wed dat je dat niet tegen Arnaut gezegd zou hebben!'

Als door een horzel gestoken draaide de vrouw zich bij de deur om en snerpte: 'Wat zei u?'

Tijdens zijn avontuurlijke leven had Halt zonder angst gestreden tegen Wargals, de schrikbarende Kalkara, tegen bloeddorstige Skandiërs en horden Temujai. Maar een boze waardin, dat was andere koek.

'Niets, mevrouw,' zei hij bedeesd.

Toen Arnaut een uur later terugkwam, zijn riem lekker strak om zijn middel, lag Halt languit op een van de twee bedden. Arnaut deed de deur dicht en op slot, en moest lachen toen hij zag dat de twee laarzen van de Grijze Jager naast het bed stonden, en de sprei eraf gehaald was en netjes opgevouwen.

Halt lag zachtjes te snurken, en dat vond Arnaut nog bijzonderder. Want al die keren dat hij met Halt in het open veld had gekampeerd en er mogelijk gevaar dreigde, had hij hem nooit zelfs maar één keer horen snurken. Hij sliep bovendien licht als een kat – bij het minste of geringste was hij klaarwakker. Misschien dat hij zich dan nooit zo ontspande en zo diep in slaap liet gaan, dat hij het zachte geluid begon voort te brengen dat Arnaut nu aan mocht horen.

Arnaut gaapte. De Grijze Jager zo te zien liggen deed hem beseffen hoe moe hij zelf was. Het waren hectische dagen geweest, en de enige nacht dat hij fatsoenlijk had geslapen was in Mountshannon, in de verlaten herberg. En daarna hadden ze dagen achter elkaar gereden. Hij ging op het andere bed zitten en trok voorzichtig zijn laarzen uit. Daarna ging hij liggen. Het kussen was lekker zacht en het matras voelde, na weken op de harde grond, alsof hij op een wolkje in de hemel lag. Hij lag zichzelf daar nog mee te feliciteren, toen hij al in slaap viel.

Iemand kuchte.

Meteen schoot Arnaut rechtop in zijn bed. Even wist hij niet waar hij was. Buiten viel de schemering over Dun Kilty. Hij keek naar Halt. Die lag nog steeds languit op het andere bed, handen achter het hoofd. In het vallende donker kon hij zien dat zijn ogen gesloten waren, maar de Jager begon wel te spreken:

'Dat is een kwaadaardig hoestje dat je daar hebt,' zei hij.

'Ik dacht al dat ik Doornroosje en haar lelijke zuster had gevonden,' zei een andere stem, 'die lagen te wachten op een knappe prins om hen wakker te kussen. Sorry dat ik jullie niet van dienst kon zijn, wat dat betreft.'

Arnaut keek geschrokken om. In de donkerste hoek van het vertrek zat iemand in een donkere mantel gedoken – het was Will, natuurlijk.

Halt antwoordde vol minachting: 'Slapen? Ik werd al wakker van je gestommel op de trap hierbuiten, laat staan dat ik kon blijven slapen toen jij met veel geweld de deur opendeed. Wie zou daar doorheen slapen?'

Ik dus, dacht Arnaut. Maar toen herinnerde hij zich dat hij de deur achter zich op slot gedaan had toen hij even was gaan liggen na de lunch. Hij wist het zeker, dus hoe had Will het voor elkaar gekregen om binnen te komen? Maar ja, Will was een Grijze Jager natuurlijk. Die konden dat soort dingen. Zijn vriend gaf Halt lachend antwoord.

'Zozo. Nou, dan maak jij maar rare geluiden als je wakker op bed ligt,' zei hij, duidelijk geamuseerd. 'Zal ik het nadoen? Hoe noemen ze dat ook weer? Snurken toch? Ja. Snurken. Dat is wel knap van je. De meeste mensen kunnen dat alleen terwijl ze slapen.'

Halt ging nu zitten en zwaaide zijn benen buitenboord. Hij rekte zich uit en schudde zijn hoofd een paar keer heen en weer.

'Natuurlijk deed ik net alsof ik bleef snurken! Ik wilde gewoon checken hoelang jij het zou volhouden, daar in dat hoekje.'

'En? Hoelang heb ik het volgehouden dan?' wilde Will weten.

Halt schudde treurig zijn hoofd en wendde zich tot Arnaut. 'Arnaut, een advies voor als je volwassen bent. Zorg dat je nooit een leerling in de maag gesplitst krijgt, als het even kan. Niet alleen zijn ze lastig, maar vervelender is nog dat ze altijd maar weer proberen hun meester te slim af te zijn. En dat is al erg genoeg zolang ze nog in de leer zijn – maar als ze dan uitgestudeerd zijn, dan wordt het helemaal ondraaglijk.'

'Ik zal eraan denken!' beloofde Arnaut. Maar het was hem niet ontgaan dat Halt intussen geweigerd had antwoord te geven op Wills laatste vraag. En dat gold ook voor de jonge Jager, maar die besloot het er maar bij te laten zitten.

Halt stak de kleine lamp aan die op het tafeltje tussen de twee bedden stond. Toen het vlammetje goed brandde en de holle koperen spiegel erachter een warme gloed door het vertrek wierp, richtte hij zich weer tot Will.

'Ik had je nog niet terug verwacht, eigenlijk,' stelde hij vast. 'Is er iets misgegaan?'

Will haalde zijn schouders op. 'Nee, niet echt tenminste. Tennyson besloot dat minstrelen niet welkom waren in zijn kudde, dat leidde maar af. En toen hij ook nog eens mijn mandola wilde confisqueren...'

'Je wat?' vroeg Halt.

Will zuchtte gefrustreerd. 'Mijn lui-huit!'

Halt knikte. 'O, zeg dat dan!'

Will keek om hulp naar Arnaut en de jonge krijger glimlachte hem toe, vol begrip en medeleven.

'Nou ja, dus ik besloot maar eieren voor mijn geld te kiezen,' ging Will verder. 'Ze zouden bovendien toch gaan opbreken – om dan meteen rechtstreeks hierheen te komen.'

Halt wreef nadenkend over zijn baard. 'O, dat is nieuws. Ik dacht dat ze nog wel een paar dagen nodig hadden om nog meer versterkingen te verzamelen. Daar kijk ik van op.'

'Hij heeft geen versterking meer nodig. Ze zijn al minstens met een man of vierhonderd. Bovendien denk ik dat het nieuws over Craikennis hem ongerust gemaakt heeft. Er kwam een boodschapper mee aanzetten, en daar was Tennyson nogal overstuur van. Ik geloof zelfs dat hij die boodschapper heeft laten vermoorden, als je het mij vraagt.'

'Ja, dat is logisch,' zei Arnaut. 'Hij wil natuurlijk niet dat het nieuws over de Ridder van de Dageraad overal bekend wordt.'

'Nee, inderdaad,' reageerde Halt. 'En volgens jou heeft hij al vierhonderd man verzameld?'

'Minstens,' antwoordde Will. 'Natuurlijk zijn het voor het grootste deel gewone mensen en geen soldaten. Maar hij heeft wel getrainde militairen in zijn kring van getrouwen – onder wie twee enorme kerels, Killeen en Gerard, die je niet graag in het donker zou tegenkomen.'

'Nou, vierhonderd, dat is geen kattenpis. Volgens mij heeft Ferris niet meer dan honderd man, met veel moeite misschien honderdvijftig, die hij onder de wapenen kan brengen. Tenminste, als hij ze überhaupt zover kan krijgen.'

'Hoe is het gegaan met Ferris?' vroeg Will geïnteresseerd. 'Was hij blij je na al die jaren weer terug te zien?'

'Nauwelijks,' antwoordde Halt droogjes. 'En hij was al in contact getreden met Tennyson. Als het aan hem had gelegen, had hij zich al overgegeven.'

'Maar?'

'Maar Halt heeft hem kunnen overtuigen dat dat niet verstandig was,' zei Arnaut. 'Morgen horen we wat hij besloten heeft.'

Will schudde weifelend zijn hoofd. 'Dat is maar net op tijd dan. Volgens mij kunnen de Buitenstaanders morgen al hier zijn.'

'Dat kan dan nog vervelend worden,' zei Halt. 'Maar we kunnen er niets aan veranderen. Als ik hem vanavond nog opzoek en onder druk zet, dan gaat hij vast tegenstribbelen. Vooral als hij merkt of vermoedt dat wij in paniek raken.'

Hij dacht een tijdje diep na en zei toen: 'Nee, we kunnen ons beter aan ons aanvankelijke plan houden. Will, jij moet je maar even op de achtergrond houden hier.'

Will haalde zijn schouders op. 'Als je dat beter vindt. Waarom eigenlijk? Je schaamt je toch niet voor je oude leerling, of wat?'

Halt glimlachte flauwtjes – een andere man had hard gelachen. 'Niet meer dan anders,' zei hij. 'Nee, maar Ferris is nu net een beetje aan ons tweeën gewend. Als we ineens met iemand extra komen opdraven wordt hij vast achterdochtig.' Hij zuchtte diep. 'Alsof er iets is dat hem niet achterdochtig maakt. Bovendien komt het ons nog wel van pas, misschien, als we je eerst als reserve houden. Een troef achter de hand is nooit weg.'

'Dus ik ben een troef, hè?' grijnsde Will. 'Ik voel me gevleid, Halt, echt gevleid! Ik wist niet dat je me zo hoog had zitten.'

Halt keek hem vernietigend aan. 'Misschien had ik beter joker kunnen zeggen.'

'Wat dan ook...' Ineens bedacht Will iets. 'Luister, voor ik het vergeet: Tennyson heeft drie nieuwe rekruten binnengehaald. Het zijn buitenlanders, helemaal in het leer, met donkerpaarse mantels en een grote hoed met veren. Ze zijn bewapend met kruisbogen en een hele serie messen die er niet ongevaarlijk uitzien – en die mannen zelf zien eruit alsof ze ermee om kunnen gaan ook.'

Halts gezichtsuitdrukking werd ernstig en bezorgd toen hij Wills beschrijving hoorde. En toen de wapens aan de orde kwamen knikte hij.

'Genovezen,' fluisterde hij zachtjes.

Arnaut keek vragend op. 'Geno-watters?' Daar had hij nog nooit van gehoord, dat was duidelijk.

Halt schudde weer in wanhoop zijn hoofd. 'Jullie krijgen ook nauwelijks nog aardrijkskunde op die krijgsschool, hè?'

Arnaut keek alsof hem dat geen verdriet deed. 'Nee, niet belangrijk. We wachten rustig af tot onze aanvoerder ons zegt of we links of rechts moeten en als hij dan een vijand heeft aangewezen om af te maken, dan... Boem! Aardrijkskunde en zo, dat laten we graag over aan jullie Grijze Jagers. We vinden het fijn als jullie kunnen denken dat je toch nog ergens beter in bent dan wij.'

'Boem! Ja, wat moet het toch heerlijk zijn, zo'n leven als onnozelaar,' zuchtte Halt. 'Genovezen zijn mensen uit Genova in Toscana. Het zijn valse huurlingen en beroepsmoordenaars. Daar leven ze ongeveer van, in die stad. Behalve dat ze met hun wapens overweg kunnen, kennen ze ook nog honderd manieren om je te vergiftigen. Als Tennyson drie van die kerels heeft ingehuurd, dan speelt hij hoog spel. Die mannen kosten veel geld en zijn gevaarlijk – ook voor hun opdrachtgever.'

Will knikte. 'Ik dacht al dat het Genovezen waren.'

Arnaut keek hem gekwetst aan. 'Dat dacht je helemaal niet!' sneerde hij. Will kon zijn gezicht niet echt in de plooi houden.

'Misschien niet, nee,' zei hij. 'Maar ik wist wel dat ze voor problemen konden zorgen.' De lach verdween van zijn gezicht toen Halt antwoordde.

'O, dat ze voor problemen zullen zorgen is een ding dat zeker is. Veel problemen. Als jullie ooit tegenover die kerels komen te staan – pas dan maar extra op. En dat geldt voor allebei!'

HOOFDSTUK 35

'Ik kan het niet!' zei Ferris.

Halt keek woedend naar zijn broer. Ferris leek ineen te krimpen onder die donkere blik, hij dook weg in zijn troon alsof de – te grote – houten zitting hem extra zou beschermen.

'Ik doe het niet,' herhaalde hij klaaglijk, 'en ik kan het niet. En jullie kunnen me ook niet dwingen.'

'Daar zou ik maar niet al te zeker van zijn,' reageerde Halt kortaf. Hij keek naar Sean en Arnaut en zag ook daar alleen maar minachting. En teleurstelling natuurlijk, bij Sean. Maar hij wist dat Ferris eigenlijk gelijk had. Hij kon hem niet dwingen zich in het openbaar tegen Tennyson uit te spreken.

'En waarom zou ik ook eigenlijk, Halt? Waarom zou ik jou gehoorzamen? En wat heb jij eraan? Wat heb je er trouwens helemaal mee te maken, vraag ik me af?' En terwijl hij dat zei was er achterdocht in zijn ogen te lezen. In de wereld van Ferris deden mensen alleen iets uit eigenbelang. En dus vroeg hij zich af wat Halt eigenlijk te winnen had wanneer hij, Ferris, Tennyson als charlatan aan de kaak zou stellen. En terwijl hij dat dacht, wist hij eigenlijk het antwoord al. Hij liet zich van de troon glijden en liep op Halt toe. Hij bleef vlak voor hem staan, iets zelfverzekerder, nu hij dacht Halts motief onthuld te hebben.

'Ineens begrijp ik waarom je nu opgedoken bent. Je wilt dat ik me verzet tegen Tennyson, in de hoop dat hij en zijn trawanten me doden, is het niet? Je wilt hen jouw vuile werk laten opknappen. En dan kom jij als een duveltje uit een doosje tevoorschijn en neem je mijn plaats op de troon in. En ik wed dat jij dan ook gewoon de voorwaarden van Tennyson accepteert – als je maar op deze troon hier mag gaan zitten!'

Halt bestudeerde een paar seconden het gezicht van zijn broer. Hij zag hoe achter die schichtige ogen een sluw en boosaardig brein druk bezig was. Vol minachting schudde hij zijn hoofd.

'Ferris, Ferris... als ik zo was als jij, zou ik misschien ook zo denken. Maar weet je waar ik me zorgen om maak? Niet om jou of mijzelf, maar om het volk daar beneden.' Hij gebaarde naar de stad onder hen. 'De mensen die jou hun koning noemen – die van jou leiderschap verwachten, en bescherming tegen de vijand, tegen willekeur en wetteloosheid. En hun God moge hen bijstaan – van jou hebben ze wat dat betreft weinig te verwachten.'

'Alstublieft, majesteit,' smeekte Sean, die nu ook een stap naar voren kwam. 'Denk er nog eens goed over na! De mensen hebben u echt nodig. Ze hebben iemand nodig die voorgaat in de strijd. Die iets doet!'

Het was nu de beurt van Ferris om zijn neef uit te lachen. 'O, nu is het ineens "alstublieft, majesteit", hè, Sean? Gisteren was je er als de kippen bij om die daar majesteit te noemen, of niet soms? Je denkt toch niet dat ik niet doorheb wat een verrader je bent? Jij bent gewoon tegen mij, net als zij.'

Sean deed weer een stap naar achteren, alsof de nabijheid van zijn oom hem op de een of andere manier te veel werd. Zijn stem klonk laag, hees en boos toen hij sprak.

'Ik ben de kroon nog nooit ofte nimmer ontrouw geweest! Nooit!'

Zijn woede en verontwaardiging waren bijna tastbaar. Ferris keek zijn neef zenuwachtig aan. Misschien was hij nu te ver gegaan. Hij wist dat hij, vorst of geen vorst, zonder de steun van Sean niet veel kon beginnen. Maar dat betekende nog niet dat hij zijn mening moest veranderen.

'Misschien sprak ik net voor mijn beurt,' zei hij sussend. Maar toen hij zich tot Halt wendde, verhardde zijn toon weer: 'Maar toch ga ik niet doen wat je van me vraagt. Als jij je tegen Tennyson wilt verzetten, prima, maar voor jouw eigen rekening en risico, niet de mijne. Ga jij maar naar het volk en probeer jij ze maar achter die stomme ridder van je te krijgen.'

'Als het zover moet komen zal ik dat zeker doen ook,' antwoordde zijn broer. 'Maar ik ben hier een vreemdeling, en jij, jij bent hun vorst. Het zal net lijken alsof...'

Voor hij verder kon gaan greep Ferris zijn kans. Hij onderbrak hem: 'Precies, ik ben hier de koning. Ik ben blij dat er nog iemand is die me aan dat feit helpt herinneren. Ik ben de koning en ik maak zelf wel uit wat ik doe of laat.'

Hij rechtte zijn rug en probeerde hooghartig en doortastend te kijken. Maar zoals altijd lieten zijn ogen hem al snel weer in de steek. Hij keek schichtig in de richting van een hoek van de zaal, waar helemaal niets te zien was.

Halt vervloekte zijn broer binnensmonds. Hij had echt gehoopt dat hij hem had kunnen overhalen, dat hij zich echt teweer zou stellen tegen de Buitenstaanders en Tennyson. Maar die ongehoorde en verschrikkelijke lafheid van deze koning haalde zijn hele plan onderuit. Zonder zijn steun en gezag was elk verzet tegen de sekte, waarschijnlijk tot mislukken gedoemd. De mensen zouden nooit een onbekende buitenlander en een jonge ridder volgen in een opstand tegen Tennyson, de heiland van Mountshannon en van nog eens vier, vijf andere plaatsen die hij zogenaamd gered had. Daarvoor was Tennyson gewoon te goed, als prediker en als volksmenner. Veel beter in elk geval dan Halt.

Bovendien had hij honderden fanatieke volgelingen achter zich, die bereid waren hun leven voor hem te geven.

Ondanks al deze donkere gedachten liet Halt uiterlijk niets

merken. Hij maakte zich op om nog een laatste poging te wagen om Ferris te overtuigen van zijn gelijk. Hij wist niet hoe hij het aan zou pakken, want eigenlijk was alles al een keer gezegd nu. Maar hij werd tegengehouden door enige opschudding buiten de grote deuren van de troonzaal. Een daarvan ging nu open, en een wacht kwam naar binnen gestormd naar de kleine groep om de troon. Halt merkte dat de man zich tot Sean richtte, en niet tot de koning. Misschien was dat gewoon protocol – of het was een aanwijzing waar de echte loyaliteit van de mannen lag.

'Heer Sean, er staat buiten een man met een boodschap. Hij zegt dat het belangrijk is en hij wil die man daar spreken.' Hij wees op Halt.

Sean wendde zich tot de Grijze Jager. 'Verwacht u een boodschapper?'

Halt aarzelde. Eigenlijk kon het maar één iemand zijn. Hij vroeg aan de wacht: 'Heeft hij net zulke kleren aan als ik?' Hij wees op zijn gevlekte mantel en de – nu lege - dubbele schede van zijn messenset. Die messen hadden ze natuurlijk buiten de troonzaal moeten achterlaten.

De wacht knikte. 'Ja, precies zo.'

Halt zei tegen Sean: 'Ja, die boodschapper verwachtte ik inderdaad. Hij komt vast met belangrijk nieuws over ons gezamenlijk probleem.' Hij had eigenlijk geen idee waarom Will toch naar het kasteel gekomen was – maar hij wist zeker dat het iets belangrijks moest zijn.

Sean knikte naar de wacht. 'Laat de man maar binnenkomen.'

De soldaat liep de zaal uit en keerde een paar minuten later terug met Will. Ferris snoof toen hij de mantel met de kap, de mosgroen met bruine tuniek en donkerbruine laarzen zag. 'Zo, dus je hebt zelf ook volgelingen, zie ik,' sneerde hij. 'Ik ben bang dat Tennyson er heel wat meer heeft.'

Will keek nieuwsgierig naar de koning van Clonmel, en zag

dezelfde gelijkenis en dezelfde verschillen die Arnaut de dag daarvoor ook waren opgevallen. Maar hij had nu belangrijker zaken aan zijn hoofd en wendde zich tot Halt.

'Hij is er al,' zei hij alleen maar. Even begreep Arnaut niet wat hij bedoelde, maar dat gold geen seconde voor Halt.

'Tennyson?'

Will knikte. 'Ja, ze zijn nu hun kamp aan het opbouwen. Hij heeft aangekondigd dat hij om drie uur vanmiddag het volk zal toespreken.'

Er stond een waterklok in de troonzaal, zo een die om de twaalf uur moest worden bijgevuld. Halt keek snel en zag dat het net voor enen was. Vanbinnen kookte hij, maar net als eerder hield hij zijn emoties zorgvuldig in bedwang. Zijn gezicht noch zijn lichaam verraadde ook maar iets van zijn opwinding.

'Goed dan,' zei hij alleen. 'Dank je, Will. Ga erheen en hou een oogje in het zeil. Laat me weten als er iets verandert.'

Will knikte. Even keek hij onderzoekend naar Ferris en daarna naar Halt, alsof hij wilde zeggen: Hoe staan de zaken er hier voor? Maar Halt schudde snel van nee, nu niet, en Will concludeerde dat het niet best was.

'Goed, Halt, ik ga dan naar de markt. Daar zijn ze hun paviljoen aan het opbouwen.'

Hij draaide zich om en liep snel de zaal uit. Halt keek weer naar zijn broer en werd overvallen door een gevoel dat hem niet vaak trof – dat van totale, wanhopige mislukking.

Maar hij moest en zou het nog een laatste keer proberen.

'Ferris...' begon hij.

Ferris trok één wenkbrauw op. 'Ik geloof dat de gepaste aanspreektitel "Majesteit" is,' zei hij nuffig. Hij voelde dat Halt nu op zijn gemoed en geweten wilde gaan werken. Misschien zou hij hem zelfs smeken. In het besef dat hij eventjes alle troeven in handen had, groeide zijn zelfvertrouwen weer. Halt keek furieus, maar voor hij iets kon zeggen nam de jonge krijger het woord.

'Majesteit,' zei Arnaut, en zijn toon was sussend, zelfs respectvol, 'ik geloof dat ik wel een weg uit dit dilemma weet – een weg die voor ons allemaal profijtelijk zal zijn, als u begrijpt wat ik bedoel.'

Hij wreef duim en wijsvinger over elkaar in het wereldwijde gebaar dat staat voor geld – een gebaar dat Ferris maar al te goed verstond. Belangstellend keek hij Arnaut aan. Halt onderbrak hen, voordat Arnaut kon uitleggen wat zijn voorstel inhield.

'Laat maar, Arnaut, het heeft toch geen enkele zin.' Zijn stem klonk dodelijk vermoeid.

Maar Arnaut stak zijn onderlip verontwaardigd naar voren en zei ogenschijnlijk minachtend: 'Ach Halt, man, hou nou eens een keer op over eer en plicht en blabla tegenover het volk. Je hebt je best gedaan – en je bent er geen steek verder mee gekomen. Erken dat nou maar en leg je erbij neer. Maar ik zie zelf ondanks alles nog een aardig buitenkansje, met dat hele gedoe rond die Ridder van de Dageraad. Waarom zouden wij er in ruil voor al onze moeite niet toch nog een slaatje uit slaan?' Hij keek de koning aan. 'En u meer dan een slaatje, majesteit!'

Ferris knikte gretig. Die Arnaut, die sprak tenminste dezelfde grotemensentaal als hij. Eigenbelang eerst. Halts boze antwoord overtuigde hem helemaal.

'Arnaut, hou je mond, ja! Je kent zeker je plaats niet meer? Jij hebt helemaal het recht niet om...'

'Ach, zeur toch niet zo, Halt! Geef nou eens één keer toe dat jouw aanpak soms niet werkt,' onderbrak Arnaut hem ruw. Halt zweeg, maar als zijn blikken hadden kunnen doden was Arnaut ter plekke neergevallen.

Mijn broer is sprakeloos, eindelijk, dacht Ferris vergenoegd. Arnaut richtte zich weer tot de koning.

'Nou, majesteit? Geïnteresseerd in een zakelijk succesje?'

Ferris glimlachte en knikte. Het was niet alleen het vooruitzicht van geldelijk gewin dat hem aanstond. Het was ook fijn om zijn broer eindelijk eens het onderspit te zien delven, en zijn machteloze woede te zien nu een van zijn eigen mensen zich tegen hem keerde.

'Ga verder,' zei de koning. Hij luisterde niet eens naar Halts gefoeter. Hij zag de teleurstelling in Seans ogen, nu Arnaut ineens een staak tussen de wielen van Halt leek te steken. Eigen schuld, dikke bult. Die Sean, dat was een idealist, een romanticus, geen realist. Hoog tijd dat die eens een lesje leerde. Arnaut keek de grote holle troonzaal rond en zag een klein deurtje, half verscholen achter een gordijn tegen de zijmuur.

'Misschien kunnen we even onder vier ogen spreken, majesteit?' zei hij en wees naar het gordijn.

'Dat is mijn kleedkamer, waar ik mij verkleed en mijn officiële gewaden bewaar,' zei Ferris en ging de jonge krijger voor. 'Daar kunnen we inderdaad ongestoord babbelen.' En hij keek Halt en Sean veelbetekenend aan bij die laatste woorden.

Arnaut liep achter hem aan en duwde Sean met een gemene grijns ruw opzij. Sean schudde verbijsterd zijn hoofd en keek om steun naar Halt. Maar de Grijze Jager keek alleen maar boos naar de grond, totdat de koning en Arnaut door het deurtje verdwenen waren en het gordijn weer stil aan de wand hing. Toen pas keek hij op, en tot Seans verbazing trok er een brede grijns over zijn gezicht.

Hij wilde iets zeggen, maar Halt stak zijn hand op om hem tegen te houden. Een paar tellen later hoorden ze het geluid van een vuist op een menselijk hoofd en een korte kreet van schrik en pijn. Daarna hoorden ze vallend meubilair. En Arnauts stem die zei: 'Kun je even komen, Halt?'

Sean volgde de Grijze Jager de zaal door en via het deurtje naar het zijvertrek. Daar hingen de diverse hermelijnen en brokaten koningsmantels voor officiële gelegenheden in een grote kast. Er stonden verder een paar stoelen, een kleedtafel en een grote spiegel. In de hoek brandde een klein vuurtje in de haard. Koning Ferris lag bewusteloos op de grond, naast een omgevallen stoel. Arnaut schudde met zijn rechterhand, blijkbaar had hij zijn knokkels bezeerd.

'Arnaut Altman,' zei Halt verontwaardigd, 'wat is er in 's hemelsnaam in je gevaren?'

Arnaut gebaarde naar de kast vol officiële koninklijke gewaden. 'Ik heb je zojuist tot koning uitverkozen,' zei hij. 'Ik zou me maar eens snel omkleden, als ik jou was!'

Hoofdstuk 36

'Ben je helemaal gek geworden?' riep Halt geschrokken. Arnaut gaf geen antwoord, dus ging hij verder: 'Kijk nou eens naar ons. We lijken wel op elkaar, veel zelfs – maar een identieke tweeling zijn we toch al lang niet meer?'

Sean was intussen naar de man op de grond gesneld en knielde naast zijn bewusteloze vorst neer. Hij voelde zijn pols, was opgelucht toen hij die krachtig en regelmatig voelde kloppen, en keek daarna op naar de twee mannen uit Araluen, die daar tegenover elkaar stonden – de een boos en verrast, de ander kalm en onverstoorbaar.

'Die is goed buiten westen,' zei Sean.

'Heb je daar een probleem mee?' vroeg Arnaut.

Sean moest daar even over nadenken. 'Niet echt. Maar jij misschien wel, zodra hij weer bijkomt. Hij roept de wacht en stuurt ze allemaal op je af. En zelfs ik zal je dan niet meer kunnen beschermen.'

Arnaut haalde zijn schouders op. 'Ik dacht van niet. Ik ben dan namelijk allang weg, met de andere koning.' Hij wees naar Halt, die nog steeds niet gekalmeerd was. Arnaut had nu echt een beetje het contact met de werkelijkheid verloren, vond hij.

'Arnaut, kijk nou nog eens goed naar Ferris. En daarna naar mij!'

'Dat heb ik al gedaan. Het enige dat we moeten doen is je haar achterover kammen en vastzetten, met die leren band die hij om zijn hoofd heeft...'

'Dat is anders wel de kroon van Clonmel, met permissie!' kon Sean niet nalaten snibbig op te merken.

'Des te beter. Dat ondersteunt het beeld dan alleen maar.'

'Misschien is het je niet ontgaan dat onze baarden er ook helemaal anders uitzien?' zei Halt sarcastisch en Arnaut knikte.

'Ja. En gelukkig is die van jou voller dan die van hem. Je hebt je tijdens dit tripje ook geen enkele keer geschoren, zag ik.'

Nu was het Halts beurt om de schouders op te halen. 'Dat was precies de bedoeling. Ik wilde niet dat de mensen zouden zien dat ik op Ferris lijk.'

'Nou, nu is het moment gekomen waarop we dat juist wel willen. En dus zullen we die fijne baard van je wat moeten kortwieken. Het was moeilijker geweest als het andersom was. Het valt niet mee om een baard in een paar minuten bij te laten groeien.'

'Was je soms van plan me te gaan scheren?' vroeg Halt verontwaardigd. Voor het eerst in jaren was hij de regie over de situatie volledig kwijt.

'Halt, denk eens even na. We hebben nu een uitgelezen kans om iets te doen. We *moeten* de koning in het openbaar laten optreden en Tennyson met zijn Buitenstaanders aan de kaak stellen! En natuurlijk tegelijk de legende van de Ridder van de Dageraad nieuw leven inblazen. Jij weet net zo goed als ik dat alleen de koning dat kan doen. En je weet ook dat hij het vertikt. Met een beetje moeite kunnen we jou precies op hem laten lijken. En als je dan zo'n mantel aantrekt en dat leren ding opzet...' Hij keek even naar Sean, die zijn mond al opentrok om te protesteren tegen deze belediging van het Huis van Clonmel. 'Nou goed dan, als je de kroon van Clonmel dan netjes op je hoofd zet, dan wed ik dat niemand het verschil ziet. Ze zien namelijk alleen wat ze verwachten te zien, de mensen. Dat heb ik trouwens van jou zelf geleerd, of niet soms?'

Dat kon Halt niet ontkennen. Hij wist uit ruime ervaring dat de helft van het succes van iemand nadoen lag in de verwachting bij de toeschouwers dat ze de echte persoon gingen zien. En natuurlijk was het ook nog eens zo, dat er niet zo heel veel mensen in Clonmel waren die de koning echt van dichtbij kenden. Maar Halt had andere zorgen.

'Je was echt van plan mijn baard af te gaan scheren?!' herhaalde hij.

Arnaut knikte weer en richtte zich tot Sean. 'Daar heb ik mijn dolkmes bij nodig. Denk je dat je dat kunt ophalen zonder dat het erg opvalt?'

Sean keek hem kil aan. 'En jij verwacht dat ik je steun bij dit onzalige plan?'

Arnaut aarzelde geen moment voor hij antwoord gaf. 'Jazeker. Omdat jij ook wel weet dat we geen andere mogelijkheid meer hebben. En je weet ook dat hij daar...' en hij wees met zijn duim naar de bewusteloze Ferris, 'jij weet net zo goed als ik dat die lafbek bereid en in staat is zijn hele land in de uitverkoop te doen aan die schurk van een Tennyson en zijn halvegare sekte.'

Arnaut deed wel stoer, maar dat was maar schijn natuurlijk. Terwijl hij tegen Sean sprak hoopte hij vurig dat hij inderdaad de juiste beslissing genomen had. En dat hij de jonge Hiberniër goed ingeschat had. Als Halt zich verkleedde als Ferris, en zijn adjudant stond ernaast, dan zou iedereen er waarschijnlijk blindelings van uitgaan dat het om de koning zelf ging. Maar zonder Sean zouden ze niet eens voorbij de wacht buiten de troonzaal komen.

Nog even aarzelde de jonge prins. Maar hij besefte ook dat hij, door niet meteen de garde binnen te roepen toen hij zijn vorst buiten westen op de grond zag liggen, eigenlijk al besloten had om de kant van de mannen uit Araluen te kiezen.

'Je hebt gelijk,' zei hij rustig. 'Ik haal de messen op. Ik neem aan dat het te veel opvalt als ik gewoon om een scheermes vraag?'

'Mijn dolk is goed genoeg – en scherp genoeg,' zei Arnaut. Maar Halt gaf zich niet zomaar gewonnen.

'Haal dan niet die botte dolk van hem – maar mijn eigen Saksische mes. Daar knip ik ook altijd mijn haar mee. Dan kan ik me er ook wel mee scheren.'

Arnaut keek hem aan. Een van de grootste raadsels in zijn leven was opgelost.

'Dus het is écht waar,' zei hij in stille verwondering. 'Jij bent echt je eigen kapper – met je dolkmes!' Sinds onheuglijke tijden werd er in Araluen gespeculeerd over dit onderwerp. En nu had Halt zelf het raadsel opgelost. De Grijze Jager verwaardigde zich niet te reageren.

'Vraag wel om een kan heet water alsjeblieft,' zei Halt tegen Sean. En met een blik op Arnaut: 'Jullie gaan me niet droog scheren – dat nooit!'

'Vraag dan maar om thee,' zei Arnaut. 'Een pot hete thee. Als we om een kan heet water vragen denken de mensen misschien iets raars. Maar een grote pot hete thee, dat vinden ze heel normaal.'

Sean aarzelde. 'Je wilt hem scheren met thee?'

'In geen geval met thee!' zei Halt beslist.

Arnaut suste beide heren. 'Luister, thee is niet veel anders dan heet water, toch? En als hij flink sterk is kunnen we misschien de bleke plekken waar je baard zat meteen wat bijkleuren.'

Sean keek van de een naar de ander. Daarna knikte hij bedachtzaam. Arnaut had gelijk. Als ze Halt nu gingen scheren, kwam er een stuk gezicht bloot dat in jaren geen zon gezien had. Als ze daar niets aan deden zou het wel erg opvallen.

'Saksisch mes en thee,' mompelde hij in zichzelf, als herhaalde hij een bizar boodschappenlijstje. En hij liep snel de kleedkamer uit.

'Heb je wel opgemerkt,' zei Halt toen ze weer alleen waren,

'dat Ferris zijn haar zwart is, en dat van mij een eerbiedwaardig grijs?'

'Hij verft zijn haar,' zei Arnaut en Halt barstte los.

'Ja, natuurlijk verft hij zijn haar! Maar ik denk niet dat thee daar iets aan verhelpt, of wel? Wat dacht je daaraan te doen dan?'

'Roet!' zei Arnaut. 'Kijk, daar in de haard, of liever de schoorsteen, daar zit genoeg voor twaalf Halts. Dat smeren we in je haar. En misschien wat door de thee ook, om je babyblanke wangen te maskeren.'

Halt boog zich voorover en zette de stoel rechtop die eerder omgevallen was. Hij ging er moedeloos op zitten, zich neerleggend bij zijn vreselijke lot.

'Het wordt elke minuut interessanter,' zuchtte hij.

Een uur later vlogen de deuren van de troonzaal open. De zes wachten in het voorvertrek sprongen in de houding toen Sean naar buiten kwam.

'De koning heeft besloten een bezoek te brengen aan het marktveld,' kondigde hij aan. 'Jullie moeten hem escorteren.'

De gardesoldaten stelden zich snel op en daar kwam de koning al de troonzaal uitgezeild, gekleed in een groene staatsiemantel van zwaar satijn, versierd met brokaat en afgezet met hermelijn. De mantel sleepte over de vloer en had een grote kraag, die het de koning behaagd had vandaag rechtop te zetten. Een van de buitenlandse gasten liep naast hem. Van de andere vreemdeling geen spoor, maar als de wachten dat al opmerkten, kregen ze de tijd niet om er lang over na te denken. Snel stelden ze zich op, twee vóór de koning en vier achter hem, redelijk dichtbij natuurlijk, zodat ze hem te hulp konden schieten mocht dat nodig zijn, maar wel op respectvolle afstand, zodat ze niet konden afluisteren wat de majesteit zoal te bespreken had.

Sean ging voorop, de koning en Arnaut volgden. Sean moest toegeven dat Arnaut goed werk had afgeleverd. Halts haar, donker van het roet uit de schoorsteen, had in het midden een scheiding gekregen, en met behulp van thee en kroon zat het glad naar achteren. Als je goed gekeken had naar het gezicht van de koning, was je misschien opgevallen dat de onderste kant van zijn wangen nogal vlekkerig was, door het smeersel van thee en roet dat over Halts roze vel gesmeerd was. Het vel, dat zo lang was schuilgegaan onder Halts wilde baard. Tegelijk bedekte het mengsel een half dozijn sneetjes, ontstaan doordat Arnaut toch niet zo voorzichtig met het Saksische mes was geweest als hij steeds maar bleef beloven. Bovendien bleek zelfs dat scherpe mes niet geheel opgewassen tegen de harde haren. Maar, had Arnaut ontdekt, een iets dikkere pasta van roet en thee stelpte meteen het bloeden.

'Dat zet ik je nog betaald, reken daar maar op!' mopperde de oude Jager, terwijl het vieze spul op zijn gewonde wangen aangebracht werd. 'Wat is dat smerig, zeg! Waarschijnlijk krijg ik er allemaal zweren van.'

'Ik denk het ook,' antwoordde Arnaut opgewekt. 'Gelukkig is het alleen voor vandaag!'

Dat was voor Halt nauwelijks een geruststelling.

Wat ook van pas kwam, was het strenge protocol dat Ferris door de jaren heen had ingevoerd, namelijk dat geen van zijn onderdanen geacht werd hem in de ogen te kijken. De meeste mensen, zelfs die in het kasteel werkten, hadden nooit de gelegenheid gehad om de gelaatstrekken van hun vorst goed te bestuderen. Ze hadden hoogstens een algemene indruk van hoe hij eruitzag – en daaraan voldeed Halt uitstekend, zoals hij eruitzag, zich bewoog en zelfs zoals hij sprak.

Voorafgegaan door twee wachten liep het gezelschap de donjon uit en de binnenhof op. Abelard en Schopper stonden vlak bij de ingang. Schopper vastgebonden aan een ring in de muur,

Abelard stond zoals gewoonlijk braaf te wachten tot zijn diensten weer gewenst zouden worden.

Hij keek op toen het groepje naar buiten kwam en hinnikte zijn baas gedag. Natuurlijk herkende hij hem, al droeg hij een rare groene jas en was zijn gezicht met vuil ingesmeerd. Halt keek hem even met diepe rimpels in zijn voorhoofd aan en zijn lippen vormden de woorden: 'Hou je kalm!'. Abelard schudde eens flink met zijn manen, ongeveer het equivalent van een schouderophalen, en draaide zich ongeïnteresseerd weer om.

'Zelfs mijn paard herkende me nog,' mopperde Halt zachtjes tegen Arnaut.

Arnaut keek naar het kleine ruwharige dier dat naast zijn eigen reusachtige strijdros stond.

'Het mijne niet,' antwoordde hij. 'Dus dat is hoogstens de helft.'

'Ik had liever een betere kansverdeling,' klaagde Halt weer. Arnaut moest grijnzen. 'Ik zou me geen zorgen maken. Waarschijnlijk ruikt hij alleen dat jij het bent.'

'Ik ruik mezelf ook,' zei Halt verongelijkt. 'Ik stink naar thee met roet.'

Arnaut vond het beter daar maar niet meer op te reageren.

Het kleine groepje daalde af naar de stad over de kronkelende weg naar het kasteel. Het viel Halt op dat, hoewel de mensen snel opzij gingen en een buiging maakten als ze zagen wie er naar beneden kwam, er niet gejuicht of gezwaaid werd. Ferris, bewusteloos en geboeid en met een prop in zijn mond in zijn eigen kleerkast verstopt, had zich duidelijk niet erg geliefd weten te maken bij zijn eigen volk.

Zo kwamen ze aan in de stad, onder aan de heuvel, en overal gingen de mensen voor hen opzij – uit respect of uit angst voor de soldaten om hen heen, dat was niet duidelijk. Halt vermoedde dat het een combinatie van de twee was. Ze liepen een zijstraat in en aan het eind daarvan zag hij een open veld. Er klonk geroezemoes van honderden stemmen. Ze kwamen in de buurt van de grote wei waar normaal de markt gehouden werd, en waar Tennyson al een grote menigte mensen bleek toe te spreken.

'Ze zijn al zonder ons begonnen,' zei hij quasi opgewekt.

'Misschien zijn zij begonnen,' merkte Arnaut op, 'maar wij zullen die bijeenkomst op passende wijze afsluiten!'

HOOFDSTUK 37

Will stond ergens achteraan in de menigte op het markt-veld. De volgelingen van Tennyson waren druk in de weer geweest, de afgelopen uren, om te zorgen dat alles klaar was voor de grote toespraak die hij zo dadelijk zou gaan houden. Ze hadden een groot platform getimmerd en aan de zijkant was een groot vuur aangelegd, met een compleet schaap aan het enorme spit. Twee Buitenstaanders met ontbloot bovenlijf stonden er zwetend aan te draaien. Druppels vet knetterden in de vlammen en de heerlijke geur van gebraden vlees verspreidde zich over het terrein.

Will had de hele dag nog niets gegeten en het water liep hem in de mond. De mannen sneden aan één stuk door porties vlees van het karkas. Een andere Buitenstaander brak stukken brood af, die als bord gebruikt konden worden. De mensen die zich om het vuur verdrongen werden zo een voor een bediend met een gratis maal. Even verderop waren een vat bier en een tonnetje wijn aangebroken, en iedereen mocht met zijn beker of mok langskomen. Er hing een opgewekte sfeer, alsof het een feestdag was. Er werd voor een natje en een droogje gezorgd, en het hele gedoe vormde zo voor de burgers van Dun Kilty een aangename onderbreking van het saaie leven van alledag. De stemming van de mensen was opperbest.

Maar toen begon Tennyson te preken.

Eerst klonk hij nog opgewekt en vriendelijk. Hij begon met een serie vrolijke anekdotes – vaak met hemzelf als slachtoffer in de hoofdrol – waar iedereen hard om moest lachen. De man kon er wat van, moest ook Will erkennen. Hij vertelde hoe fijn hij en zijn discipelen het hadden gevonden om rustig door het land te trekken en hun goede god te dienen en te aanbidden, terwijl ze al die tijd in hun eigen onderhoud konden voorzien.

Op dat moment kwamen er twaalf discipelen het podium op, gingen in een kring om hem heen staan en begonnen op een teken van de leider te zingen.

Het koortje begon met populaire volksliedjes, ondanks het verbod dat Tennyson een paar dagen daarvoor had uitgevaardigd. Zodra de menigte op de maat begon mee te deinen, nodigde Tennyson de mensen aan om ook mee te zingen. Daarna volgde een loflied op Alquezel. Het refrein was een simpele tekst met een pakkende melodie eronder, en het duurde dus niet lang of ook die hymne werd uit volle borst meegezongen.

Daarna verliet het koor het podium weer. En terwijl er steeds meer wijn aangerukt werd, klonk Tennysons preek steeds minder vrolijk.

De man was en bleef een begenadigd spreker. Hij deed het stapje voor stapje – eerst gaf hij een levendige beschrijving van het kwaad dat de laatste maanden Clonmel leek te overspoelen – als was het een dreigende wolk, die de smetteloze blauwe hemel van het eenvoudige blije bestaan van Alquezel en zijn volgelingen verduisterde. Zijn toon werd feller, ja boos, terwijl hij de afschrikwekkende gebeurtenissen in Dufford beschreef, en andere rampen daarvoor en daarna. De meeste van zijn toehoorders kenden de details van die catastrofale gebeurtenissen niet, maar hadden er wel geruchten over gehoord. Ze wisten in elk geval dat er in vijf of zes dorpen in het zuiden onbeschrijflijke dingen waren gebeurd. Omdat ze de namen van de dorpen kenden, en geruchten per definitie vaag zijn, kon Tennyson ongestraft overdrijven en verfraaien, al naar het hem uitkwam. En zo schilderde hij zichzelf en zijn volgelingen alsof zij als geen ander mee leden met al het lijden van de bevolking van Clonmel, en dezelfde machteloze woede voelden omdat er niets aan gedaan werd.

Will merkte dat de stemming onder de mensen langzaam veranderde. Ze werden bevangen door angst en afkeer, eerst nauwelijks merkbaar, maar daarna werd het gevoel sterker en sterker, terwijl Tennyson verslag deed van de langzame trek naar het noorden, van de moordpartijen, de aanvallen, de brandstichtingen die steeds dichter bij Dun Kilty zelf in de buurt kwamen. De sfeer onder het publiek werd grimmiger, naarmate de tonnetjes wijn leger raakten. Tegen die tijd begonnen de volgelingen, in hun witte pijen, Tennysons woorden ook luidkeels te herhalen, wanneer hij gedetailleerd beschreef wat voor gruwelijkheden er gebeurd waren. En nieuwe bekeerlingen kwamen naar voren en beaamden dat het de waarheid en niets dan de waarheid was, die Tennyson de profeet daar op het podium verkondigde.

'Zo is het gebeurd, en niet anders!' riep een verse discipel. 'Ik was er zelf bij, in Carramos! (Of in Dell of Clunkilly of Rorks Kreek, of welke plek dan ook die hij net genoemd had.) Ik heb het met mijn eigen ogen gezien!'

'Het kwaad verovert langzaam maar zeker dit land!' galmde Tennyson, die nu aan de kern van zijn betoog was gekomen. 'En het is het kwaad van die verdorven demon, Nonsennis! Een in- en inslechte duivel, die zich voedt met de zielen en bezittingen van gewone mensen, en zijn duistere hordes op hen afstuurt, om hen te laten lijden, te vermoorden zelfs!

En wij hebben dat eerder meegemaakt! Wij hebben hem dit eerder zien proberen, of niet soms, mensen?'

Deze laatste retorische vraag werd gericht tot de groep trouwste volgelingen, die zich inmiddels vlak voor hem gevormd had. Als één man beaamden zij wat hij riep. 'Ja! Wij hebben het eerder gezien!'

Tennyson sprak verder, luider en dwingender nu.

'Iemand moet hem stoppen! Zijn verdorven volgelingen moet een vernietigende slag worden toegebracht! En wie gaat dat doen? Wie staat er voor jullie, arme mensen van Dun Kilty, wie staat er voor jullie op de bres?

Wie zal jullie beschermen tegen de aanval die ook hier onherroepelijk komen gaat? Wie neemt het op tegen die bandieten, die moordenaars, die zondaars die zich achter Nonsennis scharen, in steeds groter aantallen? Wie jaagt ze het land uit, wie maakte hen onschadelijk?'

Uit de menigte klonk ongemakkelijk geroezemoes. Niemand kon of durfde die vraag te beantwoorden.

'Vertel! Wie heeft de kracht en de macht om Nonsennis te weerstaan? Wie kan jullie beschermen tegen het kwaad?'

Weer liet Tennyson het onzekere geroezemoes even voortduren. Daarna liep hij tot vlak bij de rand van het podium, en brulde luid, met zijn diepe sonore stem:

'Jullie koning, misschien?'

Stilte. Een ongemakkelijke stilte, waarin de mensen elkaar nerveus aankeken. Om meteen daarop geschrokken van zichzelf weer weg te kijken. Ze waren zo dicht bij het kasteel van de koning hier, dat niemand het waagde om als eerste de koning openlijk aan te klagen. Maar diep in hun hart wisten ze allemaal wat het antwoord op die vraag moest zijn.

Nee. Niet de koning.

In die stilte klonk opnieuw de machtige stem van Tennyson.

'Heeft jullie *koning*...' – de minachting in zijn stem terwijl hij dat woord uitsprak was niet mis te verstaan – '... heeft jullie koning ook maar één vinger uitgestoken om het lijden van zijn volk te verlichten? Heeft hij dat, dames en heren?'

Zijn intense stem, de passie die hij uitstraalde, dwongen een antwoord af. Ergens achterin klonken enkele aarzelende kreten.

'Nee! Dat heeft hij niet!'

En toen dat eerste schaap over de dam was, volgde de rest, tot koning Ferris overal en luider en luider aan de schandpaal genageld werd. 'Nee! Nee! De koning deed niets! Hij deed niets voor zijn volk!'

'Hij zit daar maar hoog en droog, achter de dikke muren van zijn kasteel! En wij dan?'

De eersten die reageerden waren waarschijnlijk volgelingen die de opdracht hadden gekregen er precies op dat moment mee te beginnen, besefte Will. Het moesten haast wel discipelen zijn, die zich over de menigte hadden verspreid, in gewone kleren in plaats van in hun witte pijen, zodat ze niet opvielen. Maar inmiddels bestond het groeiend koor dat de koning veroordeelde vooral uit de mensen van Dun Kilty zelf.

Tennyson hief beide handen omhoog om stilte te vragen, en toen het geschreeuw wegstierf zei hij: 'Wie heeft de aanval op Mountshannon afgeslagen? Was dat de koning?'

En weer donderde het 'Nee!' uit honderden monden over het terrein.

En Tennyson stelde een volgende vraag: 'Wie dan wel? Wie redde de arme onschuldige mensen van Mountshannon?'

Achter hem riep een groepje mensen uit dat stadje het antwoord dat ze de afgelopen dagen zorgvuldig gerepeteerd hadden: 'Dat was Alquezel! Alquezel en Tennyson!'

En de mensen van Dun Kilty namen het van hen over, en herhaalden het antwoord tot het van de huizen om het veld echode en één lange schreeuw werd:

'Alquezel! Alquezel en Tennyson, Alquezel en Tennyson, Alquezel en Tennyson, Alquezel!' Het leek, dacht Will, alsof de mensen gehypnotiseerd werden door dat rollende en echoënde gebrul, zodat iedereen steeds harder mee ging schreeuwen en het geluid zichzelf en de hysterie van de mensen alleen maar versterkte.

Dit wordt langzamerhand echt gevaarlijk, dacht hij. Nooit eerder was Will getuige geweest van echte massahysterie. Maar nu stond hij er middenin, en hij voelde aan den lijve hoe kwaadaardig, lelijk en bedreigend die emotie kon worden.

Tennysons handen kwamen weer omhoog, en de rollende donder van het geschreeuw stierf langzaam weg.

'Wie stond er pal tegen het kwaad, dat aan de poorten van Craikennis rammelde?' vroeg hij op gedragen toon. Dit keer besloot Will in te grijpen, voordat de Buitenstaanders in de mensenmassa hun werk konden beginnen.

'De Ridder van de Dageraad!' riep hij zo hard als hij kon.

Meteen viel er een doodse stilte over het terrein. De mensen vlak bij hem draaiden zich om en keken hem bevreemd aan. Tennyson, even van zijn stuk gebracht, wist een paar tellen niets te zeggen. En daar maakte Will meteen dankbaar gebruik van.

'Ik was er zelf bij! Hij trok zijn vlammend zwaard en sloeg de vijand neer! Hij dreef ze terug naar waar ze vandaan kwamen! Honderden bandieten, verslagen door één man – de machtige Ridder van de Dageraad!'

En hij hoorde her en der de eerste mensen die kreet overnemen: 'De Ridder! De Ridder van de Dageraad! De Ridder van de Dageraad!' Want er waren meer mensen die het verhaal over de heldendaden bij Craikennis gehoord hadden, en het was ineens niet meer zo duidelijk wie dat plaatsje gered had.

Maar Tennyson schreeuwde ertegenin, met priemende vinger wijzend in de richting van Will: 'Die Ridder van de Dageraad, die bestaat niet eens! Dat is maar een legende!'

'Maar ik heb hem met eigen ogen gezien!' schreeuwde Will terug.

Tennyson maakte gebruik van zijn hogere positie op het podium en zijn ervaring als spreker. 'Leugens zijn het, die verhalen over die ridder!' donderde hij over de hoofden van de mensen heen. 'Leugens, niets dan leugens! Het was de Gouden God Alquezel, die ook Craikennis redde van de ondergang!'

En weer begon het witte pijenkoor 'Alquezel en Tennyson!' over het terrein te galmen. Tennyson bleef naar Will wijzen, en Will begreep dat hij daarmee zijn beulsknechten naar hem toe leidde. Hij kon elk moment een mes tussen zijn ribben krijgen, wist hij.

'Leugens! Hij liegt, die man daar!' donderde Tennyson weer. 'En Alquezel slaat allen neer, zonder erbarmen, die onwaarheden verkondigen!'

Will keek snel om zich heen. Vlakbij zag hij een glimp van een donkerpurperen mantel dichterbij komen, dwars door de mensenmassa heen. Uit een ooghoek bleef hij de vlek volgen terwijl deze dichterbij kwam. Zelfs zonder hoed herkende hij een van de Genovezen. En nu zag hij ook een dolk glinsteren. Een dolk die voorlopig strak tegen het been van de man werd gehouden, om geen onschuldigen te raken.

'De Ridder! De Ridder van de Dageraad!' riep hij nog eens. 'Die alleen kan ons redden! Geloofd zij de Ridder van de Dageraad!'

Weer waren er een paar mensen die hem bijvielen en de kreet overnamen. Steeds meer zelfs. Will hield Tennyson scherp in de gaten en zag hem een knikje geven naar iemand die vlak bij hem moest staan. Hij keek naar rechts. De Genovees was nu vlak bij hem. Will zag eerst verrassing, daarna ergernis in de ogen van de man, die besefte dat zijn prooi hem opgemerkt had. Een fractie van een seconde later trok Will zijn rechterelleboog omhoog tot ooghoogte en draaide zich snel om, op de hak van zijn rechterbeen.

Hij raakte de man recht in zijn gezicht en brak zijn neus, waardoor hij achteroverviel tegen de omstanders aan. Bloed spoot uit zijn neus en hij liet zijn scherpe dolk uit zijn handen glippen. Iedereen zag het wapen op de grond vallen. De mensen om de buitenlander heen schrokken en deinsden van hem weg. Ze duwden anderen achteruit en riepen waarschuwingen: 'Pas op! Die man is gewapend!'

Will besloot dat het nu wel genoeg geweest was. Hij liet zich door zijn knieën zakken zodat Tennyson hem niet meer kon zien, en kroop gebukt snel tussen de mensen door, tot hij een meter of vijftien verderop opnieuw positie koos. Daar ging hij weer rechtop staan en riep zo hard als hij kon: 'Lang leve de Ridder van de Dageraad!'

Daarna zakte hij weer naar beneden en baande zich een weg door de omstanders, voordat Tennyson hem weer kon aanwijzen.

De profeet had de beroering natuurlijk gezien, die ontstond nadat zijn huurmoordenaar tegen de grond geslagen was. Maar daarna verloor hij helaas die vervelende oproerkraaier uit het oog, die zijn hele preek verstoorde en zijn zorgvuldig opgebouwde volkswoede als een pudding in elkaar liet zakken. Toen hij dezelfde stem weer op een andere plek hoorde schreeuwen, ging hij in de aanval.

'De Ridder van de Dageraad?' sneerde hij. 'Waar is die dan nu? Laten we eens zien of die inderdaad zo oppermachtig is als die gek daar riep! Laat hij zich maar melden, hier en nu. Er bestaat helemaal geen Ridder van de Dageraad!' En zijn getrouwen herhaalden zijn oproep, dat de Ridder van de Dageraad zich maar eens moest laten zien.

En ineens klonk daar een luide, zware en diepe stem die antwoord gaf op die uitnodiging. Helemaal voor in de menigte, vlak onder het platform waarop Tennyson boos stond te zijn, ontstond nu ook heftige beroering.

'Jij daagt de Ridder van de Dageraad uit, jij praatjesmaker? Nou, hier is hij! En ik ben er ook!'

Minstens honderd mensen riepen tegelijk verrast en geschrokken: 'De koning!'

En onder het geroezemoes van die woorden hees een korte maar stevige gestalte in een groenbrokaten staatsiemantel zich het podium op, geflankeerd door een breedgeschouderde ridder, met het embleem van de rijzende zon op tuniek en schild. En meteen daarop volgde nog een ridder, die de mensen herkenden als de adjudant van de koning, Sean Carrick.

De menigte hield verrast de adem in. Daar stond hij ineens, niemand minder dan Ferris zelf, voor hen op het podium! En er dook nu ook een zestal soldaten van de koninklijke garde op, die op het toneel posities rond de koning innamen.

Will kneep zijn ogen tot spleetjes. Hij zag het zwarte haar, strak achterover getrokken. Hij zag de gladgeschoren wangen en de groene koningsmantel. Maar hij wist op de een of andere manier ook dat het niet Ferris was, maar Halt die daar stond. Net op tijd, dacht hij. En toen de man in de koninklijke mantel het volk vervolgens als een echte vorst begon toe te spreken, wist hij dat hij gelijk had.

'Wie jullie zal beschermen?' donderde het nu over het terrein. 'Wie jullie redder is? Ik ben dat! En niet deze oplichter, deze clown, deze ordinaire kermisklant, die zijn mond vol heeft van een god die nog nooit iemand gezien heeft. Terwijl ik hier heel zichtbaar en tastbaar voor u sta, met naast mij de levensechte kracht en macht uit de klassieke mythen van dit land! De Ridder van de Dageraad!'

En hij wees op Arnaut, die met een angstaanjagend geluid van staal op hard leer zijn zwaard tevoorschijn trok en hoog boven zijn hoofd stak. Toen hij dat deed zag iedereen duidelijk het feloranje embleem op zijn borst.

'De Ridder van de Dageraad!' gonsde het over het veld. Arnaut deed een stap naar achteren en stak zijn zwaard weer weg. Koning Halt had nu eerst de hoofdrol.

'Deze man hier,' zei Halt en wees op Tennyson, die in groeiende woede naast hem stond, 'deze man is niets meer of minder dan een leugenaar en een ordinaire dief. Hij smeert jullie allemaal honing om de mond, en dan steelt hij alles wat jullie bezitten. En dat in de naam van een valse afgod, die hij zelf verzonnen heeft!'

'Er is niets vals aan Alquezel, die...' probeerde Tennyson.

'Nou, laat hem dan maar eens zien, die godheid van je!' baste Halt, Tennyson de mond snoerend. 'Waar is hij, nu je hem nodig hebt?'

Koning Ferris was misschien niet populair, maar hij was wel nog steeds de koning. En nu Halt hem speelde, leek het ineens ook een man met gezag. 'Laat die god zich maar eens vertonen hier – zoals ik de Ridder van de Dageraad kan laten zien! Die legendarische strijder, die op mijn verzoek gekomen is om ons te beschermen tegen het kwaad dat juist deze man hier op ons af stuurt! Jij wilde hem zo graag zien, Tennyson – nu, daar staat hij! En nu wil ik ook dat spook wel eens zien waar jij zo de mond van vol hebt. Laat hem zich aan mijn volk tonen – als hij dat kan!'

De menigte raakte steeds meer op de hand van koning Halt. Mensen begonnen de eis van de koning te herhalen. Halt maakte daar meteen gebruik van en daagde de mensen uit.

'Nou, vertel eens? Wie van jullie had ooit gehoord van die klatergouden god, voordat deze oplichter ermee aan kwam zetten?' vroeg hij.

Er kwam geen enkele reactie, en Halt ging met stemverheffing verder: 'Nou? Wie dan?'

De menigte stond ongemakkelijk wat heen en weer te schuifelen.

'En wie van jullie had gehoord van de Ridder van de Dageraad?' ging Halt verder.

En dit keer kwam er, na enige aarzeling, een storm van bevestigingen los. Iedereen kende de ridder. Van kindsbeen af al. En die Alquezel? Daarvan had niemand eerder gehoord.

Tennyson, de lippen tot een boze strakke streep geknepen, liep nu naar de rand van het podium en stak zijn armen bezwerend uit naar de menigte.

'Alsof dit een bewijs is!' riep hij met schrille stem. 'Ik wil echte bewijzen zien! Iedereen kan wel een hemd aantrekken met een tekening van een opgaande zon erop gekalkt en dan beweren dat hij die legendarische krijger is! Maar laat hem dat dan ook maar eens bewijzen!'

Een paar stemmen waren het daar weer geheel mee eens. Anderen volgden. Meer en meer mensen sloten zich erbij aan.

Zo'n menigte was wel heel erg wispelturig, dacht Will. Blind en instinctief bogen ze dan weer naar links, dan weer naar rechts, al naargelang de wind waaide.

'Ja, bewijs het maar eens, Ferris!' werd er geroepen.

Nu was het Halts beurt om zijn handen onhoog te steken en om stilte te vragen.

'Wat voor bewijs zouden jullie dan willen zien?' riep hij. 'De Ridder van de Dageraad redde helemaal eigenhandig de stad Craikennis van de ondergang! Met zijn vlammende zwaard vernietigde hij meer dan tweehonderd bandieten!'

'O ja? En wie is daar bij geweest dan?' sprong Tennyson tussenbeide. 'Niemand van deze mensen hier! Als hij dan echt die ridder is, laat hij dat dan bewijzen op de oudste en meest vertrouwde manier die er is: in een tweekamp om de waarheid!'

Nu werd de menigte pas echt wakker. Misschien konden ze niet kiezen wie van de twee mannen op het podium ze moesten geloven, maar een heuse tweekamp, op leven en dood, dat wilden ze allemaal wel eens meemaken. Al met al werd het zo misschien dan toch nog een spannend dagje!

'Ja, laten ze erom vechten!' begonnen ze te roepen, luider en luider, tot Halt weer bezwerend zijn handen opstak. Het geschreeuw stierf weg en Halt wendde zich tot Tennyson.

'En wie is dan jouw kampioen?' vroeg hij op barse toon.

Tennyson glimlachte gemeen. 'Ik heb er niet één, maar twee. Laat hem mijn trouwe volgelingen maar overwinnen, Gerard en Killeen!' En met een dramatisch gebaar wees hij naar de twee reuzen van de eilanden in het westen. Ze sprongen zonder moeite het podium op en de mensen begonnen enthousiast te gillen toen ze zagen hoe enorm de twee mannen waren.

Weer wachtte Halt tot het geschreeuw ophield.

'Dus jij wilt hem, helemaal alleen, tegen twee reuzen van jouw god laten vechten?' vroeg hij.

Tennyson grijnsde weer en vroeg steun aan de mensen.

'Nou, dat kan voor een levende legende, die in zijn eentje tweehonderd of driehonderd bandieten verslagen heeft, toch geen probleem zijn?' De menigte juichte.

Halt aarzelde. Hij was niet verrast door de uitdaging tot een duel, maar hij wist niet zeker of Arnaut, hoe goed hij ook was, deze twee reuzen tegelijk aan zou kunnen. Terwijl hij nog nadacht hoe hij zich uit de situatie zou redden, deed Arnaut zelf een stap naar voren. Hij ging vlak bij Tennyson staan, bijna tegen hem aan, en de blik in zijn ogen deed de profeet geschrokken achteruit deinzen. Dat kleine stapje naar achteren was genoeg. Arnaut was hem de baas.

'Dus jij wilt door middel van een duel tussen andere mensen laten beslissen of jij een bedrieger bent, jij lafhartig mormel!' Het leek helemaal niet alsof hij hard schreeuwde, maar zijn stem was tot in de verste hoeken van het marktveld luid en duidelijk te verstaan. 'Goed. Maar een duel vecht je met zijn tweeën uit!'

Will besloot, midden tussen de ademloos toekijkende en luisterende menigte, dat het hoog tijd werd om Arnaut te steunen. Hij voelde dat de mensen nu voor alles te porren waren.

'Hij heeft gelijk!' riep hij luid. 'Man tegen man!'

En hij voelde een enorme opluchting toen de mensen om hem heen hem steunden.

'Man tegen man! Man tegen man!'

Zoals hij al gehoopt had, waren ze niet eens zo geïnteresseerd in een eerlijk gevecht, maar de mensen wilden een show, en ze wisten heel goed dat een gevecht van man tegen man langer vermaak zou bieden dan twee reuzen tegen een normale, zij het ietwat forse ridder, hoe legendarisch ook.

Weer galmde Arnauts stem over het terrein. Hij keek Tennyson strak aan.

'Ik zal met allebei die blubbermassa's van je vechten!' riep hij. 'Maar wel één voor één, ja? Ik sla ze een voor een tegen de grond, en als jij dan nog durft, pak ik daarna jou! Als toetje!'

En hij gaf Tennyson een harde duw tegen de borst, zodat de man in zijn witte pij bijna achteroverviel. Achter Arnaut deden de twee reuzen een stap naar voren om hun leider te hulp te komen. Maar ze stonden nog met één voet in de lucht toen Arnaut zich razendsnel omdraaide. Zijn zwaard leek als vanzelf in zijn hand te springen, en bleef zonder de minste trilling met de scherpe punt op de keel van de dichtstbijzijnde gigant in de lucht hangen. De twee lijfwachten bleven als bevroren staan waar ze stonden.

Bij honderden toeschouwers stokte de adem in de keel, van bewondering en ontzag voor zo veel snelheid. De meesten hadden hem niet eens zien omdraaien. Het ene moment keek hij Tennyson diep in de ogen, het volgende lag die oude kerel bijna op zijn rug en werd de voorste reus met de dood bedreigd. Meteen zag Will hoe hij de steun van de menigte kon krijgen.

'Twee duels!' schreeuwde hij zo hard als hij kon. 'Twee duels willen we zien!'

En de menigte was het met hem eens. Fantastisch, nu zouden ze twee keer bloed kunnen zien stromen. Twee duels, dat betekende twee keer zo veel lol en vertier voor deze redeloze menigte.

Tennyson keek met vuurrood hoofd woedend naar de mensen voor hem. Even leek hij tegen te gaan sputteren, maar de mensen schreeuwden steeds harder, niemand hoorde hem nog.

'Twee duels! Wij willen twee duels! Twee duels! Twee duels! Twee duels!'

Er kwam een bepaald ritme in die roep om bloed, een ritme dat geen tegenspraak meer zou dulden. Tennyson wist alles van menigten en massahysterie, en toen hij dat deinende geschreeuw hoorde, wist hij dat hij verloren had.

Hij stak zijn armen weer in de lucht en het lawaai stierf weg. De menigte keek hem vol verwachting aan.

'Goed dan!' gaf hij toe. 'Jullie krijgen twee duels.'

En de menigte juichte in extase, het ritmisch gezang weer oppakkend. 'Twee duels! Twee duels!'

Halt keek Arnaut vragend aan. Maar die knikte vol zelfvertrouwen.

'Geen probleem, hoor... majesteit!' En bij dat laatste woord grijnsde hij van oor tot oor.

HOOFDSTUK 38

De menigte bleef maar enthousiast roepen en schreeuwen. Tennyson ging dreigend vlak voor Halt staan. Meteen stelde Arnaut zich op naast de zogenaamde koning; Sean volgde een halve tel later aan de andere kant. Maar Halt was niet onder de indruk, en hield hen met een hand tegen.

'Was er nog wat, namaakpriester?'

Even keek Tennyson verrast op. Er was iets vreemds met die koning. Maar wat...? Hij haalde zijn schouders op. Zijn woede nam weer de overhand.

'Ik dacht dat wij een afspraak hadden, Ferris!' siste hij.

Halt trok zijn ene wenkbrauw omhoog. 'Ferris? Is dat jouw manier om een koning aan te spreken? Ik denk dat je "Majesteit" bedoelt!'

'Als ik met jou klaar ben, Ferris, dan ben jij geen koning meer, laat staan majesteit. Ik breek dat riddertje van je doormidden, en dan laat ik je van de troon sleuren, piepend als een bang speenvarken!'

Tennyson was niet alleen woedend, hij was ook enigszins de kluts kwijt. Alles wat zijn spionnen de afgelopen maanden hadden gemeld, voor hij naar Dun Kilty opmarcheerde, alles wees erop dat hij daar niet meer dan een slappe, onzekere en besluiteloze vorst had mogen verwachten. Deze vorst, met die harde, onwrikbare blik in de ogen, kwam dus als een volslagen verrassing. Deze man leek helemaal niet onder de indruk, wat Tennyson ook zei of waar hij ook mee dreigde.

'Dapper gesproken, Tennyson, zeker voor een man die zelf niets gaat breken. Laat staan iets sleuren, vermoed ik. Ik zal je eens wat vertellen: Ongedierte als jij maakt geen afspraken met een koning. Dat doet gewoon wat het bevolen wordt. En een koning bedreigen doe je al helemaal niet. Ik heb je plannetjes door, en ik zal zorgen dat er niets, maar dan ook niets van terechtkomt. Ik zal die smerige sekte van je met wortel en tak uitroeien, dat beloof ik je. En dan pak ik een karwats, en daarmee geef ik je een pak op je vette donder en ik jaag je het land uit. En anders dan jij, vriend, zal ik daarbij wel degelijk graag mijn eigen handen vuil maken, reken daar maar op!'

In de afgelopen twee jaren, sinds het begin van zijn campagne om het eiland Hibernia te destabiliseren, had niemand Tennyson een strobreed in de weg gelegd of daar zelfs maar mee durven dreigen. Niemand had het gewaagd hem zo openlijk minachtend toe te spreken. Nu hij recht in die donkere ogen tegenover de zijne keek, voelde Tennyson voor het eerst angst. Bij deze man was geen zwakte of slapheid te bekennen. Eerder geloofde je dat hij inderdaad eigenhandig datgene zou doen waarmee hij zojuist nog gedreigd had.

Even wankelde Tennysons zelfvertrouwen en overwoog hij of het niet verstandiger zou zijn om op te geven en zich tevreden te stellen met zijn macht in de andere koninkrijken. Maar hij voelde in zijn botten aan dat de man tegenover hem ook dat niet zou tolereren.

Ze konden geen van beiden meer terug, de situatie moest beslecht worden. Dan maar door een tweekamp. Even keek hij naar zijn twee reusachtige lijfwachten en daarna naar de gespierde jonge krijger achter koning Ferris. Er was geen man op aarde die Gerard én Killeen kon overwinnen, stelde hij zichzelf gerust. Maar het moest gezegd – de jongeman leek zich wel erg weinig zorgen te maken.

Arnaut ving Tennysons blik op en grijnsde hem brutaal

toe. Weer kreeg Tennyson het gevoel dat hij ook deze jongeman eerder ontmoet had. Maar toen had hij hem nauwelijks
een tweede blik waardig getoond. De jongeman was toen vies
en verfomfaaid van de reis en gekleed als huursoldaat. Nu hij
het schitterend harnas van een heuse ridder droeg, de tuniek
met het trotse embleem op de borst, maakte hij een heel andere indruk.

'De duels zullen over drie dagen plaatsvinden!' kondigde koning Halt aan, zo luid dat iedereen hem kon horen en verstaan.
Hij hoefde Arnaut niet eerst te vragen of hem die datum uitkwam. Arnaut was er altijd klaar voor, wist hij.

Met moeite maakte Tennyson zijn blik los van de jonge ridder en keek weer naar Halt.

'Het zij zo,' zei hij.

En weer begon de menigte te juichen en te gillen. Een geschil
dat beslecht ging worden door een officieel duel, een gevecht op
leven en dood – dat maakte je niet vaak mee. En het betekende
ook nog eens een vrije dag!

Halt keek even naar Sean, die de soldaten van de garde het
bevel gaf zich weer voor en achter hen op te stellen. Daarna
marcheerden ze het podium af en liepen dwars door de opgewekt joelende mensenmassa terug naar de heuvel en het kasteel. Onderweg hoorden ze een nieuw soort slogans, die langzaam aan door iedereen werden overgenomen.'Lang leve koning
Ferris! Lang leve de koning! Leve Ferris!'

Arnaut grinnikte tegen Sean: 'Zo win je de trouw en genegenheid van het volk tegenwoordig. Je biedt hen gewoon een
paar bloederige lijken!'

'In elk geval,' merkte Sean op, 'lijkt het me ondenkbaar dat
Ferris hier nog van terugkomt. Het volk scheurt hem aan stukken, als hij dat probeert!'

Terug in het kasteel gingen ze meteen naar de troonzaal. De

soldaten bleven buitenstaan en Sean gaf een van hen het bevel om heet water en handdoeken en zeep te halen. Daarna voegde hij zich weer bij Halt en Arnaut.

Halt was direct doorgelopen naar de kleine zijkamer. Hij gebaarde Arnaut en Sean in de troonzaal te blijven, trok het gordijn opzij en ging naar binnen. Hij hoorde gestommel en gedempt gebons uit de stevige kast waarin ze Ferris hadden achtergelaten. Hij deed de deur van het slot, trok zijn met touwen vastgebonden broer aan zijn kraag de kast uit en liet hem met de prop nog steeds in zijn mond op de vloer zakken. Ferris had een rood hoofd en uitpuilende ogen, en probeerde tevergeefs zijn broer te verwensen en uit te schelden. Maar de prop zat stevig vast en het enige dat je hoorde was een onverstaanbaar gekreun en gegrom. Halt, die zijn grote Saksische mes onder de brokaten mantel gewoon aan zijn riem had laten hangen, trok het wapen tevoorschijn en hield de glinsterende punt vlak voor de neus van Ferris.

'Aan jou de keus, broer! Ik kan je touwen doorsnijden en de prop uit je mond halen, of je de keel doorsnijden. Je mag zelf kiezen!'

Ferris begon nog harder te kreunen en probeerde uit alle macht een arm of been los te wringen. Maar hij hield daar meteen mee op, zodra Halt de punt van het mes vlak voor zijn oog hield.

'Zo is het beter!' merkte Halt op. 'En nu hou je je rustig, of het spel is uit, begrepen?'

De ogen wijd opengesperd van schrik knikte Ferris als een bezetene van ja.

'Je leert al bij,' zei Halt kalm. 'Nu ga ik je losmaken. En jij gaat je rustig houden. Als je ook maar één kik geeft, steek ik je, begrepen?'

Halt keek zijn broer diep in de ogen. Hij wilde zeker zijn dat Ferris wist dat de keuze geheel en al bij hem lag. Maar Ferris was intussen maar al te graag bereid hem te gehoorzamen. Hij wist dat als hij in Halts positie geweest was, hij geen moment geaarzeld zou hebben. Hij had zijn broer meteen zonder pardon doodgestoken.

Voorzichtig zaagde Halt de touwen door. En hij wachtte geduldig, terwijl Ferris zijn polsen en enkels wreef om de bloedsomloop weer op gang te brengen. De koning keek op naar zijn broer, zijn ogen een en al woede en verwijten.

'Hoe lang dacht je dat je dit spelletje vol kon houden? Daar kom je niet zomaar mee weg, als je dat maar weet, Halt!' sneerde hij.

Maar het viel Halt op dat Ferris, ondanks al zijn haat en woede, er wel voor zorgde zacht te spreken en niet te schreeuwen. Hij glimlachte grimmig naar zijn broer.

'Ik ben er al mee weggekomen, broer. En er is voor jou geen weg terug meer, daar heb ik wel voor gezorgd, dat je dat maar weet!'

'Hoezo geen weg terug? Wat heb je gedaan dan?'

'Jij hebt voor het hele volk afgesproken dat de Ridder van de Dageraad namens jou zal duelleren met twee van Tennysons beulsknechten. Ik heb daar namens jou in toegestemd, waar de hele stad bij was. Overigens ben je door die beslissing aanzienlijk populairder geworden dan je tot vandaag blijkbaar was,' voegde Halt er vriendelijk aan toe.

'O nee... Daar komt niets van in!' riep Ferris uit. Hij wilde nog meer gaan roepen, maar de diepe rimpel die in Halts voorhoofd verscheen hield hem tegen.

'Ik ga het toch afzeggen,' zuchtte hij.

'Als je dat doet, zal het volk je uitspugen,' waarschuwde Halt hem. 'Zij staan er vierkant achter namelijk. Je had ze moeten horen roepen, van "Lang leve de koning!". Ik vond het ontroerend, echt waar. Volgens mij hebben ze dat nog nooit eerder gezegd of gevonden.'

'Ik stuur wel een boodschap naar Tennyson! Ik vertel hem dat...' Ferris zweeg.

Halt schudde ernstig het hoofd. 'Volgens mij wil die helemaal niet meer met je praten. Je hebt hem in het openbaar in zijn hemd gezet. Je hebt hem uitgedaagd. Je hebt hem gekleineerd waar iedereen bij was. Je hebt hem een charlatan genoemd, een ordinaire kermisklant, als ik me goed herinner. Erger nog, je deed net alsof je van geen afspraak met hem wist. Nee, nee, majesteit... je kunt niet anders dan Tennyson opruimen nu. Want als jij dat niet doet, zal hij zonder enige twijfel jou vermoorden.'

Langzaam drong tot Ferris door dat Halt hem aan alle kanten klemgezet had. Hij had geen andere keuze dan meegaan in de belachelijke plannen van zijn gehate broer, en hopen dat die jonge ridder van hem inderdaad niet een, maar liefst twee reuzen in een duel zou kunnen overmeesteren. Halt besloot nog wat zout in de wonde te strooien.

'Je zit dus klem, Ferris. Als je de duels probeert af te blazen, schopt het volk je van de troon. En als dat niet lukt, zal Tennyson je laten vermoorden. En als dat niet lukt, neem ik zelf die taak op me, zonder veel tegenzin zelfs. Begrepen?'

Ferris keek naar zijn tenen en schudde wanhopig het hoofd. Na een tijdje zei hij zachtjes: 'Ik begrijp het.'

Halt knikte. 'Goed zo. Je kunt ook naar de prettige kant kijken. Als ons dit lukt, dan heb jij je troon terug, en de mensen zullen dol op je zijn – tenminste, tot je je weer als je oude zelf begint te gedragen.'

Ferris bracht het niet meer op te protesteren.

'Sean! Hoe zit het met dat warme water?' riep Halt dwars door de deur met het gordijn.

Sean en Arnaut kwamen snel binnenlopen met een grote kan heet water, zeep en een paar handdoeken. Ze keken naar de moedeloze koning en Halt legde snel uit wat hij zojuist met zijn broer besproken had.

'Ik denk dat het beter is als deze koning zich de komende dagen zo min mogelijk laat zien,' zei Halt. 'Misschien kan hij maar beter in bed blijven, met een flinke jichtaanval of zo. Kun jij dat regelen, Sean? Het is beter dat de mensen ons zo min mogelijk tegelijk zien, van nu af aan. Nu Arnaut mijn arme baard zo verwoest heeft!'

Sean knikte. 'Ik heb wel een paar mensen die we kunnen vertrouwen,' zei hij. 'Er zijn heus meer mensen die graag gezien hadden dat de koning eerder ingegrepen had. En die zullen ons nu ook helpen.'

'Goed zo. Als hij maar rustig in zijn kamer blijft tot de dag van de tweekampen is aangebroken. Ik neem aan dat ik de details daarvan verder ook aan jou kan overlaten?'

'Ja, natuurlijk. We zullen tribunes moeten laten bouwen voor de toeschouwers, en een soort ring of arena. En tenten voor de strijdende partijen en hun helpers en zo. Daar zorg ik ook voor.'

'Ik laat het helemaal aan jou over. Arnaut en ik duiken een paar dagen onder. Hoe kunnen we contact leggen met jou, mocht dat nodig zijn?'

Sean dacht even na. 'Er is een sergeant hier in het garnizoen, die heet Patrick Murrell. Hij was vroeger een van mijn persoonlijke bedienden. Als je hem een boodschap meegeeft, zorgt hij dat die meteen bij mij terechtkomt.'

'Nou, dat is dan ook geregeld.' Halt wierp een laatste blik op zijn broer, die nog steeds zielig op een krukje zat. 'Ferris, kijk me aan en luister. Ik wil dat je iets heel erg goed in je oren knoopt.'

Met grote tegenzin keek Ferris op naar zijn broer. Hij staarde hem aan als een vogel die een slang langzaam op zich af ziet komen.

'Ik herhaal het nog maar eens: dit is de enige en laatste kans die jij zult krijgen om troon en kroon te behouden. Ik heb je gezegd dat ik zelf geen belangstelling heb om je plaats in te nemen of wat dan ook, en dat meen ik. Als alles goed gaat, heb je niets te vrezen. Maar denk eraan: als je probeert de zaak te saboteren, als je ons verraadt, als je toch besluit contact op te nemen met Tennyson, om het alsnog met hem op een akkoordje te gooien, reken maar dat ik je zal vinden. En dat zul je merken ook, vlak voor je het loodje legt, als je ineens een van mijn pijlen uit je borstkas ziet steken. Is dat duidelijk?'

'Ja, Halt,' zuchtte Ferris schor.

Halt haalde diep adem en zuchtte ook. Daarna dacht hij aan belangrijker zaken en zei tegen Arnaut: 'Zo. En nu gaan we die smerige troep uit mijn haar halen.'

Een tijdje later zagen de wachten buiten de troonzaal de twee vreemde gasten vertrekken. Halts haardos was weer in zijn oude peper-en-zout toestand teruggebracht; Arnaut had alleen een vers laagje zwart aangebracht op de roze wangen van de oude Jager om de verdwenen baard te camoufleren. Van dichtbij zou je niemand voor de gek houden. Maar van een afstandje, diep weggetrokken in de kap van de Jagersmantel, kon de vermomming ermee door. Na een paar dagen niet scheren zou het er nog overtuigender uitzien allemaal. In ieder geval was het minder duidelijk dat Halt en zijn tweelingbroer wel erg op elkaar leken.

De twee mannen reden langs de slingerweg naar het stadje onder aan de heuvel. Ze gingen terug naar de herberg, waar ze nog steeds een overnachting tegoed hadden.

'We blijven vannacht nog daar logeren. Daarna kan Will zich weer bij ons aansluiten,' zei Halt. 'Dan kunnen we maar beter de stad uitgaan en ons ergens schuilhouden waar niemand ons ziet.'

'Een prima idee!' zei Arnaut.

Halt keek zijn jonge vriend lang en indringend aan. 'Arnaut, ik weet dat ik je door dit alles gewoon in het diepe heb gegooid, zonder veel overleg. Ik ging er eigenlijk maar vanuit dat jij geen bezwaar zou hebben tegen die oplossing van een duel. Maar luister, als je bedenkingen hebt, zeg het dan – dan laten we Ferris gewoon aan zijn lot over wat mij betreft!'

Arnaut keek hem fronsend aan, terwijl hij deze woorden sprak.

'Waarom zou ik bedenkingen hebben, Halt? Waarom in 's hemelsnaam?'

Halt schokschouderde verlegen. 'Zoals ik al zei, ik heb je zonder toestemming te vragen hierin meegesleurd. En dit is jouw strijd niet, in dit land. Eerlijk gezegd is het allemaal alleen mijn zaak. En die twee grote eilanders... dat lijkt me zelfs voor jou geen pretje!'

Arnaut glimlachte en spreidde zijn armen. 'Gelukkig heb ik er zelf best wel zin in! Halt, we wisten van het begin af aan dat er ooit gevochten zou moeten worden. Daarom had je immers die oude legende van de Ridder van de Dageraad weer opgerakeld.'

Hij wachtte even en Halt knikte met tegenzin dat hij gelijk had. De twee jongens hadden het nooit hardop gezegd, maar wel begrepen en geaccepteerd.

'Die twee knuffelberen van Tennyson, die kan ik heus wel aan, hoor. Daar heb ik mijn halve leven voor getraind. Ze zijn wel groot, maar ik denk niet erg verfijnd in hun methoden.

En wat je zei over dat dit niet mijn strijd zou zijn – jij bent mijn vriend, toch? Jouw strijd is mijn strijd!'

Halt keek de jongeman tegenover hem, die nu heel serieus was, minstens even serieus aan. Langzaam schudde hij zijn hoofd. 'Waaraan heb ik het toch verdiend, dat jullie mij zo trouw helpen?' vroeg hij zacht.

Arnaut deed net alsof hij serieus moest nadenken over een antwoord. Daarna zei hij: 'Eigenlijk aan niet bijzonder veel, nee.

Maar daar staat tegenover dat wij Pauline beloofd hebben op je te passen!'

En daarop antwoordde Halt met een paar termen en woorden die Arnaut grotendeels eerder van hem gehoord had. Maar er zaten ook een paar nieuwe tussen.

HOOFDSTUK 39

De hele markt was omgebouwd tot arena. Aan twee kanten waren tribunes getimmerd voor de toeschouwers; in het midden van die aan de westkant was vanaf de derde rij een aparte loge gebouwd voor de koning en zijn gevolg. Er was een afdak van zeildoek en er stonden een stuk of vijf, zes gemakkelijke stoelen voor de gasten klaar. In het midden, een eindje naar achteren, stond een zetel met een hoge rug en dikke kussens, voor de koning zelf.

Het lange gras was door een paar mannen met de zeis gekortwiekt, zodat de strijders niet zouden uitglijden of blijven haken. Aan beide open zijden van het strijdperk had Sean een paviljoen laten optrekken, een voor Arnaut en een voor Gerard en Killeen. Een strook eromheen was afgezet, zodat de gebruikers een beetje privacy zouden hebben terwijl ze zich voorbereidden op het duel. Waar na deze voorbereidingen nog ruimte over was, werd deze al snel bezet door kooplieden met kraampjes waarin allerlei pasteitjes, snoepgoed, bier en wijn aan de man of vrouw gebracht werden. Hoewel het festijn pas over een uur zou beginnen, deden ze nu al goede zaken.

De tribunes zaten al bijna vol. Blijkbaar hadden de volgelingen van Tennyson afgesproken dat zij aan de oostkant zouden gaan zitten. Recht tegenover de koninklijke loge hadden ze een plaats vrijgehouden voor Tennyson en zijn naaste apostelen. Zij hadden ook voor hem een afdakje gemaakt, zodat de profeet geen last zou hebben van de zon, en kussens klaargelegd op de kale houten banken. Aanvankelijk hadden ze van Sean geëist dat hij voor hun leider net zo'n loge zou bouwen als voor de koning, maar dat had de adjudant meteen geweigerd. Ferris was de koning, en Tennyson was op zijn best een rondtrekkend prediker. Hij kon gewoon op de tribune gaan zitten, tussen zijn discipelen.

Natuurlijk waren er niet genoeg zitplaatsen. De belangstellenden die te laat waren gekomen kozen een staanplaats aan een van de uiteinden, voor de kramen, naast de paviljoens die door stadswachten van de menigte werden afgeschermd.

De stedelingen bleken in meerderheid voor de Ridder van de Dageraad, en bezetten de westelijke tribune. Vol verwachting en gespannen wachtte de arena op wat komen ging. Er klonk een onophoudelijk geroezemoes van stemmen. Het leek wel een bijenkorf op het warmste uur van de dag.

Arnaut, Will en Halt hadden de afgelopen twee dagen gekampeerd in het bos, een paar kilometer buiten de stad, en waren net na zonsopgang stilletjes Dun Kilty binnen komen rijden.

Zelfs op dat vroege uur waren er al heel wat mensen op de been, en Arnaut hield zich schuil onder een lange mantel. Bijna niemand in de stad kende de twee Grijze Jagers, en men had dus nauwelijks oog voor de drie mannen. De enkeling die hen wel even met de ogen volgde, nam aan dat ze voor het gevecht naar de stad gekomen waren.

Onze vrienden bestelden een ontbijt in een van de herbergen die al open waren. Halt was minder geïnteresseerd in het voedsel dan in de gesprekken om hem heen, die hij zorgvuldig afluisterde. Naar wat hij te horen kreeg was het geen vraag meer of de gevechten doorgang zouden vinden. Ferris was dus niet teruggekomen op zijn of liever Halts woord. Alle inwoners van Dun Kilty waren enthousiast en benieuwd naar het spektakel dat hun beloofd was. Zelfs voor de koning had men een vriendelijk woord, deels omdat hij het toch maar was die dit festijn had georganiseerd en deels omdat hij eindelijk wat leek te doen aan de problemen in het land. Halt glimlachte verbeten in zichzelf, in het besef dat hij en niemand anders verantwoordelijk was voor de hernieuwde populariteit van de vorst. Eigenlijk wel vreemd voor iemand die zelf van de troon gestoten was, dacht hij.

Will wist een broodje met dik boter en gebakken spek weg te werken. Maar hij had een raar gevoel in zijn maag vanwege zijn vriend. Arnaut zelf leek zich daarentegen nergens zorgen over te maken en verorberde grote hoeveelheden eieren met spek. Will kon niet eens rustig blijven zitten. Hij wilde eigenlijk opstaan en wat rondlopen om de spanning uit zijn lijf te krijgen, maar voor Arnaut bleef hij op zijn plek. Zwijgend zaten ze daar, en Will moest denken aan hoe vaak hij en Arnaut samen al niet hadden zitten wachten tot de veldslag of het gevecht zou gaan beginnen. De training die Will als Grijze Jager had genoten, zorgde ervoor dat hij altijd de kalmte zelf was. Arnaut had meer dan eens een opmerking gemaakt over hoe het toch mogelijk was dat een Jager uren stil kon blijven zitten, wachtend op de vijand. Dus waarom was dat vandaag dan zo moeilijk?

Hij besefte dat zij die andere keren altijd samen de vijand tegemoet getreden waren. Zoals toen ze stonden te wachten op het leger van de Temujai, buiten Hallasholm. Of toen ze een paar uur fluisterend onder die omgekeerde kar hadden zitten wachten tot het donker werd, bij kasteel Macindaw. Maar nu was het anders. Straks zou het alleen Arnaut zijn die gevaar liep. Will kon hem niet helpen. En dat vond de jonge Grijze Jager een verschrikkelijk akelig idee. Hij zou moeten toezien hoe zijn vriend zijn leven waagde – en niet één keer, maar twee keer. En hij kon en mocht niets doen, terwijl het toch een koud kunstje zou zijn om in twee tellen beide brute dommekrachten met een pijl onschadelijk te maken. Dat gevoel van onmacht was vreselijk.

'We moeten gaan,' zei Halt, die terugkwam van een van zijn rondjes door de gelagkamer. Met een zucht van opluchting sprong Will overeind en hij liep meteen naar de buitendeur. Arnaut volgde met een brede grijns.

'Vanwaar die haast en die zenuwen?' zei hij. 'Jij hoeft straks niet te vechten tegen die humeurige tweeling.'

Will keek hem ongerust aan. 'Nee, daarom juist. Ik kan er niet tegen, stil te moeten zitten en niets te kunnen doen.'

Ze liepen naar de markt en bewonderden de voorbereidingen van Sean. Een groep witte pijen, die bezig waren met het zonnescherm van hun baas, keek hen boos aan. Arnaut glimlachte hen vriendelijk toe en mopperend draaiden ze zich weer om.

'Fijn, te weten wie je vrienden zijn!' zei de jonge ridder. Hij keek van het ene paviljoen naar het andere en zag bij het zuidelijke nog meer witte pijen staan. Aan de andere kant stond niemand, behalve twee bewakers.

'Dan zal dat wel onze tent zijn!' zei hij en liep er met grote passen heen. Will volgde een paar stappen achter hem. Hij moest bijna hollen om Arnaut bij te houden. Halt liep een eind met hen op en zei toen: 'Hou jij een oogje op Arnaut – ik ga Sean zoeken.'

Will knikte. Hij wist dat Halt enorm had zitten ploeteren op de tekst die hij Sean wilde laten uitspreken. De adjudant zou het sein moeten geven dat het eerste duel kon beginnen. Halt wilde zeker weten dat een overwinning van Arnaut begrepen zou worden als een bewijs dat die Alquezel niets voorstelde, en dat het volk dus de Ridder van de Dageraad moest kiezen. Het ging nu om het allesbeslissende duel – of liever duels, verbeterde hij zichzelf. Sean zou dat duidelijk moeten maken, voordat de gevechten begonnen – en hij zou van Tennyson moeten eisen dat hij zich zou houden aan die afspraken, zonder mitsen of maren of bezwaren achteraf. Mocht de aanvoerder van de Buitenstaanders weigeren of aarzelen, dan zouden alle mensen daar getuige van zijn – en dat zou zijn geloofwaardigheid geen goed doen natuurlijk. De steun die hij nog had van zijn volgelingen en de mensen die zich onlangs bekeerd hadden, zou dan als sneeuw voor de zon verdwijnen.

Halt wandelde dus naar de koninklijke loge, terwijl Will en Arnaut naar het noordelijke paviljoen liepen. Het was een hoge tent, minstens drie meter tot de punt van het dak, dus hoefden ze zich niet te bukken om binnen te lopen. Daar werd de ochtendzon gefilterd door het witte doek van de zijwanden. In een van de hoeken was een gedeelte afgescheiden. Will keek erin en zag een emmer.

'Waar is die voor?' vroeg hij.

Arnaut lachte. 'Het is een toiletemmer,' antwoordde hij. 'Voor als ik van de zenuwen moet!'

Will liet het gordijn dichtvallen. Nu Arnaut erover begon, voelde hij dat zijn eigen blaas nogal vol zat. Vast ook de zenuwen, zei hij tegen zichzelf en probeerde er geen aandacht aan te schenken, terwijl hij de rest van de tent inspecteerde.

In het middendeel stonden een bank, een tafel, een vouwstoel en een rek waar Arnaut zijn wapens en harnas en schild aan kon ophangen. Zijn maliënkolder, de helm met de camail, een strook maliën om de nek en hals te beschermen, de beenplaten, alles hadden ze in moeten leveren op het kasteel, zodat het op onregelmatigheden gecontroleerd kon worden. Op Halts verzoek had men nog twee ronde schilden geleverd, met het embleem van de Dageraadridder. Alles hing netjes aan het rek. Arnaut controleerde elk onderdeel van zijn harnas en wapentuig zorgvuldig. Hij wilde zeker weten dat er niet mee gerommeld was, en dat alle riempjes en gespen heel waren en goed vastzaten.

Hij merkte natuurlijk dat Will nog steeds onrustig was. Hij keek in de rondte om te zien of er niet iets was wat hij hem kon laten doen. Hé, daar stonden een waterkan en twee bekers, op een tafeltje. De kan was leeg, zag hij.

'Will, ga jij eens een kan fris water halen voor me, wil je?' vroeg hij. 'Na een gevecht heb ik altijd vreselijke dorst.'

Will was blij dat hij iets kon doen, greep de kan en liep de tent uit. Bij de ingang aarzelde hij even. 'Weet je zeker dat alles in orde is, verder?'

Arnaut grijnsde breed. 'Met mij wel. Kijk ook of je een doek kunt vinden die we nat kunnen maken om om die kan heen te vouwen. Dan blijft het water lekker koel.'

'Komt voor de bakker! Weet je zeker dat je verder niks...'

'Ga nu maar!' zei Arnaut en deed net alsof hij zijn vriend een klap wilde geven. Toen Will verdwenen was ging Arnaut op de stoel zitten, leunde voorover met zijn ellebogen op de knieën en haalde diep maar rustig adem. Hij voelde aan zijn pols. Zijn hart ging iets sneller dan normaal, zoals te verwachten was. Ondanks zijn uiterlijke kalmte begon Arnaut nu toch ook een steen in zijn maag te voelen. Niet dat hij zich daar zorgen over maakte – dat gevoel had hij altijd voor een belangrijk gevecht. Als hij niet een beetje zenuwachtig was geweest, had hij zich pas echt zorgen gemaakt. Een beetje zenuwen was prima. Dan was je tenminste scherp.

In elk geval was hij blij dat hij nog een paar minuten voor zichzelf had, zonder die bezorgde blik van Will de hele tijd. Natuurlijk begreep hij wel dat Will zich zorgen maakte, omdat hij niets kon doen straks. Soms, dacht Arnaut, is het akeliger om een vriend in een gevaarlijke situatie te zien en niks te kunnen doen, dan wanneer je zelf gevaar loopt. Maar dat betekende niet dat het hielp, zo'n bonk zenuwen om je heen. Als hij dadelijk terugkwam moest hij meteen weer een andere klus of boodschap verzinnen.

Het duurde langer dan hij had verwacht, maar toen hij terugkwam had Will een kan helder water bij zich. En Arnaut hoorde iets vreemds: blokjes ijs tinkelden in de kan.

'Hoe kom je daar nu aan?' vroeg hij verbaasd.

Will grijnsde breed. 'Een van die kraampjes met drankjes bleek een kist met ijs te hebben. Eerst wilde hij me niets geven, maar toen ik over mijn vriend hier begon, gaf hij zich gewonnen!'

'Begon je over mij?' vroeg Arnaut.

Maar Will schudde zijn hoofd. 'Nee, over mijn Saksische mes!' zei hij lachend. 'En ik heb hem bovendien wat extra betaald.' Hij zette de kan op tafel en draaide er met zorg een natte doek omheen. Daarna wist hij niets meer te doen dus begon hij weer te ijsberen.

'Dus alles in orde? Je hebt niets meer nodig?'

Arnaut keek hem treurig aan. Maar ineens kreeg hij een idee.

'Wil je mijn zwaard naar de ceremoniemeester brengen? Voor elke tweestrijd moeten de wapens gecontroleerd worden. En als je er toch bent, probeer dan uit te vinden wat mijn tegenstanders gaan gebruiken.'

Will was al de tent uit voor hij de zin had kunnen afmaken. Arnaut moest erom lachen. Hij begon weer met zijn ademhalingsoefeningen en probeerde aan niets te denken, zodat hij zich kon concentreren op de taken die voor hem lagen. Het zou geen eenvoudige klus worden, daarvan was hij overtuigd. Maar hij vertrouwde erop dat hij de twee reuzen uiteindelijk zou verslaan. Zolang hij zich maar kon concentreren, en al zijn vaardigheden in vorm kon krijgen. Bij gevechten als deze hing alles af van de mate waarin hij zijn instincten op één lijn kon brengen met wat hem geleerd was, tijdens die jarenlange opleiding op kasteel Redmont. Zodat hij met zijn zwaard kon uithalen of pareren of toesteken zonder daar eerst over na te hoeven denken. Zodat hij al aan de oogopslag of een schouderbeweging van zijn tegenstander zou zien waar de volgende aanval vandaan zou komen en waar die zich op zou richten.

Hij sloot zijn ogen en probeerde zich te concentreren op de geluiden die hij in de tent kon horen. Mensen die bij de kraampjes stonden te praten. Een vogel ergens buiten in een boom. De marktkooplui die hun waren aanprezen. Hij hoorde het allemaal en sloot zich ervoor af.

En zo hoorde hij niet dat Halt de tent in kwam lopen. De oude Grijze Jager zag dat de jonge krijger zich in opperste concentratie zat voor te bereiden en liep weer naar buiten.

Toen Will een paar minuten later terugkwam, ving Halt hem buiten de tent op en nam hem mee naar een bankje dat een paar meter verder onder een boom stond. Daar konden ze gaan zitten en de tent in de gaten houden zonder Arnaut te storen.

En zo verstreken de minuten. Tot ze metaal op metaal hoorden in het paviljoen, en Halt voor Will uit naar de opening van de tent liep. Binnen stond Arnaut net zijn maliënkolder aan te trekken. Hij knikte naar hen.

'Wat gaan ze gebruiken?' vroeg hij aan Will.

Nerveus keek Will de tent rond. 'Een morgenster met kettingen,' antwoordde hij en hij hoorde Halt geschrokken inademen. 'Dat is niet best, hè?'

Arnaut haalde zijn schouders op. 'Geen idee – ik heb er nog nooit een tegenover me gehad! Heb je nog tips, Halt?'

Halt wreef nadenkend over wat er over was van zijn baard. In Araluen was het wapen niet populair, maar hij had wel mannen gesproken die er ervaring mee hadden.

'Het is lastig,' zei hij. 'Het geeft de tegenstander een groter bereik – en deze jongens hebben al niet weinig. Bovendien krijgen die ijzeren ballen als je ze een flinke zwaai geeft enorm veel kracht mee. Het voelt alsof je een stormram tegen je lijf krijgt, als ze je raken.'

'Nou, dat is prettig nieuws dan,' merkte Arnaut op. 'Nog meer van dat kaliber?'

'Wat je in elk geval niet moet doen is proberen die kettingen met je zwaard op te vangen. Dan draaien ze om je kling en als het tegenzit breekt die ook nog doormidden. De meeste krijgers zullen een zware strijdbijl gebruiken tegen een man met een morgenster. Dat zou je nog kunnen overwegen,' stelde hij snel voor.

Maar Arnaut schudde zijn hoofd. 'Nee, ik hou me maar bij mijn vertrouwde zwaard. Het lijkt me niet het juiste moment om iets nieuws te proberen.'

'Daar heb je ook weer gelijk in. Nou, probeer dan maar afstand te bewaren. En als zo'n ketting op de rand van je schild komt, dan slaat de bal die eraan hangt door, denk daaraan, naar je arm of zelfs je hoofd. Je hebt één voordeel, en dat is dat het een onhandig wapen is, en erg traag. Je moet heel, heel erg sterk zijn om er goed mee om te kunnen gaan.'

'En helaas, helaas, dat is nou net wat brompot nummer één onderscheidt van zijn medemensen,' zuchtte Arnaut. 'Ach, als ik maar niet te dicht bij hem kom, als ik hem maar niet tegen mijn schild laat meppen, als ik maar niet tegen een stormram aanloop en zijn aanvallen niet probeer te pareren met mijn zwaard. Al met al een fluitje van een cent, als ik dat zo hoor. Help me eens met die armstukken, Will. Dan ga ik naar buiten om hem af te maken.'

Hoofdstuk 40

'Burgers van Dun Kilty! Mag ik uw stilte en aandacht vragen voor heer Sean Carrick, de adjudant van de koning en de ceremoniemeester bij deze tweekampen! Stilte voor heer Sean, alstublieft!'

De stem van de heraut schalde de formele woorden over de markt, gemakkelijk het geroezemoes van de toeschouwers overstemmend. De heraut was een dikke man met een enorme borstkas en bijpassende longinhoud. Hij was speciaal voor zijn talenten uitgekozen en opgeleid.

Langzaam stierf het geklets op de tribunes weg, toen de mensen doorkregen dat het eerste gevecht nu echt ging beginnen. Ze gingen op de rand van hun bank zitten en keken vol verwachting naar de koninklijke loge, waar Sean was opgestaan met een opgerold perkament in zijn handen. Dat rolde hij nu uit en hij begon de tekst op te lezen. Zijn stem was niet even galmend als die van de heraut, maar iedereen kon hem duidelijk verstaan, in de afwachtende stilte die nu over de arena gevallen was.

'Burgers van Dun Kilty! Aan de orde vandaag is de rechtmatigheid dan wel onwettelijkheid van de sekte van de zogenaamde god Alquezel, ook wel bekend als de Gouden God van Geluk en Voorspoed!'

Er klonk wat verontwaardigd gemompel van de oostelijke tribune vanwege dat 'zogenaamde', maar het hield meteen op toen Sean streng die kant op keek.

'Ferris, koning van Clonmel, heeft gesteld dat die god Alquezel een valse afgod is, en dat zijn zogenaamde profeet Tennyson een oplichter en een valse profeet is.'

Hij wachtte even en keek naar Ferris, die als een hoopje ellende achter hem op de houten troon zat. Er klonk gejuich vanaf de westelijke tribune, gejuich dat overgenomen werd door de staanplaatsen aan de noord- en zuidzijde van het strijdperk. Sean wachtte geduldig tot het 'Lang leve Ferris!' en 'Leve de koning!' uitgestorven was.

'Zijne koninklijke hoogheid stelt ook dat de enige hoop op redding voor dit koninkrijk gevestigd is, niet op Tennyson, zoals deze beweert, maar op de legendarische krijgsman, bekend als de Ridder van de Dageraad. En dat alleen onder zijn bescherming en leiding het land weer orde, rust en veiligheid zal kennen.'

Opnieuw werd er gejuicht en bleef het op de oostelijke tribune doodstil.

'Aan de andere zijde beweert de zich profeet noemende Tennyson, dat Alquezel wel degelijk een echte god is.'

Daarop klonk luid gejoel van de oostelijke tribune. Tennyson leunde achterover in zijn stoel, keek tevreden rond naar zijn volgelingen en glimlachte. Halt, die de gebeurtenissen vanaf de tribune aan de overkant scherp in de gaten hield, vond dat lachje maar zelfgenoegzaam. Hij keek zorgelijk naar de drie mannen in purperen mantel die achter de profeet een zitplaats ingenomen hadden. De Genovezen, wist hij.

Intussen sprak Sean Carrick verder. 'Deze Tennyson beweert dat zijn god allen zal beschermen die hem en zijn profeet aanhangen, en dat Alquezel, en alleen Alquezel, de orde in het koninkrijk kan herstellen.

De juistheid van deze beweringen wordt door de tegenpartij formeel betwist. En aangezien er op een andere wijze geen uitsluitsel over te krijgen is, hebben beide partijen erin toegestemd deze kwestie te beslechten door een officiële tweekamp.'

Nu juichten en joelden de mensen op beide tribunes even hard. Zowel de mensen van Dun Kilty als de Buitenstaanders betuigden hun steun aan hun respectieve kampioenen. Na een halve minuut gaf Sean de heraut naast hem een teken. De forse man deed een stap naar voren en riep met stemverheffing:

'Stilte graag! Stilte voor heer Sean!'

Langzaam stierf het gejoel weg, als een grote golf die op het strand slaat en zich dan langzaam terugtrekt, tot er niets van over is gebleven.

'De tweekamp is sinds mensenheugenis de ultieme manier om vast te stellen wie gelijk heeft in een geschil, een oordeel waartegen geen beroep mogelijk is. Het vraagt alle hogere machten die er zijn een godsoordeel uit te spreken. En namens koning Ferris verklaar ik hierbij plechtig, dat hij zich zal neerleggen bij dit laatste oordeel, volledig en zonder verder argument.

Mocht het zo zijn, dat de volgelingen van Alquezel als overwinnaar uit deze tweekamp naar voren komen, dan zal koning Ferris erkennen dat de Ridder van de Dageraad de mindere is van Alquezel, en zal hij zich schikken naar de wil van deze Alquezel.'

Vanaf de tribune tegenover de koninklijke loge werd gejoeld bij deze woorden. Maar de rest van het publiek zweeg bedremmeld, nu het de enormiteit van deze tweekamp en de gevolgen ervan inzag. Aan de andere kant beseften de volgelingen van Tennyson dat zij in de persoon van hun profeet eenzelfde gelofte moesten afleggen. Dat hij zou moeten erkennen dat zijn god niets voorstelde, als Gerard en Killeen onverhoopt hun tweekamp zouden verliezen. Voor het eerst sinds hun overhaaste bekering begonnen sommigen zich achter de oren te krabben. Ze waren meegesleept door een mengeling van opwinding, angst en blinde hoop op betere tijden, toen zij zich bij Tennyson aansloten. Eigenlijk hadden ze er niet goed bij nagedacht, beseften ze. Maar nu werden ze door Sean gedwongen ook een andere mogelijkheid onder ogen te zien – dat Tennyson nu echt het risico liep als een valse profeet ontmaskerd te worden.

'Als de Ridder van de Dageraad overwint, zullen Tennyson en zijn apostelen hetzelfde moeten doen. De heilige tweekamp die zich hier en nu gaat afspelen, zal bepalend zijn voor de vraag of Alquezel al dan niet een echte godheid is. En of Tennyson een heuse profeet is, dan wel een ordinaire oplichter.'

Sean wachtte even en keek over het veld naar de man in zijn witte gewaad aan de overkant. Tennyson bleef zwijgend zitten.

'Tennyson! Zogenaamde profeet van Alquezel! Zweert gij, dat gij zich gebonden acht door de uitkomst van deze tweekamp? Zweert gij de uitkomst van deze tweekamp te accepteren, wat de uitslag ervan ook moge wezen?'

Tennyson bleef zitten en keek om zich heen naar zijn volgelingen. Alle ogen waren op hem gericht. Hij gaf een kort knikje. Maar dat was niet genoeg voor Sean.

'Ga staan, Tennyson!' eiste hij. 'En zweer erop, bij alles wat je heilig is, en wel zo dat iedereen hier aanwezig het kan horen!'

Maar Tennyson bleef zitten. Hij had er helemaal geen zin in om zich door een eed te verbinden aan een zo'n onherroepelijk oordeel. Je kon nooit weten wat er mis kon gaan bij een tweekamp. Onder zijn volgelingen klonken nu echter ontevreden geluiden. Niet bij de harde kern van ongeveer vijftig man. Zij wisten immers wel dat er niet zoiets bestond als een god die Alquezel heette. Maar zijn verse bekeerlingen, de mensen die uit Mountshannon waren meegekomen en uit andere dorpen die ze onderweg naar Dun Kilty gepasseerd waren, die mensen begonnen hem met enig wantrouwen aan te staren. Was hij zelf wel zo overtuigd van wat hij preekte? Was het eigenlijk wel waar allemaal? Hij besefte ineens dat hij hen in een paar tellen allemaal weer kwijt zou kunnen raken. Met tegenzin stond hij op uit zijn zetel.

'Ik zweer het!' zei hij.

Sean aan de overkant kon een grimmig lachje niet verbergen.

'Laat dan iedereen hier verzameld daarvan getuige zijn! Vandaag nog zal deze kwestie door een tweekamp beslist worden. Beide partijen hebben zich daarmee akkoord verklaard. En beide partijen zijn dus ook gebonden aan de uitslag – wat die ook zal wezen!'

Langzaam begon Sean het document waarvan hij de formele woorden had opgelezen en die de verdere gebeurtenissen van die dag beschreven, weer op te rollen. Hij keek naar de twee paviljoens aan de korte kanten van het strijdperk, eerst noord, toen zuid.

'Laat de strijdende partijen naar voren treden! Arnaut van Araluen, ook bekend als de Ridder van de Dageraad. Killeen van de Eilanden, discipel van Alquezel. Kom naar voren en ontvang de wapenen die gij voor deze heilige strijd gekozen hebt!'

Het gejoel en gejuich barstte weer los, zodra Arnaut en Killeen uit hun eigen paviljoen naar buiten kwamen. Ergens begon iemand langzaam op een trom te slaan, op de maat van hun voetstappen. Ze waren allebei in volledige wapenrusting. Killeen droeg een platenkolder – bronzen platen die als de schubben van een vis over elkaar lagen, op een leren onderhemd. Arnaut droeg onder zijn stralend witte overkleed met zonne-embleem een maliënkolder van fijne ringen, die zijn bovenlijf en armen geheel bedekte. Killeen droeg een grote helm met vizier, die zijn hele hoofd bedekte. Arnaut droeg zijn eigen kegelvormige helm met camail, de strook maliën die zijn nek en hals bedekte.

Beide mannen droegen hun schild aan de linkerarm. Dat van Arnaut was rond en gemaakt van metaal over gehard hout. Het was witgeschilderd, met daarop het embleem van de Ridder van de Dageraad. Het schild van Killeen leek meer op een vlieger met een afgeronde bovenkant. Het droeg ook een embleem, de dubbele cirkel van Alquezel.

Beide mannen werden vergezeld door een secondant. Naast Killeen liep een witte pij. Will, naast Arnaut, had moeite de grote stappen van zijn vriend bij te houden. Vergeleken met Arnaut en de nog grotere Killeen leek hij wel een kind.

Met een laatste roffel zweeg de trom toen Killeen en Arnaut, geflankeerd door hun secondanten, stil bleven staan voor de koninklijke loge. Daar stond Sean hen op te wachten. Voor hem stond een eenvoudige tafel, met daarop de wapens die de twee kampvechters gekozen hadden. Dat van Arnaut was een eenvoudig lang zwaard zonder tierlantijnen, typisch een cavaleriewapen. Het had een bronzen heft en pareerstang en zag er niet bijzonder indrukwekkend uit. Maar het was vlijmscherp en optimaal uitgelijnd.

Daarnaast, akelig en angstaanjagend grof, lag Killeens morgenster aan zijn ketting. Een dikke eiken stok van een halve meter, met ijzeren ringen eromheen voor extra stevigheid. Daaraan een lange ijzeren ketting, met aan het eind de ijzeren bal met scherpe pieken.

Het was een bruut wapen zonder enige finesse of elegantie. Maar daarom niet minder dodelijk. Arnaut keek ernaar met getuite lippen.

Halt had gelijk, dacht hij. Ik moet buiten bereik van die bal blijven!

'Neem uw wapens op!' zei Sean plechtig.

Arnaut pakte zijn zwaard en zwaaide er een paar keer mee om te wennen aan het gewicht en de lengte. En om te kijken of er niets mee gedaan was. Maar zo te zien was alles zoals het hoorde te zijn. Killeen keek minachtend naar de soepele en slanke kling, terwijl hij naar zijn eigen onding greep. De ketting ratelde terwijl hij het handvat optilde. Daarna liet hij de bal met spijkers zachtjes heen en weer slingeren.

'Secondanten, verlaat nu het strijdperk!' zei Sean met kalme stem. Will dook onder de reling door die het strijdperk scheidde van de tribune en ging naast Halt op de eerste rij zitten. Zij wisselden een nerveuze blik uit. De begeleider van Killeen holde over het strijdperk en zocht een plaatsje tussen de volgelingen van de profeet.

'Op uw plaatsen! Het gevecht begint bij de klaroenstoot!' Sean keek opzij naar de trompetter om te zien of de man klaarstond. Die knikte bevestigend en likte zich zenuwachtig de lippen. Het was moeilijk om je te onttrekken aan de spanning van het moment.

Arnaut en Killeen marcheerden naar het midden van het veld. Daar was met witkalk een cirkel getrokken, waar het gevecht zou beginnen. Meteen probeerde Killeen naar de westkant te schuifelen, zodat de lage namiddagzon recht in Arnauts ogen zou schijnen. Maar ceremoniemeester Sean doorzag de truc meteen. Het gevecht moest zonder voordeel voor de een of de ander beginnen.

'Killeen!' galmde zijn stem over het veld. 'Naar het zuiden! Nu!'

De grote helm draaide zich in zijn richting en Sean dacht dat hij de ogen erachter kwaadaardig zag glinsteren. Maar de reus gehoorzaamde hem wel. Arnaut stelde zich tegenover hem op.

Zodra hij zag wat de eilander probeerde, was Halt gaan staan, zijn hand in de pijlenkoker op zijn rug. Maar toen Killeen deed wat hem opgedragen werd ging hij met duidelijke tegenzin weer zitten.

'Ik hoop dat hij probeert vals te spelen,' zei hij dreigend tegen Will. 'Het hoeft er maar op te lijken, of ik schiet hem een pijl door zijn bast!'

'Anders ik wel!' reageerde Will. Hij hoopte al half dat de reus het echt zou proberen. Dat zou hem en Halt de vrijheid geven om te schieten. De regels van de tweekamp zeiden niet voor niets dat iemand die vals speelde als verliezer het strijdperk zou verlaten en daarmee alle rechten, inclusief dat op zijn leven, verloor.

Arnaut en Killeen stonden dreigend tegenover elkaar. Killeen licht door de knieën gezakt, met kromme benen. Arnaut rechtop, zachtjes wiegend op de bal van zijn voet. De morgenster zwaaide dreigend heen en weer tussen de twee kampvechters. Ook Arnauts zwaard was constant in beweging en maakte kleine cirkels in de lucht.

Plotseling werd de stilte voor de strijd doorbroken door het trompetgeschetter.

Killeen was vooral groot en lomp. Maar hij was ook snel, sneller dan Arnaut verwacht had. En met zijn enorme polsen had hij genoeg kracht om met één soepele beweging het handvat naar achteren te draaien en bal en ketting in één keer achter zich omhoog te krijgen, zodat de ijzeren bol met scherpe punten meteen recht op Arnaut neer leek te gaan komen. En de man deed tegelijk nog een stap naar voren ook, zodat Arnaut nog maar net achteruit kon springen toen hij doorkreeg wat de man van plan was. Tegelijk bracht hij zijn schild omhoog om zich te beschermen.

Halt had al voorspeld dat de morgenster zou aanvoelen als een stormram. Arnaut dacht eerder dat er een huis op zijn schild neerkwam. Nog nooit eerder had hij zo'n klap te verduren gehad. Zelfs Morgaraths reusachtige zwaard, jaren geleden alweer, was niet zo hard aangekomen.

Hij kreunde verschrikt en werd bijna verrast door de volgende actie van Killeen, een horizontale zwaai dit keer, die ook tegen het nog maar net op tijd naar beneden getrokken schild sloeg. Weer moest Arnaut achteruitdeinzen. Alleen dankzij zijn snelle reactie was hij die eerste twee keer ontsnapt aan een wisse dood, en toen hij probeerde de ogen te zien achter de vizierspleet voelde hij dat Killeen er ook op gehoopt had met zijn bliksemsnelle actie het gevecht af te maken voor het goed en wel begonnen was. Killeen schuifelde Arnaut achterna, meer op zijn hoede, nu hij gemerkt had hoe snel het reactievermogen van zijn tegenstander was. Hij zwaaide de morgenster weer door de lucht, dit keer bovenhands. Maar Arnaut kreeg de slag nu te pakken en hij stapte soepel opzij, waarna de zware bal zonder verdere schade aan te richten in de grond sloeg.

Snel deed hij een uitval naar de onderarm van Killeen. Er zat één ernstig nadeel aan die morgenster: in tegenstelling tot het zwaard ontbrak hier elke vorm van pareerstang. Maar daarvoor droeg Killeen wel metalen handschoenen en een zware bronzen manchet. De klap met het zwaard deed pijn en gaf een lelijke blauwe plek, en nu moest de reus achteruit springen. Maar zijn polsbeschermer had het gehouden, en de klap zelf had hem nauwelijks gedeerd.

Arnaut begon om zijn tegenstander heen te dansen. Hij ging daarbij rechts om hem heen, zodat de reus de kans niet kreeg uit te halen met zijn wapen. Hij dacht snel na. Hij kon de klappen van Killeen blijven ontwijken, of ze opvangen met zijn schild. Maar hij had even geen idee hoe hij de tegenaanval zou kunnen inzetten. In elk geval moest hij zorgen dat er voldoende afstand bleef tussen hem en de reus, en dat de bal niet over de rand van zijn schild zou zwiepen. Als hij een zwaardvechter of een man met een strijdbijl tegenover zich had gehad, dan kon hij ineens naar voren springen, tot hij vlak bij de tegenstander stond, waardoor deze zijn wapen niet goed meer kon gebruiken. Maar met de morgenster was dat een heel ander verhaal. Hij moest hoe dan ook voorkomen dat die bal voorbij zijn schild zou komen.

Daar kwam Killeen weer met een bovenhandse aanval. Arnaut ving ook deze weer op met zijn schild, zijn arm trilde na door de schok. Voor hij iets terug kon doen had de grote man de stok met ketting alweer teruggetrokken voor een volgende zwaai. Weer ving het schild de klap op.

Arnaut hoorde iets breken daar. Hij sprong naar achteren en keek bezorgd naar zijn schild. Het begon snel zijn oorspronkelijke vorm kwijt te raken. De randen waren gerafeld, en gebutst, en in het midden zat een heuse scheur, waar het metaal het al begeven had. Je kon het hout erachter zien zitten. Nog een paar van die klappen en het ding zou het begeven, besefte de jonge ridder. Ineens had hij een droge mond bij het idee dat hij alleen een zwaard had om zich te verweren tegen die vreselijke bal met dodelijke spijkers. Voor het eerst leek het idee van verliezen niet meer zo onvoorstelbaar.

Daar kwam Killeen weer aanzetten en Arnaut kon zich opnieuw alleen met zijn schild verdedigen. Dit keer werd de scheur in het midden nog groter, en de spijkers drongen tot diep in het hout. Een paar seconden bleef de bal vastzitten in het schild, en trokken de mannen om het hardst. Toen wist Killeen de bal los te wrikken en haalde meteen weer uit.

Dit keer besloot Arnaut weg te duiken en de bal vloog zonder schade aan te richten over zijn hoofd. Ineens kreeg hij een ingeving. Het was een alles-of-niets-oplossing, maar de enige die hij kon verzinnen. Hij moest om zichzelf lachen terwijl hij eraan dacht dat hij destijds met Morgarath net zo'n idiote uitweg had verzonnen, door zich onder de voorbenen van Morgaraths strijdros te gooien.

Waarom kom ik altijd met ideetjes met zo'n bizar kleine kans van slagen? dacht hij nog.

Killeen zwierde weer zijn stok en ketting hoog door de lucht en Arnaut danste naar achteren, intussen scherp de bal in de gaten houdend, die zich opnieuw diep in de grond boorde. De Buitenstaanders begonnen hem uit te jouwen, terwijl hij steeds maar weer wegsprong van zijn tegenstander.

Tot dusverre had hij geen enkele aanval kunnen opzetten. Ik

zou mezelf ook uitlachen als ik bij hen hoorde, dacht hij bitter. De overkant van het strijdperk was opmerkelijk stil, afgezien van ontzette kreunen en het snakken naar adem als hij net aan de ondergang wist te ontsnappen.

Weer danste Arnaut achteruit, tot er een paar meter afstand tussen hem en de reus was gegroeid. Dat gaf hem een paar seconden respijt. Toen Killeen moeizaam achter hem aan schuifelde, zijn zware harnas als een loden last meetorsend, keek Arnaut naar het leren riempje waarmee zijn schild om zijn linkerarm bevestigd was. Hij had maar een paar tellen. Met een harde klap stak hij zijn zwaard diep in de grond en maakte snel het riempje een paar gaatjes losser. Hij had nog maar net de tijd om zijn zwaard weer weg te grissen en opnieuw achteruit te springen. Maar dit keer sprong hij tot Killeens niet geringe verbazing de andere kant op, links van de reus. Die had niet anders verwacht dan dat hij opnieuw rechtsom zou blijven springen en dansen.

Daardoor won hij weer een paar seconden, en hij bleef rustig staan wachten tot de grote man opgehouden was met de verkeerde kant op draaien, zich omkeerde en opnieuw op hem afgelopen kwam. Hij dook weg voor de morgenster, maar sprong daarna snel naar voren, zijn zwaard vooruitgestoken, recht op de spleet van het vizier mikkend. Killeen, die eraan gewend geraakt was dat hij aanval na aanval kon uitvoeren zonder tegenaanval, werd volledig verrast en wist maar net op tijd zijn eigen schild omhoog te brengen. En toen hij door dat geheven schild niets meer kon zien sprong Arnaut naar links om een vreselijke hauw te geven naar de pols en hand van Killeen. Meteen daarna sprong hij weer bij hem weg.

Noch de uitval naar het vizier noch de slag op de arm was onoverkomelijk. Maar ze dienden wel het beoogde doel. De reusachtige man tegenover Arnaut verloor zijn geduld. Brullend van woede stormde hij naar voren. De morgenster zoemde in een grote cirkel boven zijn hoofd, terwijl hij een aanloop nam voor de laatste doodsklap.

Met de ogen tot smalle strepen toegeknepen stond Arnaut hem op te wachten. Hij lette scherp op de arm van zijn tegenstander, om het moment niet te missen waarop die laatste furieuze klap zou beginnen. Hij wist dat zijn timing en inschatting perfect zouden moeten zijn, wilde het hem lukken wat hem voor ogen stond.

Daar had je hem!

Met die onaardse intuïtie, die hem zo onderscheidde van andere krijgers, deed Arnaut een halve stap naar voren en ving de klap met zijn schild op. Hij kreunde terwijl de bal zich vastbeet in het gescheurde metaal en het harde hout daaronder – zich vastbeet, en vast bleef zitten.

Op datzelfde moment liet Arnaut de handgreep van zijn schild los en trok zijn arm uit het losse riempje. En de volgende seconde, toen Killeen de bal weer terug rukte, kwam het schild mee, stevig verankerd door de spijkers aan de ijzeren bal. Het ding vloog hoog door de lucht en kwam met een grote boog achter de reus weer naar beneden. Door het onverwachte extra gewicht werd Killeen achterover uit balans getrokken.

En het was alleen maar natuurlijk, dat hij daarna verbaasd achterom zou kijken, om te zien wat er gebeurd was. Waardoor één of twee tellen zijn nek zichtbaar werd, onder de rand van zijn verdraaide grote helm.

En daar had Arnaut op gewacht. Met twee handen greep hij zijn zwaard vast en stapte naar voren. Als een bliksemschicht vloog het glinsterende metaal af op die blote nek.

Er klonk een verbijsterde kreet uit honderden kelen op beide tribunes, toen Killeens helm door de lucht vloog, met een doffe klap de grond raakte en een paar meter over het kort gemaaide gras rolde. De kreet eindigde in een doodse stilte toen de toeschouwers beseften dat Killeens hoofd zich nog steeds in de helm bevond. Zijn enorme lijf zakte langzaam op de knieën en leek in elkaar te vouwen, terwijl hij langzaam in elkaar zakte.

En toen begonnen de mensen op de westelijke tribune te juichen. Ze beseften dat Arnaut, die tijdens het hele gevecht slechts één serieuze uitval had gedaan, de tweekamp onherroepelijk gewonnen had.

Will en Halt waren meteen onder de reling door gedoken. Ze liepen naar het midden van het veld waar Arnaut stond na te hijgen, zijn zwaard langs zijn lichaam naar beneden wijzend. Hij keek hen aan en glimlachte vermoeid.

'Ik geloof dat ik een nieuw schild nodig heb!' zei hij.

HOOFDSTUK 41

Halt schudde blij verrast zijn hoofd, en zei met een brede grijns:

'Arnaut, jongen, jij blijft me steeds weer verbazen! Hoe kwam je erop, met dat schild?'

Arnaut staarde zijn twee vrienden aan. Eerlijk gezegd was hij zelf verbaasd dat hij nog leefde en in staat was om met hen te praten. Op een gegeven moment had hij tijdens de tweekamp een paar akelige minuten gehad, waarin hij dacht dat hij dit keer toch echt te veel hooi op zijn vork had genomen.

'Tja... het leek me een aardig idee,' antwoordde hij. 'Ik hoop alleen dat die Gerard niet ook met zo'n vervloekte morgenster aan de gang gaat. Ik denk niet dat het me een tweede keer zo lukt!'

'Nee, hij heeft voor het zwaard gekozen,' stelde Will hem lachend gerust. Hij was ook enorm opgelucht. Net als Arnaut was hij op een gegeven moment bang dat zijn vriend het niet zou redden, terwijl die Killeen er maar op los bleef rammen.

Halt sloeg de grote krijger vriendschappelijk op de schouder.

'Nou, hoe dan ook, een prachtige prestatie!' zei hij hartelijk. Hij was eigenlijk bijna net zo gesteld op Arnaut als op zijn eigen leerling Will. En hij had besloten dat, regels of geen regels, hij die Killeen, als die gewonnen had, alsnog had moeten neerschieten.

Arnaut kromp ineen van de pijn in zijn schouder.

'Dank je, Halt. Maar wil je me alsjeblieft niet meer slaan, daar? Ik geloof dat ik daar een beetje murw gebeukt ben. Vergeet niet dat ik net met een zware ijzeren bal afgeranseld ben!'

'Sorry hoor,' antwoordde Halt, maar de grijns verdween niet van zijn gezicht.

Hij keek naar de oostelijke tribune om te zien hoe Tennyson reageerde op dit onverwachte resultaat. Maar de grijns bevroor op zijn lippen toen hij zag wat daar gebeurde.

De priester leek zich verrassend genoeg geen zorgen te maken over de dood van een van zijn trouwste lijfwachten, of over wat deze eerste tegenslag betekende. Hij sprak in alle rust met een van zijn witte pijen, en moest glimlachen om wat de man hem vertelde. Toch moest die plotselinge omslag in het gevecht hem zorgen gebaard hebben. Halt had tijdens het duel vaak naar de overkant zitten loeren, en hij had heus wel gezien hoe Tennyson, omringd door zijn Genovezen, op het puntje van zijn stoel was gaan zitten en Killeen enthousiast bleef aanmoedigen, terwijl deze de ene klap na de andere uitdeelde aan zijn ogenschijnlijk machteloze tegenstander.

Er trok een diepe rimpel in Halts voorhoofd. Net zaten er nog drie Genovezen achter de profeet. Nu waren er nog maar twee. Snel zei hij tegen Will: 'Ren zo hard je kunt naar ons paviljoen en hou daar een oogje in het zeil. Wij komen zo.'

Will keek naar zijn oude leraar en wist dat de Jager zich ergens zorgen over maakte. Dus had hij geen verdere aansporing nodig. Hij rende dwars door de mensenmenigte die het strijdperk opgestroomd was naar de witte tent aan de noordkant van het strijdperk. Toen hij nog maar een paar meter ervan verwijderd was bleef hij plotseling staan. Het was hier veel drukker, omdat er allerlei kraampjes stonden die hapjes en dranken verkochten, en de mensen stonden in lange rijen te wachten om nog snel iets te kopen voor het volgende duel zou beginnen. Hij meende een glimp van een purperen mantel te hebben gezien, terwijl hij zich tussen de mensen door drong, die wegliep van het paviljoen van Arnaut. Will duwde ruw wat mensen opzij om hem achterna te gaan en zag nog net hoe de man verdween in de menigte.

Het zou best een van die Genovezen geweest kunnen zijn, en als dat zo was, dan was hij wel verdacht dicht bij hun tent gekomen. Zou hij hem achternagaan om te zien wie of wat het was geweest? Maar Halt had hem opgedragen de tent te bewaken! Met tegenzin liep hij terug naar de tent. Toen hij bij de ingang kwam trok hij stiekem zijn Saksische mes uit de dubbele schede aan zijn riem. Hij hield het ding strak tegen zich aangedrukt, zodat de mensen het niet konden zien.

De leren riemen waarmee de voortent was dichtgeknoopt leken intact, althans net zoals hij ze had achtergelaten. Voorzichtig maakte hij de knopen los en trok ineens met een ruk het zeil opzij. Hij sprong naar binnen, het mes in de aanslag nu.

Niets.

De tent was leeg. Ergens hoorde hij een bromvlieg zoemen, blijkbaar wilde het beest de tent weer uit. Maar hij botste steeds tegen het taaie zeildoek en kon de uitgang niet vinden.

Will keek rond. De tafel, de kan water nog steeds onder een natte doek, met twee bekers ernaast. Een stoel, een rustbank, het rek voor de wapens – helemaal kaal nu, alleen het reserveschild stond er nog tegenaan. Verder was er niets te zien.

Het was ook heet in de tent. De zon had er recht op staan schijnen, en de tent was potdicht afgesloten geweest. Daardoor was de lucht binnen steeds heter geworden. Hij draaide zich om en trok de voorflap opzij om wat frisse lucht binnen te laten, toen hij ineens besefte dat hij het gemak vergeten was. Hij liep door de tent naar achteren en trok het zeil weg. Ook daar niets.

Will had zijn adem al die tijd ingehouden en liet die pas nu ontsnappen. Hij stak zijn Saksische mes weer weg. Daarna bond hij de voorflap vast en trok achterin een luchtgat met gaas ervoor open. Meteen trok er een koele tocht door de tent en de temperatuur begon snel te dalen. En het was ook niet meer zo benauwd.

Daar kwamen Halt en Arnaut binnenlopen. De eerstgenoemde droeg Arnauts helm, zwaard en het kapotgeslagen schild. Dat gooide hij in een hoek.

'Dat ding heb je niet meer nodig vandaag,' zei hij. Vragend keek hij daarna Will aan en de jonge Grijze Jager schudde zijn hoofd. Niets vreemds of verdachts te melden. Hoewel Halts opmerking over het schild hem er wel aan herinnerde, dat hij de riemen en zo van Arnauts reserveschild nog moest controleren.

Arnaut liet zich op de bank vallen en zuchtte diep, toen zijn beurse spieren in aanraking kwamen met de zachte kussens. Hij keek dorstig naar de kan met water.

'Will, schenk me eens een beker water in, wil je? Ik ben helemaal uitgedroogd!'

Hij wist dat dat kwam door de combinatie van spanning, angst en lichamelijke inspanning. Arnaut geneerde zich helemaal niet om toe te geven dat hij af en toe best bang was geweest, toen hij zich tegen Killeens mokerslagen stond te verdedigen. Hij ging met gesloten ogen achterover liggen en hoorde de ijsblokjes klingelen in de beker die Will volschonk.

'Dat klinkt goed,' zei hij. 'Schenk hem maar helemaal vol.'

En hij dronk de hele beker in één teug leeg. Hij knikte, toen Will vragend de kan ophield. 'Ja, graag!' Dit keer dronk hij met kleine slokjes. Hij genoot ervan, zoals het koude vocht door zijn keel naar beneden gleed. Langzaam begon hij zich te ontspannen.

'Hoelang nog voor ik tegen die Gerard moet?' vroeg hij aan Halt.

'Volgens het programma heb je nog ruim een uur,' antwoordde de oude Grijze Jager. 'Waarom trek je dat harnas niet uit en ga je niet even lekker liggen?'

Arnaut probeerde kreunend overeind te komen. 'Goed idee. Maar ik moet eerst het scherp van mijn zwaard controleren.'

Halt duwde hem terug. 'Dat kan Will ook wel doen.'

Arnaut glimlachte dankbaar, toen Will het zwaard opraapte en met zijn vinger langs het lemmet ging. Normaliter zou Arnaut erop gestaan hebben dat zelf te doen, maar Will en Halt waren de enige anderen aan wie hij die taak zou toevertrouwen.

'Dank je, Will.'

'Kom, trek die maliënkolder nu maar uit,' zei Halt. Hij hielp hem het lange zware ding over zijn hoofd te trekken. Eronder droeg hij een aketon, een lang gewatteerd vest met een binnenkant van zeemleer, die helemaal doorweekt was. Halt draaide het binnenstebuiten en hing het te drogen over het wapenrek, dat hij bij de opening van het paviljoen zette. Daar ving het precies een briesje.

'Ga nou maar even lekker liggen. Wij zorgen wel voor de rest. Ik maak je op tijd wakker en dan geef ik je een flinke massage, om je spieren weer op tijd los te krijgen,' beloofde Halt. Arnaut knikte en ging met een tevreden zucht liggen. Best lekker, dacht hij, zo'n paar bedienden om voor je te zorgen.

'Straks raak ik nog gewend aan dat gedoe met die Dageraadsridder,' zei hij met een vermoeide glimlach.

Hij hoorde het ritmische geluid van de wetsteen die Will over zijn zwaard haalde. Er was een kleine oneffenheid in de kling gekomen, toen het in botsing kwam met Killeens schildrand. De jonge Jager sleep het zorgvuldig weg. Van dat regelmatig herhaalde geluid werd je slaperig, dacht Arnaut. En viel weg.

Halt maakte hem een half uur later wakker. Arnaut was helemaal stijf, dus rolde hij op zijn buik toen Halt hem dat opdroeg en liet Halts sterke handen hun weldadige werk doen. De Grijze Jager kneep en rolde en wreef deskundig in al zijn belangrijke spieren, waardoor de verkrampingen langzaam aan verdwenen en de bloedsomloop weer goed op gang kwam. Daardoor werd de verzuring snel afgevoerd. Het deed een beetje pijn, maar het was toch ook wel lekker, mijmerde Arnaut.

Maar het korte slaapje had hem niet echt opgeknapt. Hij voelde zich nog steeds suf en slaperig. Hij schudde zijn hoofd eens heen en weer. Je had dat wel vaker als je overdag in slaap gevallen was – als hij maar eenmaal weer in beweging kwam en zijn longen vol met frisse lucht gezogen had, was alles weer in orde.

Hij zwaaide zijn benen over de rand van de ligbank en bleef even zitten met zijn hoofd in zijn handen. Weer schudde hij zijn hoofd. Will keek hem nieuwsgierig aan.

'Gaat het wel goed met je?' vroeg hij bezorgd. Hij had de hele tijd over Arnaut zitten waken terwijl die zachtjes lag te snurken. Al die tijd had zijn Saksische mes klaargelegen op zijn schoot.

Arnaut keek naar het wapen en lachte wat schaapachtig. 'Ga je groente snijden?' vroeg hij. En in antwoord op de vraag van zijn vriend: 'Ik ben alleen nogal suf, dat is alles.'

Halt keek hem aan, ineens bezorgd. 'Weet je dat zeker?' vroeg hij.

Arnaut glimlachte. En probeerde weer de intense vermoeidheid uit zijn hoofd weg te schudden. 'Ja hoor, alles kits. Maar ik moest maar niet meer gaan slapen, zo midden op de dag. Geef me mijn maliënkolder eens aan, wil je?'

Het zeemleer was intussen weer helemaal droog gewaaid en Arnaut trok zijn aketon en maliënkolder weer aan, zittend op de rand van de rustbank. Toen hij opstond zakten ze in hun volle lengte naar beneden, tot net boven zijn knieën. Eenmaal rechtop moest hij zich vastgrijpen aan een stoel om niet om te vallen.

De beide Grijze Jagers bekeken hem met groeiende bezorgdheid. Maar Arnaut glimlachte geruststellend.

'Maak je geen zorgen, ik loop het er wel af.'

Daarna nam hij een schoon overkleed aan van Will en trok dat ook nog aan, over zijn maliënkolder.

Halt keek naar buiten. Het werd al minder druk voor de kraampjes, de mensen liepen weer terug naar hun zitplaatsen. Over een minuut of tien zouden Arnaut en Gerard opgeroepen worden om zich te melden in het strijdperk. Waarschijnlijk had Arnaut gelijk. Een wandelingetje en wat frisse lucht zouden hem goed doen.

'Laten we maar vast gaan. De ceremoniemeester moet toch opnieuw je zwaard controleren,' zei Halt. De hele ceremonie zou voor het tweede duel herhaald gaan worden – Sean wilde er zeker van zijn dat geen van de partijen terugkwam op de eerder gemaakte afspraken. Allemaal flauwekul natuurlijk, dacht hij, maar dat hoorde nu eenmaal bij het formele gedeelte van de tweekamp.

Halt en Will pakten Arnauts helm, zijn zwaard en het reserveschild. Will knoopte de tent weer dicht en met zijn drieën wandelden ze het strijdperk op. De mensen die nog een laatste hapje of drankje kochten gingen snel voor hen opzij. Ze waren erg onder de indruk van de Ridder van de Dageraad. Hij werd met de minuut populairder bij de burgers van Dun Kilty. De spectaculaire manier waarop hij met Killeen had afgerekend sprak zeer tot de verbeelding.

Halt hield de jonge krijger scherp in het oog, terwijl ze naar de tafel voor de koninklijke loge liepen. Hij slaakte een zucht van opluchting toen hij zag dat Arnaut zonder wankelen recht op het doel afliep. Maar hij kreeg zowat een hartverlamming, toen de jongeman zich naar hem boog en op normale spreektoon, zonder verder iets te laten merken, tegen hem zei: 'Halt, we hebben een probleem. Ik zie alles dubbel.'

De drie mannen bleven staan. Halt dacht koortsachtig na en keek meteen naar waar Tennyson tussen zijn trawanten zat. Er zaten nu weer drie purperen mantels vlak bij hem, maar net op dat moment boog Tennyson zich naar achteren en fluisterde een van hen iets in het oor. De Genovees knikte kort en verdween in de menigte.

Op dat moment wist Halt wat er gebeurd moest zijn. Snel zei hij tegen Will: 'Ga meteen die kan water halen, in ons paviljoen! Iemand heeft daar iets in gegooid om Arnaut te verdoven. We moeten zorgen dat er niets met het bewijsmateriaal gebeurt.'

Even leek Will niet te begrijpen wat Halt tegen hem zei, maar toen ineens lichtten zijn ogen op. Natuurlijk, dat moest het zijn. En als iemand inderdaad Arnaut vergiftigd had, dan moesten ze dat water zorgvuldig bewaren, anders konden ze het later nooit meer bewijzen.

Will rende weg.

Arnaut trok aan Halts arm. 'We moeten in beweging zien te blijven, Halt,' zei hij.

Halt keek hem aan. De jongen was duidelijk in paniek, maar een toevallige toeschouwer zou daar niets van gemerkt hebben, zo kalm bleef hij uiterlijk. 'Luister, we vragen wel om uitstel,' zei Halt. 'Als je niets kunt zien, kun je ook niet vechten.'

Maar Arnaut schudde van nee. 'Dat vindt Tennyson nooit goed. Als wij ons nu terugtrekken, dan beweert hij dat hij gewonnen heeft. We moeten eerst bewijzen dat hij de regels overtreden heeft.'

'Dat lijkt me nogal duidelijk, dat hij de regels overtreden heeft! Ze hebben je vergiftigd!'

'Maar kunnen we dat ook bewijzen dan? En zelfs al bewijzen we dat er iets in dat water gedaan is, hoe bewijzen we daarna dat zij dat waren? Ik moet gewoon doen alsof er niets aan de hand is, Halt!'

'Maar Arnaut, je kunt toch niet duelleren als je niets ziet!'

herhaalde Halt. Hij klonk nu echt bezorgd, hij wilde niet dat zijn jonge vriend iets overkwam. En hij maakte zichzelf al verwijten, dat hij hem in deze ellendige situatie had betrokken.

'Ik ben niet blind, Halt. Ik zie alleen alles dubbel,' zei Arnaut. Hij glimlachte een beetje. 'Kom nou maar, de controleurs staan te wachten.'

Hoofdstuk 42

De man met de donkerpurperen mantel gleed soepel tussen de laatste klanten van de hapjes- en drankenkramen door. Vlak bij het witte paviljoen minderde hij vaart en keek links en rechts of iemand hem of de grote tent in de gaten hield.

Maar er was geen bewaking te zien en dus liep hij zonder aarzelen op de ingang af. Net als eerder die dag was het zeil voor de ingang aan de buitenkant vastgeknoopt, waaruit je zou moeten opmaken dat er niemand in de tent was. Snel maakten zijn vlugge vingers de knopen los. Toen de laatste strik was losgetrokken wilde de man eigenlijk nog even om zich heen kijken, maar hij deed het niet. Hij wist dat dat alleen maar achterdocht zou opwekken. Hij kon beter gewoon doen alsof hij zijn plicht deed en iets op moest halen.

Hij trok de dolk uit de schede onder zijn linkeroksel – je wist immers maar nooit – en liep snel de tent in. Achter hem viel het zeildoek weer op zijn plaats. Hij liet zijn tot dan ingehouden adem met een diepe zucht gaan. Er was inderdaad niemand in de tent. En de kan water stond nog steeds op de tafel, waar hij hem de vorige keer had achtergelaten. Snel liep de Genovees ernaartoe, pakte de kan en goot de inhoud op de grond. Hij keek tevreden toe, hoe het water snel in de grond wegzakte.

'Zo, en daar ging het bewijs,' zei hij zachtjes tegen zichzelf. Hij was heel tevreden over zichzelf, toen er ineens iets zwaars en hards tegen zijn slaap sloeg. Alles werd zwart voor zijn ogen.

'Dat dacht je maar,' zei Will. Hij stak zijn eigen grote mes weer weg nadat hij gecontroleerd had of de Genovees inderdaad buiten westen was. Hij rolde hem op zijn rug en fouilleerde hem snel. Alle wapentuig dat hij vond nam hij in beslag. Met extra belangstelling bekeek hij even de kruisboog, die de man over zijn schouder had. Een lomp wapen, dacht hij, zwaar en maar voor één doel te gebruiken. Hij gooide het in een hoek en zocht verder tussen de kleren van de bewusteloze man. Er zat een dolk in zijn riem, in elk van zijn laarzen zat er nog een, en dan had hij er nog een vastgebonden tegen zijn rechterscheenbeen. Onder zijn linkeroksel hing een lege schede. Will floot zachtjes.

'Je wilde zeker een oorlog beginnen?' vroeg hij. De Genovees gaf natuurlijk geen antwoord.

Will stak zijn hand in de lederen buidel aan zijn riem en haalde er duim- en enkelboeien uit. Hij wist dat ze nog wel zouden moeten bewijzen dat hun beschuldigingen klopten. Hij was een paar tellen voor de Genovees de tent in geglipt, van de achterkant, waar hij in een hoek een snee in het tentdoek gemaakt had, vlak naast het gemak. Daarom waren de knopen aan de buitenkant nog intact toen de sluipmoordenaar naar binnen ging. Hij had gezien hoe de Genovees, die zich onbespied waande, het water had weggegooid. En een seconde te laat was hij uit het toilet gesprongen en had de man met het handvat van zijn zware Saksische mes een harde klap boven zijn oor verkocht.

Er was nog iets. Maar wat ook alweer? Er was nog iets dat de Genovees in verband zou kunnen brengen met het vergiftigde water. Ineens wist hij het. Toen hij Arnaut een paar glazen had ingeschonken, had hij de ijsblokjes tegen de kan horen klingelen. Maar dat kon eigenlijk helemaal niet – het ijs dat Will had meegebracht moest toen allang gesmolten zijn. Dat betekende dat iemand er intussen vers ijs in moest hebben gedaan. En nu wist hij ook wie.

Even keek hij naar de bewusteloze man. Daarna holde hij de tent uit. Een van de bewakers die in opdracht van Sean een oogje in het zeil moesten houden bij het paviljoen – en er tegelijk voor moesten zorgen dat de onvermijdelijke zakkenrollers zich enigszins zouden gedragen – liep vlakbij rond. Hij draaide zich om en kwam snel aanlopen toen Will hem riep.

'Zou jij deze heer, deze indringer hier, in de gaten willen houden?' vroeg hij en hij wees met zijn duim naar de bewusteloze Genovees die binnen in de tent op de grond lag. De bewaker zette grote ogen op, maar zodra hij Will herkende als een van de adjudanten van de Ridder van de Dageraad knikte hij.

'Ik kom zo terug,' zei Will en rende toen naar de kramen met wijn, bier en limonade.

Er was maar één kraam waar je ook ijs kon krijgen. Daar had Will het de eerste keer ook gekocht, en waarschijnlijk had de Genovees het ook daar gehaald. IJs was iets zeldzaams in de zomer. Midden in de winter hakten de mensen grote blokken los, ergens hoog in de bergen, die verpakten ze dan in dikke lagen stro en bewaarden het voor later in diepe en donkere kelders. De verkoper keek op toen Will voor zijn kraam verscheen. Hij had hem eerst geen ijs willen verkopen, zonder drankje erbij, maar de jongen had hem een goede prijs geboden.

Hij knikte hem vriendelijk gedag. 'Wilt u nog wat ijs kopen, edelachtbare?' vroeg hij. Maar Will onderbrak hem.

'Kom mee!' zei hij. 'Nu meteen!' Hij mocht dan nog jong zijn, maar gezag had hij wel, en het kwam niet eens op in de ijsverkoper om nee te zeggen. Hij riep naar zijn vrouw dat ze even de kraam moest overnemen en haastte zich achter de jongeman met de grijsgroen gevlekte mantel aan. In het paviljoen aangekomen keek hij verbaasd op toen hij daar een man, gebonden en bewusteloos, op de grond zag liggen.

'Heeft die man soms een tijdje terug ijs bij je gekocht?' vroeg de jongeman en de verkoper knikte meteen bevestigend.

'Jawel, edelachtbare. En hij zei dat het voor de grote Ridder van de Dageraad was.' Hij keek de tent rond en zag de waterkan. 'Hij kwam met die kan aanzetten, als ik me goed herinner,' voegde hij eraan toe. Hij vroeg zich af waar de jongen opuit was. En om er zeker van te zijn dat ze hem niets zouden kunnen verwijten, kwam hij vrijwillig met nog meer informatie.

'Hij stond te kijken toen u eerder dat ijs kocht. Ik nam dus maar aan dat hij ook bij jullie hoorde.'

Dus zo was het gebeurd. Hij heeft natuurlijk iets in het water gestopt, dacht Will, en daarna extra ijs erin gedaan zodat het zo koud werd dat je niets raars meer proefde. Of gewoon omdat Arnaut dan meer zou drinken. Dat had hij alleen maar kunnen doen als hij wist dat er al eerder ijs in zat. Hij keek even naar de bewaker en de ijsverkoper. Op de achtergrond hoorde hij de toeschouwers op de tribunes in gejuich en gejoel uitbarsten. Er was al te veel tijd voorbijgegaan, terwijl hij het raadsel van de vergiftiging probeerde op te lossen. Waarschijnlijk waren de formaliteiten achter de rug, en stond Arnaut op het punt om zijn gevecht met de tweede reus te beginnen. Will keek de twee mannen weer aan. 'Kom mee!' beval hij. Hij raapte zijn boog op, die hij achter het gemak tegen het tentdoek had gezet en gebaarde naar de Genovees, die, nog half versuft, begon te bewegen en zijn ogen probeerde te openen. 'En help me met dat daar!'

Terwijl hij en de bewaker de sluipmoordenaar overeind trokken, hoorde hij het trompetgeschal. Het duel was begonnen.

'Maar Arnaut, dit kan echt niet,' zei Halt zachtjes naar opzij terwijl ze samen naar het midden van het strijdperk liepen. Hij droeg zijn zwaard en schild en gebruikte het laatste, tegen Arnauts arm gedrukt, om de jonge ridder zachtjes sturend naar de juiste plek te leiden.

'Die man daar! Wat doet die man daar?' Tennysons stem schalde over het veld, het gejuich overstemmend dat van beide tribunes klonk. Halt keek om en zag dat de man in zijn witte pij was gaan staan en beschuldigend in zijn richting wees.

'Breng me naar het punt waar het duel zal beginnen, Halt, verder kan ik het wel alleen af,' zei Arnaut. Hij hoorde hoe Sean Carrick de priester antwoord gaf, dat Halt alleen maar optrad als schilddrager, en dat dat helemaal niet verboden was. Arnaut moest bitter lachen. Wat konden hém dat soort pietepeuterige procedureregeltjes schelen? Hij vroeg zich af hoe hij in 's hemelsnaam moest vechten tegen die Gerard, als hij alleen maar een vage gestalte kon onderscheiden?

'Nee, nee, die man mag daar helemaal niet staan! Hij moet onmiddellijk van het strijdperk verwijderd worden!' riep Tennyson.

Sean wilde al antwoorden, maar zweeg toen hij een hand op zijn schouder voelde. Verrast keerde hij zich om en zag dat het de koning was, die van zijn troon was opgestaan en nu naast hem stond.

'Hou je mond, oplichter!' riep Ferris.

Eventjes waren de burgers van Dun Kilty met stomheid geslagen, nu zij zagen en hoorden hoe hun koning zich zo duidelijk uitsprak. Maar daarna brulden zij meteen hun hartelijke instemming met wat hij zei over de arena. 'Hou toch op over regels als je er geen verstand van hebt! Natuurlijk mag een ridder een schilddrager hebben! Ga toch zitten! En bemoei je er niet mee!'

Dit was de tweede keer dat zijn onderdanen luidkeels joelden dat ze het volmondig met hem eens waren. Ferris keek enigszins verbaasd, maar prettig verrast om zich heen. Dat was hij niet gewend, dat zijn mensen hem toejuichten. En hij werd alleen maar zelfverzekerder en rechtte zijn rug. Tegenover hem stak Tennyson een dreigende vinger naar hem uit.

'Jij, jij hebt me te vaak voor de voeten gelopen, Ferris. Nu is het genoeg geweest. Ik zal het je betaald zetten, reken daar maar op!'

Maar de profeet besloot toch maar weer te gaan zitten, waarna hij boos in de richting van de koning bleef kijken. Ferris genoot nog even van de aanmoedigingen van zijn onderdanen en ging toen zelf ook weer zitten.

Op het veld controleerde Halt de riempjes van Arnauts schild en trok ze wat strakker om zijn linkerarm.

'Zitten ze zo goed?' vroeg hij en Arnaut knikte.

'Prima!' zei hij.

De vage gestalte van Gerard stond nu recht tegenover hem en hij kneep zijn ogen tot spleetjes, in de hoop wat meer details te onderscheiden. Maar zijn ogen weigerden zich scherp te stellen. Hij had zich zo druk gemaakt over die ogen, dat hij eigenlijk alweer vergeten was hoe moe en suf hij was geweest toen hij wakker werd uit zijn slaapje. Maar nu voelde hij de loomheid weer opkomen. Zijn armen en benen waren loodzwaar, en toen hij zijn zwaard testte voelde hij zich extreem onhandig. Ineens besefte hij hoe slecht hij er lichamelijk voor stond.

Zijn enige kans lag in een onverwacht felle aanval, meteen na het beginsignaal van de trompetter, besloot hij. Hij zou meteen met de punt van het zwaard recht naar voren op de man afstormen. De meeste tweekampers begonnen eerst een paar keer om elkaar heen te cirkelen, om de reacties van de tegenstander uit te testen. Hij hoopte maar dat Gerard zich daarop ingesteld had. Hij voelde Halt nog steeds aan zijn zijde, maar hij durfde zijn aandacht niet van zijn tegenstander weg te halen.

'Dank je, Halt,' zei hij. 'Nu moet je maar gaan.'

'Luister, ik zal wel vechten, in jouw plaats,' zei Halt in een laatste wanhopige poging. Arnaut lachte een vreugdeloze lach. Hij bleef naar Gerard staren.

'Nee, Halt, dat kan niet. Dat zou tegen de regels zijn. Ik ben eraan begonnen, nu moet ik het ook afmaken. Ga nu maar!'

Met tegenzin liep Halt weg van de twee kampvechters, achteruit; hij bleef met angst en beven naar zijn jonge vriend kijken. Daar was de reling om het veld. Hij dook eronderdoor en ging op zijn plaats zitten, op de eerste rij.

'Zijn jullie er klaar voor?' riep Sean. Geen van beide strijders gaf hem antwoord, dus nam hij aan dat zwijgen toestemmen betekende. Hij knikte naar de trompetter.

'Blaas het signaal dat de strijd kan beginnen!' zei hij tegen de man. En daar klonk al het geschetter over het terrein.

Arnaut wachtte niet eens tot de laatste toon helemaal weggestorven was. Zodra hij hem hoorde wierp hij zich naar voren, zijn rechtervoet eerst, het lange zwaard precies gericht op het middelste gedeelte van de vage gestalte tegenover hem.

En het zou gewerkt kunnen hebben, misschien, als het verdovende middel hem niet zo traag had gemaakt. Gerard verwachtte inderdaad dat zijn kleinere tegenstander eerst om hem heen zou draaien, en met wat schijnaanvallen zijn reactie zou testen. Hij werd dus verrast door de plotselinge directe aanval. De punt van Arnauts zwaard raakte hem hard en midden op zijn buik, maar hij wist nog net weg te draaien zodat zijn borstkuras het wapen deed afzwenken. Het raspte zonder verdere gevolgen langs zijn ribbenkast.

Maar het deed wel pijn, en even had hij geen adem meer over. Misschien had hij zelfs wel een rib gebroken, zo hard had het zwaard hem geraakt. Maar een dodelijke klap was het niet, terwijl Arnaut die zo nodig had. Hij ging zijn zwaard achterna, een beetje minder elegant dan gewoonlijk, als hij niet zo onvast op zijn benen stond. Hij draaide zich snel om en tilde zijn schild omhoog om de tegenaanval van Gerard, die ongetwijfeld zou komen, daarmee op te vangen.

En hij was nog maar net op tijd. De reus sloeg zo hard hij kon naar rechts, tegen het schild aan. Een harde klap, maar in de verste verte niet zo erg als de vreselijke mokerslagen met de morgenster.

Arnaut schuifelde achteruit en probeerde wanhopig iets te

zien. Maar zijn ogen traanden nu ook nog, en van Gerard zag hij niet meer dan de contouren, die steeds groter en groter werden naarmate de man dichter bij hem kwam. Vaag zag hij zijn rechterarm omhoogkomen en weer hief hij zijn schild beschermend omhoog. Gerards zwaard kwam er opnieuw met een zware klap midden op, en puur op instinct deed Arnaut een uitval.

Gerard was groot en sterk. Maar een goed zwaardvechter kon je hem nauwelijks noemen. Bovendien wist hij maar al te goed dat ze Arnaut iets hadden toegediend, en hij verwachtte dan ook geen tegenstand van betekenis. Dat maakte hem overmoedig. Hij hield zijn schild maar slordig vast, en bovendien te laag om de tegenaanval van Arnaut vol op te vangen. De lange kling schampte over de bovenrand en sloeg keihard tegen de zijkant van Gerards helm, wat een flinke deuk tot gevolg had.

Arnaut voelde meer dan hij zag dat hij doel getroffen had, en dat gaf hem moed. De toeschouwers op de westelijke tribune juichten. Hij zag de schimmige gestalte van Gerard achteruitdeinzen en algauw kon hij hem nauwelijks meer onderscheiden van de vage kleuren van de achtergrond.

Gerard schudde verbaasd en verdwaasd zijn hoofd, om bij te komen van de klap. Hij stond daar als een enorme woeste stier te kijken naar zijn tegenstander. De voering van zijn helm had de klap enigszins opgevangen, maar hij was wel geschrokken en geschokt. Ze hadden hem verzekerd dat hij nauwelijks tegenstand hoefde te verwachten, en dat hij bijna ongestoord de dood van zijn broer zou kunnen wreken. Maar wat hem betrof was hij zonet maar juist aan eenzelfde lot ontsnapt. Onder woedend gebrul viel hij op Arnaut aan.

Arnaut hoorde het gebrul wel, maar besefte te laat, verblind als hij was, dat Gerard op hem afgestormd kwam. Te laat probeerde hij nog achteruit te springen. Maar Gerard ramde zijn schild al tegen dat van Arnaut, met alle gewicht en kracht van zijn reusachtige lijf erachter. Arnaut werd compleet omver gekegeld en viel plat op zijn rug op het gras. Hij moest onderweg zijn zwaard nog loslaten ook.

De hele westelijke tribune hield van schrik zijn adem in, terwijl Tennysons volgelingen een triomfkreet slaakten. Arnaut had geen lucht meer en zag bijna helemaal niets, alleen de reusachtige gestalte die boven hem uit torende. Hij voelde meer dan dat hij zag dat Gerard met twee handen zijn eigen zwaard hoog optilde, met de punt naar beneden gericht, klaar om het dwars door Arnauts lichaam te boren.

Dus zo gaat het dan gebeuren, dacht hij. Hij was vagelijk teleurgesteld dat hij Halt in de steek had gelaten. Hij hoorde de kant van Tennyson Gerard aanmoedigen en besloot om met open ogen de dood tegemoet te zien – ook al zag hij bijna niets. Dat was wel irritant, ergens. Hij had graag willen zien wat er gebeurde.

En hij wilde dat hij niet vol ergernis en ontevreden dood zou gaan. Dat leek hem zo kleinzielig.

Hoofdstuk 43

Will hoorde het eerste geluid van zwaard op schild, terwijl hij en de bewaker nog druk bezig waren de strompelende Genovees naar het strijdperk te sleuren. De toeschouwers weken nieuwsgierig uiteen voor het kleine groepje. De ijsverkoper liep achter hen aan, benieuwd naar wat er stond te gebeuren, al begreep hij er het fijne nog niet van.

De menigte brulde en Will hoorde dat het de westelijke tribune was, waar al Arnauts supporters zaten. Even koesterde hij de ijdele hoop dat Arnaut weer op de een of andere wonderbaarlijke manier zijn tegenstander verpletterd had. Maar toen kwam hij bij de reling die de zuidkant van het strijdperk afsloot, en zijn hart zonk hem in de schoenen. De twee kemphanen stonden nog overeind, maar hij zag meteen dat het met Arnaut niet goed ging. Zijn vriend leek al zijn normale snelheid en soepelheid verloren te hebben, en hij strompelde over het gras, wanhopig proberend de aanvallen van zijn tegenstander af te weren. Heel af en toe afgewisseld met een krachteloze tegenaanval.

Will zag nog wel hoe Arnaut die ene geslaagde poging waagde, en toen Gerard wankelde hoopte hij opnieuw vurig dat de man zou omvallen. Maar hij deed gewoon een stapje naar achteren, herstelde zich snel en viel meteen weer aan. Met het gevolg dat zijn vriend door de lucht vloog en lelijk plat op zijn rug terechtkwam.

Het grote zwaard van Gerard hing daar, als een enorme

dolk, punt naar beneden, klaar om dwars door Arnauts hulpeloze lijf gestoken te worden. Zonder verder nadenken schudde Will zijn boog van zijn schouder in zijn linkerhand. Terwijl de boog omhoogkwam, leek als door tovenarij een pijl op de pees te vallen en binnen één seconde had Will de boog gespannen en geschoten.

Gerards triomfantelijke snauw veranderde in een kreet van pijn toen de pijl zijn rechterbovenarm doorboorde.

Hij draaide weg van het lichaam voor hem op de grond, en het zwaard viel zonder schade te berokkenen uit zijn verlamde hand. Met zijn linkerarm omklemde hij de plek waar de pijn door zijn andere arm klopte en met scheuten tot in zijn hand en vingers leek te reiken.

Na een eerste kreet van verbazing werden de toeschouwers doodstil.

Tennyson stond op en haalde al diep adem om de bewakers te roepen. Maar een andere stem was hem voor. Een jonge stem.

'Verraad! Vals spel!' schreeuwde Will zo hard als hij kon. 'Vals spel! De Ridder van de Dageraad is vergiftigd! Door Tennyson! Gemene valsspeler!'

Tennysons blik schoot naar die stem. De moed zonk hem in de schoenen toen hij de beschuldiging hoorde en zag hoe de Genovees, met boeien om armen en benen, aan kwam hobbelen. Iemand had zijn snode plannetje verijdeld.

Halt was net als de mensen om hem heen opgesprongen en besefte dat hij gebruik moest maken van de verwarring. Hij begon Wills schreeuw van verraad en bedrog na te bauwen.

'Vals spel! Vals spel!' schreeuwde hij, en zoals hij gehoopt had namen anderen in zijn buurt de kreet over, al wisten ze werkelijk niet hoe of wat. Weer lieten de mensen zich meesleuren in de massahysterie, en al snel schreeuwde de hele westelijke tribune het hem als één man na.

Will, die de Genovees achter zich aan trok, draaide zich om naar de ijsverkoper en fluisterde hem wat in zijn oor. De man aarzelde, alsof hij de opdracht niet begreep, maar toen Will hem nog eens indringend toegesproken had rende hij terug naar het paviljoen.

Will was bijna bij het middelpunt van de arena aangekomen, waar Arnaut langzaam weer overeind krabbelde en waar Gerard in elkaar gedoken zat met zijn ene gewonde arm in de andere. Hij duwde de Genovees voor zich uit, zodat deze op zijn knieën viel.

'Ik betrapte deze man in het paviljoen van de Ridder van de Dageraad, waar hij druk bezig was de bewijzen voor zijn verraad te vernietigen. Kijk, daar naast Tennyson zie je zijn collega's zitten!'

Er gonsde een verontwaardigd geroezemoes door de menigte. En Will merkte dat het dit keer niet alleen van de westelijke tribune kwam, waar de koning zat. Een paar van de bekeerlingen van Tennyson keken vragend naar hun profeet en de twee andere Genovezen aan zijn zijde. De vreemdelingen waren niet bijzonder populair. Hun arrogante houding in die paar dagen dat zij zich bij de sekte aangesloten hadden, had hen niet erg geliefd gemaakt.

In de stilte die viel zei Will: 'Deze man hier heeft vergif gedaan in het drinkwater van de ridder!' Hij wees naar de Genovees die naast hem geknield op de grond zat. 'En hij werkte in opdracht van Tennyson! Daarmee hebben de Buitenstaanders de heilige regels van de tweekamp verraden en overtreden!'

Tennyson zocht naar woorden om deze beschuldiging te weerleggen. Hij wist dat alle ogen op hem gericht waren. Bijna raakte hij in paniek. Hij was gewend zelf de gevoelens van de massa te bespelen, en niet dat zijn eigen technieken tégen hem gebruikt werden. Maar er werd hem een reddingsboei toegeworpen. De gevangen Genovees probeerde overeind te krabbelen, maar Will duwde hem terug. 'Bewijs dat maar eens!' riep de man, met een zwaar accent. 'Hoe bewijs je die onzin? Waar is dat vergiftigde water? Laat het ons eens zien dan!"

Hij keek naar Tennyson en gaf hem discreet een knikje dat hij zich geen zorgen hoefde te maken. Meteen sprong de priester overeind. Zijn mannetje was blijkbaar toch nog op tijd in de tent gekomen om het bewijs op te ruimen. Dat betekende dat de rollen nu konden worden omgedraaid.

Dus echode hij de kreet van de man.

'Bewijs dat maar eens dan! Ons beschuldigen is niet zo moeilijk – laat ons je bewijzen zien!'

In plaats van Will keek hij nu de koning aan, recht tegenover hem. En hij verhief zijn sonore stem, het getrainde geluid galmde weer over het strijdperk.

'Het is juist deze kerel hier, burgers van Dun Kilty, die alle heilige regels aan zijn laars gelapt heeft! Hij heeft, jullie zagen het zelf, mijn kampioen aangevallen! Hij verdient de doodstraf daarvoor! En natuurlijk moet Gerard als overwinnaar worden aangewezen! De man beschuldigt mij, maar kan jullie geen enkel bewijs laten zien. Als hij dat wel kan, laat hem er nu mee voor de dag komen! En wel nu meteen!'

Hij fronste toen hij zag dat alle hoofden in de koninklijke loge naar rechts keken, waar Will stond. Hij volgde hun blik en zag de jongeman triomfantelijk lachen, terwijl hij een beker omhooghield. Naast hem stond de ijsverkoper nog na te hijgen van zijn boodschap. Hij was helemaal buiten adem.

Will keek de Genovees recht aan. 'Jij dacht dat je het bewijs vernietigd had, nietwaar? Jij hebt het water uit de kan op de grond laten stromen, zodat niemand ooit te weten zou komen wat er in zat.'

Tennyson zag ineens twijfel opflikkeren in de ogen van zijn handlanger, die naar de beker staarde. Will sprak nu ook met stemverheffing, zodat iedereen hem kon horen en verstaan.

'Maar je was te laat. Ik was als eerste in de tent. En ik heb wat van jouw water in deze beker hier geschonken. Ik vermoedde al dat Tennyson iets dergelijks zou proberen. En ik was maar wat benieuwd, wat zijn gifmenger zou doen als hij binnenkwam.'

Hij keek naar Ferris, die was opgesprongen van zijn troon en voor in de loge was komen staan.

'Majesteit, zie hier een deel van het vergiftigde water, dat ze gebruikt hebben om de Ridder van de Dageraad te verdoven en te vergiftigen. Niet ik, maar Tennyson en zijn vervloekte sekte hebben de regels van de tweekamp schandelijk geschonden. Ze hebben geprobeerd vals te spelen, en daarom dienen zij veroordeeld te worden.'

Ferris wreef nadenkend over zijn sikje. Misschien was hij lang zwak geweest, en besluiteloos, maar zelfs een zwak persoon zal op een gegeven moment in opstand komen. En die Tennyson was nu echt te ver gegaan, met zijn minachting en bedreigingen.

'Kun je bewijzen wat je beweert?' zei hij tegen Will. Die glimlachte alleen maar en greep de Genovees in zijn kraag. Hij trok hem niet erg zachtzinnig overeind en duwde de beker met water tegen zijn stijf dichtgehouden mond.

'O, bewijs is geen enkel probleem,' zei hij. 'Kijk maar wat er gebeurt als onze vriend hier zo vriendelijk is deze beker leeg te drinken!'

De Genovees begon wild heen en weer te kronkelen in Wills ijzeren greep. Maar hij hield hem stevig vast en hield weer de beker aan zijn lippen.

'Kom nou, wees braaf!' zei hij. Hij wendde zich tot de bewaker naast hem. 'Zou u zo vriendelijk willen zijn hem zijn neus dicht te knijpen?'

De bewaker deed zoals hem gevraagd werd en na een minuut gingen de lippen van de Genovees van elkaar, hij moest tenslotte ademhalen. Maar net toen Will de inhoud van de beker in zijn mond wilde gieten wist de man één arm los te wringen, in een uiterste krachtsinspanning, en sloeg hij de beker uit Wills hand. Het ding vloog door de lucht en het water liep weg in de grond. Will liet de man los en deed een stap naar achteren. Hij spreidde beide armen en zei tegen de koning: 'Ik neem aan dat zijn daden voor zich spreken, majesteit!'

Maar Tennyson begon meteen luidkeels te protesteren. 'Dat bewijst niets! Dat is allemaal indirect bewijs, als het al iets bewijst! Echte bewijzen zie ik niet! Die mannen weven een heel web van leugens! Ze houden ons voor de gek!'

Maar de menigte was nu definitief tegen hem. Ook een groot gedeelte van zijn volgelingen keerde hem de rug toe. Er klonken steeds meer stemmen tégen de profeet; boze stemmen van mensen die begonnen in te zien dat ze voor de gek gehouden waren.

'Er blijft natuurlijk nog altijd een onbetwistbare manier om vast te stellen dat ik niet lieg,' riep Will, zo luid dat de mensen weer tot rust kwamen. 'Laten we dit dan ook maar beslechten voor het allerhoogste hof van beroep!'

Ferris was even van zijn stuk gebracht. 'Nóg een tweekamp?' vroeg hij.

Will knikte en wees minachtend met zijn duim naar de Genovees.

'Inderdaad. Maar nu die laffe gifmenger daar tegen mij. Hier, en nu. Eén pijl elk, van beide uiteinden van het strijdperk.'

'Nee,' schreeuwde Tennyson. 'Nee, laat je niet in de luren...' Maar de menigte liet hem niet uitspreken. Ze wilden wat graag nog een derde tweestrijd meemaken, en ze geloofden bovendien heilig in de macht van de voorzienigheid om via een tweekamp de waarheid te achterhalen.

Ferris keek de arena rond. De mensen waren ervoor, kon hij zien. Het alternatief was dat hij weken achtereen als rechter aan zijn eigen rechtbank gekluisterd zou zijn, zonder dat ooit echt duidelijk werd wat er gebeurd was. Tennyson keek hem vol woede en haat aan en ineens had Ferris meer dan genoeg van die te dikke en te gladde charlatan in zijn witte pij.

'En zo geschiede het!' sprak hij.

Weer juichte de menigte enthousiast. En ook het grootste deel van de oostelijke tribune voegde zich nu bij dat instemmende koor.

HOOFDSTUK 44

De regels waren heel eenvoudig. Een van de bewakers haalde de kruisboog van de Genovees uit het paviljoen van Arnaut, waar die was blijven liggen. Hij kreeg één pijl uit zijn koker, en moest naast het paviljoen aan de zuidkant gaan staan.

Will stelde zich precies tegenover hem op, naast de andere tent, ook met een enkele pijl. Het duurde niet lang of de kramen naast de twee paviljoententen waren al hun klandizie kwijt – iedereen maakte plaats voor de twee strijders en ging voor een van de tribunes aan de zijkant staan. Zo bleef in het midden van het strijdperk een lange brede gang over, met de twee kemphanen aan beide uiteinden.

Sean Carrick somde luidkeels de afspraken op.

'De twee deelnemers zullen niet proberen het schot van de ander te ontwijken. Beiden staan stil en schieten nadat het trompetsignaal geklonken heeft. Als beiden missen, krijgen beiden één nieuwe pijl uitgereikt, en dan wordt er opnieuw geschoten.'

Hij keek naar links en naar rechts of er nog misverstanden waren. Maar zowel Will als de Genovees knikte – ze hadden alles begrepen en waren het ermee eens.

Will was kalm en vastberaden. Zijn ademhaling was gelijkmatig en in een rustig tempo. De kruisboog was een akelig wapen, en het was helemaal niet zo moeilijk om er raak mee te schieten, veel gemakkelijker in elk geval dan met een gewone boog. Er zat een puntje aan de voorkant en een inkeping aan de achterkant – als je zorgde dat het puntje in de inkeping viel schoot je bijna altijd raak. Je hoefde ook niet te blijven trekken als de boog eenmaal gespannen was. De boog spannen ging met een hendel, en de pees liet je gaan door een trekmechanisme.

Dus kon je snel en zonder speciale training genoeg vaardigheid verwerven om een redelijk effectief schutter te worden. Daarom had het Genovese leger lang geleden voor dit wapen gekozen. Omdat bijna iedereen ermee overweg kon. Je hoefde niet op zoek te gaan naar mensen met aanleg en talent. De kruisboog was werkelijk een wapen voor iedereen en alledag.

En juist daar hoopte Will dat hij in het voordeel zou zijn. Omdat je voor een kruisboog niet jaren hoefde te oefenen, voordat je een goede boogschieter werd. Je tilde het wapen omhoog, mikte en trok aan de trekker. Dat was alles. De meeste kruisboogschutters waren daarmee tevreden, maar het maakte je nog geen kei natuurlijk.

De grote handboog daarentegen was een wapen waar je juist wel aanleg voor nodig had, en training, heel erg veel training. De Grijze Jagers en hun boog waren daarom op een haast mystieke manier bijna één met elkaar. Een Jager hield ook nooit op met oefenen. 'Goed' was hun nooit goed genoeg. Excellent, supergoed, dat was de norm. Om een goede boogschutter te worden en te blijven was volledige toewijding vereist. Pas als je goed kon schieten, kon je door veel oefenen een echt goede schutter worden.

Het zou dus gaan om een goede schutter tegen een uitstekende schutter. Daar kwam het zo meteen op neer. Als de afstand tussen de twee vijftig meter of minder geweest was, dan zouden ze allebei evenveel kans op succes hebben gehad. Maar hier, met meer dan honderd meter afstand tussen de twee boogschutters, dacht Will dat hij een duidelijk betere kans had.

En er was nog iets. De Genovezen waren sluipmoordenaars, geen echte strijders. Ze waren niet gewend aan een doelwit dat iets terug zou doen. Ze waren eerder gewend te schieten op een nietsvermoedend slachtoffer, terwijl ze zichzelf verstopt hielden op een geheime plek. En Will wist uit eigen ervaring dat er niets was wat zo de zenuwen deed opspelen, en daardoor je accuratesse verminderde, als het vooruitzicht zelf een pijl in je bast te krijgen.

Dus stond hij daar nu, een glimlachje om de lippen, vol vertrouwen in zijn eigen vaardigheid, en keek rustig naar de man in de purperen mantel aan de overkant van het veld.

Hij zag de trompetter zijn instrument aan de mond brengen, en legde zijn ene pijl op de pees van zijn boog. Daarna richtte hij al zijn aandacht op de eenzame figuur aan de andere kant, honderd meter verderop. De trompetstoot verscheurde de stilte en Will legde aan.

Er was geen echte haast bij. Hij liet zijn boog langzaam zijn gezichtsveld binnenkomen en bleef in de verte staren, naar de purperen gestalte erachter. Hij keek niet langs de pijl, maar hield het totale plaatje in de gaten. Hij leek zich niet eens bijzonder in te spannen. Hij liet alles tegelijk op zich inwerken, de wind, de afstand, de benodigde hoek om onder te schieten, de kracht waarmee hij de boog spande. Alles ging automatisch, zijn ademhaling was rustig. Hij haalde diep adem en net voordat zijn rechterwijsvinger zijn mondhoek zou raken liet hij de lucht half ontsnappen. Het was een samenspel van bewegingen dat als vanzelf goed ging, zonder dat hij er bij na hoefde te denken. Hij zag gewoon dat het goed was allemaal. Alles was precies zoals het hoorde. Boog, pijl, pijlpunt en slachtoffer, alles vloeide in elkaar over.

Hij zag het en wist dat zijn schot geslaagd was. Hij wist ook, intuïtief, dat de Genovees op het laatste ogenblik zou wegduiken voor zijn pijl. Een klein gebaar maar, een kleine beweging, een halve stap. Maar wegduiken zou hij. Will had dus een halve meter naar rechts gemikt.

En daar ging de pijl. Soepel en snel op zijn doel af.

Hij bleef bewegingloos staan na het schot. Hij gaf niet toe aan de neiging om de boog weer te laten zakken. Hij bleef zijn pijl rustig nakijken, in precies dezelfde houding.

Een meter of zo links van hem vloog iets hards en donkers snel voorbij zijn hoofd. Hij hoorde een akelig geluid en besefte dat de Genovees eerder dan hij geschoten had. Hij liet zijn eigen boog nu zakken en zag de man tegenover hem inderdaad een halve stap opzij zetten – precies in de route die Wills pijl volgde.

Plotseling leek de purperen gestalte door een schok getroffen. Hij wankelde een paar stappen en viel naar voren. Plat op zijn gezicht.

De menigte barstte in gejuich los. Sommigen was het niet ontgaan dat de Genovees zich tegen alle regels in toch bewogen had. Ze vroegen zich af of de man uit Araluen daar rekening mee gehouden kon hebben – of dat het puur geluk was dat hij hem zo vol raakte. Hoe dan ook, het volk was tevreden met de uitkomst. Will liep langzaam over het strijdperk naar voren en de mensen juichten hem uit volle borst toe. Vanaf beide tribunes.

Will keek naar rechts en naar links en zag de gezette man in zijn dure witte pij moedeloos achterover zakken in zijn zetel. Hij wist dat hij alles verloren had.

Eigen schuld dikke bult, dacht Will. Toen hij ter hoogte van de loges gekomen was keek hij opgewekt maar met vermoeide blik naar Halt en Arnaut. Hij glimlachte.

'Wat is er? Hoe is het afgelopen? Heeft hij raak geschoten?' vroeg Arnaut, die nog steeds niet helder kon zien. Het was duidelijk dat hij zich zorgen maakte. Halt klopte hem geruststellend op de arm.

'Wees maar niet bang, alles is goed afgelopen. Er mankeert

hem niets. 'Halt schudde het hoofd en liet zich weer op de bank zakken. De spanningen van de laatste uren, waarin hij moest toezien hoe zijn beide jonge vrienden hun leven waagden zonder dat hij zelf iets kon doen, waren hem bijna te veel geworden.

'Ik word echt te oud voor dit soort grappen,' zei hij zachtjes in zichzelf. Maar tegelijk kon hij een golf van trots niet onderdrukken, dat zijn jongens zich zo dapper hadden geweerd. Hij stond op, toen Will voor hen kwam staan, en omarmde zijn vroegere leerling zonder een woord te zeggen. Arnaut zwengelde enthousiast Wills arm heen en weer en mepte hem tegelijk flink op zijn rug. Algauw stond er een hele groep om hen heen om de jongens te feliciteren. Pas na een minuut of zo liet Halt zijn leerling los.

'Nou, gelukkig was je nog op tijd in de tent om dat vergiftigde water te redden,' zei hij. Will lachte een beetje beschaamd.

'Om je de waarheid te zeggen, was ik dat helemaal niet. Ik kwam net voordat die Genovees binnenkwam. Ik had niet eens tijd om die kan te pakken. Het eerste wat hij deed was hem leeggieten op de grond. Ik heb later de ijsman eropuit gestuurd om de kan alsnog te vullen met elk water dat hij kon vinden. Ik vermoedde al wel dat onze buitenlandse vriend er niet van zou durven drinken!'

Een gelukzalige glimlach verspreidde zich over het gelaat van de oude meester, toen hij besefte hoe Will had staan bluffen. Maar die lach verdween weer toen ze iemand uit de koninklijke loge hoorden schreeuwen.

'De koning! De koning is dood!'

Met Arnaut achter zich aan wrongen ze zich door de mensen naar boven, naar de koninklijke loge. Iedereen verdrong zich daar om te zien wat er gebeurd kon zijn. Sean zag hen al aankomen en wenkte hen naar de voorkant van de loge, waar hij zich vooroverboog en hen hielp omhoog te klimmen.

'Wat is er gebeurd?' vroeg Halt.

Zonder een woord te zeggen wees Sean naar achter. Kijk dan zelf!

Ferris zat bewegingloos op de troon, zijn ogen wijd opengesperd alsof iets hem enorm verbaasde. Na een paar minuten vond Sean zijn stem weer.

'Ik heb geen idee eigenlijk. Niemand had het eerst door, iedereen zat gespannen naar Will te kijken. En toen ik op een gegeven moment omkeek zat hij daar zo. Morsdood. Misschien heeft hij een beroerte gehad. Of een hartverlamming!'

Maar Halt schudde al zijn hoofd. Voorzichtig probeerde hij de koning naar voren te trekken, maar hij voelde duidelijk weerstand. Hij keek achter de troon, en zag de veren van een dikke kruisboogpijl dwars door de rugleuning steken. Ferris moest meteen dood zijn geweest, de pijl had hem vastgenageld aan de troon.

'Dat is wéér Tennysons werk!' zei hij en hij liep snel naar de voorkant van de loge. Hij keek naar de overkant.

Er zat nog steeds een dikke man in de zetel van de priester. Maar het was niet Tennyson. Het was een van zijn volgelingen, die uit de verte wel wat op de priester van Alquezel leek.

Tennyson zelf was nergens te bekennen. Net als de twee overgebleven Genovezen en een stuk of wat van zijn trouwste volgelingen was hij met de noorderzon vertrokken.

Hoofdstuk 45

Niemand had er iets van gemerkt, dat Tennyson stiekem gevlucht was. Zoals Sean al zei, was ieders aandacht gevestigd op het drama dat zich beneden in het strijdperk afspeelde.

'Het zou me niets verbazen als hij al weg was voordat jullie schietwedstrijd begon,' merkte Halt op. 'Hij is van het soort dat geen risico wenst te lopen. Als zijn mannetje gewonnen had, had hij altijd nog terug kunnen komen en zeggen dat het allemaal door Alquezel kwam.

Dus wat doet hij? Hij stuurt een van zijn beulen eropuit om Ferris te vermoorden en maakt zelf dat hij wegkomt. Intussen heeft hij een flinke voorsprong. En wij hebben geen idee welke kant hij opgegaan is.'

Ze waren natuurlijk meteen naar het kamp van de Buitenstaanders gereden, maar ook daar was Tennyson in geen velden of wegen te bekennen. Net zo min als zijn getrouwen. Er waren nog maar een paar bekeerlingen, die er hevig de pest in hadden – de meeste Buitenstaanders waren nog steeds op het marktplein. De mensen in het kamp zeiden dat ze hun leider niet hadden gezien.

Halt ergerde zich dood. Er was zoveel dat gedaan moest worden en dat zijn aandacht vereiste. Tennysons apostelen, of althans de enkele die er nog waren, moesten gevangengenomen worden. Hij gaf Sean en het garnizoen van de koning daar opdracht toe. Veel van de Buitenstaanders zouden natuurlijk wel weer vrijgelaten moeten worden, wist hij. De meesten waren slachtoffers, net als de andere onnozele burgers die zich hadden laten bestelen. En Tennysons optreden van die dag had de meesten van hen van hun geloof gebracht, omdat zij hem nu in het juiste licht konden zien. Maar dan nog waren er een stuk of tachtig witte pijen over, die alles geweten moesten hebben van zijn snode plannen en daden, en daar maar wat graag aan mee hadden gedaan. Die zouden allemaal berecht en in de kerkers gegooid moeten worden.

En dan was er nog zijn instinct, dat hem zei dat ze Tennyson en zijn bende zo snel mogelijk achterna moesten jagen en uit moesten zoeken welke kant ze op waren gevlucht. Maar hij kon hier voorlopig niet gemist worden. De dood van Ferris liet vanzelfsprekend een machtsvacuüm achter. Iemand moest de touwtjes in handen nemen, en als rechtmatige erfgenaam was het alleen maar logisch dat hij die taak op zich zou nemen. Zelfs al was het maar voor tijdelijk. Zoals hij ook al tegen Ferris had gezegd – hij wilde dat helemaal niet, koning zijn. Intussen betekende elke minuut uitstel dat Tennyson moeilijker te achterhalen zou zijn.

Ten slotte nam hij het enige logische besluit.

'Will, jij moet die kerels maar alleen achternagaan,' zuchtte hij. 'Probeer uit te vinden waarheen ze vluchten en laat ons dat zo snel mogelijk weten. Probeer niet ze in je eentje tegen te houden. Ze zijn met te velen, en die Genovezen zijn dubbel gevaarlijk nu ze gezien hebben hoe jij een van hen onschadelijk hebt gemaakt. Dus hou je gedeisd en wacht tot wij je ingehaald hebben.'

Will knikte en begon al naar de stallen te lopen waar zij die ochtend hun paarden achtergelaten hadden. Maar toen bleef hij staan en draaide zich weer om.

'Maar hoe moet dat nou met Arnaut? Zijn ogen...' Hij zweeg, niet wetend hoe of wat.

Halt klopte hem geruststellend op de schouder. 'Sean heeft de kasteeldokter al naar hem laten kijken. Hij weet bijna zeker om welk vergif het gaat, en als hij gelijk heeft gaat het maar om een tijdelijke aandoening. Hij kan nu al beter zien dan daarstraks. Over een dag of wat is hij weer helemaal de oude.'

Will slaakte een zucht van opluchting. 'Dat is dan tenminste een geluk!'

Halt knikte. 'Dat hadden we intussen wel verdiend ook!' Maar eigenlijk, dacht hij, mochten ze daar de laatste dagen niet over klagen, over geluk.

'Ik had het je al eerder willen zeggen,' zei hij tegen Will, 'maar je hebt je kranig geweerd, hoor! Dat bluffen met water, dat was echt te gek. Als er iets was wat bewees dat die Tennyson niet deugde was dat het wel. Misschien werkte dat wel beter om zijn mensen te overtuigen dat hij een charlatan was, dan wanneer we gewoon de duels gewonnen hadden!'

Will haalde verlegen de schouders op. Hij had het niet zo op openlijke lof van zijn leermeester. Maar aan de andere kant betekende die lof wel heel veel voor hem. Er was eigenlijk maar één iemand in de wereld op wie hij altijd een goede indruk wilde maken, en dat was Halt.

'Een vraagje nog,' ging Halt intussen verder. 'Hoe wist je nou dat die Genovees zou proberen je pijl te ontwijken?'

Hij had dus ook gezien dat Will een beetje opzij mikte, en dat de man zichzelf precies in de baan van het schot geplaatst had. En hij wist natuurlijk ook maar al te goed hoe precies Will schoot – die pijl was recht op zijn doel afgegaan.

Will krabde zich op zijn achterhoofd. 'Tja... ik weet niet... Ik wist het gewoon. Ik voelde het. Het past ook precies bij dat stiekeme gedoe. En de man was rechtshandig, dus was de kans groot dat hij zijn gewicht van zijn rechterbeen zou verplaatsen naar zijn linker. En daarom mikte ik een beetje opzij van hem. Het zal wel instinct geweest zijn. Of misschien puur geluk...'

'Nou, ik ga voor instinct,' zei Halt. 'Ik heb wel eens gedacht, af en toe, dat we daar in de opleiding meer aandacht aan zouden moeten geven. Hoe dan ook, prima gedaan weer. Ga nu maar gauw achter die Tennyson aan!'

Will grijnsde en liep snel weg, dwars door de mensenmenigte die nog steeds op het marktplein stond te praten. Over al de spannende gebeurtenissen van die dag zou nog weken gesproken worden.

Binnen een minuut of tien reed Will de stad uit, op zoek naar iemand die misschien gezien had welke kant Tennyson en zijn trawanten op waren gevlucht. Zo vlak bij de stad, waar dagelijks tientallen, zo niet honderden paarden en karren passeerden, was er weinig kans dat Will een duidelijk spoor zou vinden en dat zou kunnen volgen. Maar eenmaal buiten de stad kwam hij vast en zeker wel een plattelandsbewoner tegen – van het soort dat elke vreemdeling die langskomt opmerkt en een paar dagen onthoudt. Vroeg of laat moest hij zo iemand vinden. Bij een eerste splitsing in de weg bleef hij aarzelend staan. Welke kant zou hij kiezen? Noord of zuid?

'Zeg jij het maar!' zei hij uiteindelijk tegen Trek en liet de teugels los. Het paardje gooide ongeduldig zijn hoofd achterover en draaide naar rechts, naar het noorden. Zijn idee is even goed als het mijne, dacht Will en klopte Trek op zijn nek om hem te bedanken. Daarna gaf hij zijn rijdier en vriend zachtjes de sporen en reed op een sukkeldraf noordwaarts.

Drie dagen later liet Halt door Sean een vergadering bijeenroepen, van alle oudere edellieden van het land. Dat waren immers de mensen die een nieuwe vorst moesten aanwijzen en goedkeuren.

Ze zaten allemaal in de troonzaal en keken elkaar ongemakkelijk aan. Inmiddels wisten ze wie Halt eigenlijk was, en dat hij dus ook de meeste rechten op de troon had. Natuurlijk vroegen ze zich af hoe hij zou reageren op hen die Ferris, de valse koning, gewoon gesteund hadden. Ze wisten als geen ander dat rancuneuze mensen, die iets tegen hun wil kwijt waren geraakt, later altijd wraak namen – zelfs op mensen die er niet direct of bewust bij betrokken waren, maar die hadden nagelaten iets te doen.

En daarover zaten ze onderling op gedempte toon te praten en te wachten tot Halt zou verschijnen – tot ze ineens beseften dat hij er al die tijd al geweest was. Dat waren ze namelijk helemaal niet gewend – koningen maakten altijd een vorstelijke entree, die stonden niet ineens zomaar tussen hen in. Ze schoven onrustig heen en weer op hun stoel en wachtten tot de man in zijn grijsgroen gevlekte mantel hen zou gaan vertellen wat hij van hen verwachtte – en vooral wat hij voor hen in petto had.

Sean, uit het huis Carrick, ging naast Halt staan, die gebaarde dat iedereen moest gaan zitten. Er stond een halve cirkel van banken opgesteld voor de troon. De edelen waren verbijsterd toen ze merkten dat Halt gewoon tussen hen in kwam staan. Ze hadden niet anders verwacht dan dat hij de troon zou bestijgen, hoog boven hen verheven.

'Heren, ik houd het kort,' begon Halt. 'Jullie weten allemaal wie ik ben. Jullie weten ook dat mijn broer de troon van mij heeft gestolen, lang geleden. Jullie weten dus ook dat ik een onbetwistbaar recht kan doen gelden op de troon van Clonmel.'

Hij wachtte even en keek de kring oudere mannen rond. Hij zag er die knikten, hij zag er ook die zijn blik ontweken. Hij had begrip voor hun zenuwen en besloot hun onzekerheid niet langer te laten duren dan nodig was.

'Maar wat jullie niet weten, is dat ik helemaal niet van plan ben om die troon ook op te eisen!'

Daar keken ze van op, zag Halt. Letterlijk ook, de hele halve cirkel keek nu nieuwsgierig in zijn richting. Ze konden hun oren niet geloven. Had hij echt gezegd wat ze dachten dat hij zei? Wie zou er nu een troon weigeren? Alleen een halvegare toch?

Halt grijnsde wreed. 'Ik weet wat jullie allemaal denken. Luister, ik wil helemaal geen koning zijn. Hier niet en ergens anders ook niet. Ik ben al veel te lang weg uit Dun Kilty om dit hier nog als mijn thuis te beschouwen. Ik heb een ander thuis gevonden, in Araluen. Daar dien ik een koning die ik respecteer. En ik vind dat jullie die ook verdienen. Sean, wie is na mij de wettelijke troonopvolger?'

Hij vuurde die vraag zonder waarschuwing vooraf op de jongeman af. Sean kwam geschrokken overeind.

'Uh... oh... eh... ik denk... ik neem aan... dat zal ik zelf wel zijn, denk ik!'

Halt knikte. Alsof hij dat niet wist. 'Nou, dan lijkt het me een duidelijke zaak – jij bent wat mij betreft ook de meest geschikte kandidaat om Ferris op te volgen!' Hij keek de kring rond. 'Is iemand het daar niet mee eens?'

Het dient gezegd te worden – er waren er een paar die, toen ze hoorden dat Halt geen koning wilde worden, heel even een stoute droom hadden gekoesterd, de ijdele hoop dat zij zelf een kans maakten om de troon van Clonmel te bestijgen. Maar alles ging nu zo snel, en die Halt keek zo vervaarlijk uit zijn ogen, dat ze het niet in hun hoofd haalden om de rest van de wereld op de hoogte te brengen van hun geheime dromen. Er klonk dus uit de kring van edelen alleen een instemmend gemompel.

Halt knikte tevreden. 'Dat vermoedde ik al.'

'Wacht even! Maar ik ben het er zelf helemaal niet mee eens!' riep Sean.

De Grijze Jager wendde zich tot zijn neef. 'Luister, jij hebt duidelijk en onweersproken de meeste rechten op de troon. Wil je hem dan soms ook weigeren?'

Halt zag dat Sean aarzelde. Hij wist dat Sean een verstandige en intelligente knaap was. En zo iemand zou redenen genoeg hebben om die troon juist niet te willen. Dat wist Halt zelf maar al te goed. Een koning was in dit land nooit helemaal zeker van zijn positie. Sean zou altijd op zijn hoede moeten zijn, een sterke en waakzame vorst. En hij wist zich omringd door een groep edelen die vooral op eigen belang uit waren, en die niet zouden aarzelen om als hen dat zo uitkwam zijn positie en macht te ondermijnen. Allemaal goede redenen om voor de eer te bedanken dus.

Maar voor Sean zijn antwoord kon geven, verwoordde Halt zijn vraag anders.

'Laat ik het anders formuleren. Is er onder de aanwezigen hier iemand anders, die je liever op de troon zou zien?' En hij wees op de halve cirkel edellieden om hen heen, die met groeiende fascinatie het woordenspel tussen Halt en Sean volgden.

Dat was natuurlijk de hamvraag. Diezelfde redenen waarom Sean de kroon wilde weigeren, dwongen hem ook deze te accepteren. Stuk voor stuk waren de leden van dit groepje mannen egocentrische egoïsten. Als een van hen de troon zou bestijgen, zouden binnen een maand, of een half jaar, anderen tegen hem in opstand komen, en het rijk nog verder in gevaar brengen.

Sean was de enige aanwezige met een direct recht op de troon. Bovendien was hij verstandig en flink en dapper genoeg om ieders achting en trouw te verdienen. En Sean wist dat ook. Met grote tegenzin liep hij naar voren.

'Goed dan, ik accepteer de kroon,' verklaarde hij. Het was misschien niet zijn droom, maar het was wel het beste voor het land. En hij hield genoeg van zijn vaderland om dat feit te erkennen.

Halt wachtte even met reageren en keek de anderen aan.

'Is er iemand die bezwaren heeft? Laat hij deze dan nu uiten!'

Misschien was het toeval, dat zijn rechterhand bij die woorden naar het gevest van zijn grote Saksische mes gleed. Haastig verklaarden de edellieden dat niemand van hen enig bezwaar had tegen Sean als vorst. Nee, een prima keuze! Van harte geluk gewenst, koning Sean!

Halt wendde zich weer tot zijn neef. 'Wel, Sean, dan heb ik nog één verzoek, voordat ik officieel en formeel verklaar dat ik afzie van elk recht op de troon van Clonmel. We hebben die beweging van de Buitenstaanders hier in dit land gebroken. Maar in de andere vorstendommen zijn ze nog steeds aan de macht. Ik sta erop dat die bende opgerold wordt, dat hun leiders in de gevangenis verdwijnen en dat de hele sekte ontmanteld wordt. Nu Tennyson ontmaskerd is en het land uit is gevlucht, kan dat geen al te moeilijke missie zijn. Als er even flink opgetreden wordt, stort de hele zaak als een kaartenhuis in elkaar, daarvan ben ik overtuigd. Ik denk ook niet dat de vijf andere vorsten van Hibernia erg tegen zullen sputteren.'

Maar Sean schudde al zijn hoofd. 'Nou, daar zullen we een flinke legermacht voor nodig hebben,' protesteerde hij. 'En die manschappen heb ik niet. Tenzij ik besluit Clonmel zelf zonder enige verdediging achter te laten. En daar ben ik zeker op dit moment niet toe bereid.'

Halt knikte goedkeurend. Het antwoord van de jongeman tegenover hem bewees, wat hem betrof, dat hij de juiste keuze gemaakt had.

'Inderdaad. En daarom ben ik bereid om een boodschap te sturen naar koning Duncan in Araluen. Ik zal hem voorstellen een leger te sturen, van zeg honderdvijftig man, om onder jouw bevel de klus te klaren. Ridders, soldaten en boogschutters. Als jij je daarin kunt vinden, natuurlijk.'

Sean overwoog dit aanbod zorgvuldig. 'Kan ik ervan verzekerd zijn dat dat leger ook weer uit het land vertrekt, zodra we met die Buitenstaanders afgerekend hebben?' Het was duidelijk dat hij het als weldenkend vorst geen prettig idee vond als er een sterke buitenlandse macht in zijn land bleef.

'Op mijn woord van eer!' antwoordde Halt.

'Dan is het afgesproken!' zei Sean, en zij schudden elkaar de hand. Sean keek de kring edelen rond en zij haastten zich ook hun akkoord te mompelen. 'Dat betekent wel, dat jullie elk in je eigen graafschap of hertogdom ook een peloton mannen onder de wapens zult moeten roepen natuurlijk!' zei hij en weer knikten de mannen om hem heen dat zij daar alle begrip voor hadden.

'Dat soort details regelen we later wel,' zei Halt. 'Nu moet ik nodig naar Arnaut en ik moet me sterk vergissen of die heeft vast erge trek. Heren, ik laat het aan jullie over om de details te regelen, ook die rond de kroningsplechtigheid.' Hij glimlachte naar Sean, een van de zeldzame keren dat hij echt lachte. 'Met uw permissie, natuurlijk, koninklijke hoogheid!'

Even reageerde Sean helemaal niet. Maar ineens besefte hij dat Halt tegen hem had gesproken.

'Uh...? Wat...? Ja... Natuurlijk, Halt... oom Halt. Ga gerust je gang.'

Halt ging een stap dichter bij hem staan zodat alleen Sean hem kon horen.

'Je moet nog wel wat oefenen op koninklijk optreden, hoor!' zei hij zachtjes.

Arnaut stond op hem te wachten in het voorvertrek van de troonzaal. De ogen van de jonge krijger waren weer bijna geheel hersteld, nu het gif langzaam maar zeker uit zijn lijf getrokken werd. Op advies van de dokter spoelde hij zijn ogen een paar keer per dag met lauw zout water. Ze waren nog wat rood, maar hij kon al lopen zonder te wankelen en overal tegenaan te botsen.

Toen Halt de troonzaal uit kwam marcheren, stond hij haastig op. De Grijze Jager keek hem even onderzoekend aan. Gelukkig, dacht hij, weer bijna de oude.

'Hoe ging het daarbinnen?' vroeg Arnaut belangstellend.

'Moet ik nu soms diep voor u buigen, koninklijke hoogheid Halt?'

'Als je een draai om je oren wilt moet je dat zeker doen,' antwoordde de oude Jager. 'Ze hebben Sean tot koning gekozen!'

Arnaut knikte. 'Goed zo. Overigens, er kwam zo net een ruiter het kasteel in rijden met een boodschap van Will.'

Halt was meteen een en al oor. Ze hadden tot dan toe niets meer van Will gehoord, sinds hij Tennyson achterna was gereden.

'De boodschap luidde: Fingle's Baai,' ging Arnaut verder.

De Grijze Jager beet op zijn onderlip. 'Dat is in het noorden. Een vissersdorp met een kleine haven ook. Laten we onze spullen pakken en op weg gaan.'

Arnaut keek hem aan alsof het idee alleen al hem te veel was.

'En de lunch dan?' vroeg hij. Maar zijn hoop op een aangenaam middagmaal verdween als sneeuw voor de zon, toen hij Halts wenkbrauw veelzeggend omhoog zag komen.

'Wiens lunch?' antwoordde de oudere man. Arnaut zuchtte hoofdschuddend.

'Ik had het kunnen weten... ik had je dat nieuwtje beter pas na het eten kunnen vertellen!'

Epiloog

In weerwil van Halts vaste voornemen om zo snel mogelijk een zo groot mogelijke afstand af te leggen, maakten ze eerst een kleine omweg, naar de top van een heuvel ten westen van Dun Kilty.

Het was een door weer en wind beheerste plek, alle bomen waren gerooid, zodat alleen een kaal open veld overgebleven was. In plaats van die bomen domineerde een cirkel van steenhopen de heuveltop, in totaal wel een stuk of vijftig. Sommige grafheuvels zagen er héél oud uit, overgroeid met heide, andere waren duidelijk van recenter datum. Een was blijkbaar pas een paar dagen geleden opgericht, de stenen kwamen nog maar net uit de groeve.

Dit was het oude grafveld waar de koningen van Clonmel hun laatste rustplaats vonden.

Bij de poort in de lage muur van gestapelde stenen hield Arnaut Schopper in, zodat Halt alleen verder kon rijden.

Halt liet Abelard stoppen bij de nieuwste steenhoop. Even bleef de Grijze Jager zwijgend staan staren naar het graf van zijn broer. Na een paar minuten liet hij zijn paard omkeren en reed hij langzaam terug, naar waar Arnaut op hem stond te wachten. Zonder iets te zeggen keerde ook de jonge ridder zijn paard en samen reden ze de heuvel weer af, terug naar de hoofdweg. Ze zouden die dag nog tot Derryton doorrijden, een dorpje aan zee op de weg naar het noorden.

Arnaut keek naar de lucht. Het was een uur of drie in de middag en donkere wolken kwamen uit het westen aangezeild. Nog even en het zou beginnen te regenen, dacht hij.

De stilte bleef haast tastbaar tussen hen in hangen, tot Arnaut het niet meer uithield.

'Als koning stelde hij misschien niet zo veel voor,' zei hij, 'maar hij was wel de enige die ze hadden.'

Dat kwam er een beetje anders uit dan hij het bedoeld had. Hij besefte weer eens dat hij wel wat ongelukkig formuleerde, soms.

Hij keek angstig naar zijn metgezel, vurig hopend dat hij hem niet gekwetst of beledigd had.

'Sorry, Halt,' zei hij beschaamd. Halt keek naar hem op en schonk hem een treurige glimlach.

'Ach, het is goed hoor, Arnaut,' zei hij. 'Als broer stelde hij ook niet zo veel voor. Maar inderdaad, hij was wel de enige broer die ik had.'

De eerste dikke regendruppels kwamen naar beneden vallen en Halt trok de kap van zijn mantel verder naar voren.

'We mogen wel voortmaken, als we nog voor donker in Derryton willen zijn,' zei hij.